Scripto

Gillian Slovo

Poussière rouge

Traduit de l'anglais
par Jean Guiloineau

Gallimard

« N'est-ce pas la vérité, la vérité ? »

Shakespeare,
Henry IV, acte II, sc. IV

Titre original :
Red Dust

. 1

Sarah baissa les yeux vers ses bottillons de daim noir qui claquaient en montant les marches du métro. Elle souriait. Qu'importe le nombre de fois où elle était restée assise sur son siège de procureur dans l'attente qu'un jury fasse connaître son verdict, elle éprouverait toujours la même tension. Maintenant que le procès était terminé, elle se sentait presque joyeuse tant elle était soulagée. En ressortant du métro dans la 79e Rue, son sourire s'agrandit. Non seulement sa victoire lui remontait le moral mais, dans des journées comme celle-ci, elle retrouvait la joie de vivre à New York.

Elle tourna à droite dans Broadway. Quand elle quitta la protection de l'Apthorp, le vent la transperça. Elle n'y prit pas garde. C'était une de ces journées sèches de février qui lui plaisaient, un ciel bleu clair comme de la glace, un air vif et piquant qui renforçait la dureté des contours de la ville. Elle marchait d'un pas allègre en pensant au malt qu'elle se préparerait quand elle arriverait chez elle. Broadway était si large, se dit-elle, et si solide avec, pour une fois, une circulation fluide, des boutiques qui appelaient les passants avec un excès de soldes de fin de saison, et des cours des halles avec la marchandise étalée. Elle s'arrêta devant l'un d'eux et regarda les fruits parfaits et polis, les légumes brillants propres et sains dans la lumière, toutes les espèces malgré la saison. Tout était si luxueux, si différent de cet endroit desséché et désolé où elle était née.

Cette pensée la prit au dépourvu. Il y avait si longtemps que cet autre endroit ne lui avait pas servi de point de référence. Aujourd'hui, les contours nets et abrupts de cette ville lui semblaient si naturels que, lorsque à de rares occasions elle se souvenait de sa ville natale, c'était comme un monde dénué de toute signification. Elle prit un panier et choisit un chou frisé vert sombre, deux énormes tomates à farcir et un chou chinois.

Devant la porte de son appartement, elle jonglait avec ses clefs et ses sacs, quand le téléphone sonna. Elle ne se pressa pas. Il lui fallait toujours réfléchir dans la solitude à la fin d'un procès, et quelle que soit la personne qui l'appelait, elle laisserait un message et rappellerait plus tard. Elle glissa la clef dans la serrure et ouvrit la porte, laissa tomber ses sacs, enleva son écharpe et se débarrassa de ses bottillons, alors que la chaleur de l'appartement commençait à l'envelopper. Elle accrocha son manteau et entra dans le vaste living.

C'était son premier appartement et, petit à petit, il était vraiment devenu le sien. Elle en aimait la solitude et l'élégance ordonnée, les deux canapés rouge brique devant le mur blanc, l'étendue du parquet miroitant et les immenses fenêtres qui faisaient face au septième étage d'un immeuble. C'était chez elle.

Le téléphone sonnait toujours. En posant le sac de papier sur le plan de travail gris ardoise de la cuisine, elle entendit un petit bruit: le répondeur se mettait en marche.

«Sarah.»

Elle s'immobilisa. Impossible de ne pas reconnaître cette voix. Il y avait quelque chose de biblique, d'unique, dans la façon dont Ben disait son nom. Il en avait toujours été ainsi.

« C'est la troisième fois que j'appelle », dit-il, l'air mécontent.

Vieil obstiné, se dit-elle en se précipitant sur le téléphone avec un sourire. Elle l'imaginait aisément, assis dans la solitude de son bureau surchargé, dans cette petite ville aux limites du désert, décrochant le téléphone et indigné de découvrir que personne ne l'attendait à l'autre bout du fil.

Le répondeur enregistra son injonction : « Je veux que tu rentres. »

Elle hésita, la main suspendue en l'air. Rentrer ? Pas question. Pas après tout ce temps.

« Je t'en prie, continua la voix grincheuse du vieil homme, appelle-moi dès que tu auras écouté mon message. J'ai besoin... »

Et pourtant : comment l'ignorer ?

Impossible. Elle décrocha et lui coupa la parole :

« Ben ? »

2.

La chambre était plongée dans l'obscurité et, à part la respiration de Marie, aussi silencieuse qu'au cœur de la nuit. Mais quelque chose, un bruit inconnu, avait tiré Pieter Muller de son rêve. Il sortit doucement du lit pour ne pas réveiller Marie, il enleva son pyjama, enfila un pantalon kaki et une chemise à manches courtes avant de s'avancer à pas feutrés sur le tapis vert et usé.

Pieter était un homme trapu, au visage lourd et carré, avec de petits yeux calmes, des joues rebondies qui disparaissaient sous une barbe poivre et sel au-dessus d'un cou de taureau, et, même dans sa propre chambre, il ne se déplaçait que dans un but précis. Ses grosses mains maladroites, dont la peau était couverte de taches de son et d'un duvet roux, se balançaient tandis qu'il marchait vers la porte. Elle grinça en s'ouvrant. Il se dit rapidement qu'il faudrait la graisser. Il descendit le long couloir obscur, passa devant la salle de jeux avec le grand billard, puis, au bout du couloir, tourna à droite et entra dans la cuisine, un endroit utilitaire et disgracieux avec un énorme réfrigérateur, des placards muraux garnis de métal et fixés de guingois, des plans de travail en mélamine et une longue table centrale en pin que des années de brosse à récurer avaient décolorée jusqu'à la rendre presque blanche. Une cuisine dépourvue de tous ces éléments absurdes à la mode en ville, se dit Pieter avec fierté, en passant devant le fourneau; une bouilloire de fer-blanc et un pot de bouillie étaient posés sur la plaque chauffante.

Ses trois chiens qui l'avaient entendu l'attendaient à l'extérieur et leur queue fine battait l'air chaud et immobile. C'était de bons chiens, bien dressés, qui le suivirent jusqu'au milieu de l'allée de graviers et qui restèrent immobiles quand il regarda au-delà de la ligne des pins qui marquait la limite de sa terre.

Le paysage était totalement obscur, éclairé seulement par la faible lumière de la lune: les premiers rayons d'un soleil pâle n'avaient pas encore commencé à blanchir les contours de la montagne. Rien ici n'aurait dû le déranger.

Il descendit l'allée, passa la clôture et remonta la pente vers le sud-ouest, en marchant d'un pas décidé tandis que la lumière de sa torche faisait apparaître des aloès tordus ou les feuilles déchiquetées d'une épine. Et pendant tout ce temps, ses chiens, comme des ombres grises dansant dans l'obscurité, restaient assez près de lui pour qu'il entende leur halètement baveux, au rythme du bruit de ses lourdes bottes qui écrasaient la terre desséchée. Il n'y avait pas d'autres bruits, tout était à sa place.

Il gravit la colline et s'arrêta pour s'imprégner du calme de la nuit. Les étoiles scintillaient dans le dôme du ciel, et il écouta son souffle s'apaiser lentement, et les grattements d'un rongeur quelque part dans les herbes. La nuit était si intense qu'elle rendait impossible toute définition: il baissa les yeux et vit la terre qui s'étendait au loin comme un seul ensemble sans ruptures. A cette heure, la ligne abrupte des montagnes qui, le jour, dominaient la campagne, n'était indiquée que par une plus grande intensité de l'obscurité. Debout sur la colline, alors qu'il inspirait toute cette solitude, Pieter sut qu'il n'y avait pas eu d'intrus. Il ne pouvait y en avoir. Ce qui voulait dire que le bruit sourd qui l'avait réveillé – comme le choc d'une pelle qui s'enfonce dans une terre dure – devait seulement avoir fait partie de son rêve.

Le plus jeune chien poussa un gémissement. Il se pencha et caressa sa tête soyeuse pour le calmer. Il sentait la chaleur qui s'élevait de la terre brûlée et qui remplissait l'air de l'odeur huileuse des eucalyptus. Il détourna les yeux des montagnes et regarda vers l'endroit où, à une dizaine de kilomètres, la ville de Smitsrivier jetait une vague lueur jaune vers le ciel.

Il repensa à sa rencontre avec James Sizela. Sizela, le directeur d'école. Quand leurs chemins s'étaient croisés, Sizela s'était arrêté sans rien dire et avait dévisagé Pieter de son regard noir et brûlant.

Bien sûr. Pieter savait maintenant pourquoi il s'était réveillé en sursaut. C'était cette foutue Commission Vérité et Réconciliation qui arrivait en ville, pour tout remuer et entretenir la fureur de Sizela.

. 3

L'avion de Sarah avait atterri à Port Elizabeth huit heures plus tôt et trois heures auparavant elle était arrivée en ville en voiture. Maintenant, tout juste sortie de la douche et portant la plus légère de ses robes d'été, elle quittait le Relais de Smitsrivier. Brusquement, le spectacle qui s'offrait à elle la laissa stupéfaite.

Pendant quatorze ans, New York, ses forêts de verre et d'acier, ses halls d'entrée de chrome et de marbre, et les couleurs de la pollution étalées dans le ciel de la ville au crépuscule, avaient été les spectacles et les formes qui avaient brûlé ses rétines. Maintenant elle se retrouvait dans cette ville sud-africaine, l'opposé exact de New York – une ville où les hommes marchaient lentement et dont la route qui se dirigeait vers l'est s'enfonçait dans le désert, toute droite pendant près de vingt-cinq kilomètres avant de buter contre les montagnes brûlées. L'océan pétrifié des sommets entourait la ville, un cercle brun vibrant sous le poids du vaste ciel bleu, et ces deux éléments solides étaient si étroitement joints qu'on avait du mal à imaginer que quelque chose d'autre aurait la témérité d'exister au-delà d'eux.

De Smitsrivier à New York. Un dépaysement stupéfiant. Deux continents que l'esprit ne pouvait relier. Et pourtant, quand le regard de Sarah parcourut la Grand-rue de Smitsrivier jusqu'à son extrémité, elle se rendit compte à quel point tout lui était familier. Même le climat semblait parfait : le thermomètre atteignait quarante mais la journée était sèche et claire comme une journée doit l'être.

Elle descendit la Grand-rue, à longues enjambées paresseuses, en zigzaguant dans le patchwork de l'ombre des jacarandas qui, lourds de fleurs violettes au début du printemps, étaient retombés dans une indifférence brune et poussiéreuse. De la jungle des villes à la frontière lointaine. Les colons qui avaient créé la ville de Smitsrivier n'avaient pas tenté d'entrer en compétition avec l'immense horizon qui les entourait. Au lieu de cela, ils avaient construit de petites maisons avec de l'ombre, ambitionnant un étage les bonnes années, et avaient fabriqué des vérandas avec des tôles et des balustrades de fonte, dans lesquelles ils s'asseyaient pour contempler les montagnes. Ces maisons et ces larges avenues goudronnées, qui ne parvenaient jamais à tenir à distance la poussière rouge, étaient les seules choses permanentes qu'ils pouvaient rassembler.

Le caractère de la ville avait été forgé de façon indélébile par ces premiers colons. Des gens très durs qui avaient traversé un semi-désert dans des chariots tirés par des bœufs et qui, ayant décidé de s'enraciner, avaient créé leur ville avec la même détermination méthodique qu'ils avaient plus tard appliquée à tous les autres aspects de leur vie. Profondément religieux, leur première construction avait été l'Église réformée hollandaise qu'ils avaient placée au beau milieu de la Grand-rue. Avec son clocher blanc dentelé qui s'élevait dans le ciel, son bâtiment de stuc blanc et ses trois entrées aux hautes arches, l'église pouvait se permettre de se trouver dans une cour fermée d'une grille et être vue cependant de toute la ville. S'étant installés avec leur Dieu, les colons avaient tourné leur attention vers l'État, ils avaient bâti leur mairie avec des volutes et un toit de chaume à l'autre bout de la Grand-rue, ainsi qu'une version réduite qui servit de commissariat de police et de tribunal, à côté de l'église. L'église, l'État et enfin le commerce : une suite de banques – la New Standard, la Eerste Nasionale, la Volkskas, la Boland – étaient mêlées à des garages où les camionnettes faisaient le plein et où les gens attendaient pour acheter du pétrole.

Jusqu'à cet instant, Sarah avait tellement été frappée par l'aspect familier des lieux qu'elle n'avait pas encore remarqué les changements. Soudain, Smitsrivier lui parut beaucoup plus peuplé et, ce qui l'étonna encore plus, quand elle passa devant le jardin public aux étranges aloès tordus, elle vit trois Noirs étalés sur un banc qui, autrefois, était réservé aux Blancs. Ils se passaient une bouteille de Golden Mustang bon marché – une provocation qui, dans le passé, aurait amené la police à faire pleuvoir les coups de sjambok*.

Elle poursuivit son chemin, traversa la rue et, au moment où elle arrivait de l'autre côté, une camionnette, qui appartenait au réseau de transports collectifs informels du township, s'arrêta devant elle. La roue gauche monta à moitié sur le trottoir alors que la portière arrière s'ouvrait pour déverser les passagers. Elle contourna la camionnette et fut assaillie par les rythmes assourdissants de la sono, des voix d'hommes très basses qui scandaient cette étrange fusion de musique pop et de métaphore révolutionnaire, caractéristique de l'Afrique du Sud. Puis la camionnette redé-

* Cravache. (*N.d.T.*)

marra alors que les trois jeunes Noirs qui venaient d'en descendre en rejoignaient un quatrième qui attendait sur le trottoir. En les voyant échanger des salutations et se frapper dans les mains, Sarah se rappela la vivacité de son pays natal. C'est bon de se retrouver ici : entendre les rires dans ces voix autrefois familières et être entourée de tous ces accents sud-africains et bruyants.

Mais bien sûr c'était toujours l'Afrique du Sud. Quand un des hommes croisa son regard, il détourna les yeux. Un mouvement presque imperceptible que ses compagnons comprirent aussitôt. Leur rire s'arrêta brusquement ainsi que leur conversation et ils s'en allèrent tous les quatre, en l'ignorant, tandis que leur expression passait de l'animation à la morosité, et Sarah se souvint de situations semblables, infiniment répétées pendant son enfance. Quatorze années avaient passé depuis qu'elle avait été témoin pour la dernière fois de ce genre de rencontre, mais le sentiment que celle-ci fit naître l'envahit – cet horrible mélange de honte et de peur.

Cependant, aujourd'hui, tout était différent. Il le fallait. Elle n'était plus une de ces jeunes filles de Smitsrivier, gênée et maladroite devant un homme noir. Elle regarda un inconnu droit dans les yeux et sourit, amusée, avant de continuer à descendre la Grand-rue.

Les trottoirs si propres d'autrefois, témoignage d'un mélange d'ordre calviniste et de main-d'œuvre bon marché, étaient maintenant un vrai chaos, encombrés d'étals improvisés et de cageots sur lesquels on avait étalé quatre ou cinq oranges fripées, des papayes tavelées, des tas de figues de Barbarie et d'épis de maïs grillés. Toutes ces choses lui étaient familières et, poussée par la faim et la curiosité, elle entra dans une vieille boutique de plats préparés.

Elle ouvrit la porte vitrée et fut de nouveau aspirée dans l'autre époque, celle d'avant. La commerçante, la seule occupante du lieu, était une vieille femme ridée, vêtue d'une robe lavande à la couleur passée, perchée sur un haut tabouret sous l'énorme busard d'un ventilateur qui déplaçait l'air chaud au plafond. Elle ne prit pas la peine de saluer Sarah et resta assise sans bouger pour ménager son énergie, en dominant un ensemble de produits – quelques paquets de chewing-gum Chiclets, deux bocaux de bonbons et quelques rouleaux de réglisse – qui auraient pu sortir en bondissant de l'enfance de Sarah. Les odeurs qui flottaient dans l'air avaient la douceur poudreuse du sucre glace, la puanteur des mouches qui bourdonnaient sur les tubes aux infrarouges branchés sur le mur et non sur les vieux attrape-mouches bleus, et l'arôme piquant des tranches de biltong, striées de gouttelettes de graisse jaune, qui pendaient au plafond. Une liste de prix, accrochée à côté du biltong, lui apprit qu'on pouvait aussi acheter un demi-pain blanc, ou une seule cigarette, ou une cuillerée de petits pois surgelés.

Il n'y avait rien que Sarah eût envie de manger. D'un signe de tête, elle salua la femme qui ne la reconnut toujours pas, puis s'en alla.

Elle se dirigea vers le centre commerçant de la ville sous le soleil écrasant, en se faufilant sur les trottoirs encombrés d'étals de fortune sur lesquels on vendait des vêtements bon marché. L'effet du décalage horaire se faisait encore sentir et troublait sa concentration, aussi, quand une rangée de boutiques qui lui avaient été familières autrefois apparut soudain, fut-elle prise au dépourvu. Elle s'arrêta et regarda stupéfaite les bâtisses basses dont les auvents rayés surmontaient toujours chaque entrée et dont les toits de tôle ondulée verte brillaient toujours dans la lumière. Elles étaient si caractéristiques et faisaient tellement partie de son enfance qu'elle aurait pu retrouver la suite de leurs couleurs les yeux fermés : bleu ciel, jaune citron, terni avec le temps, vert olive et à nouveau bleu.

La boutique de son père avait été celle à l'auvent vert. Elle se protégea les yeux de l'éclat du soleil et la regarda attentivement. Ses parents l'avaient quittée dix ans plus tôt et cependant l'enseigne de son père – Optique Barcant – était toujours accrochée à la même barre de métal, et une brusque rafale de vent chaud la fit se balancer d'avant en arrière en rythme avec l'enseigne de la boucherie Venter, celle de l'Unisex Salon de Sue Anne et enfin celle de la Pharmacie Lou.

Tout redevint parfaitement calme. Le soleil était trop violent : son regard se troubla. Elle se retourna et regarda dans la Grand-rue, vers l'extrémité de la ville où la platitude s'engouffrait dans le semi-désert. Les couleurs étaient celles de son pays : les bruns et les rouges de l'horizon lointain, le vert olive des collines couvertes de broussailles qui commençaient sur le bord de la route. Puis un spectacle la paralysa : un énorme crucifix, haubané aux quatre angles par des câbles haute tension, planté au sommet de la colline. Oublier ce symbole de la loi blanche, ainsi que l'église qui la soutenait et dominait la ville, était le signe qu'on avait voyagé vraiment très loin. Mais, au fond, peut-être pas : adolescente, elle avait passé beaucoup de temps sur la colline, perdue dans une contemplation mélancolique des insuffisances de sa vie, tout en oubliant la signification de cette croix.

Une violente explosion – la pétarade d'un camion – la ramena à la réalité. Au bon moment. Sans être capable de savoir ce qu'elle faisait ici, debout, perdue dans sa rêverie. Mais tel était le pacte conclu avec elle-même en acceptant de répondre à l'appel de Ben : ne pas se laisser entraîner dans la contemplation de son passé. Quitter la petite ville de Smitsrivier avait été le but de son enfance, un but entièrement atteint, selon ses souhaits. Être ici signifiait faire un travail que Ben lui avait demandé et elle lui devait trop pour imaginer un refus. C'était tout.

Elle traversa la rue, passa sous le réverbère recourbé, s'avança jusqu'à la porte vitrée de l'opticien et s'arrêta pour regarder par une des vitres sales. Un nouveau pas dans le passé. Devant le comptoir de bois éraflé, trois hommes examinaient des lunettes de lecture toutes prêtes. De leurs mains calleuses et brunes de paysans, ils caressaient les montures métalliques et, chacun leur tour, ils portaient les lunettes devant leurs yeux pour lire le journal qu'ils avaient dû – elle le savait – acheter pour l'occasion. Quand ils entendirent le bruit étouffé et familier de la petite clochette de cuivre de la porte, les trois clients se retournèrent. Ils étaient habillés presque de la même façon, une chemise d'une blancheur de neige au col ouvert, et un pantalon brun, le tout parfaitement repassé mais avec des poignets usés, effrangés et tachés à cause de trop nombreux contacts avec la terre rouge de Smitsrivier. Deux des hommes touchèrent du doigt le bord de leur chapeau en guise de salut, tandis que le troisième hochait gravement la tête.

Les trois hommes se tenaient devant le comptoir et empêchaient Sarah de voir au-delà. Pendant un instant, elle imagina que, tout comme les clients et l'enseigne de la boutique, le paysage et ses sensations qui étaient restés les mêmes, rien d'autre n'avait changé. Lorsqu'ils s'écarteraient, son père, tendre, blanc, malléable, avec son visage aimable, ses yeux bleu pâle et son sourire, lui apparaîtrait.

Un des hommes se déplaça et révéla non pas son père, mais un autre opticien de trente ans plus jeune, et beaucoup plus mince, un inconnu qui parlait anglais avec l'accent afrikaner: «Que puis-je pour vous, mademoiselle?»

Elle ne répondit pas et resta là, dans cet espace aux couleurs tapageuses, en pensant que son père avait beaucoup aimé cette boutique qui avait été la réalisation de ses ambitions – une boutique à lui. Elle sourit. Il avait dû se demander souvent comment lui, un homme doux, satisfait de son travail, de sa ville et de sa femme repliée sur elle-même, avait pu avoir une fille aussi sauvage, aussi incontrôlée et incontrôlable. Avec ses grandioses ambitions et sa détermination à franchir les montagnes, ses parents avaient dû trouver que c'était un vilain petit canard, le genre d'enfant qu'aurait engendré le couple exotique des Hoffman – Ben et Anna – et non les Barcant, ces gens bien ordinaires.

Devant son silence, l'opticien lui demanda à nouveau, avec insistance: «Je peux vous aider?» Il avait un regard dur.

Elle secoua la tête et sourit: «Je jetais simplement un coup d'œil», lui dit-elle avant de quitter la boutique.

Au-dehors, une rangée d'hommes en cotte bleue se passaient des tonnelets de bière depuis un camion jusque dans un magasin d'alcools. Tout en observant le balancement aisé de leurs bras, brillants de sueur dans la chaleur, elle se demanda vaguement si la vie que menaient ses parents leur convenait, maintenant qu'ils étaient installés à Perth.

Ils s'écrivaient, bien sûr, et s'étaient même rendu visite, mais ce n'étaient pas des gens très expansifs et il était impossible de savoir si sa mère était plus heureuse loin des incertitudes de l'Afrique du Sud ou si son père savait occuper ses mains anxieuses pendant sa retraite.

Une voix caustique cria «*Kwela Kwela*»: on déchargeait le dernier tonnelet de bière et les hommes se hissèrent à l'arrière du camion. Quand il s'éloigna, elle aussi s'en alla et poursuivit son pèlerinage dans la Grand-rue.

. 4

Ben Hoffman entendit des pas devant son bureau puis le grincement d'une porte qu'on ouvrait. Ce ne pouvait être Sarah – il l'aurait vue monter l'allée. Ce devait donc être sa femme Anna, qui venait voir s'il dormait. Il ferma rapidement les yeux. Pourquoi lui donner un autre sujet d'inquiétude? Elle voulait qu'il se repose... bien, alors, elle le trouverait en train de se reposer.

Quelques instants plus tard, la porte se referma emportant le parfum d'Anna, un mélange de jasmin et de pâte qui lève. Mais Ben resta allongé sans bouger et ce n'est que lorsqu'il fut certain de son départ qu'il quitta le divan pour le bureau. Sa montre de gousset en or était posée sur le bois ciré. Trois heures. Était-ce possible? Le temps semblait passer très lentement. Il reposa sa montre et regarda par la fenêtre, au-delà du jardin luxuriant d'Anna, au loin, là où le soleil aveuglant avait tout décoloré sauf la crête des montagnes. Sa montre devait être à l'heure. Il faisait trop clair pour qu'il soit plus de trois heures.

Ses yeux tombèrent sur la photo du fils de James Sizela. James l'avait déposée lui-même soigneusement sur le buvard, et il vit le regard du jeune homme. Il prit la photo et l'observa attentivement avec ses lunettes demi-lunes. Son père n'aurait pu le renier. Il avait la même peau couleur écorce de cannelle, les mêmes yeux légèrement bridés, de hautes pommettes et un front dégagé. Le père et le fils: en fait, pensa Ben, la seule différence entre eux tenait à leur âge et, au moins sur la photo, à l'absence de raideur du jeune homme, qui était la caractéristique du père. James Sizela était un homme qui semblait ne jamais se courber et cette photo du fils souriant était si vibrante et si vivante que la vérité semblait presque impossible à Ben: Steve était mort depuis longtemps.

Il reposa la photo et se rappela la récente visite de James. Il s'était assis là, sur le canapé, grand, décharné, les cheveux gris, et de cette voix lente et tendue qui était la sienne, il avait raconté à Ben qu'il avait croisé Pieter Muller dans la Grand-rue.

«J'ai regardé dans le cœur de Pieter Muller», avait dit James.

Oh oui. Aujourd'hui, une semaine après la visite de James, Ben pouvait encore imaginer la rencontre. Ces deux hommes, les yeux dans les yeux, dans l'immensité de la Grand-rue recouverte de poussière. Le sévère directeur d'école face à l'ancien policier costaud et déterminé, Muller, tous deux de purs produits de l'ancienne Afrique du Sud.

«Maintenant, je sais avec certitude, avait repris James, que Pieter Muller a tué mon fils.»

Alors que James prononçait ces mots, Ben s'était assis en pensant que ce n'était pas tout à fait une surprise que James accuse Muller de la mort de Steve. L'hypothèse de la culpabilité de Muller courait dans Smitsrivier depuis plus de treize ans, depuis que, sur l'ordre de Muller, Steve avait été arrêté et avait disparu. On n'en avait aucune preuve concrète mais la plupart des gens, et assurément les Noirs, croyaient que Steve était mort et que Muller en était responsable. Mais depuis toutes ces années que Ben le connaissait, James n'en avait jamais dit autant.

Cependant, Ben avait perçu aussi une sorte de fermeté et d'urgence dans la voix de James. Il savait pourquoi. C'était à cause de la venue de la Commission Vérité et Réconciliation – pour James, la dernière chance de retrouver le corps de son fils.

Ben regarda impatiemment sa montre. Trois heures dix. Le temps n'avançait pas. Il se détourna de la fenêtre et parcourut le bureau des yeux, le riche tissage de son tapis persan qu'il adorait, le cramoisi sombre des abat-jour à pompons et la surface de bois ciré de son bureau. Il n'y avait personne d'autre mais il ne se sentait pas seul. Le spectre de James semblait se trouver dans la pièce avec lui, il lui rappelait cette file ininterrompue d'Africains qui, au cours des années, avaient demandé à l'avocat de les aider. James, lui, n'était jamais venu. Faire le voyage depuis le township jusqu'à Smitsrivier, se présenter ici et frapper à la porte de Ben sans avoir pris rendez-vous montrait sa détermination.

Ce n'était pas, pensa Ben, que James ait manifesté la moindre impatience. Il ne se comportait pas ainsi. Il était resté assis, presque immobile, et avait dit de la voix lente et tendue qui lui était caractéristique: «Je suis réaliste, je sais que Muller ne sera jamais jugé pour l'assassinat de Steve. Cela, je peux l'accepter.»

James avait marqué une pause et Ben s'était demandé: un homme aussi droit que James Sizela pouvait-il vraiment ignorer ainsi son besoin de justice et même de vengeance? Peut-être. Une part de Ben l'espérait. Si l'on ne voulait pas que le présent soit englouti dans le marécage du passé, alors de nombreux pères comme James devaient faire comme l'affirmait ce dernier – ils devaient dire: ça suffit comme ça.

« Le moment est venu, reprit enfin James. Nous devons retrouver Steve. »

Tout en remarquant l'emploi du collectif « nous », Ben se dit que jusqu'à cet instant il n'avait jamais renvoyé de client. En tout cas, un client dont l'affaire était importante. Il n'y avait aucun avocat noir qualifié à cinquante kilomètres à la ronde, et Ben avait été le seul avocat blanc disposé à se charger d'un dossier « politique », à une époque où politique signifiait tout ce qui arrivait à un Noir. Il avait par conséquent été très occupé. Mais cela ne le dérangeait pas. En réalité, autrefois, ses chances étaient si faibles qu'il avait fini par perdre plus de procès qu'il n'en gagnait, mais il n'en avait pas moins eu une vie bien remplie. Une bonne vie, qui avait valu la peine d'être vécue. Une part de sa vie maintenant terminée. Ben avait officiellement pris sa retraite – tout le monde, à Smitsrivier, le savait. Il s'était promis de faire la sourde oreille aux sirènes de son propre enthousiasme et de vivre les années qui lui restaient en paix avec Anna. L'Afrique du Sud avait changé. Sa tâche était achevée.

Alors, quand James avait fini de parler, Ben avait fait tout son possible pour qu'il s'en aille en comprenant qu'il lui suffisait d'attendre que Muller dépose une demande d'amnistie auprès de la Commission. Quand Muller le ferait, il serait obligé, d'après les lois d'amnistie, de révéler tout ce qu'il savait sur l'endroit où se trouvait Steve.

Mais James avait secoué la tête et dit qu'on avait entendu Muller se vanter qu'il ne déposerait jamais de demande d'amnistie.

Ben se garda bien de mettre ses paroles en doute. Si quelques ex-policiers s'étaient précipités pour demander une amnistie, la plupart de ceux qui l'avaient fait n'avaient cherché qu'à échapper à la prison. Quant à ceux qu'on n'avait jamais poursuivis pour leurs actions passées, ils se considéraient comme des fonctionnaires loyaux, respectueux des lois, qui n'avaient fait que ce qu'exigeait leur fonction et qui, par conséquent, ne voyaient pas pourquoi ils devraient s'humilier devant une commission quelconque. Muller appartenait à cette catégorie d'hommes.

« J'ai accepté la vérité, avait dit James. Mon fils est mort. Tout ce que je veux maintenant, ce que nous voulons tous les deux, c'est être autorisés à ensevelir son corps pour qu'il repose en paix. »

Ben avait senti les fils de l'obligation qui se resserraient et il avait changé de place, mal à l'aise.

« S'il vous plaît, Ben. » James avait tendu le bras et avait serré la main de Ben, une main pâle, couverte de taches brunes.

A ce moment-là, Anna était passée devant la fenêtre. Elle avait regardé et les avait vus se tenir la main à la façon des Sud-Africains. A l'expression de sa femme, Ben pouvait dire ce qu'elle voyait réellement. Deux hommes âgés. L'un vivait les derniers jours de sa vie, l'autre peinait sous le poids d'une mort qu'il avait dû souvent souhaiter être la sienne. Anna était restée immobile et Ben avait su ce qu'elle pensait quand à la fin elle avait hoché la tête avant de s'éloigner. S'il lui avait demandé ce qu'il devait faire, elle n'aurait pas pris la peine de lui répondre. C'était inutile : il le savait. Qu'il ne pense plus à son travail. Mais il ne pouvait le lui accorder. Les paramètres étaient trop clairs : James était un homme obstiné et déterminé, aussi résolu à découvrir la vérité que Pieter Muller était résolu à la cacher, et ni Ben ni personne ne pouvait rien faire pour empêcher les deux hommes de s'affronter. Et si Ben ne pouvait arrêter James, il devait l'aider.

Il pouvait lire dans les pensées d'Anna; il le lui dit. Elle avait raison. Il était le premier à reconnaître qu'un sentiment d'obligation n'était pas sa seule motivation. Il y avait aussi l'anticipation d'une bataille à laquelle il allait participer: ce mélange d'intelligence et de morale. La chasse. Il avait ressenti les premiers signes de cette ancienne excitation quand il avait proposé à James que, si Muller ne demandait pas d'amnistie, ils pourraient le poursuivre devant un tribunal pénal.

«Le poursuivre?» James en perdit son contrôle habituel. «Mais je croyais que la Commission Vérité et Réconciliation écartait la possibilité d'avoir recours à la loi?

– C'est juste, avait répondu Ben. Mais seulement pour ceux qui vont devant la Commission.» Plus Ben y réfléchissait et plus cela lui semblait coller. Si Muller déposait une demande d'amnistie, il serait automatiquement protégé contre toute poursuite pénale. Mais, dans le cas contraire, ils pourraient retourner cette attitude de défi contre lui. Ils feraient en sorte que son rejet des nouvelles règles du jeu lui devienne insupportable et qu'il ne puisse pas résister. En le poursuivant, ils se serviraient de la loi pour lui faire peur et l'obliger à déposer une demande d'amnistie, et ainsi il devrait leur dire ce qu'il avait fait du corps de Steve.

L'enchaînement était parfait. La Commission Vérité et Réconciliation allait venir en ville et amènerait avec elle l'ancien collègue de Muller, le policier emprisonné, Dirk Hendricks.

«Dirk Hendricks dépose une demande d'amnistie pour avoir torturé Alex Mpondo, avait dit Ben à James. Nous pourrions nous servir d'Alex pour forcer la main à Hendricks. Savez-vous qui est l'avocat d'Alex?»

James fit la moue comme à son habitude quand on parlait d'Alex Mpondo. «Il n'a pas d'avocat, répondit-il. Il a fait savoir qu'il ne se présenterait pas à l'audience. Il pense peut-être que tout cela n'est pas digne de lui maintenant qu'il est député.»

Ben cligna des yeux. «Ce n'est pas bon. Vous savez comment ça se passe: sans Alex pour s'opposer à Dirk Hendricks, l'audition sera une pure formalité. Alex est notre levier. Nous avons besoin qu'il vienne à Smitsrivier pour s'opposer à Hendricks– Ben regarda attentivement James. Pouvez-vous le convaincre de changer d'avis?»

Pendant un moment, James était resté assis, à réfléchir, puis il avait dit: «Je vais demander à quelqu'un de prendre contact avec Mpondo», avant de détourner les yeux.

C'était tout ce dont Ben avait besoin. Ils étaient bien d'accord. Le plan était simple. Les meilleurs plans l'étaient toujours. Ils se serviraient de la présence d'Alex Mpondo à l'audience pour menacer Hendricks: s'il ne révélait pas ce qu'il savait de la complicité de Muller, il pourrait ne pas obtenir son amnistie. Ainsi, Muller se retrouverait coincé en tenaille: d'un côté sa peur de ce que pourrait dire Hendricks, et de l'autre la menace de poursuites pénales.

Un plan simple qui exigeait la présence d'une autre personne, maintenant que Ben avait moins d'énergie: Sarah Barcant.

Sarah. Il tenait enfin l'excuse qu'il cherchait. «Si vous obtenez qu'Alex assiste à l'audience, dit-il à James Sizela, je téléphonerai à mon ancienne étudiante, Sarah Barcant. Elle a l'expérience dont nous avons besoin. Je vais lui dire que nous avons absolument besoin d'elle.»

Et voilà. Le piège était tendu.

Ben regarda à nouveau sa montre. Une demi-heure seulement s'était écoulée. Il fronça les sourcils et, d'un geste impatient, il releva une mèche de cheveux gris qui lui pendait sur le visage.

5.

La poussière. L'espace en était saturé et elle ne cessait de s'accumuler : des nuages de poussière rouge qui entraient en bouffées par les interstices des portes du fourgon. Ça ne dérangeait pas Dirk. Au contraire. Dans sa cellule de la prison de Pretoria le mélange nauséabond des odeurs de sueur rance, de désinfectant âcre et de cire poisseuse pour le sol lui rappelait en permanence son incarcération. Mais maintenant qu'il contemplait les parois sans ouverture du fourgon, la sensation des grains de poussière qui lui irritaient la peau et leur odeur l'aidaient à imaginer l'étendue sans fin du paysage au-delà des limites du véhicule.

Il jeta un coup d'œil à sa montre pour confirmer ce qu'il savait déjà : ils allaient bientôt arriver à Smitsrivier. Il s'était entraîné à rester toujours calme et pourtant il sentit sa bonne humeur revenir.

A ce moment, un cahot le fit tomber de la petite banquette en fer et il heurta la paroi métallique. Alors qu'il se hissait sur le siège, il y eut une nouvelle embardée. Cette fois, il se méfiait et il écarta les pieds pour ne pas se cogner à nouveau. Un autre écart. Merde, c'était sûrement pas un policier, un policier formé, qui conduisait comme ça. Il entendit le moteur s'emballer. Ce salaud le fait exprès, se dit-il, même un imbécile trouverait difficile de nous en faire autant baver sur la longue route goudronnée et plate qui conduit à Smitsrivier.

Brusquement, la seule explication possible lui apparut. Ils devaient avoir quitté la route.

Le fourgon vibra, le moteur ronfla. En écoutant le rugissement, Dirk se rendit compte aussi que les roues patinaient. Du sable. Si le crétin de conducteur ne faisait pas attention, il creuserait un trou avec les roues et il faudrait un tracteur pour les sortir de là.

Brusquement, le fourgon fit un bond en avant, il sortit des ornières et continua sur le sol inégal. Mais où étaient-ils ? Pas sur la route de Smitsrivier. Il n'y en avait qu'une qui entrait en ville et une qui en sortait, et elle était goudronnée et en parfait état. Les chemins aussi défoncés que celui-ci s'éloignaient de la ville et conduisaient dans les montagnes, vers cette région brûlée et impitoyable où une rare ferme était le seul signe de présence humaine.

Un changement d'itinéraire ?

Et un changement de plan ? Les instructions données au conducteur, hurlées pour que tout le monde puisse les entendre, étaient claires. Il devait prendre Dirk Hendricks à l'aéroport de Port Elizabeth, où l'avion de Pretoria avait atterri, et le conduire au commissariat de police de Smitsrivier où il resterait détenu pendant toute la durée des audiences de la Commission Vérité et Réconciliation. Quand l'avion de Dirk avait atterri, les noms des membres de son escorte avec leurs années de service et leur date de naissance, la route que le fourgon devait prendre, tout cela avait été dûment porté par écrit. Ce ne pouvait être une embuscade : le prendre au piège délibérément dans cette situation aurait été de la folie.

Le fourgon s'arrêta si brusquement que Dirk fut projeté en avant. En se concentrant pour se redresser, il n'entendit pas le bruit des bottes qui martelaient la terre. La porte qui s'ouvrit brutalement le prit totalement par surprise. Il était à moitié par terre, à moitié redressé et clignait des yeux. Comme un animal. La lumière aveuglante du jour emplit l'obscurité, et il ne put que distinguer la forme obscure d'un homme, qui se dressa, se pencha à l'intérieur, tendit les mains et détacha la chaîne qui fixait les menottes de Dirk au plancher. L'apparition presque magique d'un homme qui recula et sembla se volatiliser.

Le silence. Dirk avait oublié à quel point le semi-désert pouvait être silencieux et à quel point la lumière pouvait être intense. Tout ce qu'il voyait au-delà de la porte arrière du fourgon, c'était un paysage décoloré qui vibrait dans la brume de chaleur, une vaste étendue brune, mal définie, de buissons et de terre. Un spectacle autrefois familier. Ce n'était pas la ferme, n'est-ce pas ?

Cette idée même lui fit retenir sa respiration. S'ils l'avaient conduit à la ferme, il n'en sortirait rien de bon. Non, bien sûr. Il sentit l'angoisse le quitter. Ce n'était pas la ferme. Le paysage était beaucoup plus sauvage et sans trace de culture. Il poussa un soupir, s'assit et attendit.

Puis l'idée lui vint qu'il devait faire une cible parfaite, assis passivement en pleine lumière. Dès que cette idée lui traversa l'esprit, il se remit en mouvement, il s'avança et sortit. Il sauta à terre, s'accroupit dans la poussière, et se redressa en inspectant les environs. Le soleil était écrasant, son éclat réduisait les couleurs mais, à cause de l'absence de toute construction et de toute clôture, il sut qu'ils se trouvaient au beau milieu de ces terres immenses non cultivées, sans repères, qui entouraient Smitsrivier. Il regarda à gauche. Il y avait un arbre mort, une des branches à moitié coupée se détachait sur l'horizon et, à côté, il y avait la silhouette d'un homme, un des gardes, dont les lunettes noires reflétaient le soleil, et qui tenait son fusil posé sur la hanche. Il détourna le regard vers la droite et vit que le second garde s'était placé de l'autre côté. Lui aussi tenait son arme et restait immobile devant l'immensité du ciel bleu.

Et là-bas, derrière ce deuxième homme, rangée sur le bas-côté du chemin défoncé, il y avait une ancienne Mercedes, en parfait état et lustrée. Dirk la connaissait bien. C'était la voiture de Pieter. Un coup d'œil sur l'extérieur vert sale suffit pour que son arôme particulier – ce mélange étrange de vernis frais et de merde de poule – lui revienne.

Et là : l'homme lui-même. Le vieil ami de Dirk, Pieter Muller. Sa barbe rousse caractéristique, qui grisonnait. Sa carrure massive et souple quand il bougea. Sa forte tête qui fit un signe au garde le plus proche, et sa main qui se tendit. Alors que Dirk observait, leurs paumes claquèrent l'une contre l'autre. C'était fait de façon experte, un échange accompli rapidement, et le garde dit : « Une minute. Pas plus. » Et il s'éloigna.

N'importe quel autre homme se serait approché de Dirk, lui aurait serré la main et lui aurait donné des claques dans le dos. Mais Pieter n'était pas n'importe quel autre homme. Il se contrôlait toujours, il était toujours responsable, et il s'approcha simplement un peu avant de s'arrêter et dire : « Dirk. »

Dirk baissa la tête. « Pieter. »

N'importe quel autre homme, à cet instant, aurait fait référence à la situation dans laquelle ils se trouvaient – Pieter, dans les affaires, Dirk, en prison – ou aurait dit son plaisir de revoir Dirk ou encore lui aurait dit qu'il avait vraiment une sale gueule. Pieter resta immobile et ne dit rien.

Le silence. Il leur avait été familier autrefois. Un silence né d'abord de la crainte que l'homme le plus âgé inspirait à Dirk et qui, graduellement, d'une compréhension mutuelle avait fini par devenir une véritable amitié. Un silence qui avait aussi trempé dans les jours de sang, une façon d'échapper à tous ces mots hurlés dans la fureur. Un silence qui n'était plus possible parce que dans les sables mouvants des temps nouveaux, même si les mots étaient durs, les choses non dites qui rôdaient sous la surface étaient bien plus dangereuses encore.

Dirk rompit le silence: «Comment va Marie?

– Tu la connais– Pieter haussa les épaules. Elle ne se plaint jamais.»

Oui. Dirk la connaissait effectivement. Il n'ajouta rien, en pensant que la maladie de Marie avait dû affecter la carrière de Pieter, en limitant ses possibilités de manœuvre, en l'obligeant à rester près de chez lui. Était-ce la source, se demanda Dirk, de cette fureur qu'il soupçonnait sous ce calme apparent?

«Et Katie? demanda Pieter.

– Partie.»

Pieter accueillit cette information comme s'il ne s'agissait pas vraiment d'une nouvelle. «Je peux te fournir quelque chose? Des cigarettes? De l'argent?

– Non, répondit Dirk. Merci. J'ai tout ce qu'il me faut.

– Rien d'autre?»

Dirk sourit et dit: «Non. Mais merci», en pensant que bien peu de ses compatriotes auraient pris autant de risques pour lui offrir leur aide. En fait, se dit-il, et son sourire s'effaça, ceux qui autrefois avaient été les premiers à se vanter de leur courage pour défendre leur république avaient aussi été les premiers à réagir au destin néfaste de Dirk en se fondant dans la nouvelle Afrique du Sud.

« Si tu as besoin de quelque chose, dit Pieter, tu le dis à un de ces deux types. » Et il pencha la tête dans la direction où les gardes avaient disparu. « Ils me le feront savoir. »

Comme s'ils répondaient à une sorte de signal secret, les deux gardes réapparurent. « C'est l'heure », dit l'un d'eux. Ils étaient concentrés, inquiets. On pouvait le comprendre. Leur heure de départ de l'aéroport avait été notée : si le trajet jusqu'à Smitsrivier devait encore se prolonger, on leur poserait inévitablement des questions.

Pieter hocha la tête. Il dit aux gardes : « Je vais attendre que vous soyez partis. » Mais à Dirk il ne dit rien. Il lui tendit simplement la main. A cet instant, en regardant Pieter dans les yeux, Dirk vit quelque chose qu'il ne comprit pas. Était-ce une question ?

Non – bien plus qu'une question.

Il sait ce que j'ai fait, se dit Dirk.

Puis la main de Pieter toucha celle de Dirk et l'instant passa, et Dirk crut qu'il s'était imaginé des choses. Ce qui avait été fait appartenait au passé. C'était fini. Disparu. La seule chose qui comptait maintenant c'était le présent et, dans ce présent, il voyait Pieter qui souriait et il sentait la main de Pieter dans la sienne.

Étrange de voir comment les choses les plus simples étaient devenues ce qu'il y avait de plus important. Le contact d'une paume – pas la poignée de main superficielle d'un avocat, ni la main molle d'un enquêteur de la Commission Vérité et Réconciliation, mais un échange entre deux amis. Entre égaux.

« Venez », dit le garde et il conduisit Dirk vers le fourgon.

Quand il monta à l'arrière, il trouva un paquet sur la banquette. Une cartouche de Camel. Un cadeau de Pieter. Dirk poussa la cartouche et s'assit, en attendant qu'un des gardes vienne attacher la chaîne, mais ils se contentèrent de refermer la porte en le bouclant dans la pénombre. Devait-il aussi cela à Pieter?

Il entendit une voix qui disait: « Il y a une voiture en bas, sur la route. On partira dès qu'elle ne sera plus là. »

Dirk s'adossa à la paroi et attendit que le moteur se remette en marche. Une portière claqua et le fourgon s'élança. Il resta assis, accroché à la banquette métallique. Il avait appris une chose: trop d'introspection pouvait conduire un homme aux limites de la folie. Penser à Pieter, même seulement en passant, c'était une façon d'appeler d'autres pensées qu'il valait mieux écarter. Il appuya le dos à la paroi, étendit les jambes et ferma les yeux. Bientôt, se dit-il, il se retrouverait devant Alex Mpondo et tout serait presque fini.

Il n'y en avait plus pour longtemps maintenant, se dit-il, et le fourgon fit une embardée.

6.

La vieille Corolla bleu pâle d'Alex Mpondo n'avait pas la climatisation et il avait fait si chaud que sa sueur avait dessiné des sillons sur sa peau et maintenant elle lui coulait du front sans entraves et tombait sur son T-shirt déjà trempé. Dans des circonstances normales, la perspective d'une bière Castel glacée l'aurait incité à écraser l'accélérateur, mais il ne s'agissait pas de circonstances normales. Plus il approchait de Smitsrivier, moins il roulait vite. Un panneau lui indiqua qu'il n'en était plus qu'à quelques kilomètres et il leva encore le pied. Sa répugnance à atteindre Smitsrivier l'emportait sur la perspective d'une Castel glacée. La pensée que quelque chose de terrible allait s'y passer ne le quittait pas, même si, sur un plan rationnel, il savait que c'était peu vraisemblable. Il ne se passerait rien. Rien. Tout avait eu lieu il y avait bien longtemps.

Il regarda par la fenêtre, en concentrant son attention sur la monotonie d'un paysage qui semblait infini. La région, limitée par la chaîne des Sneeuberg Mountains, s'étend entre la Great Fish River et la Kei River. Des siècles auparavant, les colons blancs s'étaient avancés jusqu'ici et avaient repoussé devant eux les Xhosas vaincus. C'était une terre exigeante, les innombrables buissons et les arbres rabougris, bruns, jaunes et gris dans la lumière aveuglante du soleil de midi, avaient été les témoins silencieux de ces massacres.

Quand était-il venu pour la dernière fois? Il y avait longtemps: une dizaine d'années. La lumière modifiait tout ce qu'elle touchait et transformait la peau de cette vache ordinaire, là-bas, en un velours rouge-brun, riche et sensuel. C'était en 1985, pendant l'état d'urgence. Treize ans plus tôt, presque quatorze ans, la préhistoire, une histoire qui avait disparu.

Il n'avait plus de famille à Smitsrivier, et pourtant il y allait, épuisé à force de ressasser cette pensée devenue son compagnon fidèle. Une pensée, en fait une question: «Pourquoi est-ce que ce salaud a déposé une demande d'amnistie?»

Ce salaud. Dirk Hendricks. Il avait fallu à Alex des années pour se remettre, même partiellement, de ce qu'Hendricks lui avait fait subir. Des années pendant lesquelles il s'était réveillé après deux heures de sommeil en sachant qu'il ne dormirait plus cette nuit-là, des années pendant lesquelles le parfum d'une savonnette Lux ou d'une marque précise d'eau de Cologne bon marché ou d'un plancher ciré suffisait à tout supprimer pour ne laisser que cet instant, figé dans sa souffrance, quand seule la mort offrait un soulagement.

Et maintenant, à cause de cet emmerdeur borné d'Hendricks et de la pression que les amis de James Sizela avaient exercée indirectement sur lui, tout lui revenait. Son passé était lentement déterré et rien ne pouvait le chasser. Il devrait bientôt faire ce qu'il s'était juré ne jamais recommencer: affronter Dirk Hendricks.

Rien de bon ne pouvait en sortir, pas pour Alex. Pour lui, il n'y avait rien dans tout cela.

Et pour Dirk Hendricks non plus, lui qui était si fier de sa pathétique intelligence qu'il avait fini par être plus malin que lui-même. Alex imaginait la logique qui avait dû filtrer dans ce cerveau tordu. Hendricks avait dû se dire que s'il ne demandait pas une amnistie pour avoir torturé Alex, alors Alex apparaîtrait comme la statue du commandeur au festin, lors d'une autre audition d'Hendricks, et qu'il utiliserait la clause des révélations pour l'empêcher de repartir libre.

Hendricks avait mis à côté de la plaque. La vérité, c'était qu'Alex ne voulait rien avoir à faire avec lui. Si Hendricks n'avait pas révélé volontairement qu'il avait été le tortionnaire d'Alex, ce dernier ne l'aurait certainement pas rendu public. Il ne voulait pas qu'Hendricks soit découvert. Ni humilié. Ni pardonné. Il ne voulait aucune compensation et il ne désirait absolument pas être obligé d'écouter Hendricks dire qu'il s'excusait. Alex avait fini par accepter ce qui était arrivé. Il ne demandait qu'une chose: qu'on le laisse en paix.

Et pourtant, maintenant, il n'avait pas le choix. Hendricks avait déposé une demande d'amnistie pour avoir torturé Alex : Alex devait l'affronter. Non pas pour lui-même, oh non ! mais pour James. Comme la théorie des dominos : Pieter Muller ne tomberait que si Hendricks le balançait, Hendricks ne balancerait Muller que si Alex se trouvait là pour exercer une pression, mais Alex s'opposerait à Hendricks uniquement parce que c'était ce que voulait James.

La route tournait à gauche. Après, il le savait, il y avait le petit pont et les faubourgs de Smitsrivier. Il leva le pied de l'accélérateur et la voiture ralentit encore.

. 7

Afin de sortir de la léthargie due au décalage horaire, Sarah avait fait le tour de Smitsrivier en courant. Elle courait facilement, elle martelait ces rues, autrefois familières, beaucoup plus vite que lorsqu'elle était enfant, consciente qu'on la suivait du regard derrière les rideaux. Elle savait que le spectacle d'une femme blanche courant en short et en baskets alimenterait les conversations de Smitsrivier pendant les semaines à venir, mais elle ne pouvait pas faire grand-chose pour détourner l'attention. A New York, il y avait peut-être des milliers de gens bizarres à observer, mais ici, à Smitsrivier, avec ses vêtements à la mode et ses manières de citadine, elle était la seule personne exotique.

La course avait produit ses effets, en remettant son métabolisme en marche, mais maintenant elle était très en retard. Quand elle eut pris sa douche et enfilé une simple robe de lin, une brume bleue flottait sur une bande pourpre plus sombre et descendait sur les versants des montagnes lointaines. Ben devait l'attendre : elle quitta l'hôtel et s'éloigna rapidement, elle tourna dans la Grand-rue, de façon machinale pour se rendre chez Ben.

Son avenue était déserte. Elle entendait ses talons claquer sur le trottoir. Elle baissa les yeux et vit qu'une couche de poussière commençait à s'incruster dans le daim vert de ses sandales à hauts talons. Elles seraient bientôt abîmées. Elle devait être profondément distraite ou troublée quand elle avait fait ses valises, se dit-elle : malgré une immense collection de chaussures, dont ses amis déclaraient en riant qu'elle rivalisait avec celle d'Imelda Marcos, elle était arrivée dans cette ville avec des chaussures parfaitement inadaptées. Si elle n'y faisait pas attention, elle finirait par devoir emprunter une paire d'espadrilles à Anna – non pas, bien sûr, que la garde-robe d'Anna pût inclure quelque chose d'aussi à la mode que des espadrilles.

Francis Avenue était une de ces voies bordées d'arbres qui débouchaient toutes dans la Grand-rue, et dans lesquelles habitait la plus grande partie de la population blanche de Smitsrivier. Mais pas la famille Barcant – le père de Sarah n'avait jamais gagné assez d'argent pour que sa famille quitte la Grand-rue – et quand elle était enfant, elle avait toujours considéré Francis Avenue comme le sommet des richesses inaccessibles. Maintenant, alors qu'elle passait devant les humbles pavillons, les murets de ciment et les jardinets bien tenus, cela lui semblait bien modeste.

Cependant le quartier avait toujours le même charme pittoresque, il croulait sous les mimosas, les bougainvillées roses et violettes, des arbres immenses à grandes feuilles et, ce qui était étrange pour une ville entourée par le désert, les roses.

Le numéro 43 ne faisait pas exception. Des églantiers blancs et roses s'enroulaient autour d'une plante grimpante luxuriante et passaient par-dessus le mur. Sarah écarta les branches, ouvrit la porte et remonta la petite allée pavée. Au bout, la maison de brique était peut-être dépourvue de style mais elle avait le pouvoir de la charmer. L'exubérance du jardin y était pour quelque chose ainsi que les motifs des rideaux de dentelle, le marteau lustré de la porte, le petit carillon accroché dans le mimosa et quantité d'autres détails qui étaient un hommage aux qualités de maîtresse de maison d'Anna. Mais Sarah savait qu'en vérité, si elle aimait cette maison, cela avait moins à voir avec le décor qu'avec Ben.

Quand ils s'étaient connus, c'était un homme d'âge mûr, et elle n'avait que quatorze ans. Pour les parents de Sarah, cela avait dû sembler une alliance étrange – Ben irascible, théâtral, sans enfants, associé avec leur fille bagarreuse et rebelle – mais cette alliance avait tenu. Bien plus. Pour Sarah, l'amitié se révéla un tournant. En lui ouvrant un univers dont elle n'avait que soupçonné vaguement l'existence, Ben avait changé sa vie. Contrairement à tous les autres habitants blancs de Smitsrivier, ses intérêts allaient bien au-delà des limites de la ville. Tout le passionnait: la politique, l'art, le droit, l'histoire. Quand il lui offrit cet univers, elle tendit les deux mains vers lui et bientôt, elle passa plus de temps dans Francis Avenue que dans la Grand-rue. Par conséquent, il ne fut pas étonnant, lorsqu'elle alla à l'université, qu'elle choisît de suivre les traces de Ben et de faire des études de droit, et il ne fut pas étonnant non plus que, lorsqu'elle eut des ennuis, ce fût vers Ben qu'elle se tourna et que Ben la sauvât.

Ce souvenir la fit sourire. Après toutes les affaires qu'elle avait instruites, la sienne lui semblait bien insignifiante. Et elle l'était effectivement – on l'avait arrêtée dans un shebeen*, c'était tout. Cependant, à l'époque, cela semblait très grave. Rétrospectivement, elle savait que la police qui avait menacé de la poursuivre d'après la loi contre l'Immoralité** essayait seulement d'humilier cette jeune Blanche qui avait violé tous les tabous en osant traîner dans un bar pour Noirs ; à l'époque, elle avait pris leurs menaces au sérieux. On l'avait enfermée dans une cellule et elle avait eu peur à mourir de ce que les policiers pouvaient lui faire, et en imaginant que, non seulement sa réputation, mais aussi la carrière qu'elle n'avait pas encore entamée seraient ruinées. Et c'est alors qu'elle avait entendu la voix autoritaire de Ben qui exigeait sa libération, ce qu'il obtint en quelques minutes.

Ils n'en avaient jamais parlé. Il ne lui avait pas demandé pourquoi elle avait pris un risque aussi stupide simplement pour se rebeller. Peut-être avait-il compris que le malaise créé par cette expérience avait commencé bien avant son arrestation, quand elle s'était rendu compte, à la façon dont on l'avait traitée dans le shebeen, qu'elle n'était pas non plus à sa place dans ce monde. Pas étonnant dans ces conditions que, lorsque peu de temps après on lui avait offert une place à Harvard, elle n'eût pas hésité.

Il y avait quatorze ans. Une timidité inhabituelle l'envahit brusquement. Plus elle s'approchait de la porte et plus elle traînait les pieds.

A quelques mètres de la fenêtre du bureau, elle aperçut Ben assis à son bureau qui regardait quelque chose

---

* Débit de boissons illégal dans les townships du temps de l'apartheid. (*N.d.T.*)

** Loi d'apartheid qui interdisait toute relation entre races. (*N.d.T.*)

avec ses lunettes demi-lunes. Il ne semblait pas avoir remarqué sa présence. Cela la rendit heureuse. Elle s'arrêta et resta totalement immobile, à l'observer.

Il s'étira, alluma une lampe garnie de pompons et il lui apparut dans le rayon de lumière artificielle – son visage très pâle, ses cheveux bouclés complètement blancs. Ce spectacle la pétrifia. Elle avait cru s'être préparée – il aurait vieilli à coup sûr – mais ce n'était pas seulement de la vieillesse. C'était quelque chose de beaucoup plus dramatique. Il avait l'air vraiment vieux, encadré dans le battant de la fenêtre, comme s'il ne restait plus que la coquille fragile de l'homme éclatant qu'elle avait connu autrefois. Son soupçon en entendant sa voix à New York lui revint: était-il malade?

Il leva les yeux et sursauta. Il ôta ses lunettes. Mais, après avoir regardé l'air incrédule, il ouvrit la fenêtre en grand. «Sarah, dit-il d'une voix dans laquelle perçait sa joie, te voilà.» Il sourit, se tourna vers la porte et cria: «Anna! Viens. Voici Sarah.»

Quand Ben demanda à Sarah des nouvelles de ses parents, elle sourit.

«Ils se plaisent à Perth, dit-elle. En particulier ma mère.» Puis, regardant de l'autre côté de la table de la salle à manger bien cirée, elle sourit à nouveau.

Quand elle souriait ainsi, tout son visage s'illuminait et Ben vit comme elle était belle. Elle avait changé, se dit-il, en mieux. Ses yeux bruns étaient toujours aussi animés, aussi profonds, mais elle avait appris à domestiquer sa tignasse de cheveux noirs, à l'assouplir, en dégageant son visage comme pour souligner le contraste avec sa peau fine et pâle. Elle devait faire de nombreuses conquêtes, se dit-il.

« Elle s'est mise à la natation synchronisée – Sarah fit un grand sourire et but une gorgée d'eau. Brenda Barcant dans un numéro à la Busby Berkeley. Ça défie l'imagination, non ?

– Ta mère a toujours eu en elle plus qu'elle ne voulait en montrer », dit Ben en lui retournant son sourire.

La générosité de Ben à l'égard d'une femme qui ne lui avait jamais manifesté beaucoup d'amitié fit chaud au cœur de Sarah. Elle se sentait à l'aise maintenant et n'était plus inquiète à cause de la fragilité apparente de Ben. Cela importait peu, se dit-elle : c'était toujours le Ben, impossible et généreux, qu'elle avait connu.

« Sinon comment ta mère aurait-elle pu engendrer une enfant comme toi ? dit-il.

– J'ai toujours cru que c'était un héritage génétique », répondit-elle au moment où la porte de la cuisine s'ouvrait et quand elle regarda, elle vit la lourde silhouette d'Anna qui se découpait dans la lumière au néon venant de la cuisine.

Anna plongea sa louche dans la soupière en argent. « Encore des boulettes ?

– Non, merci, répondit Sarah, mais c'était délicieux. »

Elle croisa les mains sur sa nuque et se cambra pour bien montrer qu'elle avait fini de manger. Elle avait aimé le repas. Le ragoût épais dans une sauce sombre et piquante et les grosses boulettes de viande, tout était délicieux – mais cela lui avait également rappelé que la nourriture trop riche d'Anna l'endormait toujours, en particulier par une telle chaleur. Mais maintenant elle avait une difficulté supplémentaire. Elle ne partageait plus cette passion de la viande rouge, commune à tous les habitants de Smitsrivier.

Bien sûr, cela ne voulait pas dire que tout le monde mangeait la même chose que les Hoffman. Anna avec son visage lunaire, son teint laiteux et ses bourrelets de graisse pouvait sembler tout à fait ordinaire. Mais en fonction même des choses qu'elle choisissait de cuisiner, elle se distinguait de toutes les autres femmes blanches de la ville. Et la singularité d'Anna ne s'arrêtait pas à la cuisine. Dans sa salle à manger, il y avait une magnifique table d'acajou, de riches tapis et des lampes aux abat-jour brodés – qui rappelaient plus une ville d'Europe centrale qu'une ville de colons.

« Toi, peut-être, Ben ? » Anna lança un regard plein d'espoir vers l'assiette de son mari dans laquelle la petite portion qu'elle lui avait servie était restée parfaitement intacte.

« Non. » Ben prit ses couverts. « Pas plus, merci, Anna. » Il coupa un morceau de viande et le porta à sa bouche mais son geste manquait de conviction et, avant même que la fourchette eût atteint ses lèvres, la discussion qu'il avait lancée dès qu'Anna avait apporté le plat reprit. Il tendit sa fourchette, avec le morceau de viande au bout, dans la direction de Sarah et dit : « Alors ? »

Elle sourit. C'était Ben tout craché. Elle était peut-être toujours sa petite fille chérie, après toutes ces années, mais cela ne signifiait pas qu'il lui passerait quoi que ce soit.

Il dit, d'une voix forte : « Qu'aurais-tu fait exactement dans leur situation ?

– J'aurais attendu pour voir l'équilibre des forces...

– Oh, allons Sarah. « Il l'interrompit. » Peu importe "l'équilibre des forces". Tu as oublié qu'en 1990 il y avait deux camps opposés. Appelle-les comme tu veux : les tortionnaires et les combattants de la liberté, ou les policiers respectueux de la loi et les terroristes. Les deux camps étaient en guerre et il fallait négocier la paix. C'est comme ça qu'est née la Commission Vérité et Réconciliation. » Il lui jeta un regard mauvais, la mettant au défi de le contredire.

A une certaine époque, un regard aussi énergique aurait suffi pour la faire taire. Mais plus maintenant. Après des années d'indépendance, elle n'allait pas se laisser impressionner par ses grands airs. « Est-ce que tu veux me dire que ta Commission Vérité et Réconciliation n'est qu'un... compromis ? Parce que si tu...

– Non, bien sûr que non. C'est beaucoup, beaucoup plus que ça. On doit donner une chance à ce pays, *ton* pays, Sarah, de se guérir lui-même. Tu ne le comprends pas ? Ou es-tu tellement devenue procureur que tu ne peux plus voir au-delà du droit ? »

Elle s'y attendait : il avait toujours désapprouvé le fait qu'elle soit devenue procureur. Mais pas question qu'il la détourne de son propos : « Allons, Ben, dit-elle. Même le nom est révélateur. La Commission Vérité et Réconciliation ! La vérité de qui précisément ? Selon tes propres termes : celle du tortionnaire ou celle du combattant de la liberté ? Celle du policier ou celle du terroriste ? »

Ben laissa retomber sa fourchette et son couteau en argent qui tintèrent contre son assiette. « C'est ce que tu penses ?

– Ce que je pense, dit Sarah tandis qu'Anna allait à pas feutrés prendre l'assiette de Ben, c'est que la vérité n'est pas neutre. Et avant que tu me fasses remarquer ce qui est évident, je n'essaie pas de dire que le droit est neutre. Je sais qu'il procède de façon complexe. Mais au moins le droit fournit quelques normes pour que nous puissions juger les inégalités. »

Anna prit aussi l'assiette de Sarah et sortit par la porte qui conduisait à la cuisine.

«Tu places le droit au-dessus de la vérité, n'est-ce pas ?» Ben repoussa sa chaise si brutalement qu'elle racla bruyamment le plancher. Il poussa un «pouah» de dégoût, se releva avec raideur et se mit à marcher. Comme au bon vieux temps : Ben avait toujours aimé marcher en discutant. Il s'avança jusqu'au mur en boitant et dit : «Ainsi tu préférerais qu'on subisse toute la force de la loi ?» Il était revenu près de la table. Dans un geste dont elle se souvenait parfaitement, il se pencha sur sa chaise pour la regarder bien en face. Il y avait quelque chose dans son expression – comme s'il l'évaluait – et quand il dit : «Dis-moi quelque chose, Sarah. Que doit faire un homme comme James Sizela ?» Il ne s'appuyait plus sur son pouvoir rhétorique pour l'acculer dans un coin. «Tout ce que veut James, c'est enterrer son fils, ajouta-t-il. Un désir tellement humain.»

Elle sentit qu'elle s'adoucissait. «Et tu penses que ta Commission Vérité et Réconciliation va rendre cela possible ?

– Oui. Si Pieter Muller dépose une amnistie, il devra dire où est enterré Steve.»

Elle haussa les épaules. «Et c'est là qu'est ton problème : il y a trop de si. *Si* Muller dépose et *s'il* dit la vérité. Et cet autre problème : que se passe-t-il *si* Muller demande une amnistie, dit la vérité, qu'on découvre le corps mais que James pense que ce n'est pas suffisant – qu'il en veut plus.

– Plus ? Et quoi ?

– Oh, je ne sais pas. La vengeance ? La Justice ? Deux désirs humains tout à fait compréhensibles. Au moins, le droit, bien qu'imparfait, essaie de rendre la justice.

– Mais le droit ne peut entrer en scène que lorsqu'il y a des preuves, dit Ben. Il n'y en a aucune dans cette affaire : selon toute vraisemblance, Muller lui-même les a détruites.

– Bien sûr, dit-elle. C'est un argument en faveur de la Commission, je dois le reconnaître : c'est mieux que rien. D'accord. Mais, s'il te plaît, ne prétendons pas qu'il n'y a rien d'autre. Mettons fin aux revendications grandioses de la Commission pour son projet.

– Tu te trompes, Sarah », dit Ben. Et elle sut qu'il lui aurait expliqué en détail où elle s'était trompée si Anna n'était pas revenue dans la salle à manger avec des chaussons aux pommes et un pot en argent rempli de crème et si, d'un regard, elle n'avait demandé à Ben de revenir à table.

Debout près de la porte de la cuisine, Sarah regardait Anna remplir le lave-vaisselle. Dès la fin du souper, Ben était sorti d'un pas lourd et Sarah s'était dit que, s'il ne revenait pas rapidement, elle pouvait aussi bien retourner à son hôtel. En attendant, elle s'ennuyait. Elle aurait bien aimé boire un verre mais elle savait qu'il était inutile de le demander. Si ouverts que les Hoffman aient pu lui paraître autrefois, ils ne buvaient jamais d'alcool.

Elle regarda autour d'elle. La cuisine était la pièce la plus banale de la maison, elle n'en était pas moins, pour Smitsrivier, presque baroque avec ses placards muraux à façade de bois, son vaisselier luxueux garni de porcelaine de Dresde et sa table de bois, autour de laquelle étaient disposées quatre chaises avec des coussins à fleurs. Chaque chose était à sa place, et Anna maintenait cet ordre sans accepter la moindre aide.

« Ben ne va pas bien ? » demanda Sarah à Anna.

Anna haussa les épaules. D'où elle se tenait, Sarah vit la lourde silhouette de l'autre femme se pencher un peu avant de dire: «Il est vieux. C'est tout – elle se redressa puis se retourna vers Sarah. Et tu lui as manqué. Il est heureux que tu sois revenue.»

Mais pas elle, se dit Sarah, en se demandant pourquoi elle ne s'était encore jamais rendu compte combien cela avait dû être difficile pour Anna de voir sa maison envahie par la fougue de Sarah, par sa jeunesse et son plaisir à raisonner. Tout allait bien pour Ben qui avait toujours apprécié le défi qui consistait à canaliser la révolte de Sarah dans une rigueur intellectuelle, mais qu'avait éprouvé Anna, quand tous les deux étaient assis à table, plongés dans une discussion avec parfois un commentaire négligent dans sa direction? Et aujourd'hui? Le dîner s'était déroulé comme autrefois. Anna était-elle contrariée de voir Sarah revenir perturber son calme?

«Il est dans son bureau, dit Anna. Il t'attend. Vas-y. Va le voir.»

Elle trouva Ben assis dans l'angle le plus éloigné de son bureau, sur un fauteuil à dossier droit. Il se penchait en avant. Le reste de la pièce était plongé dans l'obscurité mais un spot puissant éclairait ses épaules. Il ne semblait pas l'avoir entendue entrer, et ce n'est que lorsqu'elle s'arrêta à quelques centimètres de lui qu'il leva les yeux et se rendit compte de sa présence.

Elle éclata de rire en le voyant ainsi, avec sur le front une visière verte d'où sortaient ses cheveux en désordre.

Il fit une grimace. «J'ai besoin d'une lumière forte pour voir, mais si je ne porte pas de visière la lumière m'aveugle.» Puis d'un geste de la tête il attira son attention vers le grand plateau posé devant lui et sur lequel se trouvait un puzzle. Il dit: «C'est Bonnard. *La Fenêtre ouverte*. Je viens de commencer. Je n'ai fait que le chat et le vase.»

Elle resta stupéfaite. Ben faisant un puzzle! Cela lui semblait inimaginable. Elle baissa les yeux sur les nombreux morceaux éparpillés sur le plateau. Et pourtant, se dit-elle, en tirant une chaise et en s'asseyant à côté de lui, maintenant qu'elle y réfléchissait, Ben faisant un puzzle, en particulier un puzzle aussi compliqué que celui-ci, était logique. Après tout, réunir des fragments épars afin de reconstruire une image, cela avait été sa spécialité en tant qu'avocat.

Ben lui tendit la boîte vide. Elle regarda sur le couvercle la reproduction aux couleurs vives d'un endroit et d'une époque tellement différents de Smitsrivier.

«Tu ne crois pas que ce serait plus facile si tu commençais pas la fenêtre? dit-elle.

– Ah!» Il saisit une pièce et l'encastra d'un air de triomphe dans le mur tacheté d'orange qu'il était en train de bâtir. «Mais pourquoi supposes-tu que je veuille que ce soit plus facile?»

Oui, pourquoi, en effet? Elle examina les pièces l'une après l'autre et finit par en sélectionner une; elle la lui tendit.

Il l'écarta après un regard rapide. «Trop sombre. Ça va au-dessus du chat.»

Au-dessus du chat, se dit-elle, en transférant la pièce à la limite du dessin presque parfait d'un chat noir. Oui. Il avait raison: la pièce s'adaptait parfaitement. Elle en prit une autre. Et ils restèrent ainsi, côte à côte, bien au calme dans son bureau, chacun prenant des pièces de puzzle pour les mettre à leur place ou les rejeter.

Comme tout cela était différent de ce qu'elle avait imaginé. A New York, quand elle pensait à Ben, elle le revoyait utiliser ses ruses extraordinaires en audience, amener un jury à comprendre un point de droit compliqué ou détruire de façon sarcastique un témoin qui mentait – tout cela fondé sur sa parole aisée. Maintenant, alors qu'ils étaient assis côte à côte, elle se souvenait aussi que le silence avait fait partie autrefois des moments passés ensemble. Comme les soirées où il restait assis et où elle faisait ses devoirs dans le canapé. Ou quand ils se sauvaient sur le porche, Ben dans son rocking-chair et elle assise par terre, tous deux silencieux en contemplant les milliers d'étoiles dans le ciel immense. Il m'a manqué, pensa-t-elle.

Il parla brusquement, d'une voix basse et grave: «Est-ce que tu ne te rends pas compte que ta façon d'insister sur le droit est une obsession de procureur, qui peut mener à la plus terrible des injustices?»

Elle inséra sa pièce de puzzle dans l'ensemble qu'il avait composé et réunit deux parties en une seule. «La justice ne concerne pas telle ou telle personne, dit-elle, elle nous concerne tous. Et un fait demeure: le système d'amnistie de la Commission Vérité et Réconciliation semble être une façon de dire que le coupable peut sortir libre.

– Ce qui n'arrive jamais dans tes chers États-Unis», répondit-il, en ajoutant rapidement une nouvelle pièce au puzzle et en lui adressant un regard triomphant.

«Pourquoi chers? demanda-t-elle, en se redressant. Dis-tu ça parce que tu crois que j'ai déserté l'Afrique du Sud?»

Mais au lieu de lui répondre, Ben changea de sujet. «Nous perdons du temps, dit-il. Nous devrions nous mettre au travail.»

Elle ouvrit la bouche pour protester mais il se redressait déjà en s'appuyant sur les bras de son fauteuil. Vieil entêté, se dit-elle, en l'observant et en sachant qu'il refuserait son aide. Qu'a-t-il éprouvé quand il a décidé de m'impliquer dans son dernier projet? se demanda-t-elle avec tendresse. Elle l'imaginait assis là, dans ce bureau, décrochant le téléphone pour lui demander de venir. Malgré leur longue séparation et ses critiques, il la considérait toujours comme sa protégée innocente, prête à réagir au moindre de ses ordres.

Mais, se dit-elle en souriant avec ironie, il avait eu raison. Un simple coup de téléphone et elle s'était déchargée de tout son travail sur ses collègues peu enthousiastes pour accourir vers lui.

« Viens, lui dit-il, en lui lançant un regard furibond. Nous devons nous préparer. Demain, nous allons rencontrer Alex Mpondo et les Sizela. Allons voir si tu es toujours capable d'oublier le procureur pour devenir le défenseur du peuple. »

8.

Il faisait encore sombre quand, après avoir ouvert la porte et l'avoir refermée derrière lui, James Sizela remonta l'allée vers l'école.

Il ne lui fallut pas longtemps pour atteindre la cour intérieure et, quand il fut arrivé, il s'arrêta pour regarder. Les quatre bâtiments qui l'entouraient étaient de simples constructions de parpaings, basses et longues, avec des fenêtres carrées aux vitres cassées çà et là. Mais il s'agissait de petites victoires, visibles dans le clair de lune, qui le satisfaisaient pleinement. Pas de papiers dans la cour et l'herbe dure du veld n'avait pas encore empiété sur les pavés de grès depuis le dernier jour de désherbage. Les pupitres, qu'il distinguait vaguement derrière les vitres fêlées de la salle de classe, étaient parfaitement disposés en longues rangées dont il savait par expérience qu'elles créaient les meilleures conditions pour apprendre. Il hocha la tête et se dirigea vers l'entrée, puis il ouvrit à la fois la grille métallique et la porte, et entra.

Il n'y avait personne – bien sûr, à cette heure matinale. James descendit le couloir désert. Il aurait pu allumer mais pour quoi faire ? Il était capable de trouver son chemin dans toute l'école même en pleine nuit. Cet endroit, c'était sa vie : ou ce qu'il en restait depuis que Steve avait été tué. Il la connaissait comme sa poche, chaque recoin, chaque dalle du sol, chaque fissure dans les murs et ce qu'ils signifiaient, chaque marque inquiétante de délabrement et chaque amélioration qu'il avait gagnée de haute lutte au cours des années en discutant avec les autorités.

Pourtant, ce matin, c'était différent. Pour une fois, l'école lui semblait une chose inconnue et abstraite. Après tout, comment une école pourrait-elle rivaliser avec la possibilité que, grâce à Ben – et maintenant à cette femme, Sarah Barcant –, son fils puisse reposer en paix ?

James ne se permettait pas souvent de s'attarder sur le sort de Steve. Il avait toujours été réaliste. Alors que sa femme n'avait jamais perdu courage en attendant le retour des exilés de l'ANC, en espérant malgré tout que son fils serait parmi eux, James n'avait jamais pu trouver un réconfort en s'aveuglant lui-même. En 1985, quand les mois avaient passé sans un mot de Steve, il avait affronté la vérité. Leur fils était mort.

James s'était habitué en silence à accepter cette réalité. Il était ainsi. Tout comme il avait aidé plusieurs générations d'élèves à comprendre qu'il y avait des choses qu'on ne pouvait changer, il avait reconnu que la mort de Steve en faisait partie. Un fait. Certain.

Et pourtant, de temps en temps, des questions s'insinuaient dans son esprit. Des questions qu'il ne voulait pas formuler. Par exemple : son fils avait-il souffert ? Avait-il appelé ? Avait-il été courageux ? Des questions qu'on n'aurait même pas dû poser.

Et maintenant la Commission Vérité et Réconciliation allait non seulement les poser, mais on allait aussi y répondre. Elles lui venaient à l'esprit, elles surgissaient dans sa conscience, et il était pris au dépourvu. Cette nuit, elles étaient même venues dans son sommeil, elles l'avaient réveillé, tiré du lit. Elles l'avaient amené à l'école. Pour quelle raison ? Il ne le savait pas exactement. Aucune tâche ne l'attendait, en tout cas rien qu'il pourrait terminer avant de rencontrer les avocats, et James avait comme principe de ne jamais entamer un travail qu'il n'était pas sûr de pouvoir achever.

Il décida donc de faire une rapide inspection. Il choisit une clef à tâtons dans son énorme trousseau, ouvrit la porte d'une classe et entra. Il vit quatre rangées de pupitres individuels, éraflés et griffonnés, tous alignés systématiquement devant le tableau noir. Il se fraya un chemin entre les tables et alla jusqu'à la fenêtre. Les mots à peine visibles sur le tableau étaient fjords, ravins et crevasses. Il se retourna et glissa les doigts sur le bord de la fenêtre. Pas besoin de lumière pour savoir combien il avait ramassé de poussière dans ce seul geste. Les grains étaient collés à sa peau. Cela ne signifiait pas que les femmes de ménage négligeaient leur travail – mais il y avait tellement de poussière dans cette ville et si peu de verdure pour la rabattre. Cependant, James nota mentalement qu'il devrait leur en parler. Il savait qu'il devait le faire. L'anarchie avait trop tendance à se développer dans le pays. S'il laissait les femmes de ménage continuer ainsi, le mot se répandrait rapidement dans l'école et serait bientôt suivi par toutes sortes de désobéissances. C'était un risque que James ne pouvait prendre : son travail ne consistait pas à épargner une personne mais à protéger un ensemble. Son poste ne convenait pas aux timorés ni aux impatients. C'était un directeur d'école, pas un homme politique dont le métier consistait à faire des promesses et à ne pas les honorer. Les gouvernements et leurs différents systèmes pouvaient bien venir et partir, lui restait en place, il travaillait assidûment à aider la jeune génération à faire quelque chose de sa vie. Il ne pouvait se contenter de solutions faciles – il devait avoir une vision à long terme.

Il soupira, décida de rentrer chez lui et reprit le couloir en direction de la sortie.

Ce n'est que lorsqu'il arriva près de la porte qu'une pensée lui traversa l'esprit – si brusquement qu'il fut pris au dépourvu. Est-ce que ce genre de question pesait aussi sur la conscience de Pieter Muller ? Les choses qu'il avait faites et celles qu'il avait dû faire le tiraient-elles du lit ?

James reçut cette interrogation comme un choc. Muller. Encore. Mais Muller n'était rien pour James. Un moyen, pas plus. Celui de faire ce que James devait faire – retrouver le corps de Steve après toutes ces années et lui donner une sépulture décente. Si la Commission Vérité et Réconciliation lui était utile pour cela, alors James l'utiliserait.

Tout ce qu'il voulait c'était son fils. Son fils, afin de l'enterrer avant qu'il soit trop âgé.

Il tourna la poignée de la porte, qui lui sembla plus dure que d'habitude, fit la grimace en l'entendant grincer, et sortit.

9.

Assise au bout d'un canapé recouvert de plastique, Sarah entendait la voix de James Sizela qui allait et venait d'un pas lourd dans le corridor étroit: «Pourquoi as-tu fait ça?» demanda James.

Ben, assis à l'autre bout du canapé, ne semblait pas troublé par la colère de James ni par la longue attente. En fait, avec ses yeux fermés et sa tête qui dodelinait, il avait l'air de dormir. Veinard! Elle regarda sa montre. Deux heures: ils étaient là depuis déjà une heure.

«J'attends une réponse», entendit-elle.

En se penchant et regardant dans le couloir par la porte ouverte, elle aperçut James Sizela. Il portait un costume classique à rayures dont les larges revers et le pantalon très ample rappelaient la campagne et pas la ville, et les années cinquante et pas quatre-vingt-dix. Il se tenait près d'un élève perché sur un haut tabouret.

«J'attends toujours», dit James Sizela.

Le garçon balançait ses jambes maigres qui sortaient de son short gris, et marmonna une réponse que Sarah ne put saisir. Il faisait chaud dans la maison et encore plus chaud dans la cuisine: le garçon devait coller au plastique craquelé qui recouvrait son tabouret.

« Ah... tu avais faim – James Sizela recula, tout en semblant observer le garçon. Dis-moi : est-ce que tu l'as mangé, le pupitre ? »

Le garçon secoua la tête – non.

« Tu l'as vendu pour acheter à manger ? »

Un nouveau mouvement de tête.

« Si tu ne l'as pas mangé et si tu ne l'as pas vendu, qu'en as-tu fait ? »

Le garçon resta sans bouger.

« Je vais te dire ce que tu en as fait, dit James Sizela. Tu l'as découpé pour avoir du bois et te faire un braai*. C'est juste ? »

Cette fois, Sarah vit le garçon hocher la tête.

« Et dis-moi, continua James Sizela, est-ce que tu as un pupitre maintenant ?

– Non, monsieur. » Le garçon parlait d'une voix douce et aiguë et était sur le point de pleurer.

La voix de basse de James Sizela, l'image de la droiture, continua sans pitié. « Bien sûr que tu n'en as plus. Tu l'as réduit en cendres. Demain, quand tu auras faim, tu n'auras plus ton pupitre. Tu ne l'auras plus demain, ni après-demain, ni le jour suivant. Chaque jour tu auras faim et tu n'auras rien pour faire du feu. La différence c'est que, lorsque tu iras à l'école, tu n'auras rien sur quoi écrire. » Il se pencha en avant, son visage touchait presque celui du garçon, et sa peau semblait terne à côté de la peau brun-rouge de l'enfant. « Et les autres élèves non plus – sa voix retentissait comme celle d'un prédicateur. C'est la conséquence de tes actes. »

Sarah se redressa.

« Est-ce que tu crois que c'est ainsi que se conduit notre président ? » entendit-elle.

---

* Sorte de barbecue traditionnel sud-africain. (*N.d.T.*)

Elle jeta un coup d'œil à Ben qui avait l'air tranquille et calme, et qui dormait presque. Il s'était montré si irritable depuis son arrivée qu'elle avait presque oublié que c'était aussi un homme généreux et chaleureux qui autrefois lui avait tant donné. Elle le regarda respirer et eut envie de tendre la main pour caresser la sienne.

Mais elle ne voulut pas le déranger. Elle resta assise et se dit qu'autrefois, pendant toutes ces années, et même pendant sa période de révolte, on ne l'avait jamais invitée chez les Noirs et elle-même n'avait jamais demandé qu'on l'invite. La séparation était si complète à l'époque, se dit-elle, pas étonnant que je sois partie. Elle laissa son regard errer dans la pièce.

C'était un salon bien rangé et banal dans une petite maison de ciment carrée de township; elle était meublée de deux fauteuils recouverts de plastique assortis au canapé, d'une longue table basse et d'étagères métalliques sur lesquelles étaient posées une chaîne hi-fi et les œuvres complètes de Shakespeare. A l'extérieur, il n'y avait que des routes non goudronnées, aucune végétation pour retenir la terre, et pourtant on ne voyait pas un grain de poussière dans la pièce. On aurait même cru qu'elle était neuve et qu'on avait pris les meubles dans un entrepôt pour les déposer ici, à cinq kilomètres du centre de Smitsrivier, et qu'on ne s'en était jamais servi, sauf les photos encadrées, accrochées sur le mur à gauche de la bibliothèque.

« Est-ce que Nelson Mandela vole des pupitres ? » entendit-elle James Sizela demander.

Elle se leva, s'approcha des photos, et les regarda l'une après l'autre. Elles étaient disposées par ordre chronologique et ne représentaient qu'un seul sujet : un Steve Sizela au teint frais. Au début, Steve n'était qu'un petit garçon qui posait mal à l'aise devant le ciel bleu et qui portait le même short gris et la même chemise d'un blanc éclatant que l'enfant dans la cuisine. Puis, alors que le regard de Sarah parcourait la suite de photos, Steve grandit et devint plus assuré jusqu'à ce qu'il soit finalement saisi par un photographe de presse, debout sur une estrade, levant le poing.

Sarah entendait la voix de James Sizela depuis la cuisine, en plein élan rhétorique: «Est-ce que notre président casse des fenêtres qu'il n'a pas les moyens de réparer?»

En regardant la photo du fils mort de James, Sarah se dit que si Steve avait vécu, il aurait maintenant trente-six ans – le même âge qu'elle. Elle tendit la main.

«C'est la dernière photo qu'on a prise de lui», entendit-elle.

Stupéfaite, elle se retourna et découvrit que Ben était debout près de la porte qu'il tenait ouverte pour que Mme Sizela puisse entrer avec un grand plateau pour le thé.

«On l'a prise une semaine avant son arrestation», dit Mme Sizela en posant le plateau, puis en se balançant sur ses hanches larges, elle prit appui sur sa jambe gauche, préféra la droite, et s'avança vers Sarah. C'était une petite femme corpulente et solide. Elle recula la tête pour regarder la photo de son fils. Son visage large et plat, à la peau brune marquée de taches sombres, presque noire sous les yeux, resta étrangement sans expression quand elle tendit la main, comme une imitation du geste que Sarah n'avait pu s'empêcher de faire, afin de toucher la photo. Son visage s'adoucit et elle sourit alors que du doigt elle dessinait le profil de son fils. «C'est ainsi que j'aime me souvenir de lui.» Sa main retomba.

Sarah qui l'observait vit une ombre passer sur son visage et, quand elle parla à nouveau, sa voix était sans expression. « Cette photo m'aide à chasser la dernière image que j'ai de lui, dit-elle, l'image de mon fils allongé sur le sol alors qu'ils le tabassent à coups de pied. »

Sarah eut un tressaillement. « Ils ont fait ça devant vous ?

– Ils le frappaient toujours quand ils venaient le chercher. » Mme Sizela parlait d'une voix neutre comme pour raconter quelque chose de banal, la vérification d'une carte de crédit ou un poulet qu'on enveloppe. « Cela faisait partie d'un processus d'intimidation. Ils arrivaient toujours en pleine nuit. Ils tiraient Steve du lit et lui passaient les menottes. Je voyais le métal lui entailler la chair et son sang qui commençait à couler quand ils le tiraient hors de la maison. S'il tombait, ils lui donnaient des coups de pied, ils le relevaient et le jetaient dans le fourgon. Ils s'en allaient la porte encore ouverte. Je les voyais frapper Steve avec un sjambok.

– Est-ce que Pieter Muller maniait le sjambok ? »

Mme Sizela regarda Sarah, stupéfaite, comme si elle n'avait pas bien compris la question, puis elle dit : « Pieter Muller ne serait pas parti avec lui. Le fourgon, c'était pour les Africains. »

Bien sûr – et Pieter Muller était blanc. Je suis bête, se dit Sarah, j'ai été absente si longtemps, j'ai oublié que tout, depuis les salles d'attente jusqu'aux fourgons de police, était toujours séparé en fonction des races.

Mme Sizela traîna sa mauvaise jambe jusqu'à une chaise sur laquelle elle se laissa tomber. « Pieter Muller suivait dans sa voiture. Lui et un sous-officier. Les autres policiers, les Africains, ont tabassé Steve dans le fourgon, mais ils ne l'ont pas tué. Un camarade a été arrêté en même temps – il a vu Steve vivant. Et Steve était vivant trois jours plus tard, le 19, quand ils l'ont mis dans la cellule d'Alex. » Elle battit des paupières et son regard quitta

Sarah. Tout d'abord, ses yeux fixèrent un point très lointain, puis elle soupira, son regard changea, elle revint dans le salon et reprit son récit.

« Quand j'ai été chercher le linge sale de Steve, la semaine suivante – je faisais toujours ça quand il était en détention – ils m'ont dit qu'ils l'avaient libéré. » Elle se pencha brusquement en avant et laissa tomber la tête dans ses mains, puis elle se mit à se balancer d'avant en arrière, doucement, en silence. Quand elle s'arrêta et qu'elle releva la tête, Sarah vit qu'elle avait les yeux secs. Ce qu'elle dit ensuite n'en eut que plus de force : « Une mère ne devrait pas vivre plus longtemps que son fils. Il était ma chair et mon sang. J'aurais volontiers donné ma vie pour lui. Maintenant, tout ce que je vous demande c'est de nous aider à retrouver Steve pour que nous puissions l'enterrer. »

Sarah avala sa salive et baissa le regard, elle cligna des yeux pour repousser ses larmes, et quand elle vit qu'elle n'y réussissait pas, elle ferma les paupières. Je hais ce pays, se dit-elle, je hais ce qu'il me fait. Elle sentit sa gorge se serrer alors qu'elle essayait de refouler ses sentiments et que lui revenaient des scènes de son enfance : une femme de l'âge de Mme Sizela qui attendait en vain l'arrivée de la police après une crise cardiaque ; la voix d'un baas blanc en colère, et un homme noir, les yeux baissés, dans une résistance renfrognée ; Smitsrivier dans toute sa laideur, dans toute son inégalité. Et rien n'a changé.

Mais les choses avaient-elles changé ? Une voix la suivit dans l'obscurité. La voix chaleureuse d'un homme qui disait : « *Molo*, maman », puis : « Ben, mon frère. »

Elle rouvrit les yeux et découvrit l'atmosphère transformée. Mme Sizela adressait un grand sourire à un homme qui devait être Alex Mpondo et qui déjà se dirigeait vers Ben. Ben souriait lui aussi, manifestement très heureux, sans s'offenser de ce que Mpondo avait plus de quarante minutes de retard. Sarah se redressa et regarda l'étreinte des deux hommes, les grandes mains d'Alex recouvrant presque le dos du vieil homme fragile, et elle s'étonna de voir à quel point l'énergie de cet inconnu avait transformé ce salon, qui d'aride salle d'attente était devenu un endroit accueillant, dans lequel tous les occupants se sentaient unis par la simple reconnaissance de leur présence.

Son tour arriva. Charmant, à l'aise, désinvolte dans son jean et son T-shirt blanc qui tombait parfaitement sur ses épaules de boxeur, il s'avança vers elle, lui prit la main et dit: «Vous devez être Sarah», comme s'ils étaient déjà amis, et il ajouta: «Merci d'être venue nous aider», comme s'il était chez lui et comme si Steve avait été de sa famille. Elle sentit sa main chaude et sèche dans la sienne et resta décontenancée en constatant qu'elle n'avait pas envie de la lâcher. Elle la retira vivement.

Alex s'adressait déjà à Mme Sizela: «C'est le fils de Jacob que j'ai vu dans la cuisine?

– C'est son neveu – Mme Sizela se pencha et commença à servir le thé. Sipho, le fils de son plus jeune frère. Ses parents vivent dans une ferme près de Sagiesdorp. C'est trop loin pour que le gosse fasse la route tous les jours et il reste seul dans le township toute la semaine. Il n'avait plus d'argent pour s'acheter du pétrole: il a brûlé un des pupitres de l'école.

– Et il va récurer le plancher pendant des mois si je connais bien le vieux James.

– Eh bien, il se trouve que tu ne me connais pas.» James avait dû parcourir le couloir sur la pointe des pieds. Il se tenait debout dans l'embrasure de la porte et de sa voix dure et sévère il dit: «J'ai l'intention de le renvoyer.»

Sarah fut stupéfaite de voir avec quelle rapidité l'expression d'Alex Mpondo pouvait changer. Il ne ferma pas seulement les lèvres en les serrant, mais son regard se durcit: «Ce gosse avait faim.

– Ils ont tous faim.

– Allez, camarade...» Alex s'était repris et était devenu l'image même de la conciliation. Il s'avança vers James Sizela et lui tendit la main comme pour s'adresser à sa raison.

Mais ça ne marcha pas. James Sizela en colère dit: «Je ne te parle pas en tant que camarade, Alex, mais en tant que directeur d'école. C'est la quatrième fois que Sipho détruit du matériel scolaire. Si je me montre indulgent avec lui, combien crois-tu qu'il me restera de pupitres lundi prochain?

– Mais...»

A nouveau, le vieil homme coupa la parole à son cadet d'une voix ferme, inflexible: «Non, Alex, il n'y a plus de mais. L'apartheid a fait de nous des victimes mais l'apartheid est aboli. Ce pays est à nous maintenant. Nous en sommes responsables: nous devons nous servir de ce que nous avons pour progresser. Toi aussi, Alex, sers-toi de ce que je t'ai appris non pas pour lever le poing et crier *Amandla**, et appeler au boycott à cause d'un petit voleur, mais pour aider tous mes élèves. On t'a envoyé au Parlement afin que tu abandonnes les slogans et que tu nous fournisses plus de pupitres, Alex, plus de livres, plus d'instituteurs.»

Quelque chose – la répétition du prénom Alex, ou le ton condescendant de James Sizela, ou encore l'expression de colère qui n'avait quitté qu'en partie le visage

---

* *Amandla Ngawetu*, «le pouvoir au peuple», slogan politique de l'ANC. (*N.d.T.*)

d'Alex – fit comprendre à Sarah que le vrai problème entre les deux hommes n'était pas le destin d'un enfant ni même du pays, mais quelque chose d'autre qui n'était pas dit.

« D'accord, la communauté est importante, dit Alex d'une voix ferme, mais le destin des individus aussi. »

Sarah savait que cette discussion, une fois lancée, pouvait durer très longtemps. Elle s'éclaircit la gorge et dit sous le regard désapprobateur de Ben : « L'audience commence demain. Si vous n'y voyez pas d'inconvénient, je crois que nous devrions nous y mettre.

– D'accord, dit Alex Mpondo qui avait retrouvé son sourire. Je n'y vois pas d'inconvénient. » Son beau visage était aussi calme que si la discussion avec James Sizela n'avait été qu'une bagatelle facile à abandonner. « C'est une bonne idée : allons-y. »

10.

Sarah s'essuya le front d'un revers de main. Il faisait très chaud dans la cuisine, le toit de tôle retenait toute la chaleur du soleil à laquelle s'ajoutait celle d'une marmite dont le contenu bouillait sur le poêle. Elle regarda de l'autre côté de la table où Alex était assis à côté de Ben. Quand leurs regards se croisèrent, Alex sourit. Son visage s'éclaira, sa peau rouge-brun se plissa autour des yeux.

« Revenons-en à la matinée où ils ont amené Steve dans votre cellule, dit-elle. Pourquoi ont-ils fait ça ? »

Son visage se durcit et il dit d'un ton las : « Cela faisait partie de leurs techniques d'interrogation. »

Elle ajouta les mots *techniques d'interrogation* à ses notes, qui ne lui apprenaient rien – elle n'allait nulle part. Quelles que soient ses tentatives, le schéma général restait obstinément le même. Alex était un modèle de coopération tant qu'on ne l'amenait pas à parler de l'événement central, la dernière fois où il avait vu Steve Sizela, car à ce moment-là il s'immobilisait. Elle reposa son stylo. Il lui fallait réfléchir un instant pour essayer de comprendre pourquoi. Elle regarda derrière lui, par la porte ouverte, le chemin qui s'éloignait de la maison.

Au début, elle ne distingua que les maisons basses du township, en brique, très simples, comme on pouvait en voir dans toute l'Afrique du Sud. Mais, progressivement, alors que le sentier descendait au loin, les habitations devenaient plus petites et plus fragiles jusqu'à ce qu'elles ne soient plus des maisons mais des cabanes appuyées les unes contre les autres, construites avec des matériaux disparates – du plastique, du carton, des plaques de tôle, des vitres récupérées –, des constructions bancales, de guingois, incapables de protéger des caprices du temps.

C'était le genre d'endroit dans lequel avait grandi Alex : elle avait au moins appris cela. C'était difficile à croire – il était devenu tellement citadin. Elle fronça les sourcils. Au sommet de la montée, se dressait un eucalyptus solitaire dont l'écorce pendait en lambeaux et dont les racines étaient couvertes de morceaux de plastique, de boîtes de conserve noircies par le feu et de papiers gras. Un jeune garçon passa près de l'arbre, en faisant rouler un vieux pneu qu'il poussait avec un bâton, et il hurlait de joie en le pourchassant.

Elle entendit Ben qui s'éclaircissait la gorge, ce qui la ramena à l'épaisseur du silence de la cuisine.

Elle détourna les yeux et comprit qu'elle devait foncer droit devant elle. En exagérant son mouvement de tête pour que tout le monde sache que ses paroles ne s'adressaient qu'à Alex, elle dit : « Écoutez-moi, Alex. J'essaie de vous préparer pour le tribunal. Pour cela je dois savoir ce qui s'est exactement passé. Au cours de la dernière heure, nous n'avons fait que tourner autour du pot. Je pense que vous et moi nous comprenons pourquoi : je pense que nous savons tous les deux qu'il y a quelque chose que vous ne dites pas. » Elle leva la main pour empêcher un des hommes de l'interrompre. « N'interprétez pas mal ce que je dis : je ne porte pas de jugement moral. Je suis persuadée que vous avez vos raisons. Mais si vous n'arrivez pas à me faire suffisamment confiance pour me dire toute la vérité, je ne peux prendre le risque de vous demander de déposer.

– Je vous fais confiance », dit Alex avec un grand sourire.

Et ce sourire était tellement contagieux qu'il lui fallut faire un effort pour rester concentrée. « Si c'est vrai, insista-t-elle, pourquoi regardez-vous Ben avant de me répondre ? »

Ben la coupa : « C'est peut-être à cause de ta façon de poser des questions. »

Qu'il aille au diable ! Ben n'arrêtait jamais de l'interrompre ; de la diminuer. Elle n'en comprenait pas la raison. Pourquoi l'avoir fait venir de New York pour lui passer l'affaire et ensuite saper tout rapport qu'elle pouvait établir avec Alex ? « C'est sans espoir, dit-elle, et son regard allait de l'un à l'autre. Si Alex doit être interrogé, il vaut mieux que je ne sois pas là. »

La voix d'Alex : « Je suis désolé », qui offrait une ouverture. « Ce sont des souvenirs très pénibles. Je vais essayer de vous répondre. »

Elle rapprocha sa chaise de la table. « D'accord.

Reprenons là où nous en étions: l'instant où ils ont amené Steve dans votre cellule. Vous avez dit qu'il était resté debout. Que s'est-il passé après ?»

Alex avala sa salive. «Steve m'a...

Steve m'a, écrivit-elle.

«... montré du doigt.»

Elle écrivit *montré du doigt,* et elle leva les yeux. «Pourquoi vous a-t-il montré du doigt ?

– C'était une ruse.

– Une ruse ?»

Il baissa les yeux vers la toile cirée comme s'il avait pu trouver la réponse parmi les volutes vertes.

«Alex, dit-elle.

– Steve avait accepté de témoigner à charge.» Il parlait à voix basse et avalait ses mots, et elle ne comprit entièrement ce qu'il avait dit que lorsqu'il se tut.

A sa grande surprise, elle se pencha trop loin pour s'écrier: «Steve allait témoigner contre vous.» Elle parla si fort qu'elle-même crut qu'elle hurlait.

Mais Alex ne sembla pas le remarquer. Quand il dit «oui» et quand elle hocha la tête pour renforcer cette confirmation, toute vie sembla le quitter. «Hendricks m'a dit que Steve avait accepté de m'identifier comme étant le membre du MK* qui avait enterré des grenades dans le lit à sec de la rivière en dehors de la ville.»

Elle se redressa. «Et c'était vrai ?»

Il la regarda.

«C'était vrai ?

– C'est important ?»

Elle lui demanda une troisième fois: «C'était vrai ?

– Sarah... s'il te plaît...» C'était Ben.

* *Umkunto we Ziswe,* branche armée de l'ANC, fondée par Nelson Mandela en 1961. (*N.d.T.*)

Elle éleva la voix. « Répondez à la question, Alex. Étiez-vous membre de la branche armée de l'ANC ? »

La silhouette nerveuse d'Alex se redressa.

« Avez-vous enterré une caisse de grenades près de la rivière ? »

Les muscles de ses avant-bras se tendirent.

Elle soupira : « Est-ce que Steve vous a trahi ?

– Je ne répondrai pas », cria-t-il, en frappant de la main si violemment sur la table que le bruit résonna contre les murs de ciment de la petite pièce.

Elle réagit instinctivement. Elle se retourna ; sans savoir pourquoi – peut-être pour échapper à la colère d'Alex. A ce moment-là, la porte du salon s'ouvrit et James Sizela apparut. La silhouette décharnée et austère de James Sizela la regardait. Elle détourna les yeux. Des bruits troublaient le silence : le doux bouillonnement sur le poêle, le raclement de quelque chose sur le sentier recouvert de poussière, le claquement du bâton sur le pneu, la respiration haletante d'Alex.

Elle regarda à nouveau. Il n'y avait plus personne dans l'embrasure de la porte.

Ses yeux revinrent vers la cuisine. Alex était assis tranquillement. Il semblait très calme et restait parfaitement immobile. « Écoutez-moi, Alex : dès que l'audition d'Hendricks aura commencé, nous assignerons Pieter Muller en justice. S'il n'est pas totalement stupide, et à mon avis il ne l'est pas, il prendra immédiatement un avocat. L'avocat devra vous poser toutes ces questions. Si vous avez tellement de mal à me répondre ici, avec Ben à vos côtés, imaginez ce que ce sera au tribunal. Vous êtes un témoin crucial, notre seul témoin : s'il y a un doute sur ce que vous dites, l'affaire Sizela sera très gravement compromise, vous comprenez ? »

Un hochement de tête.

« Bien. Maintenant, je vous repose la question. Est-il vrai que vous avez travaillé pour la branche militaire de l'ANC ?

– Oui. » Il avala sa salive.

« Et avez-vous vraiment caché des armes pour l'ANC ? »

A nouveau : « Oui.

– Est-ce que Sizela était au courant ? »

Un long silence. Trop long.

« Oui, répondit Alex. Steve le savait. »

Elle écrivit dans son carnet : *Oui, Steve le savait.*

« Mais vous ne comprenez pas ? Ça n'avait aucune importance que Steve soit au courant. Son attitude de traître, c'était de la foutaise. Ils n'avaient pas besoin de témoin. La loi était telle qu'ils pouvaient me garder en prison aussi longtemps qu'ils le voulaient sans même une inculpation. »

Les doutes qui ne cessaient de la harceler lui revinrent. « Alors pourquoi était-il à la porte de votre cellule ?

– Parce qu'ils ont pensé que le voir me ferait craquer. Oui, il était à la porte de ma cellule, mais il ne tenait pas debout. Ils le portaient. Il avait le visage tuméfié, les yeux gonflés, et la couleur de sa peau était incroyable. Il ne savait pas ce qu'il faisait. Il aurait dansé une danse écossaise s'ils lui avaient demandé. On en aurait tous fait autant. » Sa gorge se serra. Il avait un regard dur et amer. « Eh oui. Steve m'a montré du doigt. Mais qu'est-ce que ça signifie ? Il ne savait même pas que j'étais là. Ils lui ont dit de tendre le bras et il l'a tendu. C'est tout. Ensuite, ils l'ont emmené.

– Ils ? » dit-elle, en essayant de chasser de son esprit l'image du doigt de Mme Sizela caressant tendrement la photo de son fils.

« Deux sous-officiers africains. Je ne sais pas qui c'était.

– Et c'est la dernière fois que vous avez vu Steve ?

– Non. » Alex avait une voix blanche, mais quand il ajouta : « Il y a eu une autre fois », on pouvait y discerner quelque chose. Un avertissement ?

Elle fut immédiatement en alerte. « C'était quand ? »

Il secoua la tête. « Je ne me souviens pas.

– Le lendemain ? »

Silence.

« Deux jours plus tard ?

– Je ne sais pas. » D'une voix basse à nouveau, si basse qu'elle dut se pencher pour l'entendre : « Je ne me souviens pas.

– Une semaine ?

– Je suis désolé. » Il avait l'air sincèrement désolé. « Je ne me souviens pas », et il semblait sincèrement ne pas pouvoir se souvenir.

C'était le moment de continuer. « La seconde fois où vous l'avez vu, c'était comme la première ? Ils l'ont amené dans votre cellule ?

– Non. C'était en dehors de ma cellule. Steve était à l'autre bout du couloir. Ils le transportaient à l'extérieur. » Un temps. « Il était à moitié mort. » Un autre temps. « Il était peut-être déjà mort.

– Qu'est-ce qui vous fait dire ça ?

– La façon dont ils le portaient, comme un fardeau. Je regardais dans le couloir. Aucun homme conscient n'aurait pu être aussi immobile que lui quand ils l'ont cogné contre les barreaux de la porte. »

La main de Sarah courait sur la feuille de son bloc-notes alors qu'elle écrivait ce qu'il disait, mais en même temps elle gardait les sourcils froncés. Quelque chose ne collait pas. Elle leva les yeux. « Est-ce que Pieter Muller était là ? »

Un hochement de tête.

« S'il vous plaît, Alex, parlez à haute voix. Pieter Muller était-il présent ?

– Pieter Muller supervisait le transfert de Steve. C'était lui le responsable. Quand un des bras de Steve s'est coincé entre deux barreaux, Pieter Muller a éclaté de rire et l'a dégagé. »

Il était étrange de voir que les descriptions les plus simples étaient aussi les plus évocatrices. L'absence de modulation dans la voix d'Alex évoqua précisément ce bras pour Sarah – ce bras vivant, qu'autrefois il avait levé si fièrement, devenu un morceau de chair heurtant du métal.

« Et Dirk Hendricks ? dit-elle. Il était là, lui aussi ?

– Non – Alex secoua la tête. Pas Hendricks. »

Quelque chose ne collait vraiment pas. Mais quoi ? « Que faisiez-vous hors de votre cellule ?

– Ils m'emmenaient à un interrogatoire. C'est pour cela qu'Hendricks n'était pas là. Il m'attendait déjà dans la salle d'interrogatoire. Il aimait me tomber dessus dès que j'entrais. »

La façon dont il avait craché les mots terribles, *me tomber dessus*, la fit tressaillir. Elle le regarda. Alex soutint son regard. Il ne cillait pas. Et cela lui apparut brusquement : pourquoi ce qu'il disait ne pouvait pas être vrai. Elle prit son sac accroché au dossier de sa chaise et en sortit un morceau de papier qu'elle posa à l'envers sur la table.

« Voyons si j'ai bien compris la scène, dit-elle. Vous sortiez de votre cellule pour aller dans la salle où Dirk Hendricks vous attendait ? C'est ça ?

– Oui, c'est ça.

– A ce moment-là, vous les avez vus qui transportaient Steve ? Vous avez regardé au bout du couloir et vous l'avez vu ?

– Oui.

– Il était près de la porte ? Ils le transportaient à l'extérieur ?

– Oui. »

Elle retourna la feuille de papier, la fit pivoter et la poussa sur la table en face d'Alex. « C'est un plan du commissariat, dit-elle, comme il était il y a quinze ans. Si vous voulez bien, montrez-moi l'endroit où se trouvait votre cellule. »

Ben s'approcha et Alex se mit à étudier le croquis. Pendant quelques instants, tous les trois contemplèrent en silence une structure carrée dont la moitié avant consistait en une zone de réception qui donnait sur la rue, avec une porte conduisant à une série de pièces pour entretiens, et au-delà la partie arrière du bâtiment se composait d'un étroit couloir dans lequel donnaient un certain nombre de petites cellules.

Elle rompit le silence. « Où était votre cellule ? »

Le doigt d'Alex toucha un trait – la porte de la dernière cellule à gauche.

« Maintenant, s'il vous plaît, montrez-moi la porte qui conduit aux salles d'interrogatoire. »

A nouveau son doigt se posa sur la feuille de papier – cette fois sur un point directement opposé à sa cellule.

C'était ce qu'elle pensait. « C'est la seule sortie, n'est-ce pas ? »

Il ne répondit pas. C'était inutile.

« Ce qui signifie que ce que vous m'avez décrit ne peut avoir eu lieu. S'ils transportaient Steve à l'extérieur, s'ils l'ont heurté contre les barreaux de la porte, alors ils devaient se trouver ici – et elle montra l'endroit que le doigt d'Alex venait de quitter –, devant votre cellule. Mais cela ne colle pas avec ce que vous avez dit avant. Vous avez dit – elle feuilleta les pages de son bloc-notes –, vous avez dit, je cite : *Steve était à l'autre bout du couloir. Ils le transportaient à l'extérieur*. Et ensuite vous avez dit : *Je regardais dans le couloir... ils l'ont cogné contre les barreaux de la porte*. Mais ça n'a pas pu se passer ainsi, n'est-ce pas ? » Elle suivit le couloir du doigt jusqu'à un trait continu qui indiquait un mur. « Il n'y a pas de sortie ici. »

Elle le regarda.

Il détourna les yeux.

« Qu'avez-vous vu vraiment ? »

Il était plongé dans la contemplation du sol.

« Avez-vous vu quelque chose ? » Elle le tenait : elle l'avait percé à jour. Maintenant, à n'importe quel moment...

« Sarah. »

Non, Ben, se dit-elle, pas maintenant. Elle dit, d'une voix forte, afin de faire taire Ben : « Répondez-moi, Alex. Qu'avez-vous vu vraiment ?

– Ça suffit. » Ben se leva. « Je suis désolé, Alex. » Et il tira Sarah par le col comme un chiot têtu. « Viens, Sarah. On s'en va. »

11.

Le taxi de Ben, une voiture délabrée du township, avec un tuyau d'échappement crevé qui traînait par terre, les attendait la portière arrière ouverte. Il n'y monta pas. Il resta sur le sentier poussiéreux qui sortait de chez les Sizela et regarda Sarah.

Elle ne comprenait pas pourquoi il était tellement en colère. Elle détourna les yeux.

Sa voix la rappela. « Qu'est-ce que tu te croyais en train de faire ? » Il hurlait presque.

Elle se retourna et dit calmement : « Je prenais une déposition préalable – comme nous l'avions décidé. »

Le visage blême de Ben passa au rouge sombre. « Tu ne prenais pas une déposition. » Il hurlait vraiment. « C'était une crucifixion. Tu t'es conduite comme un procureur qui, au tribunal, soumet un témoin adverse à un contre-interrogatoire. »

Si cela n'avait pas été aussi absurde et si Ben n'avait pas été aussi sérieux, elle en aurait ri. « Je n'ai jamais posé de questions aussi ouvertes au tribunal. C'est parce que nous n'étions pas au tribunal et parce que, d'après toi, nous y serons bientôt que j'ai essayé de découvrir ce que savait Alex.

– Alex est de notre côté, dit Ben beaucoup plus calme. Et c'est un ami. »

Depuis quand Ben utilisait-il l'amitié pour justifier un argument légal? «C'est aussi un témoin. Ce sera peut-être notre seul témoin. Et quel témoin! Il n'a pas l'air de se souvenir de ce qu'il a vu.

– Il a été violemment torturé.

– Et alors? Parce qu'Alex a été torturé, nous devrions l'aider à fabriquer de toutes pièces son témoignage, c'est ça que tu essaies de suggérer?

– Comment oses-tu?» Deux taches rouges, une sur chaque joue, c'était tout ce qui restait des couleurs de Ben. «C'est ce que tu penses de moi?»

Elle soupira. «Je ne sais plus quoi penser, Ben. Hier tu étais d'accord, sans témoignage contre Muller, notre dossier était voué à l'échec. Tu m'as assuré qu'Alex nous fournirait ce témoignage. Tu as dit aussi, afin de me tranquilliser, que j'aurais la responsabilité de l'entretien. Et maintenant, regarde ce qui s'est passé: dès que j'ai commencé à le presser sur ce qui ne collait pas dans son histoire, tu as laissé tomber. Alors, dis-moi: qu'est-ce qui me manque exactement?

– Ce qui te manque – il y avait de la dérision dans la voix de Ben – c'est une compréhension élémentaire de la nature humaine. Après avoir été traité comme il l'a été, il n'est pas étonnant qu'il ait des trous de mémoire – en particulier quand on le soumet à une telle pression.

– Je ne l'ai pas soumis à une pression terrible.» Maintenant c'était elle qui faisait des efforts pour rester calme. «Je lui ai posé des questions simples, factuelles, auxquelles il n'a pas pu ou n'a pas voulu répondre.

– Pas pu? Pas voulu? Pourquoi prendre la peine d'envisager les deux possibilités? On voit bien celle que tu as choisie.»

Comment osait-il? Elle éleva la voix. «Allez, Ben. Tu sais aussi bien que moi qu'Alex Mpondo cache quelque chose. Si nous préparons sérieusement la procédure, nous devons découvrir ce que c'est.

– Tu te trompes. » Les yeux bleu pâle de Ben étaient noyés de larmes à cause de l'énervement. « Tu es restée absente trop longtemps. On n'embobine pas les gens comme à New York, Sarah, on est à Smitsrivier. Les gens sont plus lents ici, ils sont moins directs. Si Alex s'est montré fuyant, c'est parce que c'est sa façon d'être, la façon d'être des siens. Tu as oublié comment marche notre monde.

– D'accord. Supposons que tu aies raison, supposons que je lui aie sauté dessus trop vite. Mais n'est-ce pas pour ça que tu m'as fait venir de New York, parce que tu avais besoin d'un œil objectif ?

– Objectif ! – Sa voix suait le mépris. Tu n'es pas objective, Sarah, tu es dans le camp des chasseurs. Pour quelle autre raison as-tu pensé à apporter ce plan dans ton sac ? »

Cela l'étonna. « Je l'ai apporté parce que c'est ce que je fais toujours, dit-elle. Cela s'appelle une préparation. Quelqu'un m'a appris à le faire correctement. Un expert. Toi.

– Ne te sers pas de moi pour expliquer ton comportement – Ben plissa les yeux. Oui, c'est vrai. J'ai été ton professeur. Mais tu n'es plus la personne que j'ai connue, ni l'avocate que j'ai formée. Tu penses comme un procureur et tu agis comme tel même avec tes amis. Ça tombe mal à propos. » Il se tourna pour s'éloigner.

Pensait-il qu'il pouvait l'insulter et la laisser en plan ? S'il le pensait, il se trompait. « Pourquoi ne regardes-tu pas la façon dont tu te conduis, Ben ? » lui lança-t-elle alors qu'il s'éloignait.

Il s'arrêta et, dans cet instant d'hésitation, elle le vit à nouveau. Il était si maigre, si courbé, si frêle. J'aurais dû laisser tomber, se dit-elle, je n'aurais pas dû mordre à l'appât.

Mais quand Ben se retourna, il avait le visage horriblement renfrogné et quand il dit d'une voix calme: «Continue», il prononça le mot sur un tel ton de menace que cela ne l'incita aucunement à faire preuve de moins d'animosité. Elle continua. «Tu as toujours été dans le vrai, Ben, dit-elle. C'est ta grande force. Mais les temps ont changé. Les choses ne sont plus aussi nettement définies.»

Ben ne fronçait plus les sourcils. Il ne manifestait plus rien. Son visage restait sans aucune expression, au point qu'elle se demanda s'il la reconnaissait. Cette pensée l'effraya. Elle aurait voulu pouvoir retirer ses dernières paroles. Il avait la peau si tendue qu'elle en devenait translucide. Brusquement, la vérité lui apparut. Il n'était pas seulement malade, il était en train de mourir. De mourir. La douleur de cette certitude la submergea. Elle fit un pas vers lui. «Excuse-moi...»

Mais sous la colère, il l'interrompit: «Est-ce cela que New York a fait de toi? Un monstre insensible?» Sans lui laisser le temps de répondre, il se dirigea en clopinant vers le taxi, y monta, claqua la portière et regarda droit devant lui en demandant au chauffeur de l'emmener loin d'ici.

Elle ne put rien faire d'autre que regarder la voiture s'éloigner.

Devait-elle le suivre pour le calmer et lui montrer tout ce qu'il représentait? C'était inutile. Il lui fallait peut-être du temps pour se mettre en colère, mais une fois parti, on ne pouvait plus le calmer. Aller le voir maintenant n'y changerait rien. Têtu et persuadé d'avoir raison comme il l'était, il ne l'écouterait pas.

Je ferais peut-être mieux de retourner chez les Sizela pour parler à Alex, afin de découvrir ce qu'il cache. Ben avait vraisemblablement raison. Elle s'était sans doute précipitée trop vite. Alex avait besoin de temps. Il fallait attendre qu'il vienne vers elle – c'est toujours la meilleure stratégie.

12.

Dirk s'éveilla en s'agitant et en hurlant, et ses cris se répercutaient sur les murs de ciment. Un rêve, ce n'était qu'un rêve. Il resta allongé, immobile, les lèvres serrées, tandis que les images s'éloignaient et que les bruits horribles disparaissaient. D'autres pensées les remplacèrent : où pouvait-il bien se trouver ? Il regarda autour de lui. Faisait-il jour ou nuit ? Quel était cet endroit ? Il se pencha, en se laissant pendre à moitié de son lit, et eut des haut-le-cœur.

Le sol – des dalles de grès – lui fournit le premier renseignement. La couverture réglementaire, rêche et grise, qui avait dû tomber pendant la nuit fut le second. Il leva les yeux. La lumière violente d'une ampoule nue protégée par une grille l'éblouit. Bien sûr. Maintenant, il savait. C'était une cellule, mais pas à Pretoria. A Smitsrivier. Prisonnier, là où autrefois il avait été le patron.

Un prisonnier qui serait bientôt libre. Aujourd'hui, c'était un nouveau départ. Il était sans doute encore très tôt et pourtant il pouvait commencer à se préparer pour ce qui l'attendait. Il quitta sa couchette, s'allongea sur les pierres froides du sol et entama une série de tractions.

La vue depuis le Relais de Smitsrivier, quand Sarah eut terminé son jogging, était prodigieuse ; les derniers restes de l'aurore couvraient le paysage d'une ombre rougeoyante. Cependant, la fenêtre de sa chambre au rez-de-chaussée donnait sur une arrière-cour délabrée, un appentis à moitié effondré, du linge qui séchait en désordre, et une haute barrière surmontée de barbelé rasoir. Mais pas question de se laisser attrister par la médiocrité du spectacle. Elle se sentait en pleine forme, les membres libres et déliés, et l'intensité de la course avait brûlé les toxines et le décalage horaire. Elle s'éloigna de la fenêtre, ôta son T-shirt trempé de sueur et alla sous la douche.

Quand les deux robinets furent ouverts en grand, le bruit métallique des tuyaux s'éleva du plus profond de l'immeuble, puis de l'eau brûlante, d'abord couleur de rouille, ensuite rouge sombre, la couleur du pays, jaillit de la pomme de douche. Pas de problème. Elle resta à la limite du carrelage couvert d'une croûte brune, jusqu'à ce que le jet augmente, qu'il s'éclaircisse et que l'eau devienne tiède, avant de s'avancer.

Elle finissait de se laver quand le téléphone sonna. Une synchronisation parfaite. Enveloppée dans une serviette, elle alla s'asseoir sur le couvre-lit bleu ciel en chenille de coton, puis décrocha et dit: «Allô», d'une voix joyeuse.

La voix d'Anna lui parut faible: «C'est Ben pour toi.»

Bien sûr: Sarah se souvint qu'Anna avait toujours servi de téléphoniste à Ben. Au tribunal, il était capable de se lancer dans la démonstration scientifique la plus compliquée mais, au-dehors, il était tellement empoté devant la technique que, les rares fois où il devait composer un numéro de téléphone, il se trompait.

Il parlait aussi trop fort. Comme si l'incident de la veille n'avait pas eu lieu, il cria «Sarah» si violemment qu'elle écarta l'appareil de son oreille.

Comme d'habitude, il ne se perdit pas en banalités. Il se lança dans une suite de phrases saccadées qui ne souffraient aucune interruption. «Je n'irai pas à l'audience. Continue l'affaire Sizela comme convenu. Appelle Alex. Mets-toi d'accord avec lui. Son numéro de portable est dans le dossier.» Puis, sans attendre sa réponse, il raccrocha.

Elle resta assise sur son lit, stupéfaite.

Il lui fallut quelques instants avant de retrouver ses esprits. Ce n'est qu'à ce moment-là qu'elle laissa tomber le téléphone. Sacré Ben! Il avait toujours été imprévisible mais cela dépassait les bornes. Quel culot! Non seulement il se conduisait comme s'ils n'avaient pas eu des mots hier, mais il l'envoyait à une audience pour représenter un client, Alex Mpondo, qui collaborait à contrecœur, alors que Ben l'avait arrêtée quand elle lui posait des questions afin de pouvoir soulever l'affaire d'un autre, James Sizela, qui était presque un complet inconnu!

Cependant son indignation ne dura pas. C'était peut-être le jogging. Ou simplement la montée d'adrénaline qui accompagnait chaque début de procès, en particulier un procès aussi stimulant que celui-ci. A des milliers de kilomètres de New York, elle ressentait encore ces choses bien connues: ce picotement au bout des doigts, la prestation allait commencer. Allons-y, se dit-elle, allons-y. Le temps passe. Elle se releva vivement. Elle savait ce qu'il lui restait à faire. S'habiller, appeler Alex Mpondo avant l'audience et, finalement, décider quelle paire de chaussures elle allait abîmer aujourd'hui.

Anna tendit la main pour prendre le téléphone. «Comment a-t-elle réagi?»

Allongé dans le lit, calé contre des oreillers, Ben répondit: «Elle va s'en sortir. Comme toujours.»

Ce qui était vrai, se dit Anna: Sarah avait toujours relevé les défis que lui avait lancés Ben; c'était une des nombreuses caractéristiques qu'ils avaient en commun. Très bien. Elle prit le bol de porridge et le tendit à Ben.

Il secoua la tête: «Merci, Anna. Plus tard peut-être.» Et il ferma les yeux.

Elle sut qu'il était inutile d'insister. Il n'avait pas faim, et cela depuis plusieurs jours. Alors elle resta à son chevet et le regarda. Il avait passé une mauvaise nuit et était très pâle. Il n'avait jamais été très gros, et sa tignasse (à son avis coiffée de façon bien trop anarchique pour un adulte) s'étalait sur l'oreiller, ce qui rendait son visage plus rabougri que d'habitude. Pourtant un sourire se dessina sur les lèvres d'Anna. Il avait beau être malade, elle savait qu'il ne renonçait pas. Et elle ne croyait pas à l'excuse qu'il lui avait fournie – qu'il se sentait trop faible pour se rendre à l'audience. Ce n'était qu'une manœuvre, quelque chose en rapport avec sa façon continuelle de défier Sarah.

Ben et ses programmes de travail, se dit Anna, en remportant le bol de porridge vers la porte. Non, il ne s'agissait pas de cela. C'était plutôt Ben et ses passions.

Anna avait toujours su que son mari était le plus ardent et le plus inattendu des hommes. L'effort permanent pour obtenir un statut professionnel, le besoin d'assurer l'avenir de sa famille, ou de se perfectionner en sport, rien de tout cela ne lui ressemblait: à la place il avait choisi de consacrer sa vie à combattre l'injustice qu'il voyait partout autour de lui. Une louable aspiration, se dit Anna, malgré tous les inconvénients.

Tout d'abord, cela signifiait qu'il n'avait jamais fini de travailler. Mais il ne faisait qu'un avec son travail;

Anna le savait bien. Peut-être, se dit-elle, s'ils avaient eu des enfants, les choses auraient été différentes. Mais elle en doutait. Dès le début de leur mariage, elle avait dû apprendre à composer avec l'obsession de Ben de faire régner le droit dans le monde et l'amour qu'il avait pour elle. Ce n'est que rarement (comme en ce moment, par exemple) qu'elle se surprenait à rêver à un autre mari avec des objectifs plus ordinaires. Par exemple, être avec elle, dans la solitude et le calme; profiter du monde sans essayer en même temps de vouloir le changer.

Brusquement, il parla du fond de son lit: «Sarah s'en sortira très bien sans moi.»

Sarah, se dit Anna, pourquoi est-ce toujours Sarah? Et elle quitta la chambre.

Dès que la main d'Alex effleura le carrelage du bord de la piscine, il sortit les jambes et poussa avec les pieds pour faire demi-tour, et repartir en nageant. Cela durait depuis près d'une demi-heure et il se sentait tout à fait détendu, installé dans un crawl facile. Ses bras s'élevaient avec élégance, l'un après l'autre, et replongeaient. Un sentiment de paix l'envahissait. Ici, dans ce lieu désert, on n'entendait aucun de ces horribles bruits qui se répercutaient contre les murs de son gymnase au Cap: ici, tout était calme et tranquille, le seul bruit était celui de ses jambes qui frappaient l'eau et même cela ne lui parvenait qu'assourdi à travers les protections de ses oreilles.

Une solitude parfaite – on ne pouvait souhaiter mieux. La piscine, un nouvel équipement municipal situé dans le stade, à la sortie de Smitsrivier, n'ouvrait qu'à neuf heures et il avait dû escalader le mur de brique qui l'entourait. Ses vêtements étaient restés au bord du bassin et il avait commencé à nager de bonne heure comme chaque matin, en alternant dix longueurs de crawl et deux de dos crawlé, et pendant ce temps le soleil n'avait cessé de monter dans le ciel clair.

Ses doigts touchèrent à nouveau le rebord. Cette fois, il se retourna sur le dos et une sonnerie retentit: son portable dans la poche de son pantalon. Le troisième appel en vingt minutes: quelqu'un essayait obstinément de le joindre. L'appel n'avait rien à voir avec sa circonscription ni avec aucune des commissions parlementaires dont il faisait partie car il avait pris la précaution de tout renvoyer sur le service des messages. C'était donc quelqu'un d'autre.

Inutile d'essayer de deviner: peu lui importait. Il ignora à nouveau la sonnerie. Il tendit les bras en arrière, battit des jambes et s'élança dans la piscine pour se retourner à l'extrémité.

La sonnerie s'arrêta. Très bien. Alors qu'il continuait à fendre l'eau, ses pensées vagabondaient. Quelle ironie qu'une des premières choses que la nouvelle Afrique du Sud avait fournie à cette ville du désert, ce fût cette piscine: peut-être qu'un membre du conseil municipal à majorité ANC s'était souvenu du nombre de jeunes Noirs qui ne savaient pas nager et qui s'étaient noyés en essayant de traverser les fleuves frontaliers et on avait résolu de remédier à cette situation en cas d'avenir incertain. Il fit à nouveau demi-tour. Combien de discussions avaient eu lieu pour déterminer l'emplacement de cette piscine, pas dans le township où la fourniture d'eau restait insuffisante, ni, à cause du message que cela aurait impliqué, dans la ville blanche, mais ici, dans ce no man's land situé entre les deux. Et il pensa à Smitsrivier: la ville devait s'éveiller, les hommes encore endormis sortaient de leurs maisons carrées en brique, les voitures démarraient et roulaient lentement dans les rues droites et goudronnées, et au milieu de tout cet ordre rigide, le commissariat de police.

Et dans le commissariat de police, Dirk Hendricks.

Non. Ses pieds poussèrent violemment sur le rebord.

Le soleil montait toujours. Ses rayons se reflétaient aux limites de l'eau. Bientôt, la chaleur deviendrait accablante. Quelle bonne idée d'être venu ici pour débarrasser ses muscles de la tension qui s'y était accumulée pendant la nuit.

Avait-il vraiment dormi ? Impossible de le savoir exactement. Il n'avait pas conscience d'être resté allongé longtemps dans cette pièce minuscule en ciment du township et cependant, s'il avait dormi, ce ne devait être qu'une plongée dans le vide de l'inconscience qui ne procurait que peu de repos. Il toucha le bord de la piscine et tourna une nouvelle fois.

A cet instant, les lambeaux d'un rêve lointain lui revinrent. Un visage. Un visage de femme. Sarah Barcant ? Le visage s'approcha, trop, on lui posait des questions auxquelles il ne pouvait répondre. Une voix disait son nom. Deux visages. Deux mains. Ou une seule ? Une main posée sur l'autre. Deux visages qui semblaient n'en faire qu'un. Ce n'était plus un visage de femme : deux hommes. Dirk Hendricks. Alex Mpondo.

Non. Ses jambes s'enfoncèrent dans l'eau. Ne pas y penser. Pas maintenant. Non. Ses bras s'élevèrent, ses jambes s'agitèrent violemment jusqu'à ce qu'il vole littéralement à la surface de l'eau.

. 13

Debout dans les coulisses de la salle des fêtes municipale, Dirk enleva d'un geste de la main un peu de poussière à peine visible sur son jean bien repassé. Puis il se redressa, inspira et expira plusieurs fois de suite, de façon profonde et régulière, précise et calme.

Enfin. Le moment tant attendu était presque arrivé.

A côté de lui, son avocat toussa. On sentait son agacement. Hannie Bester n'avait pas l'habitude d'attendre, contrairement à Dirk. L'avocat tendit le cou pour essayer de savoir pourquoi les gardes de Dirk ne les laissaient pas entrer en scène.

On ne pouvait rien voir. Dirk resta immobile. Les gardes contrôlaient, c'était tout, comme ils le devaient, et contrairement à Hannie, Dirk leur était reconnaissant de ce retard. Cela lui donnait le temps de regarder autour de lui et de s'accoutumer aux lieux.

Des coulisses, on entendait le bourdonnement du public qui arrivait et, au-delà de la scène, on voyait des groupes qui se précipitaient pour essayer de prendre les meilleures places. Ils allaient très vite mais Dirk refusait d'imaginer que sa personne représentait une attraction spéciale. Il connaissait trop bien Smitsrivier. Même les manifestations publiques les plus insignifiantes pouvaient attirer une foule énorme désireuse de rompre la monotonie de la vie dans une petite ville. Comme si quelqu'un qui n'était pas en prison pouvait comprendre ce que représentait la monotonie !

Ce n'était pas qu'il éprouvait des remords. Son épreuve se terminait. Presque. C'était certain.

Il regarda le mur opposé. Le portrait de Nelson Mandela était accroché à l'endroit d'où les autres présidents avaient contemplé le monde. Dirk n'avait rien contre. Mandela était président, et par conséquent on devait respecter sa fonction. C'était juste. De toute façon, même si Dirk avait consacré toute sa carrière dans la police à maintenir des gens comme Mandela en prison, Mandela lui-même ne pouvait être pire que ceux qui l'avaient précédé – les anciens patrons de Dirk, qui avaient passé leur temps depuis les élections à sauver leur peau en affirmant qu'ils n'avaient jamais su ce que faisaient leurs subordonnés.

Ils n'avaient rien su ! La fureur obscurcit les yeux bleus de Dirk. Quelle blague ! Non : c'était plus qu'une blague. S'ils n'avaient rien su, pourquoi étaient-ils allés dans la ferme de Vlakplaas où avait lieu l'entraînement des tueurs, afin de fêter leurs missions les plus dangereuses, avec des braais et de la bière ? Pourquoi avaient-ils invité ces mêmes tueurs dans leurs bureaux de Pretoria afin d'accrocher sur leur poitrine la médaille de la police pour services éminents ? Pourquoi ?...

Ag. Ne pas y penser. Ce genre de truc pouvait vous ronger. Il se concentra sur ce qui se passait sur la scène. Ses gardes affairés déplaçaient des chaises en s'assurant qu'elles se trouvaient bien là où ils le voulaient. Ils ne cherchaient pas à l'empêcher de s'enfuir – pour aller où ? – mais plutôt à le protéger d'une agression venant du public. C'était bien de leur part ; non pas que Dirk pensait qu'une telle agression fût possible, mais ils devaient prendre les précautions nécessaires.

Un nouvel arrivant. Un homme sortit des coulisses, en marchant délibérément d'un pas lent, et s'approcha d'une table. Pas n'importe qui : Alex Mpondo. Alex, élégant dans un costume noir, avec l'éclat d'une chemise jaune qui semblait en soie. Merde, quel changement ! Si Dirk ne s'était pas attendu à sa présence, il ne l'aurait pas reconnu. Tout avait changé en lui. Sa taille, son assurance, son aisance, on l'aurait même cru légèrement plus gros. Mais rien de tout cela n'était vraiment différent. Bien au contraire, le changement le plus spectaculaire résidait entièrement dans le visage de Mpondo, dans son expression. Les traits irréguliers, la laideur, le visage meurtri... tout cela avait disparu. Évidemment. Dirk se reprit. La prison avait dû le rendre stupide. A quoi s'attendait-il ? Mpondo n'était plus prisonnier mais député. Pas étonnant que son allure ait changé.

Mpondo regardait maintenant une femme élégante qui s'approchait de lui. Mpondo l'accueillit avec un grand sourire et lui tendit la main. Bien sûr : Dirk avait toujours soupçonné que Mpondo deviendrait un homme à femmes si l'occasion se présentait.

« Enfin », murmura Hannie.

Les policiers étaient presque prêts, l'un d'eux contourna la scène et s'avança. Hannie n'aurait pas dû se montrer aussi impatient. Ils étaient parfaitement prêts. C'était une chose que Dirk respectait. Il n'avait jamais oublié qu'à cause de sa propre négligence on avait failli le descendre le premier jour où il avait porté l'uniforme. Il n'en éprouvait aucun regret. Cela lui avait donné une leçon essentielle. Jamais plus. Il ne se mettrait jamais plus dans une telle situation sans avoir au préalable protégé ses arrières. Une leçon qu'on n'oublie jamais.

« On y va », dit Hannie.

Quelle était l'expression qu'utilisaient les acteurs ? Cela lui revint au moment de s'avancer.

Le lever de rideau.

14.

Pieter eut l'impression que tout le township avait décidé de rester bouche bée. Pas tout le township évidemment – la salle des fêtes était trop petite pour le contenir – mais c'était une chance que tant de jeunes aient choisi de faire toyi-toyi, de manifester à l'extérieur plutôt que d'entrer et de se disputer les sièges.

Il se tenait au fond de la salle et regardait la petite scène surélevée, avec son parquet éraflé, sa toile de fond miteuse et ses pendrillons verts et moisis – entièrement écartés pour laisser la place au mobilier qu'une audience comme celle-ci exigeait apparemment. Son regard erra dans la salle, sur le groupe de journalistes au premier rang, sur les sièges marron fixés les uns aux autres et au sol. On en avait installé d'autres dans la galerie de bois qui surplombait la partie arrière de la salle et le public qui s'y trouvait touchait presque les ventilateurs suspendus au plafond comme des insectes préhistoriques.

Un siège était libre à l'arrière, mais de l'autre côté. Plutôt que de se faufiler dans la rangée, il parcourut les deux allées en ayant conscience des commentaires qu'on chuchotait à son passage. Quand sa silhouette imposante s'abaissa pour s'asseoir, ses voisins s'éloignèrent aussitôt. Il n'y prit pas garde. Il s'assit simplement et regarda au-dessus de la mer des têtes.

Sur la scène, Dirk, escorté de deux gardes lourdement armés, sortit des coulisses. Dirk, qui autrefois avait été tapageur et grande gueule, avait maintenant l'air maigre, pâle et inquiet, avec cette attitude des détenus qui ne regardent jamais au loin mais qui baissent les yeux. Ce qui autrefois le distinguait des autres – cette violence imprévisible qui l'avait conduit à escalader les collines les plus escarpées et, au sommet, à déclamer ses chansons préférées, à entraîner Pieter dans une nuit de beuveries, ou à venir dîner, sa voiture remplie d'œillets pour Marie – tout cela avait disparu.

Pieter en était malade.

Que lui était-il arrivé ? Si Pieter devait imaginer ne plus jamais pouvoir parcourir le veld, ne plus jamais regarder sa Marie endormie, ne pas voir sa poule naine Bantam devenir championne, après plusieurs générations de sélection... Était-ce possible, se demanda-t-il en se souvenant de la nuit où il s'était réveillé en sursaut... Non. Ne pas y penser. La priorité de Dirk, l'objet même sur lequel il devait se concentrer, c'était sa propre situation, pas celle de Pieter.

Quelqu'un parla sur la scène : « Veuillez vous lever. »

Le silence se fit quand les trois juges entrèrent.

Les responsables de la Commission Vérité et Réconciliation ne cessaient de répéter que ces audiences n'étaient ni des confrontations ni l'occasion de vengeances, pourtant la mise en place semblait indéniablement conflictuelle à Pieter. La table des juges, légèrement surélevée au-dessus des participants et placée au centre de la scène, faisait face au public. Quant aux adversaires, on leur avait assigné trois tables séparées. Une à droite, pour Dirk et son avocat (les gardes de Dirk se tenaient juste derrière lui), et deux à gauche: la première pour l'avocat de la Commission et la seconde pour Alex Mpondo et ses défenseurs.

Pieter tendit le cou, stupéfait. Qui était assis à côté de Mpondo?

Tiens, tiens, Sarah Barcant. Sarah ne l'aurait jamais reconnu mais Pieter ne pouvait se tromper. Il se souvenait d'elle en deux occasions: la première fois sur la route et la seconde quand il l'avait vue par le judas d'une porte de prison. Il ne se rappelait plus exactement pourquoi. Oh si, ça lui revint, on l'avait arrêtée dans un quartier noir et des policiers en uniforme l'avaient menacée pour s'amuser de l'inculper pour violation de la loi sur l'Immoralité. Ce n'était qu'une gamine, seule dans une cellule, manifestement effrayée mais faisant bonne figure. Le fait qu'elle ait bu un verre avec des Noirs avait mis ses collègues en fureur mais, quand ils l'avaient eue sous leur garde, son air enfantin de défi avait encore aggravé les choses. Pieter avait réagi différemment. Cette fille l'intriguait – Marie avait même peut-être dit qu'il avait le béguin – et il avait suivi de loin ses brillantes études universitaires et son émigration inévitable. Son mentor, Ben Hoffman, avait dû espérer qu'elle reviendrait pour reprendre son cabinet d'avocat mais Pieter n'y avait jamais cru. Son départ de Smitsrivier ne l'avait pas surpris – elle avait trop de caractère pour vivre dans une petite ville. Elle faisait partie de ces gens sans loyauté envers leur pays qui, en fuyant, se reconstruisaient tellement qu'ils ne revenaient jamais.

Que faisait-elle ici, cette femme qui, avec sa peau claire, ses longs cheveux bruns et ses manières provocatrices, avait ressemblé autrefois à une fleur sauvage, et qui, aujourd'hui, avait l'air si posée, si chic, si étrangère, en mettant des écouteurs alors que le juge assis au centre, un vieil homme fragile à la barbe grisonnante, disait : « Peut-être pouvons-nous commencer » ?

Le juge hocha la tête en direction de l'avocat de Dirk, qui ajusta son micro avec une lenteur aussi délibérée que les avocats payés à l'heure.

« Monsieur le président. » Les participants avaient le droit de parler shona, zoulou ou xhosa, ou toutes ces langues officielles qui aujourd'hui transformaient le pays en tour de Babel. L'avocat de Dirk choisit de s'exprimer en afrikaans : « Je suis maître Bester, dit-il très lentement – comme pour laisser le temps aux interprètes installés dans des cabines vitrées de traduire ses mots en anglais ou en xhosa à un public qui, Pieter le savait, parlait couramment l'afrikaans –, et je représente le requérant Dirk Hendricks. »

Puis ce furent les chaises musicales. Sarah Barcant parla en anglais : « Monsieur le président, je m'appelle Sarah Barcant et je représente la victime Alex Mpondo qui se réserve aussi le droit d'interroger M. Hendricks. » Des chuchotements approbateurs parcoururent le public – ce qui sans aucun doute, se dit Pieter Muller, expliquait pourquoi elle avait perdu du temps en réclamant un droit qui était celui de Mpondo, comme tout le monde le savait pertinemment. Si Mpondo se trouvait si malin, se dit Pieter, pourquoi prenait-il la peine d'avoir une avocate – de New York en plus !

Un troisième homme en costume gris, qui lui aussi s'exprimait en anglais, annonça : « Je suis maître Kelly et j'assurerai la défense pour la Commission. »

Cela faisait six, si on comptait les trois juges. Six avocats grassement payés pour cette seule affaire insignifiante ! Pas étonnant que le barreau sud-africain fît prolonger à l'excès les travaux de la Commission – c'était une manne pour les années à venir. Et pas seulement ici, à Smitsrivier. Des jurys comme celui-ci siégeaient dans tout le pays. Tout ce cirque devait coûter une fortune à l'Afrique du Sud.

Sur la scène, Dirk se mit debout et leva la main droite comme il l'avait si souvent fait auparavant.

« Monsieur Hendricks, dit le président, jurez-vous de dire la vérité... »

La vérité, entendit Pieter, et il vit Dirk sûr de lui et à l'aise, ce vieux Dirk revenu à la vie. Ce n'était plus un prisonnier vaincu mais l'homme d'autrefois, un policier qui déposait comme il l'avait fait si souvent, alors que le juge continuait à lui faire prêter serment.

« ... toute la vérité, rien que la vérité ?

– Je le jure », répéta Dirk, avec ce ton d'assurance qui était le sien devant un tribunal. Pieter retrouva le moral.

« Je le jure », entendit Sarah assise à côté d'Alex Mpondo étrangement calme. Elle sentit que son intérêt s'éveillait. Ce trou perdu et poussiéreux de Smitsrivier allait être le témoin de séances comme celle-ci ! Cette danse du passé, ce mélange baroque de cérémonie judiciaire, de fête de rue et de réunion pour le renouveau de la foi. Qu'un policier blanc soit obligé de venir expliquer ses actes était tout à fait étonnant, pourtant ce qui était vraiment incroyable c'était que tous les visages dans la mer du public étaient essentiellement noirs : ici, dans cette salle des fêtes où les Noirs n'avaient le droit de venir que pour balayer quand le public blanc était depuis longtemps rentré chez lui. Toutes les règles sous lesquelles Smitsrivier avait vécu autrefois semblaient avoir été bannies. Sous le coup de l'émotion, elle se pencha en avant.

L'avocat de Dirk s'était penché lui aussi. Maître Bester était un petit homme trapu, qui ressemblait plus à un fermier qu'à un avocat, avec son pantalon gris, son nœud papillon et ses bretelles qui sortaient de sous son gilet gris, comme s'il avait préféré enlever sa veste, remonter ses manches pour se mettre au travail. « Mon client, Dirk Hendricks, a déposé une demande d'amnistie en rapport avec une agression sur M. Alex Mpondo, qui a eu lieu en 1985 », dit-il en anglais.

Le président fit un signe de tête. « Veuillez continuer, maître. »

L'avocat se tourna vers son client. « Monsieur Hendricks, avant que nous passions à la partie principale de votre déposition, voudriez-vous confirmer que vous comprenez que la loi pour la promotion de l'unité et de la réconciliation nationales n'autorise ce comité à accorder l'amnistie que s'il reconnaît que vous avez commis votre acte pour des raisons politiques et que si les faits concernés sont entièrement divulgués.

– Je comprends, monsieur le président », dit le prisonnier, également en anglais, d'une voix neutre, caractéristique du jeu de questions-réponses du tribunal, et qu'on enseignait à toute jeune recrue de la police. Certains policiers n'arrivaient jamais à l'acquérir vraiment. Pas Hendricks.

« Vous comprenez que cela signifie que vous devez dire la vérité ?

– Tout à fait, monsieur le président. » Comme tout bon témoin, Hendricks prenait soin d'adresser ses réponses à ceux qui comptaient – les juges.

« Merci, monsieur Hendricks. Est-il vrai que vous purgez actuellement quinze années de prison pour votre rôle dans la mort de M. Desmond Ngoepe ?

– Oui, c'est vrai.

– Votre rôle dans la mort de M. Desmond Ngoepe fait l'objet d'une demande séparée d'amnistie qui sera traitée dans une autre audience ?

– Oui, monsieur le président. C'est exact.

– Alors dites-moi, monsieur Hendricks : pourquoi avez-vous choisi de déposer une demande d'amnistie ? »

Dirk Hendricks fronça les sourcils. « Je vous demande pardon ?

– Permettez-moi de vous expliquer, dit l'avocat, d'une voix patiente comme si toute cette manœuvre n'avait pas déjà été répétée entièrement. Vous n'avez pas été condamné pour quelque chose en relation avec vos rapports avec M. Mpondo. C'est exact ?

– Oui, monsieur, c'est exact.

– Et M. Mpondo n'a jamais menacé de porter plainte contre vous ? Est-ce toujours exact ? »

Toujours la même réponse. « Oui, c'est exact », accompagné d'un « monsieur le président ».

« Alors, pourquoi avez-vous décidé de déposer une demande d'amnistie dans cette affaire ?

– Parce que c'est la Commission Vérité et Réconciliation. » Pour la première fois, Dirk Hendricks eut l'air d'un idiot. « Je dois dire la vérité. »

Son avocat éleva la voix au-dessus de la vague de rires qui parcourut l'assistance. « Vous devez dire la vérité, uniquement parce qu'une commission le demande ? »

Astucieux, se dit Sarah, quand Hendricks répondit : « Non, monsieur le président », et cette fois, quand il se tourna vers les juges, il eut moins l'air d'un policier qui se contrôlait que d'un homme mal à l'aise dans une langue étrangère et il bégaya : « Pas seulement ça. Je fais ça afin de pouvoir liquider le passé. Pour moi, pour tout le monde, il est temps de décharger notre conscience.

– Merci, monsieur Hendricks», dit l'avocat, doucement comme pour souligner l'argument de son client, puis quand le silence fut revenu, il tourna une page de ses notes. «Et maintenant, si vous le voulez bien – il n'était qu'efficacité professionnelle –, je vais vous ramener à ce passé. Est-il exact que vous avez été officier de police pendant vingt ans? A partir de 1973 en fait, jusqu'à votre emprisonnement en 1993?

– C'est exact.

– Et dans votre demande d'amnistie vous avez donné le détail de votre carrière dans les forces de police?

– C'est exact, monsieur le président.»

C'est exact, entendit Sarah, et elle se demanda si le détenu allait finir par dire quelque chose.

«A la page cinq de votre demande, vous expliquez comment, après avoir été reçu premier à votre examen pour le grade de sergent, on vous a proposé d'entrer dans la police de sécurité?

– Oui.» Dirk Hendricks resta neutre en confirmant qu'on l'avait assigné dans le corps d'élite de la police, ce qui autrefois avait été la plus haute aspiration de chaque jeune flic sud-africain. «C'est exact.»

Pieter cala sa large stature dans le fauteuil bancal. Dirk était en de bonnes mains.

«En 1984...», dit l'avocat.

1984. L'année où Dirk était arrivé à Smitsrivier. Pieter s'en souvenait très bien. L'année Dirk: quand il avait arrêté sa 304 Peugeot devant le commissariat, la vieille voiture pétarada si bruyamment que l'officier de service avait pensé qu'on les attaquait et il avait déclenché l'alarme.

«... vous avez été affecté à Smitsrivier?

– C'est exact», répondit Dirk d'une voix traînante.

« Et l'année d'après – en 1985 – c'était l'état d'urgence ?

– C'est exact. »

1985 : l'année où l'insurrection a commencé. Prises au dépourvu par la violence du soulèvement, les autorités avaient dû se battre pour reprendre la situation en main. Aucun endroit n'était épargné, pas même Smitsrivier.

« Cet état d'urgence a été décrété par le gouvernement quand l'ANC a donné l'ordre à ses partisans de rendre le pays ingouvernable ?

– C'est exact », répondit Dirk.

Dirk se souvenait-il lui aussi de cette époque ? se demanda Pieter en notant un changement dans la voix de Dirk. Pieter ouvrit les yeux et regarda la scène, juste au moment où Dirk tournait la tête, et son regard bleu et perçant parcourut l'assistance comme s'il recherchait Pieter. Mais non, ce n'était pas ça : quand il rencontra le visage de Pieter, le regard de Dirk n'eut pas une seconde d'hésitation et continua au-delà de l'endroit où il se trouvait, pour faire le tour de la salle.

« Pouvez-vous dire à la Commission ce qui se passait dans le pays à cette époque-là ? »

Une expression de surprise traversa le visage impassible de Dirk et quand il dit « *Jirra* » d'une voix forte et cadencée, « c'était le chaos absolu, mon vieux », l'assistance éclata de rire.

L'avocat de Dirk était habile, se dit Pieter. Les bouleversements du milieu des années quatre-vingt avaient été tellement violents, quel que soit le côté de la barricade où l'on se trouvait, que le chaos de cette époque resterait marqué au fer rouge dans les mémoires.

« Et dans cette situation explosive quelle était votre fonction ? »

Dirk avait retrouvé ses esprits. D'une voix monotone : « Je supervisais les détentions selon la législation de sécurité.

– C'est en exerçant ces fonctions que vous avez rencontré pour la première fois M. Mpondo ?

– C'est exact.

– On vous a donné la responsabilité de son interrogatoire ?

– C'est... » Dirk s'arrêta brusquement et secoua la tête comme si quelque chose l'avait surpris.

« Monsieur Hendricks ?

– ... c'est exact. »

Cette brève hésitation inquiéta Pieter. Il connaissait trop bien Dirk pour croire que c'était accidentel. En outre, Dirk n'avait plus une voix neutre – elle était tendue comme s'il se dirigeait vers des eaux profondes.

Pieter regarda sa propre main droite. Il la serrait involontairement. La voix forcée de Dirk, ce qu'il n'avait pas dit hier, la façon dont son regard était passé sur Pieter sans s'arrêter, à cause de tout cela Pieter pensa que Dirk avait honte de le regarder en face. Pieter croyait savoir pourquoi. Il ne trouva qu'une seule explication : un enchaînement. Les Sizela étaient furieux à cause de la perte de leur fils. Ils voulaient un bouc émissaire. Ils faisaient pression sur Dirk, et Dirk, voulant absolument sortir de prison, pointait le doigt sur Pieter.

Il y eut un mouvement sur la scène, comme une confirmation. Côté jardin. La voix de Sarah Barcant hors micro : « Monsieur le président.

– Est-ce votre signature en bas de cette déposition ? » demanda l'avocat de Dirk, passant outre à l'interruption comme s'il ne l'avait pas entendue.

Dirk regardait droit devant lui. « C'est exact », et sa voix dominait l'agitation qui avait commencé à se répandre dans l'assistance.

A nouveau, la même interruption : « Monsieur le président. »

A nouveau, l'avocat de Dirk utilisa la puissance de son micro pour couvrir le bruit de l'assistance qui essayait d'attirer l'attention des juges vers Sarah. « Et vous confirmez également l'exactitude de votre déposition ?

– Je la confirme, dit Dirk.

– Monsieur le président. » Sarah Barcant avait trouvé l'interrupteur de son micro et on ne pouvait plus l'ignorer.

Pourtant l'avocat de Dirk essaya encore. Il commença : « Quand vous avez rencontré M. Mpondo dans la salle d'interrogatoire... »

Elle cria à nouveau : « Monsieur le président.

– ... était-il déjà connu de la police de sécurité ?

– Maître Bester... » Le président s'était avancé sur sa chaise et fronçait les sourcils.

Dirk regarda son avocat qui lui fit un signe de tête en guise de réponse.

« M. Mpondo était un militant, dit Dirk, qui avait été arrêté de nombreuses fois...

– Maître Bester, monsieur Hendricks... si vous voulez bien », dit le président en tapant en même temps sur son micro, ce qui produisit un bourdonnement assez fort pour que tout le monde enlève ses écouteurs. Dans le silence qui suivit le juge jeta un regard sévère sur l'assistance. « M. Hendricks a droit à une audience sans être ni intimidé ni dérangé, dit-il. Si ces interruptions continuent, je n'aurai pas d'autre choix que de faire évacuer la salle. » Il se réinstalla dans son fauteuil et s'adressa au côté cour. « Vous essayiez d'attirer mon attention, je crois, mademoiselle Barcant.

– Merci, monsieur le président, dit Sarah Barcant. J'aimerais faire remarquer à la Commission que si je représente M. Mpondo dans cette affaire, je représente également M. et Mme Sizela dans l'affaire de la disparition de leur fils. »

Ainsi, Pieter avait vu juste. C'était un coup monté.

« Étant donné que la dernière déposition de M. Hendricks couvre la période pendant laquelle Steve Sizela a été vu pour la dernière fois, poursuivit Sarah Barcant, je vous fais part de mon intention de l'interroger sur l'affaire du meurtre de Steve Sizela. »

Pieter devait avoir raison : l'avocat de Dirk Hendricks s'y attendait. Il se pencha en avant, de façon presque languissante, pour brancher son micro et dit : « Monsieur le président, je proteste. »

Le juge à la barbe grisonnante se pencha lui aussi. « Déjà, monsieur Bester ? Mais nous venons seulement de commencer. » Il soupira. Profondément. De façon théâtrale.

Hannie Bester regarda de l'autre côté de la scène. « Puis-je rappeler à ma collègue – il fixait sur Sarah Barcant son regard noir et dur – que cette audience a pour objet de déterminer si mon client, Dirk Hendricks, peut bénéficier de l'amnistie pour ce qui s'est passé pendant qu'il avait la responsabilité de M. Mpondo. Étant donné que la demande de mon client ne fait pas mention de M. Sizela, je ne vois pas la pertinence de l'interruption de Mlle Barcant.

– Mademoiselle Barcant ? »

Le juge regarda Sarah Barcant, en pleine conversation à voix basse avec Mpondo. Une mise au point entre avocat et client, se dit Pieter, qui regardait le spectacle. Le langage des corps – Mpondo qui se penchait brusquement vers elle, et elle qui semblait vouloir reculer – disait tout : Mpondo essayait de l'empêcher de continuer dans cette direction.

« Mademoiselle Barcant, y a-t-il un problème entre vous et votre client ? »

Sur la scène, les violents mouvements de tête d'Alex Mpondo se calmèrent, et il retomba sur sa chaise, avec un geste dédaigneux de la main envers sa soi-disant avocate. Exactement ce qu'avait prédit Pieter : peu importe ce qu'ils croient, des hommes comme Mpondo ont toujours comme première priorité de présenter un front uni. « Non, monsieur le président, dit Sarah Barcant. Aucun problème.

– Alors, si vous avez tout à fait fini, peut-être pouvez-vous répondre à l'objection de M. Bester : rapidement si possible, bien que vous soyez avocate. »

Sarah Barcant sourit à la plaisanterie (ils devaient trouver ça très drôle, pensa Pieter) et dit : « Steve Sizela était un ami et un collègue de M. Mpondo, et il a aussi été détenu par la police de Smitsrivier à la même période. M. Mpondo n'avait naturellement pas la liberté de se promener dans le commissariat de police, contrairement à M. Hendricks qui était donc idéalement placé pour savoir ce qui est arrivé à Steve Sizela. Avec l'autorisation de la cour, j'aimerais par conséquent demander à M. Hendricks s'il sait où se trouve M. Sizela.

– Dans quel but, mademoiselle Barcant ? répliqua Hannie Bester.

– Dans le but, comme vous dites, d'aider les parents âgés de Steve à retrouver le corps de leur fils, afin qu'ils puissent l'enterrer et qu'il repose en paix.

– Un objectif admirable, dit Hannie Bester. Et je suis sûr que tous ici nous vous rejoignons, mademoiselle

Barcant, pour manifester notre sympathie à M. et Mme Sizela qui ont dû vivre dans une terrible incertitude. Cependant – son large visage et sa voix se durcirent – je serais négligent envers mon client si je ne rappelais pas à la cour que des enquêteurs de la Commission Vérité et Réconciliation ont déjà interrogé mon client sur cette question et qu'ils ont été satisfaits d'apprendre qu'il n'avait rien à voir avec l'interrogatoire et le destin de M. Steve Sizela, quel qu'il ait pu être.

– Mademoiselle Barcant? dit le président.

– Monsieur le président, dit Sarah Barcant, comme mon distingué collègue l'a fait remarquer, l'amnistie ne peut être accordée que si le demandeur se conforme à la loi, dont l'élément central est l'exigence de communication totale des renseignements. M. Mpondo et M. Sizela étaient des camarades. Ils ont été arrêtés à quelques jours d'intervalle.

– Qu'est-ce que cela a à voir avec l'affaire qui nous occupe? répliqua à nouveau Hannie Bester.

– Monsieur le président, dit calmement Sarah Barcant, j'aimerais dire que, même si M. Hendricks n'a pas interrogé M. Sizela, il devait travailler assez près de celui qui l'a fait.» Elle éleva la voix, empêchant Hannie Bester de tenter d'attirer l'attention du juge. «Et, en anticipation de l'objection de mon distingué collègue, j'aimerais dire en outre que ce que M. Hendricks sait à propos de M. Sizela concerne cette demande d'amnistie, précisément parce que cela concerne le cœur même de cette demande. Lui poser des questions sur ce sujet c'est à la fois examiner la crédibilité de ses intentions et par conséquent la crédibilité de sa demande elle-même.

– Monsieur le président – Hannie Bester haussant soigneusement la voix pour y faire passer une nuance de moquerie –, si nous suivons la logique de Mlle

Barcant, nous finirons par créer un précédent, et de longues files d'avocats attendront devant chaque audience pour demander à chaque personne qui a sollicité une amnistie ce qu'elle sait à propos de chaque arrestation, de chaque fusillade, de chaque disparition ou de chaque mort qui a eu lieu dans ce pays depuis 1948 – et si n'importe qui peut interroger le demandeur, alors n'importe qui pourra affirmer que cela pose le problème de la crédibilité. Les audiences n'en finiront jamais et dégénéreront en farce.

– Contrairement à celle-ci», répliqua sèchement le président, avant d'ajouter rapidement: «Auriez-vous l'amabilité de nous accorder quelques instants?» Il tourna son micro et pencha la tête pour parler à voix basse avec ses collègues. Ils se rapprochèrent et pendant quelques instants le silence fut presque complet dans la salle tandis que les trois hommes chuchotaient.

Enfin, alors que ses deux collègues regardaient droit devant eux, le président déclara: «Nous mettons cette question en délibéré. Jusqu'à ce que nous ayons pris notre décision finale, nous rejetons toutes questions qui ne seraient pas en relation directe avec la demande considérée. Les parties intéressées nous soumettront leurs arguments demain matin à huit heures – il lança un regard féroce à chacun des avocats. Nous ne voulons pas une thèse: un simple résumé de votre argumentation, avec des précédents si nécessaire. Afin de laisser le temps aux conseils de préparer ce document, nous poursuivrons l'audience jusqu'à la pause et nous ajournerons pour la journée.» Son regard tomba sur la table de Dirk Hendricks. «Maître Bester, dit-il, et sa voix indiquait clairement que le débat était clos, je vous en prie, continuez à interroger votre client.»

. 15

Tous ces bavardages, se dit Pieter, en descendant la Grand-rue. Comme si cela allait changer quelque chose pour quelqu'un. Alors que les townships dansaient sur la musique de la Commission, des hommes comme Dirk étaient sortis de prison et amenés à comparaître dans d'innombrables salles municipales comme celle-ci pour y recevoir une condamnation. Leur rôle était très clair. C'étaient les phénomènes de foire au centre du cirque de la Commission Vérité et Réconciliation, avec comme tâche de faire que tous les autres apparaissent innocents et se sentent bien. C'était la justice, le style de la nation arc-en-ciel : le nouveau stéréotype où le noir était devenu blanc et le blanc noir.

Comme si l'autre côté n'avait pas lui aussi joué son rôle. Prenez par exemple Mpondo, la soi-disant victime de Dirk. Mpondo n'était pas un ange. Il avait été trafiquant d'armes et vraisemblablement poseur de bombes, et seules la chance et sa propre incompétence avec les explosifs lui avaient épargné de tuer des passants innocents. Et cependant malgré son passé – non, c'était bien pire, *grâce* à son passé – Mpondo était maintenant député, un VIP qui tenait le sort de Dirk dans ses mains.

Tout cela était d'une telle hypocrisie, se dit Pieter. Pour sa part, il n'avait rien à voir avec tout cela.

Et tout cela ne le concernerait jamais. Plus rien ne l'inquiétait. Il était persuadé que James Sizela avait fait pression sur Dirk, mais il savait aussi que cela n'irait pas plus loin. Dirk était l'ami de Pieter. Dans le passé, il ne l'avait jamais laissé tomber, il ne le ferait pas maintenant. Même si les juges accordaient à Sarah le droit de l'interroger à propos de Steve Sizela, Dirk n'accuserait jamais Pieter.

« Pieter. »

Pieter leva les yeux et vit de l'autre côté de la rue la lourde silhouette de Kobus de Wit qui l'appelait. Pieter s'arrêta et attendit que ses grands pieds plats amènent Kobus.

« Kobus. Qu'est-ce que je peux faire pour toi ? »

Kobus n'avait pas besoin qu'on lui pose deux fois la question : il n'en avait jamais besoin. Il sortit une feuille de papier de la poche de son pantalon. « Voici une liste de prétendants pour du travail que j'ai à faire faire sur la ferme. Tu veux bien y jeter un coup d'œil pour moi, Pieter ?

– Bien sûr. Pas de problème – Pieter prit le papier que Kobus lui tendait. Appelle-moi plus tard.

– Merci, Pieter – Kobus eut un grand sourire. Salue Marie pour moi, hein ? » Il se retourna et retraversa la rue.

Deux cents mètres plus loin, Pieter quitta la Grand-rue, entra dans une ruelle et pénétra dans un bâtiment d'un étage en parpaings. Ses bureaux étaient au rez-de-chaussée à droite. Il descendit le couloir, s'arrêta devant le panneau qui promettait une « réponse armée immédiate » à toute personne située dans un rayon de dix kilomètres, composa un numéro sur le digicode et, quand la porte s'ouvrit, il entra.

La première pièce était propre, calme, fonctionnelle et fraîche comme il aimait, et sa secrétaire Kristal était assise derrière son bureau. Quand elle le vit, elle raccrocha le téléphone, posa ses longs ongles rouges sur un sous-main immaculé, et dit en souriant: «*Môre*, Pieter. M. et Mme Parker sont arrivés en avance. Je les ai fait entrer dans ton bureau.

– Tu leur as donné du café? demanda-t-il en sachant qu'elle l'avait fait et il alla jusqu'à la desserte pour se verser lui-même du café très fort et épais dans la grande chope qu'elle lui avait offerte à Noël. Comment s'est passée la nuit?»

Elle ouvrit son bloc-notes. «Trois fausses alertes: le gosse des Smit qui faisait encore le con avec le bouton d'alarme; un daman qui a franchi un infrarouge; et une femme qui a cru voir quelqu'un dans son jardin, mais ce n'était qu'un cactus. Deux cambriolages. Dans le premier, les propriétaires avaient quitté la maison sans mettre le signal d'alarme, et quand ils ont découvert ce qui s'était passé, ils nous ont appelés mais les cambrioleurs avaient décampé depuis longtemps. Dans le second, nos hommes sont arrivés sur place sept minutes plus tard et les voleurs étaient en prison dans le quart d'heure.» Elle referma son bloc-notes et leva les yeux. Des cheveux blonds coquins et un tendre sourire. «Une nuit calme.» Elle s'arrêta. «Sauf...» Une pause théâtrale et: «Sizwe était encore saoul.»

C'était la troisième nuit de suite, se dit Pieter. Connard de Sizwe. Quand allait-il apprendre?

«Tu veux que je lui rende ses papiers?

– Non.» Il laissa tomber deux pastilles de Sweetex dans son café qu'il remua vigoureusement et évita le reproche qui serait dans les yeux de Kristal. C'était une gentille fille, mais elle était encore trop jeune pour comprendre ce que le renvoi de Sizwe aurait comme conséquences sur sa très grande famille. «Dis-lui que je veux le voir à la première heure demain matin. A jeun et lavé. » Il la regarda en la défiant de faire un commentaire. « Autre chose ? »

Kristal cligna des yeux. « Votre femme a téléphoné. Elle a dit que le poussin est éclos et que ses ergots sont parfaits. »

Enfin de bonnes nouvelles. Pour la première fois depuis qu'il avait appris que Dirk revenait à Smitsrivier, Pieter retrouva le moral. Cette fois, peut-être, se dit-il. Jusqu'ici des problèmes de croisement l'avaient toujours empêché de remporter le championnat d'élevage, des problèmes d'ergots déviés, mais plus maintenant. Maintenant, il allait donner du fil à retordre aux autres éleveurs et il avait même l'impression que ce serait plus que cela. Il était au bout de ses peines. Il allait gagner.

La vie n'est peut-être pas si moche, se dit-il, en souriant et en buvant son café, et il posa la feuille de papier que lui avait donnée Kobus, sur le bureau de Kristal. « Vérifie ces types avec la police, si tu veux bien », dit-il, avant d'entrer dans son bureau.

Kristal était une gentille fille et elle avait installé confortablement les visiteurs de Pieter. « Monsieur et madame Parker ? » Il leur serra la main chacun leur tour avant d'aller s'asseoir de l'autre côté. « Je suis désolé de vous avoir fait attendre. Je m'appelle Pieter Muller, je suis le patron de cette maison. Bienvenue à Smitsrivier. Voulez-vous que Kristal vous apporte encore du café ? »

Ils secouèrent la tête. Il but une gorgée, fit la grimace et reposa sa chope. « Je vous comprends : le café de Kristal est assez fort pour servir de carburant à une voiture et pour faire la moitié du chemin jusqu'à Jo'Burg. »

M. Parker était maigre, très soigné et ne devait pas avoir loin de soixante-dix ans. Il avait la façon sèche de parler de quelqu'un qui a passé sa vie dans l'armée britannique et qui n'a pas de temps à perdre en plaisanteries. « Avez-vous beaucoup d'employés ? »

Parfait : Pieter détestait lui aussi s'égarer en futilités. « J'emploie vingt personnes à plein temps dans mes registres, plus une réserve de gens à temps partiel de toute confiance, dit-il. C'est un gros navire. Surveillance armée permanente des propriétés de nos clients.

– Est-ce vraiment nécessaire ? » En contraste avec la vigueur de son mari, Mme Parker était effacée et avait la voix nerveuse d'une femme qui a déménagé de nombreuses fois. « Nous avons quitté la ville parce que nous ne supportions plus la criminalité. Nous pensions être en sûreté à Smitsrivier.

– Et vous le serez », dit Pieter en entendant, même à travers la porte fermée, Kristal qui se disputait avec quelqu'un. Sizwe, pensa-t-il. « Notre ville est une des plus sûres du pays.

– Alors, pourquoi avons-nous besoin de vous ? » demanda M. Parker.

La voix de Kristal monta encore d'un cran. Pieter espéra qu'elle ne se lançait pas dans une discussion avec Sizwe, parce que s'il était encore saoul, inutile de lui expliquer quelque chose. Pieter dit aux Parker : « Libre à vous de penser que vous n'avez pas besoin de nous : c'est vous qui décidez. Nous formons une communauté très soudée, nous pratiquons encore cet art du bon voisinage qui est en voie de disparition. Ce que vous ajouteriez à tout cela si vous signiez un contrat avec Muller Security, ce serait une tranquillité d'esprit absolue. »

Il entendit Kristal dire : « Non, vous ne pouvez pas. »

Il éleva la voix. « Nous ne sommes pas comme la police. Notre métier c'est la prévention du crime. C'est anticiper le désordre avant qu'il n'arrive. »

« Non. » L'énervement de Kristal était de plus en plus manifeste dans sa voix. « Vous ne pouvez pas faire ça. » Pieter fronça les sourcils et dit : « Vous avez acheté l'ancienne maison Schroder, dans Trevor Street, je crois ? Une maison adorable : elle donne sur le veld.

– Le veld, dit Mme Parker. Précisément. »

Les cris s'étaient arrêtés. Kristal devait avoir ramené Sizwe à la raison. Pieter en fut satisfait.

S'il avait dû intervenir, il aurait fini par devoir mettre Sizwe à la porte.

« L'ennui, dit M. Parker, c'est que n'importe qui peut escalader la clôture, entrer dans notre jardin et dans notre... »

On entendit à nouveau les voix et cette fois il y eut des bruits distincts de bagarre, assez forts pour que M. Parker se taise. Si c'est Sizwe, se dit Pieter, je ne vais pas me contenter de le mettre à la porte. « Si vous voulez bien m'excuser un instant », dit-il ; il se leva, alla jusqu'à la porte qu'il ouvrit et cria : « Qu'est-ce qui se passe ici ? »

Il n'eut pas besoin qu'on lui réponde. C'était son vieil ami Johan, qui essayait d'atteindre sa porte et Kristal faisait une barrière de son corps pour l'en empêcher. Je comprends, pensa Pieter ; et il dit : « Merci, Kristal. »

Kristal s'écarta et Johan s'avança aussitôt. Pieter leva la main pour l'arrêter. « Tu trouves ça malin d'agresser une femme ?

– Excuse-moi – le visage anguleux de Johan était rouge de confusion. Je t'ai apporté ceci », dit-il en tendant une feuille de papier.

Inutile de regarder pour savoir de quoi il s'agissait. C'était une assignation à comparaître devant la cour pour répondre des préjudices causés dans l'affaire Sizela. Un cadeau de Ben Hoffman transmis par sa bonne à tout faire, Sarah Barcant. Pieter s'attendait à quelque chose de ce genre. Parce qu'il avait refusé de déposer une demande d'amnistie, ils allaient le poursuivre devant un vrai tribunal.

«Plus tard, dit-il. Je suis occupé.» Et il recula pour refermer la porte.

Au cours de ses nombreuses années de service à la mairie, Johan avait souvent délivré des sommations. Alors, il fit un pas en avant et passa la main et le papier dans l'entrebâillement. Il agit rapidement, mais stupidement – il n'eut pas le réflexe de glisser aussi le pied. De toute façon, Pieter avait été beaucoup plus rapide que lui. Il referma la porte et coinça la main blanche comme neige du fonctionnaire contre le chambranle.

Johan poussa un cri.

Pieter avait l'avantage: s'il continuait à appuyer, il savait qu'il finirait par casser le poignet de Johan. Pieter pensa qu'il le méritait après ce qu'il avait fait.

«Pieter.»

Pieter n'en eut pas le courage. Il écarta son poids de sur la porte.

«Excuse-moi, Pieter, dit Johan en reculant, et en massant sa main douloureuse. Je dois le faire», et il tendit à nouveau le papier.

Cette fois, Pieter le prit. Ça ne pesait pas lourd. Les sommations ne pesaient jamais lourd. Il regarda la feuille puis leva les yeux vers Johan. «Je t'ai vu à la salle des fêtes, il y a seulement dix minutes. Pourquoi est-ce que tu ne m'as pas donné ça à ce moment-là?

– Je suis désolé, Pieter, marmonna Johan. Il faut que je gagne ma vie.»

Et tes nouveaux patrons t'ont donné l'ordre de me remettre ça dans mon bureau, se dit Pieter, de préférence devant mes clients. Et tu l'as fait, se dit-il, en regardant fixement son vieil ami et en pensant aux faveurs qu'il lui avait faites autrefois.

Johan ne put soutenir le regard de Pieter. Il baissa la tête et se concentra sur ses chaussures cirées.

Ag, à quoi bon, se dit Pieter. Les temps avaient changé. Le passé était révolu. Pieter referma la porte et se retourna vers ses visiteurs.

Ils regardaient bouche bée. Il les avait perdus : il le savait. Pourtant, il ne put rien faire d'autre que sourire quand il revint s'asseoir, et il dit : « Excusez-moi pour cette interruption. Bien. En ce qui concerne votre clôture... »

16 .

Sarah voulait d'abord boire quelque chose. Elle poussa la porte du bar. En traversant l'entrée, elle avait entendu le bourdonnement des voix et le tintement des verres qui venaient de l'intérieur, mais le silence s'établit quand les hommes tournèrent la tête pour la regarder de haut en bas. Autrefois, trouver des Noirs et des Blancs en train de boire dans le même endroit aurait été inconcevable, mais aujourd'hui, elle seule n'était pas à sa place. Elle se vit dans leurs regards durs : ses mèches de cheveux bruns, encore humides de la douche qu'elle venait de prendre, sa jupe longue vert mousse fendue sur le côté, sa blouse à manches courtes, ses ongles faits, l'unique femme dans cette réunion d'hommes.

Elle fit un pas et seul le barman eut un geste. C'était un gros type au teint terreux et à l'air malsain. Il releva la tablette du comptoir, s'essuya les mains sur son pantalon kaki et s'avança: «Je peux vous aider?»

Elle répondit: «J'aimerais boire quelque chose», et elle eut l'impression de parler très fort.

«Ne seriez-vous pas mieux installée dans le bar des dames?»

Le silence était si total qu'elle aurait peut-être dit «oui», si elle n'avait pas déjà eu un aperçu du bar des dames, une petite pièce sans fenêtre, avec des murs tapissés d'un papier lugubre, et des fleurs en plastique sur chacune des trois tables bancales. Il n'y avait personne. «Je préfère être ici.» Et elle ajouta avec un demi-sourire: «Ça ne pose pas de problème, n'est-ce pas?

– Oui. Non. Pas de problème.» Le barman haussa les épaules. «Je pensais seulement que vous préféreriez être au calme.» Il s'éloigna.

Elle le suivit. Il la conduisit à une table située dans le coin le plus éloigné et le plus obscur du bar. Il détacha le torchon qui lui entourait le ventre et essuya la table éraflée. Elle s'assit.

«Qu'est-ce que je vous sers?

– Whisky malt, s'il vous plaît.» Elle n'indiqua pas une marque précise car elle supposa qu'il n'y en aurait qu'une. Si elle avait de la chance.

Le barman fit un signe de tête et retourna pesamment derrière son comptoir. Les conversations reprirent et on la laissa libre de regarder les lieux. C'était un grand bar, lambrissé jusqu'à hauteur des yeux, avec un tapis marron et sale, quelques tables ici ou là, un billard sous des spots dans un espace en retrait, et un long comptoir. En dehors d'elle, il n'y avait que des hommes et des animaux morts. Les hommes – des Africains et des Blancs en nombre à peu près égal mais en groupes séparés – assis à des tables, appuyés au bar, ou debout près du billard en train de suivre la partie. Les animaux étaient accrochés aux murs – une suite de monstres qui comprenait un gnou dont la longue barbe avait été enduite de tant de conservateur qu'elle se dressait comme du fil de fer, la tête élégante d'un koudou femelle à côté d'une tête de koudou mâle avec les cornes irrégulières d'origine et, pour compléter le tout, une tête de lion triste, broussailleuse et mangée aux mites ; toutes étaient montées sur du bois verni. Les yeux de verre regardaient fixement devant eux comme des yeux aveugles, et les fusils qui les avaient tués étaient là eux aussi, derrière des portes vitrées et fermées à clef.

Le barman posa sur la table un dessous de verre et un verre. « Glenfiddich », dit-il.

Glenfiddich. Elle fut impressionnée. « Merci.

– J'ai pensé que vous aimeriez. »

Elle souleva son verre.

« Mais vous préféreriez peut-être un Glenmorangie ? Ou un Black Label ?

– Non. Merci. C'est très bien. » Elle lui lança un sourire rapide pour le congédier.

« Pas de glace ? »

Elle voulait qu'il s'en aille. Elle fit non de la tête.

« Pas d'eau non plus ?

– Non, répondit-elle. Merci. Pas de glace. Pas d'eau.

– Alors rien n'a changé ? »

Qu'est-ce que cela voulait dire ? Elle leva les yeux vers lui. Est-ce qu'elle le connaissait ?

Il la regardait, une face de lune avec cette expression neutre et sérieuse de Smitsrivier qui pouvait aussi bien signifier qu'il n'était pas content de la voir ou qu'il n'y avait rien dans sa vie pour le réjouir. Elle dit, en hésitant : « André ? »

Il hocha la tête : « Le même. »

Bien sûr. André. Elle aurait dû le reconnaître plus tôt. Ils étaient allés à l'école ensemble de l'âge de sept ans jusqu'au bac, et même s'il avait vieilli et grossi, il n'avait pas tellement changé. Elle dit, avec un peu trop d'enthousiasme pour compenser son impolitesse : « Comment vas-tu ? »

Il répéta avec un haussement d'épaules : « Le même », et cela confirma qu'il était bien le même. Fanatique de rugby depuis son plus jeune âge, André ne s'était jamais vraiment intéressé aux mots.

« Toujours ailier ? » demanda-t-elle.

Il secoua la tête. « *Ag*, non, mon vieux, je n'ai plus le temps. » Et il s'en alla.

Elle ne s'offusqua pas. Il était comme la plupart des Blancs de Smitsrivier qui ne s'intéressaient à rien de ce qui se passait en dehors de leur environnement immédiat. La vie dans une petite ville, se dit-elle, en buvant son verre ; elle faisait rouler le whisky sur sa langue pour en apprécier le goût, et elle réfléchit à sa journée.

Enfin, conclut-elle, c'est presque terminé.

Une heure plus tard, elle s'en alla. Quand elle arriva près de la porte elle sentit un changement d'atmosphère. Il y avait une tension dans cet endroit qui n'avait rien à voir avec elle, et quelque chose qui n'était pas là quand elle était entrée. Elle se retourna, son regard tomba sur les groupes d'hommes qui étaient maintenant comme figés autour de la table de billard. Par curiosité, elle renonça à s'en aller.

D'épaisses volutes de fumée s'élevaient au-dessus des hommes agglutinés autour du billard. Quand elle s'approcha, elle entendit le claquement des billes et elle vit, à la tension qu'on lisait sur les visages, Noirs et Blancs maintenant mêlés, que la plupart d'entre eux étaient intéressés au jeu. Elle se fraya un chemin sur les bords du cercle.

Une voix s'éleva au centre. «Tu crois que je ne suis pas capable de le recommencer?» Une voix connue – celle d'Alex Mpondo.

Elle s'avança encore et vit deux jeunes Noirs qui se faufilaient dans la mêlée. On leur glissait de l'argent et des bouts de papier dans les mains: étrange à Smitsrivier où, autrefois, le jeu avait été considéré comme un péché aussi épouvantable que l'adultère.

«Donnez-lui une autre Castle, et vite», marmonna quelqu'un.

«N'y compte pas», telle fut la réponse. «Bourré, il joue encore mieux.»

Elle se rapprocha pour voir ce qui se passait.

Alex Mpondo – caméléon, pensa-t-elle. A l'audience, elle avait été témoin de trois de ses volte-face: tout d'abord son numéro de charme en la saluant, ensuite sa colère quand elle avait soulevé le problème de Steve et finalement son étonnante capacité à l'oublier, d'où son départ à la fin de l'audience sans même lui dire au revoir.

On assistait maintenant à une autre métamorphose, cette fois en joueur de billard gros buveur. Il avait posé sa queue sur le rebord et s'était accroupi, les yeux plissés, pour imaginer les angles. Son adversaire, un Blanc maigre et dégarni d'une vingtaine d'années, était adossé au mur et feignait en vain la nonchalance.

Alex était un vrai comédien. Il se releva, en attendant que la conversation s'arrête et que le dernier pari change de mains, puis il se déplaça avec la fluidité d'un sportif à laquelle se mêlait la gaucherie trouble d'un ivrogne. Au moment de tirer, il évalua mal la distance qui le séparait du bord de la table et s'allongea trop, trébucha et faillit tomber. La foule retint son souffle. De l'argent changea encore de mains. Tout cela faisait-il partie de son numéro ? se demanda Sarah, alors qu'Alex se redressait, se penchait sur le billard, plaçait sa queue et frappait doucement la bille avec un tir parfait. On se tapa dans les mains et on marmonna des jurons. La partie était presque terminée. Une seule bille restait sur le tapis.

« Ha, ha, la marchande de glace est passée », dit Alex.

Après avoir fait le tour de la table pour chercher un angle, il s'arrêta pour la regarder. « Bienvenue au bar de la guigne. » Il fit une demi-révérence très cérémonieuse. « Et j'imagine que vous êtes notre Hickey* privé, venu nous révéler la vérité. » Il plia les genoux, choisit un angle, et joua si rapidement qu'au moment même où quelqu'un murmurait : « Nom de Dieu, Alex, tu ne le feras jamais comme ça », la bille blanche s'élança, rebondit sur les bandes, une, deux, trois fois, et fit disparaître la dernière bille rayée. Il y eut une explosion de jurons et de cris de joie alors que l'argent changeait de mains.

Alex se redressa lentement, sans avoir l'air de remarquer le tapage. Ses yeux étaient à nouveau fixés sur Sarah. « Qu'est-ce qui se passe, Sarah Barcant ? Vous ne vous attendiez pas à ce qu'un *kaffir*** de province connaisse Eugene O'Neill ? » Il posa à nouveau sa queue sur le billard et se pencha, de façon théâtrale cette fois, une main sur le ventre, et fit un grand geste de l'autre.

---

* Hickey : personnage de la pièce d'Eugene O'Neill, *Le marchand de glace est passé*. (*N.d.T.*)

** *Kaffir*, cafres, nom donné à l'origine aux Noirs d'Afrique du Sud (cafrerie), devenu une injure raciste pendant l'apartheid. (*N.d.T.*)

« Le vieux M. Sizela m'a tout appris. La littérature, c'est la vie. » Il inclina la tête, pour écouter pendant quelques instants les mots chuchotés par le jeune homme que Sarah avait remarqué auparavant, puis, plus fort, à l'intention de Sarah : « D'autres vers me reviennent en mémoire. Vous les connaissez peut-être ? Si vous les connaissez, excusez-moi si je fais des erreurs. » Les yeux fixés sur elle comme s'ils étaient seuls dans le bar, il lança : « N'ai-je point d'yeux ? N'ai-je point de mains, d'organes, de proportions, de sens, d'affections. » Il s'avança brusquement en chancelant et tendit une main pour ne pas perdre l'équilibre. Il fronça les sourcils et répéta les trois derniers mots : « De proportions, de sens, d'affections...

– Continue, professeur, dit quelqu'un.

– ... de proportions, de sens, d'affections... » Il jeta un regarda éperdu autour de lui.

Quelqu'un ricana.

« ... de sens, bégaya-t-il, d'affections...

– De passions, continua Sarah.

– Oui. De passions. Merci. » Il s'inclina, se releva et reprit avec une telle aisance que son trou de mémoire devait avoir fait partie du numéro. « De proportions, de sens, d'affections, de passions, ne suis-je pas nourri des mêmes aliments, blessé des mêmes armes, sujet aux mêmes maladies, soigné de la même façon, réchauffé ou refroidi par le même hiver et le même été. Si vous me piquez, est-ce que je ne saigne pas ? Si vous me chatouillez, est-ce que je ne ris pas ? Si vous m'empoisonnez, est-ce que je ne meurs pas ? » Il s'arrêta brusquement, la regarda et reprit en baissant la voix. « Et si vous me torturez – il parlait si doucement qu'elle dut tendre l'oreille pour entendre les mots –... si vous me torturez... Alors, Sarah Barcant ? Alors quoi ? »

Alors quoi ? Que pouvait-il y avoir après ? Elle fit demi-tour et s'en alla.

Elle n'était pas encore couchée quand il frappa. Elle sut que c'était lui. Elle quitta le bureau où elle lisait les transcriptions d'audiences précédentes, et entrouvrit la porte.

Il était nonchalamment appuyé contre le montant. « Je suis venu m'excuser.

– Vous avez gagné beaucoup d'argent ? »

Il leva un sourcil étonné.

« Ne me dites pas que vous ne pariez pas sur vous-même ? »

Le visage d'Alex se détendit. « J'ai gagné un peu. Les autres plus. Ne vous inquiétez pas : c'est la politique officielle de l'ANC. La redistribution de la richesse de la ville vers le township. » Un sourire et son visage se transforma à nouveau, devint ouvert et sembla l'englober. « Je peux entrer ?

– Pour quelle raison ? » Elle tenait fermement la porte. « Pour que vous m'embobiniez comme les gogos du bar ? »

Il eut un sourire en coin. « Je ne vois pas ce que vous voulez dire.

– Attendez. » Elle leva l'autre main et compta sur ses doigts. « Un : la lente montée des choses. Deux : l'ivresse simulée. Trois : les compères dans l'assistance qui augmentent la pression. Quatre : l'angle impossible et la voix qui doute que vous puissiez réussir. Cinq : une petite dose du *Marchand de Venise*, qu'on me pousse à compléter, afin d'apaiser cette douleur. J'ai oublié quelque chose ?

– D'accord. » Il leva les deux mains, très haut, en un geste de défaite, et faillit perdre l'équilibre. Son ivresse n'était peut-être que partiellement simulée, se dit-elle.

«J'admets que nous avons fait un peu monter les paris. Ça vous dérange ?»

Elle haussa les épaules.

Il se rapprocha de son allure féline. Il ne semblait plus du tout ivre. «Oh, j'ai compris, dit-il comme en colère. C'est André : le gros barman. Vous êtes allée en classe avec lui, n'est-ce pas ?»

Il le savait. Bien sûr, il le savait. Rien ne restait privé à Smitsrivier.

«Qu'y a-t-il ? Vous n'aimez pas qu'on monte une arnaque à ce pauvre André ?»

Elle voulait qu'il s'en aille. Elle poussa la porte.

Il avança le pied. «Et alors ? Vous voulez me casser le pied ?

– C'est ce que je vais faire.

– Très bien, dit-il, mais avant, laissez-moi vous dire quelque chose sur votre ami André.»

Elle cessa d'appuyer sur la porte.

«Vous devez savoir qu'André est un fanatique de rugby», dit-il.

Elle fit oui de la tête.

«Savez-vous également qu'André connaissait très bien Dirk Hendricks, dans les années quatre-vingt ? Oui, le même Hendricks. C'étaient des copains de beuverie, André et Dirk. Mais essayez de parler de cette période avec André. Il est comme tous les autres dans ce trou perdu de Smitsrivier. Il dit que personne n'a été torturé. Ou si certains l'ont été, dit-il, il n'en a absolument rien su. Il reste derrière son comptoir et m'offre à boire à cause de mes problèmes, et il essaie de me saouler pour que je joue mal, et pas une fois... pas une fois... – ses yeux sombres brillèrent dangereusement – ... et pas une fois il ne reconnaît que ce qu'on a fait dans ce pays a été fait en son nom et au nom de tous ces clones d'André qui ont accueilli des hommes comme Dirk Hendricks. »

Elle restait là, et regardait ses yeux remplis de larmes. Il les essuya d'un geste maladroit. « Merde. » Il cligna des paupières. « Je suis désolé. Je déteste les ivrognes larmoyants. Je suis vraiment venu pour m'excuser. J'étais saoul. Et vous avez peut-être raison. Je vous ai utilisée pour détourner l'attention. Je vous présente mes excuses. »

Elle sourit. « J'accepte vos excuses. A demain. » Elle fit un geste pour fermer la porte.

« Alors », dit-il, en la regardant.

Elle le regarda à son tour et répéta le mot : « Alors ? »

Il leva un sourcil.

Elle secoua la tête.

Il haussa les épaules. « J'avais pensé... » Sa voix s'éteignit.

« Que la culpabilité des Blancs ferait l'affaire », répondit-elle, en pensant que lorsqu'elle était jeune cela aurait peut-être été le cas.

Alex dut sentir ce qu'elle pensait. Un grand sourire éclaira son visage. « Il n'y a rien de mal avec un peu de culpabilité de Blanc, dit-il, pas au bon moment », puis il leva les mains au-dessus de sa tête, souleva un chapeau qu'il ne portait pas, et dit : « Bonne nuit, Sarah Barcant », puis il se retourna et s'éloigna nonchalamment dans le couloir.

17.

Pieter Muller se réveilla sans changer le rythme de sa respiration. Encore un rêve, se dit-il, mais ce n'était pas un rêve, pas cette fois. Quelque chose d'autre. Il resta allongé sans bouger, en essayant de se souvenir.

La chambre était plongée dans l'obscurité et totalement silencieuse à part le bruit de l'horloge du grand-père dans le couloir. Il laissa sa main jouer avec précaution sur le drap de Nylon, puis remonter vers la tête du lit et se glisser sous l'oreiller où il gardait son pistolet Glock. Il s'immobilisa, écouta encore et comme il n'entendait rien, il fit tourner le pistolet, le prit par la crosse, le sortit et attendit à nouveau. Il ôta la sécurité.

On entendait une cigale solitaire au-dehors, mais dans la chambre tout restait obscur et calme. Aucun intrus, Pieter en était sûr. Mais si c'était vrai, pourquoi s'était-il réveillé ? Marie, se dit-il, elle devait passer une mauvaise nuit. Il se tourna pour la regarder. Et c'est à ce moment-là qu'il vit que le lit de Marie était vide. C'était impossible, elle ne se levait jamais la nuit.

Il n'y avait qu'une explication : quelqu'un l'avait enlevée.

Dès que cette idée lui traversa l'esprit, Pieter se leva et fonça à la porte de la chambre. Il tâta le chambranle avec le pied, tourna la poignée et, écartant légèrement le pied, ouvrit lentement la porte avant de sortir dans le couloir. Le bruit de l'horloge était plus fort maintenant. Il s'avança, en tenant son pistolet au bout du bras.

De la lumière passait sous la porte du bureau. Quelque chose n'allait pas. Avant d'aller se coucher, il avait fait le tour de la maison, comme chaque soir, pour vérifier les serrures et éteindre dans chaque pièce. Il se souvenait en particulier d'avoir fermé le coffre-fort, d'avoir tourné la combinaison et d'avoir éteint.

Le coffre. Il se trouvait dans le bureau et contenait une collection d'armes. Un inconnu y détenait Marie.

Il alla jusqu'à la porte du bureau, se plaça à gauche et se pencha pour coller une oreille contre le bois. Il entendit un bruit. Quelqu'un se trouvait à l'intérieur. Une sorte de craquement. En écoutant attentivement, il imagina la pièce et se concentra sur la source et le rythme du bruit.

Marie, se dit-il. Il mit son pistolet dans la poche de son pyjama et ouvrit la porte.

Ce qu'il découvrit ressemblait presque exactement à ce qu'il avait imaginé. La grande pièce était plongée dans l'obscurité, seule était allumée la lampe d'architecte sur la cheminée. Son faisceau étroit et jaune éclairait Marie, vêtue de sa longue chemise de nuit couleur crème; elle était assise sur le rocking-chair à côté de la cheminée vide. Elle fermait les yeux et se balançait doucement.

«Marie.»

Elle ouvrit les yeux sans du tout paraître inquiète. «Pieter. Excuse-moi si je t'ai dérangé.»

Il haussa les épaules – cela n'avait pas d'importance. «Bessy est venue t'aider à te lever?»

Elle secoua la tête: «J'y suis arrivée toute seule», avec l'air de s'en vanter. Il comprenait. Aujourd'hui, se lever seule était pour elle un exploit.

Mais c'était aussi de la folie : elle aurait pu tomber et se blesser. « Tu aurais dû me réveiller. »

Ses joues pâles se colorèrent légèrement, elle frissonna et répondit sans conviction : « Tu dormais profondément. »

Il s'avança vers le rocking-chair avec l'intention de rester là un moment, mais en s'approchant il vit quelque chose sur ses genoux. C'était la veste de son beau costume qu'il avait déchirée sur une clôture en revenant de l'église. Il se tenait debout à côté d'elle, suffisamment près pour distinguer une aiguille piquée dans une manche. Elle raccommodait sa veste et il pensa avec tendresse que cela lui ressemblait tout à fait – elle avait les mains les plus délicates et les plus habiles de la province de l'Eastern Cape.

Mais non, cette vision de sa femme n'avait existé que dans le passé. Aujourd'hui, il voyait comment l'arthrite lui avait tordu et déformé les doigts. Il dit d'un ton bourru : « Tu devrais demander à Bessy de le faire.

– J'ai voulu le faire moi-même. » Malgré la douceur de sa voix on sentait sa détermination. Elle est d'un entêtement inutile, pensa-t-il. Il aurait dû se mettre en colère. Mais comment aurait-il pu ? Si elle s'était levée seule et volontairement, ce serait une de ses rares bonnes journées.

« Tu as besoin de ton costume pour le tribunal », dit-elle.

Ah, c'était à cause de cela. Elle savait. Un voisin avait dû s'empresser de répandre la nouvelle dès qu'on lui avait remis la sommation. Il lui était impossible de savoir comment elle avait pris ça. Ils ne parlaient pas de ces choses-là. Au cours de leurs années de mariage, elle ne lui avait jamais posé de question sur son travail. C'était inutile. Elle était fière de lui et sa place dans leur communauté la rendait heureuse. Elle avait confiance en lui, bien sûr, inutile d'en dire plus. Et maintenant? Comment avait-elle réagi en apprenant que lui, le défenseur de la loi, était appelé à comparaître? Il restait debout, le visage neutre, attendant qu'elle parle.

Elle recommença à se balancer, d'avant en arrière, le regard fixé sur le tapis vert sombre.

Elle avait raison: il n'y avait rien à dire. «Je vais préparer du rooibos*», dit-il en partant.

Il était presque sorti quand elle parla.

«Pieter.»

Il se retourna.

«Ce serait merveilleux d'avoir du rooibos.»

Marie s'était recouchée depuis longtemps et elle respirait régulièrement, mais Pieter ne dormait pas. Il ne dormirait plus. Il restait immobile et vérifiait que Marie ne faisait pas semblant d'être assoupie par égard pour lui. S'il s'en allait, il pourrait le faire l'esprit tranquille. Finalement, il se leva, prit ses vêtements sur sa chaise et quitta la chambre.

Tout était calme dans le couvoir. Un bon signe: cela voulait dire que les poussins étaient bien et leur position, groupés près de la lampe mais pas trop près, indiquait la même chose. Ses ouvriers avaient rempli la réserve d'eau et s'étaient souvenus d'y mettre des pierres pour empêcher les poussins de se noyer. Satisfait, il alla voir l'endroit où se trouvait sa préférée, une silkie avec ses poussins. C'était un oiseau magnifique, comme une perdrix bleue de la variété barbue, aussi familière que l'est une poule naine et aussi douce qu'un

---

* Ou «rooibos tea», infusion typiquement sud-africaine (Rooibos: bois rouge). (*N.d.T.*)

chat persan. Elle leva de grands yeux brillants pour l'accueillir, et quand il posa la main sur elle, elle le laissa caresser ses plumes duveteuses. Il les retroussa à la recherche de poux sur sa peau d'un violet sombre, il releva la touffe qui recouvrait les lobes bleu turquoise minuscules de ses oreilles à la recherche d'un signe de la maladie de Marek. Elle était en parfaite santé – la seule sur les trente poussins de la couvée qui n'avait pas été éliminée. Elle était unique et pourrait élever une progéniture qui ferait l'envie des amateurs locaux de poules naines Bantam. Il prit un poussin, le dernier de la couvée. Marie avait vu juste: une vraie beauté, avec toutes les caractéristiques d'un champion potentiel – une peau noire et douce, une tête sans rides, de grands yeux brillants, une crête ronde et, le plus important de tout, cinq ergots courts, solides et bien séparés.

La poule devenait nerveuse et donnait des coups de tête contre la main de Pieter. Il reposa le poussin sur la litière de maïs, et ébouriffa les plumes de la poule. C'était une vraie mère: quand elle n'avait pas de couvée, elle essayait toujours de voler des poussins à une autre poule naine pour les élever. Maintenant, elle gonflait ses plumes d'orgueil et on avait du mal à croire qu'il s'agissait de l'oiseau qui aurait poussé des cris et chassé toute autre poule assez téméraire pour venir dresser sa crête dans ses quartiers, sauf si l'intruse était une silkie – ce qui voulait dire que, d'une certaine façon, elle était capable de faire la différence entre celles de sa propre espèce et les autres.

« Ce que je ne comprends pas, lui dit-il à haute voix, c'est comment tu peux savoir que les autres sont différentes de toi ? Comment sais-tu même à quoi tu ressembles ? »

La silkie l'ignora, gonfla ses plumes et s'installa sur ses poussins.

Ça suffit, se dit Pieter, c'est l'heure de partir. Il alla jusqu'à la porte, s'arrêta un instant pour consulter le thermomètre. La température commençait déjà à monter. La chaleur avait toujours été un souci à cette période de l'année : même quand le système de ventilation marchait dans le couvoir, la chaleur pouvait tuer toute une couvée de jeunes poussins. Bah, si cela arrivait, se dit-il, c'était le destin, et il remit la grille de protection en place avant de sortir.

Il faisait encore sombre quand ses bottes écrasèrent les graviers. Il marcha d'un bon pas jusqu'à la cabane de ciment derrière la maison, donna de petits coups contre la porte et, quand Bessy répondit « oui » d'une voix endormie, il dit doucement : « Je pars. »

Une lumière s'alluma, le matelas de Bessy craqua puis son pas lourd se fit entendre. Elle entrouvrit enfin la porte et pointa sa tête noire et ensommeillée.

« Madame a passé une mauvaise nuit. Laisse-la se reposer un peu. »

Bessy fit un signe de tête puis bâilla et il sentit son haleine aigre à cause de la bière qu'elle avait bue hier soir.

« Dis-leur de mettre des électrolytes dans l'eau des poussins. Ils doivent lire les instructions et utiliser la quantité exacte – ni trop ni trop peu. Ce n'est pas un médicament de riche qui agit mieux si on augmente la dose.

– Oui, baas.

– Ils doivent aussi surveiller la température et ouvrir les grilles de ventilation quand le soleil monte. Je reviens en fin d'après-midi. »

Quand ses bottes écrasèrent à nouveau le gravier, la porte se referma. Il monta dans sa voiture, tourna la clef de contact, le moteur ronronna, il alluma les phares et démarra.

18 .

Quand Anna entra dans la chambre, Ben était appuyé contre une pile d'oreillers. Il avait l'air si fragile, se dit-elle, une poupée cassée. Elle sentit la colère monter en elle: comment Sarah avait-elle pu être si bête l'autre jour pour l'obliger à rester dans cet endroit sale et poussiéreux, à se disputer avec lui alors que le soleil lui tapait sur la tête?

Il ouvrit les yeux. «Qu'a-t-elle dit?»

Elle, Sarah. «Je n'ai pas réussi à la joindre, dit Anna. J'ai laissé un message.» Elle alla jusqu'au lit et se baissa lourdement.

Il lui fit de la place. Inutilement. Ils avaient partagé un lit pendant cinquante ans et il n'avait jamais empiété sur sa moitié à moins qu'elle ne l'y ait invité. Elle lui prit la main et sentit sa peau de lézard contre la sienne.

«Tu sais à quoi je pensais avant que tu entres?» Il avait une voix distraite.

Elle lui caressa la main.

«Je me disais que j'avais beaucoup de chance de mourir chez moi, dans mon lit, avec toi à mes côtés. Pas comme Steve Sizela – il ouvrit brusquement les yeux. Pour moi, c'est un privilège.»

Elle hocha la tête. Elle n'avait pas suffisamment confiance en elle pour parler.

«Ce n'est pas facile pour toi.» Et il laissa ses mots en suspens comme s'il s'attendait à ce qu'elle dise le contraire.

Elle voulait se montrer rassurante mais n'en avait ni l'énergie ni la volonté. Hier soir, le médecin lui avait dit que le cœur de Ben le lâchait petit à petit et qu'on ne pouvait rien faire. Ce n'était pas nouveau. Mais en voyant la pâleur de Ben à son retour de chez les Sizela, la réalité s'était imposée.

Pourquoi elle? Pourquoi devait-elle lui survivre? Pourquoi devait-il s'en aller le premier?

Elle fixait le mur jaune pâle.

«Sarah a-t-elle été bien? demanda Ben. Est-ce que je me bats toujours contre des moulins à vent?»

Avait-il besoin de le lui demander? Anna le regarda en souriant.

Il n'avait plus l'air aussi malade maintenant. «Bien sûr, je sais que le chemin que j'ai choisi exigeait l'endurance d'un don Quichotte.» Son sourire s'effaçait déjà. «Mais tu l'as entendue, Anna. Elle est allée jusqu'à m'accuser d'être tellement habitué à perdre mes procès que je ne savais plus comment gagner.» Maintenant, il était furieux, en colère, hors de lui. «Dire ça de moi! De moi! Ben Hoffman!»

La façon dont il cria son propre nom étonna Anna: sa façon d'accepter sa santé déclinante était-elle aussi une tromperie? S'emportait-il aussi contre sa fin?

Comme il avait appris à le faire devant les tribunaux, il changea brusquement d'attitude et passa de la colère à la réflexion calme. «Elle a peut-être raison. On avait si peu de chances, on l'emportait rarement. Ce que nous pouvions espérer de mieux c'était que notre éloquence arrache une concession vitale : vingt ans plutôt que quarante, la vie plutôt que la mort. Peut-être qu'au fur et à mesure, j'ai été rattrapé par la politique qui se profilait toujours derrière les tribunaux, et que j'en ai oublié mes premières amours : le droit. » Encore une transformation : sa voix se durcit. « Mais au moins je n'ai jamais persécuté les victimes de la torture. »

Il n'en dit pas plus. C'était inutile. Anna savait qu'il n'avait jamais cessé d'espérer le retour de Sarah. Mais sans le lui dire. Elle avait partagé sa vie, pas son travail.

« Tu penses que j'ai fait ce qui convenait ? » Il parlait bien sûr de Sarah. Sarah, sa préoccupation constante. « J'ai eu tort de lui demander de revenir ?

– Je ne sais pas, Ben – un soupir. Mais puisque tu le lui as demandé, pourquoi ne lui as-tu pas dit, et à moi non plus, que tu étais malade. »

Il secoua la tête. « Je ne l'ai pas fait revenir à Smitsrivier parce que je suis malade. Je l'ai fait revenir parce qu'elle n'aurait jamais dû s'en aller. »

Combien de fois avaient-ils abordé ce sujet ?

« C'est ce qu'elle voulait.

– Non. Elle était jeune. Elle comptait sur moi et je l'ai laissée tomber. Je l'ai encouragée à partir sans m'assurer de son retour. Et maintenant, elle n'est plus d'ici. Ni de nulle part peut-être.

– Tu n'en sais rien, Ben – elle lui serra la main. Elle est belle, intelligente, entourée d'amis, elle gagne bien sa vie, et c'est une bonne avocate. »

Il retira sa main. « Regarde-la, Anna – ses yeux brillaient anormalement. Elle m'accuse d'être trop idéaliste. Mais ce qui lui est arrivé est pire. Elle s'est endurcie. Elle a une âme de procureur. Ce qui devrait se passer ne l'intéresse pas, il n'y a que ce qui est possible. Peut-on être heureux ainsi ? »

Anna aurait pu répondre beaucoup de choses. Par exemple, qu'ils savaient tous les deux que Ben avait des critères bien trop élevés, que Sarah avait encore la capacité de changer, que son retour l'avait sans doute désorientée... que... Mais Anna rejeta tout cela. Ben avait raison : Sarah ne semblait pas particulièrement heureuse. Anna dit en soupirant : « Allez. Repose-toi avant que Sarah arrive. »

En remontant l'allée, Sarah entendit les notes pures et mélancoliques d'un saxo ténor à l'arrière de la maison. L'endroit d'où venait cette musique l'attira – la chambre d'Anna et de Ben. Que quelqu'un y soit encore l'étonna : ils avaient toujours été des lève-tôt.

Mais pas cette fois apparemment. Il était plus de huit heures. Par les portes-fenêtres, elle vit que Ben était toujours au lit et qu'Anna avait encore sa robe de chambre, une Anna indolente, ce qui ne lui ressemblait pas, assise sur une chaise à haut dossier à côté du lit. Tous deux étaient immobiles, apparemment absorbés dans l'écoute de la musique, et le souffle d'un ventilateur électrique soulevait le bord du drap à contretemps de la cascade de notes.

Tandis que Sarah regardait, Anna se pencha et prit un gant de toilette dans une cuvette posée par terre, elle le tordit jusqu'à ce qu'il soit presque sec, puis elle se leva, et le passa sur le front de Ben. Ses mouvements étaient très doux, comme une mère qui soigne son enfant malade, mais quand Ben ouvrit les yeux et qu'ils se regardèrent, ce que Sarah vit, ce n'était plus une mère et son enfant mais deux amants entièrement pris l'un par l'autre.

Le plus mauvais moment pour une visite. Elle fit demi-tour. Mais à cet instant précis, la musique s'arrêta et on entendit le bruit de son pied écraser une brindille, suivi de la voix d'Anna: «Sarah. Je suis heureuse que tu aies eu mon message.»

Quand Sarah se retourna, Anna était déjà levée et se dirigeait vers la porte qui donnait sur l'intérieur de la maison, mais elle s'arrêta quand Ben dit quelque chose que Sarah ne put comprendre, alors, changeant de direction, elle alla vers le buffet pour remettre la musique. Les mêmes notes douces remplirent la pièce. «Je vais préparer le thé», dit Anna et elle sortit.

Ben, qui avait soulevé la tête quand Anna avait parlé, sourit. Sarah le trouva épuisé.

Elle franchit la porte-fenêtre et il se laissa retomber sur ses oreillers en fermant les yeux. Elle prit un siège, pas la chaise qu'Anna venait de libérer mais un fauteuil en osier près du mur. Elle le rapprocha du lit avant de s'y asseoir. Ben resta immobile, les lèvres molles et entrouvertes. Comme un cadavre, se dit Sarah.

Malgré l'heure matinale, la chaleur était étouffante dans la chambre. Sarah déplaça son fauteuil pour se trouver dans le courant d'air du ventilateur puis, gênée par sa curiosité, elle ferma les yeux. Le son l'entourait, ainsi que la respiration difficile de Ben sous le rythme velouté du saxophone, et sa propre respiration s'accordait à celle de Ben, tandis que la musique l'envahissait.

«Tu ne sais pas ce qu'est l'amour.»

Quoi? Elle rouvrit brusquement les yeux.

«C'est le titre de ce morceau.»

Une grande respiration. «Je ne savais pas que tu étais un fan de Coltrane.

– Il y a beaucoup de choses que tu ne sais pas sur moi.» Sa voix avait un accent hargneux et retenu qui l'alerta. Essayait-il de lui dire quelque chose?

Elle l'espéra. Depuis que sa voix avait retenti dans son appartement de New York, elle avait attendu qu'il lui dise pourquoi il l'avait appelée. Une véritable explication lui semblait nécessaire. Une histoire facile sur les audiences de la Commission Vérité et Réconciliation ou le besoin que ce soit elle qui mène les poursuites ne suffisaient pas. Bien sûr, ses qualités professionnelles y étaient pour quelque chose, bien sûr, tous les procureurs locaux étaient trop impliqués dans le passé soit pour s'intéresser à cette affaire soit pour y rendre justice. Mais il y avait pléthore d'avocats dans le pays et beaucoup auraient été suffisamment compétents et heureux, de prendre ce dossier.

Il la regardait. Ses yeux bleus semblaient très pâles.

« Tu ne te sens pas bien ? »

Il haussa les épaules. « J'ai passé une mauvaise nuit. Anna bouge tellement. Elle m'a interdit de quitter le lit. Il va falloir que tu ailles seule à l'audience, encore une fois. »

Elle fit oui de la tête. « Pas de problème. » Puis elle se pencha vers lui : « Ben... »

Il parla le premier. « Les juges vont sûrement rendre un avis négatif à ta demande d'interroger Dirk Hendricks à propos de Steve. Ta prochaine étape, c'est de demander à l'avocat de Dirk Hendricks... comment s'appelle-t-il ?

– Hannie Bester...

– C'est ça... de lui demander si son client accepterait de nous parler en privé. Hendricks est vulnérable. Son envie de sortir de prison peut très bien l'amener à conclure que son intérêt c'est de manifester sa bonne volonté et de nous dire tout ce qu'il sait de Muller et de Steve Sizela. Mais demande d'abord l'autorisation à Bester... »

Elle hocha à nouveau la tête. «Je vais le faire.» Puis, encore une fois: «Ben...

– La nouvelle de la sommation à comparaître de Muller se sera répandue en ville comme une traînée de poudre. Avec tous les changements qui ont eu lieu dans ce pays, la communauté blanche protège moins ceux qui ont fauté qu'autrefois. J'attends des développements à ce sujet.»

Elle hocha la tête.

«C'est tout pour le moment», dit-il, en refermant les yeux.

Il eut l'air de s'assoupir. «Ben...» Quand il rouvrit les yeux, elle ajouta rapidement: «Je m'excuse pour hier.»

Un geste de la main pour la congédier.

Impossible qu'on la renvoie aussi facilement. «J'ai dit des choses qui ont dépassé ma pensée.»

Un haussement d'épaules. «Nous étions en colère tous les deux.» Nouveau haussement d'épaules. «Ce n'est pas important. Ce qu'on dit dans la chaleur de la discussion n'est jamais très important. Et tu avais raison. Nous n'avons pas assez de preuves pour amener Muller devant un tribunal. Pas encore...» Il soupira en fermant les yeux et sa voix s'éteignit.

Elle resta là, à regarder sa poitrine se soulever et s'abaisser; silhouette immobile et fragile dans un pyjama rayé de vieil homme. Pendant des années, elle avait pensé que ce qu'ils avaient en commun ne changerait jamais. Maintenant, assise près de lui, elle se disait: aucun retour n'est possible.

Le silence durait depuis si longtemps qu'elle pensa qu'il s'était endormi, mais brusquement ses paupières se soulevèrent.

«Tu ne comprends pas?» D'une voix autoritaire comme s'ils se disputaient encore. «Il fallait que je fasse quelque chose. Ce que veulent les Sizela est si simple – qu'on leur permette d'enterrer leur fils là où sont enterrés leurs ancêtres, et savoir qu'un jour eux aussi reposeront à ses côtés. Si la Commission Vérité et Réconciliation et les tribunaux ne peuvent leur donner ça, moi, nous, nous le devons. Nous n'avons pas d'autre choix. Nous... » Ses yeux se refermèrent.

Elle regarda par la fenêtre, sans but. Il faisait de plus en plus chaud. Ben ne reprit pas la parole. Sarah laissa ses yeux errer au rythme de ses pensées. Elle se rendit compte que les respirations de Ben s'espaçaient. Il s'était endormi. Elle se releva avec précaution et sortit sur la pointe des pieds.

. 19

Alex se dirigea vers leur table et les salua d'un mouvement brusque de la tête avant de s'asseoir. Il avait une odeur fraîche et humide comme s'il sortait de la douche.

« Avant de commencer », dit le président. Malgré son apparence calme et grise, c'était un homme de spectacle. Il se renversa sur son dossier, parcourut l'assistance des yeux, en prenant son temps et en examinant méthodiquement chaque rangée, si bien que, lorsqu'il se décida à poursuivre, on décelait une grande tension dans le silence que seuls troublaient les craquements des ventilateurs. « Avant de commencer », répéta-t-il. Il s'arrêta à nouveau, avant de redire les mêmes mots : « Avant de commencer », et il continua : « On a porté à mon attention qu'un certain nombre de personnes de l'assistance avaient été bousculées et intimidées alors qu'elles faisaient la queue pour assister à l'audience de ce matin.»

Dans la foule, des têtes se tournèrent vers la silhouette de Pieter Muller assis dans le fond. On pouvait difficilement rater un des rares visages blancs présents et certainement le seul aux cheveux roux, mais on le remarquait aussi parce que, dans cette salle bondée, il était seul dans une longue rangée de sièges vides.

Le juge, qui fronçait les sourcils d'un air menaçant, éleva la voix, ce qui ramena l'attention de l'assistance vers la scène. «Nous accordons l'attention la plus sérieuse à toute tentative visant à faire pression sur des témoins ou des participants à cette audience, et cela comprend aussi les spectateurs. Toute répétition de ce genre de comportement sera rapportée aux autorités compétentes qui prendront rapidement les mesures nécessaires.» Il fit la moue, pour laisser le temps à l'assemblée d'assimiler ses propos, puis il conclut la question en chaussant une paire de lunettes demi-lunes et consulta ses notes.

Sa voix se fit plus douce et beaucoup plus neutre: «La question est de savoir si nous devons autoriser Mlle Barcant à interroger M. Hendricks à propos de la disparition de Steve Sizela. La Commission a pris en compte que la dernière fois où l'on a vu M. Sizela, c'était dans le commissariat de police de Smitsrivier, où M. Hendricks était en poste. Nous sommes d'accord avec Mlle Barcant pour penser qu'il serait raisonnable de supposer que M. Hendricks a pu être en position d'observer ce qui arrivait à M. Sizela, mais...»

Ben avait raison: ils allaient refuser.

«... mais nous avons utilisé le verbe "a pu être" de façon délibérée parce que Mlle Barcant n'a fourni ni preuve ni argument pour établir un lien entre M. Hendricks et la disparition de M. Sizela. En conséquence, nous avons décidé de ne pas autoriser Mlle Barcant à interroger M. Hendricks en ce qui concerne M. Sizela.» Le juge se tourna pour s'adresser directement à Dirk Hendricks. «Cependant, nous vous suggérons, monsieur Hendricks, de rencontrer les représentants légaux de M. et Mme Sizela en vue d'aider ces parents à trouver les réponses qu'ils cherchent.» Et alors, pour conclure son jugement, il lança un brusque «merci», puis il s'adressa de nouveau à la table de Dirk Hendricks: «Monsieur Bester, veuillez continuer à interroger votre client.»

Alex avait un regard fixe tandis que la voix de Dirk Hendricks s'infiltrait en lui.

«J'ai mis les menottes au prisonnier...»

Cette voix était différente de celle qu'Alex avait connue. Autrefois, elle était dure, violente, brutale, et non monotone et terne. Les mots sortaient si doucement qu'Alex dut tendre l'oreille pour les saisir.

«Puis j'ai suspendu le prisonnier entre deux tables – la voix devint encore plus faible – avec un manche à balai glissé sous les genoux et au-dessus des avant-bras. On appelle ça...

– Monsieur Hendricks, s'écria le juge, je vous le demande à nouveau. Parlez plus fort. Nous savons que cela est difficile pour vous...»

Difficile pour lui?

«... mais nos interprètes, qui assurent la pénible tâche de traduire pour le bénéfice de ceux qui ne parlent pas l'afrikaans, ne peuvent entendre ce que vous dites. Je vous en prie... essayez.» Le juge se renversa dans son fauteuil.

« Oui, monsieur le président », répondit Dirk Hendricks. Beaucoup plus fort. La voix stridente, sarcastique. Hendricks regarda de l'autre côté de la scène, comme par hasard, vers Alex. Puis, baissant le regard, il reprit son récit. « On appelle ça l'hélicoptère. Le prisonnier volait.

– Merci, dit le juge en se réinstallant dans son fauteuil. C'est beaucoup mieux. Continuez, s'il vous plaît.

– Quand nous avions immobilisé ainsi un prisonnier... »

Le prisonnier, pensa Alex ; même après tout ce temps, il n'arrive pas à dire mon nom.

« ... on le frappait avec un sjambok. »

Sauf, bien sûr, qu'il m'appelait *kaffir*, pas prisonnier.

« Notre but était d'obtenir des informations avant que les terroristes, je veux dire, les forces ennemies, monsieur le président. » Hendricks revint en arrière et recommença : « Nous avions besoin d'obtenir des informations du prisonnier avant que les forces ennemies aient eu le temps de se regrouper. Nous étions très pressés. Nous savions que les détenus avaient reçu l'ordre de tenir trois jours. »

Trois jours.

« ... ce qui est le temps qu'il leur fallait... »

Soixante-douze heures. Quatre mille trois cent vingt minutes.

« ... pour réorganiser leurs réseaux. »

Deux cent cinquante neuf mille deux cents secondes.

« Quand le prisonnier était *in situ*, dit Hendricks, nous utilisions un sjambok et un peu d'eau... »

Pendant les rares occasions où ils le laissaient seul, et quand il était conscient, Alex comptait ainsi.

« Et quand ça ne donnait rien – Dirk Hendricks avait

le regard rivé au sol –, j'utilisais aussi la méthode du sac humide. On allongeait le prisonnier à plat ventre les mains attachées derrière le dos. »

Assez. Alex fit ce qu'il avait appris à faire en prison. Il chassa la voix d'Hendricks de sa conscience.

Il regarda les parents de Steve ; sa mère assise, stoïque comme toujours, le roc autour duquel toute la famille se rassemblait, et, en contraste, le père de Steve, très agité contrairement à son habitude, le visage tordu dans une grimace.

« Je lui ai mis le sac sur la tête... » La voix de Dirk Hendricks se brisa.

Alex regarda Sarah Barcant. Elle écoutait attentivement dans son casque, le visage crispé par la concentration, et en même temps elle prenait des notes. Il pensa à elle comme il l'avait fait hier soir à la porte de sa chambre. Tellement audacieuse pour une femme d'ici, et tellement à l'aise dans sa façon polie de le refuser. Il se demanda si elle avait toujours eu cette assurance ou si la vie de New York la lui avait donnée.

« Vous êtes marié ? »

Marié ? Quelle était cette question ? Alex regarda à nouveau son tortionnaire.

« C'est une formalité, Dirk, s'il vous plaît », dit l'avocat de Dirk Hendricks.

« Oui, monsieur le président. Je suis marié. »

Ainsi, il retournait voir sa femme le soir.

« Et vous avez deux enfants ? »

Dirk Hendricks hocha la tête, le regard baissé.

« Quel âge ont vos enfants ? »

Un sourire passa sur le visage de Dirk Hendricks.

« Janie est en classe préparatoire, monsieur le président, il a juste six ans. » Et son visage retrouva si rapidement son absence d'expression habituelle que son sourire apparut comme un tic, et il ajouta: «Ma fille, Elsie, a deux ans.»

A quoi rimaient ces questions?

«Et où sont vos enfants actuellement? demanda l'avocat.

– Je ne sais pas où ils sont, monsieur le président, répondit Dirk. Ma femme les a emmenés à l'étranger.»

A l'étranger... Hendricks avait utilisé ce mot contre lui. *Tes amis à l'étranger,* c'est ainsi qu'il les avait appelés avant de se moquer: *ils ne peuvent pas t'aider, hein?* en crachant littéralement la phrase, et son crachat avait atteint Alex en plein visage sans qu'il puisse l'essuyer avec ses mains. Le visage de Dirk Hendricks si proche du sien, la puanteur de son corps, de ses bras... qui bougent... ses...

«Votre famille va-t-elle bientôt rentrer en Afrique du Sud? demanda l'avocat d'Hendricks.

– Je ne sais pas, monsieur le président. J'ai reçu une lettre d'elle cette semaine seulement, où elle me demande...»

Lave-toi.

T'es sale – en parlant à Alex comme à un enfant.

Tu veux encore que je te tabasse?

Tu pues.

Tu me dégoûtes – et lui-même: il se dégoûte autant lui-même.

Lave-toi.

«... de divorcer, dit Dirk Hendricks.

– Et vous êtes d'accord?

– Oui, monsieur le président. Je suis d'accord.» Assis là, impassible, offrant son mariage brisé comme un sacrifice. Le salaud.

«Il vaut mieux qu'ils recommencent une nouvelle vie séparés de moi, dit Dirk Hendricks.

– Parce que vous êtes en prison?»

Le tortionnaire comme victime. Voilà ce qui était en train de se passer.

« C'est exact, monsieur le président, parce que je suis en prison. Mais ce n'est pas seulement ça. Ma femme a commencé à avoir des problèmes avant que je sois inculpé. Ce n'était pas facile pour elle de vivre avec les conséquences de mon travail. »

Alex s'appuya au dossier de sa chaise et regarda ce numéro bien répété.

« Les conséquences ? demanda l'avocat intrigué. Vous voulez parler des horaires ? Du danger ?

– Ça aussi, répondit le prisonnier. Mais ce qui rongeait ma femme, c'était la peur. J'appartenais aux services de sécurité dans cette petite ville de Smitsrivier : tout le monde nous connaissait. Nous devions prendre des précautions pour ne pas devenir des cibles. Mon fils était sous protection quand il allait à l'école, il ne pouvait pas jouer à l'extérieur, il devait passer les récréations dans le bureau de la directrice. A la maison, on avait toujours une couverture humide sous la main... »

Je peux te traiter comme un homme ou comme un animal, disait-il tout le temps. *C'est à toi de choisir.*

« On trempait la couverture dans la baignoire en cas d'attentat à la grenade. On avait appris aux enfants à l'utiliser en cas d'attentat. »

Alex fut ramené dans le passé alors que, dans le présent, l'avocat de Dirk Hendricks continuait de sa voix monotone : « Était-ce cette menace qui pesait sur votre famille que votre femme trouvait intolérable ?

– Ça et... que... »

L'avocat interrompit le marmonnement de son client, en disant d'une voix forte : « S'il vous plaît, Dirk. Je sais que cela est douloureux pour vous mais la cour doit entendre ce que vous avez à dire.

– Dans les pires moments, reprit Dirk Hendricks, ce n'était pas facile de vivre avec moi. Je faisais des cauchemars – il avala sa salive et sa pomme d'Adam tressauta. J'aimais ma femme mais une nuit je me suis réveillé et j'avais les mains autour de son cou. Elle avait les yeux exorbités. Je l'étranglais au point qu'elle ne pouvait même pas crier – il regarda ses énormes mains d'un air désespéré. Cela est aussi arrivé quand je ne dormais pas. Je n'étais pas en colère contre ma femme. Je ne comprends pas pourquoi ça se passait. »

Il ne m'a rien laissé, pensa Alex. Pas même ma colère.

« Et maintenant, comprenez-vous pourquoi vous avez changé ainsi ? demanda son avocat.

– Le psychologue qui est venu me voir m'a expliqué que mon travail m'a détruit à l'intérieur.

– Il vous a dit que vous souffriez de névrose traumatique ? »

Alex leva la tête. Il regarda son tortionnaire.

Qui ne regarda pas derrière lui, mais qui dit seulement, avec découragement : « C'est exact, monsieur le président », en s'adressant au juge comme les policiers avaient l'habitude de le faire.

« Pour le dossier – l'avocat tendit une liasse de papiers à son assistant qui commença à les distribuer –, je soumets comme preuve le rapport de ce psychologue. »

Un exemplaire atterrit sur la table devant Alex.

«... Le psychologue a diagnostiqué que mon client souffre d'une névrose traumatique. Page trois, second paragraphe, dit l'avocat, en tournant la page et son geste fut imité par tous ceux qui étaient sur scène. Ce paragraphe, comme vous pouvez le lire, fait la liste des symptômes d'hyperexcitation qui sont caractéristiques de la névrose traumatique, et il se réfère précisément à l'apparition de cauchemars, de pertes de mémoire et d'accès soudains et inexplicables de colère... »

Il ne m'a rien laissé. Pas même la colère. Alex éprouvait un véritable écœurement physique. Il sentait la nausée lui monter dans la gorge.

«... Le psychologue affirme qu'à son avis ces symptômes ne sont pas le résultat d'un trouble de la personnalité, ce qui inclurait un trouble antisocial de personnalité, qu'on appelle également psychopathie, mais plutôt le résultat direct de la tension liée à son métier. »

Alex repoussa sa chaise et s'en alla.

. 20

La voix d'Hendricks poursuivit Alex dans l'allée. «J'étais un policier loyal. On nous avait appris que l'ennemi était partout, que nous devions lutter de toutes nos forces contre le communisme et ses terroristes. C'est ce que j'ai fait. Je n'ai tiré aucun bénéfice financier de mes actions – en dehors de mon salaire de policier. Je l'ai fait pour le bien de l'Afrique du Sud. »

Le bien de l'Afrique du Sud!

« Ou c'est ce que je croyais quand je le faisais, continua Dirk Hendricks. Nous étions en situation de guerre. Les gens font toutes sortes de choses horribles en temps de guerre.

– Mais avec le recul? » insista l'avocat.

Alex se dirigeait vers la sortie, il saisit la poignée de la porte et la tourna pour ouvrir.

« *Ja*, dit Dirk Hendricks. Avec le recul, j'avais tort. Je suis vraiment désolé pour le mal que j'ai fait... »

Alex était au-dehors, il s'en allait, tandis que la porte claquait sur la voix plaintive d'Hendricks.

Je suis vraiment désolé.

Désolé ? se dit Alex. Cet homme-là ? Ce Dirk Hendricks était un imposteur.

Alex savait tout d'Hendricks : c'était un homme sans conscience qui n'avait pas honte de se retrouver en train de débiter une série de mensonges ritualisés devant une commission instituée pour entendre la vérité.

Je suis désolé. Combien de fois Alex avait-il entendu ces mots ? Une litanie sud-africaine tellement familière, récitée interminablement dans le passé. *Je suis désolé, baas*, offert nerveusement à un homme blanc non par regret mais par peur. Et aujourd'hui encore : *je suis désolé*, ces mêmes mots adoptés par ceux-là mêmes qui avaient inspiré la peur les premiers, mais qui aujourd'hui ne voyaient rien de mal à utiliser l'excuse pour se tirer d'un mauvais pas. Et Dirk Hendricks qui faisait précéder cette hypocrisie par un diagnostic de névrose ! Il n'avait pas honte.

L'apitoiement sur soi-même qui avait percé dans la voix de son tortionnaire ne quittait pas Alex. Un coup de poignard dans le ventre.

Impossible de rester sur les marches. Il devait partir, se cacher, avant que l'audience soit ajournée. Il s'en alla au hasard à la recherche de sa voiture et, quand elle lui apparut, à quelques rues de là, il ruisselait de sueur.

La chaleur était infernale dans la voiture : quelle stupidité de l'avoir garée au soleil ! Sa main toucha le volant brûlant. Il déchira une page du journal du matin et s'en servit pour se protéger afin de desserrer le frein.

La voiture descendit dans l'ombre éparse d'un jacaranda. Il étala le journal sur le siège du conducteur, ferma la portière et démarra.

La chaleur était toujours étouffante. Ses mains raides ne semblaient pas fonctionner normalement. Il conduisait comme un fou. Sans faire attention. A une intersection, la voiture dérapa et monta sur le trottoir. « Si je continue comme ça, je vais finir par avoir un accident. Et même par tuer quelqu'un. »

Devant une école, il vit des enfants qui sortaient, tourna et entendit leurs voix excitées. L'air était suffocant. La tête lui tournait. La nausée montait en lui. Il écrasa la pédale de frein, ouvrit la portière et serra le frein à main alors que la voiture avançait toujours. Elle finit sa course près de la clôture d'une étendue vide du veld. Des voix se rapprochaient. Il se dirigea vers une trouée de la clôture, la franchit, fit quelques pas et...

Il vomit son petit déjeuner. La masse gluante s'écrasa sur le sol comme une bouillie nauséabonde. Son ventre se tordit et un nouveau haut-le-cœur le secoua. Il se serra l'estomac à deux mains et se plia. Sa bouche s'ouvrit et un mucus liquide qui ne ressemblait plus à aucun aliment solide en jaillit. Il essaya de ravaler mais le goût était si répugnant que cela déclencha un nouveau vomissement qui le plia encore un peu plus.

Et pendant tout ce temps, le souvenir qui l'habitait était exactement comme il l'avait toujours redouté, sans pourtant le savoir précisément. Cela était évident maintenant. C'était ce qui l'avait fait hésiter à venir – revisiter Smitsrivier –, le refus de se souvenir. Tout remontait non pas sous une forme organisée et structurée facile à assimiler, mais par éclats déchiquetés. Des images – Steve tendant le bras, les ongles sales de Dirk Hendricks. Des bruits, toujours plus violents, qui lui déchiraient les oreilles, la terreur qui s'emparait de lui avec tant de force qu'il ne pouvait que se lever et pousser des cris jusqu'à ce qu'ils viennent l'attacher.

Et le corps inanimé de Steve. Toujours. La mort de Steve : à cause de lui ?

Alex ne savait pas. Ces bribes ne cessaient de s'imposer. Les mots prononcés ; sa voix, lâche, implorant leur pitié. Les choses faites, quand il se cognait la tête contre les murs pour en finir. Et avant aussi. L'époque d'avant. Une époque enfouie dans un passé lointain.

La façon dont ils parlaient, non seulement lui et Steve, mais tous les camarades, sur ce qui leur arriverait s'ils se faisaient prendre. Si ! Quand la police prenait des mesures autoritaires, chacun d'eux était arrêté et aucun n'y était correctement préparé. Ils étaient tous si jeunes, si naïfs, ils n'avaient pas la moindre idée de ce que ces salauds étaient prêts à faire. Ils se protégeaient mutuellement de la réalité en remplaçant les mises en garde de leurs parents par des contes de fées. Des histoires sur leur force, leur invincibilité, le pouvoir de leur groupe. Comme si tout ça comptait encore lorsqu'on était la cible. Quand ils vous punissaient, ils vous punissaient seul.

Seul. Personne d'autre n'était là pour apaiser votre douleur, pour vous dire que ce serait bientôt fini, ou pour en partager le souvenir. Et quand c'était terminé, personne non plus n'était là pour vous écouter, vous écouter vraiment, parce qu'aucun d'eux ne voulait entendre. Entendre vraiment. Devant ça, quel choix restait-il à Alex ? Quel choix en dehors du chemin qu'il avait pris ? Quel choix en dehors de l'oubli ?

Quelle ironie ! Ayant survécu à ce que Dirk Hendricks lui avait fait, grâce à l'oubli, il se rendait compte maintenant qu'il ne pouvait plus choisir de se souvenir.

Toutes les questions que lui avait posées Sarah dans la cuisine – le plan du commissariat, sa dernière rencontre avec Steve, son bras flasque qui cognait contre une porte en fer qui n'aurait pas dû se trouver là, Steve transporté par une entrée qui n'existait pas –, toutes ces questions tournaient en lui, un ensemble de morceaux qui ne pouvaient s'assembler.

Une autre vague de nausée lui monta dans la gorge: impossible d'y résister. Debout, au milieu de cet espace vide, il baissa la tête, incapable de rien faire d'autre que de laisser sortir le lointain écho de sa trahison.

. 21

Quelle situation, se dit Sarah: un client qui ne veut ni me parler ni même assister à l'audience. Elle franchit les portes du Relais de Smitsrivier et aperçut immédiatement Alex. Il était effondré à l'extrémité d'un canapé marron mangé aux mites, près d'une plante verte, le visage caché en partie par une feuille d'une laideur artificielle.

L'attendait-il? Difficile à dire. Quand elle s'avança dans l'entrée, il leva les yeux mais, en la voyant, son regard se détourna aussitôt. Monsieur communication.

Il devait l'attendre. Dès qu'elle s'assit près de lui, il dit: «Est-ce qu'ils ont continué sans moi?

– Non.» Elle se revit sur la scène, attendant Alex et essayant d'expliquer pourquoi il était parti.

«Je suis désolé.»

Encore des excuses: cela devenait une habitude.

«Je n'y retournerai pas», dit Alex.

Était-ce possible ? Elle l'observa plus attentivement. Il refusait toujours de croiser son regard, mais même de profil on voyait à quel point il était triste. Sa voix. « Ce n'est pas grave. Ils ont ajourné l'audience jusqu'à demain. »

Un haussement d'épaules comme si cela lui était égal.

« Dirk Hendricks a accepté de me rencontrer en privé. Il va me dire tout ce qu'il sait sur Steve. »

Nouveau haussement d'épaules.

Il allait donc se conduire ainsi ? Juste au moment où ils allaient obtenir quelque chose à quoi il pourrait se raccrocher. Elle soupira, et dit sans grand espoir : « Il y a une question que je dois lui poser ? »

Elle s'attendait à la même indifférence. A la place, il prononça un sonore « non », qu'il souligna en secouant violemment la tête. Il répéta « non », et poursuivit en disant : « Je ne veux rien savoir qui vienne de lui », cela dit d'une voix si forte qu'un homme qui se dirigeait vers le bar s'arrêta brusquement pour regarder dans leur direction, avant de continuer son chemin, tandis que Sarah restait sans bouger et se demandait si le refus d'Alex n'était pas aussi violent précisément parce qu'il voulait apprendre quelque chose d'Hendricks. Elle restait son avocate. Si c'était vraiment le cas, c'était insupportable : vouloir obtenir quelque chose de son ancien tortionnaire. Il était toujours avachi sur le siège, l'image même du découragement, et pour la première fois elle le vit non pas comme l'artiste qui se contrôle mais simplement comme un homme coincé dans une situation inextricable.

« Laissez-moi vous aider, Alex », dit-elle en posant la main sur son bras.

Elle sentit sa chaleur et, avec certitude, son désir, avant de retirer la main.

«Je ne sais pas si l'on peut m'aider», dit rapidement Alex, comme si les mots lui avaient échappé, et le silence qui suivit le confirma.

«Alex, je me bats ici. Je sais que je suis excellente dans mon travail, mais je sais aussi que nous ne sommes pas à New York et cette affaire ne ressemble à aucune de celles que j'ai traitées. Maintenant, Bester en a fini avec Dirk Hendricks et je vais passer au contre-interrogatoire. Si vous ne m'aidez pas, je ne saurai pas quoi lui demander.»

Alex ne bougea pas. Son visage était si dénué d'expression qu'on n'était pas sûr qu'il l'avait même écoutée.

Sarah essaya à nouveau. «Je pourrais commencer sous un autre angle. Par exemple, aimeriez-vous que j'appelle certains témoins?»

Pas de réponse.

«Quelqu'un qui pourrait parler de Dirk Hendricks et de ce qu'il vous a fait?»

Il rompit brusquement le silence. «Thulo.»

Sarah attendit qu'il en dise plus.

«Jackson Thulo. C'était un jeune policier, l'assistant noir de Dirk Hendricks. Il fait ce qu'ils font tous aujourd'hui – il essaie de mettre le maximum de distance entre lui et ses anciens maîtres.

– Et vous aimeriez l'avoir comme témoin?»

Toujours le même haussement d'épaules. «Pourquoi pas?

– Alors, on doit se dépêcher. Vous savez comment le contacter?

– Quelqu'un doit le savoir. Il habite dans le township.

– Il peut me faire une déclaration?»

Pas de réponse. Alex restait assis, calmement, comme s'il avait utilisé tout ce qui lui restait de mots.

« Alex, dit-elle, aussi doucement qu'elle le put. Je sais que vous n'êtes pas prêt à me parler. Ce qui signifie que vous n'êtes pas prêt vous-même à témoigner. Nous arrivons sans doute trop tard pour que Thulo soit présent demain mais, étant donné l'ajournement, j'ai un peu de temps pour me préparer. Je peux utiliser les premiers éléments de ce que Dirk Hendricks a déjà dit pour le mettre en difficulté dans le contre-interrogatoire. Mais je ne pourrai pas tenir très longtemps – si vous ne me mettez pas au courant. Ce qui signifie que nous avons besoin d'un remplaçant. Ce pourrait être Thulo mais je ne peux prendre le risque de l'interroger en public sans avoir une idée claire du genre de choses qu'il peut dire. Je dois le rencontrer ou au moins obtenir une déclaration de lui. »

Il la regardait, ébahi.

« J'en aurai une.

– Une quoi ?

– Une déclaration. »

Quand ? faillit-elle dire, mais elle se tut. Quelque chose dans l'expression d'Alex lui disait de ne pas le brusquer. « Je peux vous offrir un verre ? lui proposa Sarah.

– Non – Alex se releva brusquement. Merci, mais il faut que j'y aille. » Puis il se détourna avant de faire demi-tour presque aussitôt, comme si quelque chose lui avait soudain traversé l'esprit. « Sarah ?

– Oui.

– Faites attention avec Dirk Hendricks. Il est beaucoup plus dangereux qu'il n'en a l'air. »

. 22

Sarah et Dirk Hendricks se rencontrèrent au commissariat de police dans une salle d'interrogatoire minuscule, couleur crème. Quand la porte s'ouvrit pour laisser entrer Dirk Hendricks, l'espace sembla se rétrécir encore. Un de ses gardes descendu de Pretoria – un énorme sportif, avec des cheveux blonds coupés en brosse et des yeux bleu clair – le suivait. En voyant les deux hommes s'encadrer dans la porte, Sarah fut étonnée de noter qu'Hendricks était à la fois plus grand de quelques centimètres et bien plus large que son geôlier. Étrange, se dit-elle, en se levant pour le saluer, qu'elle ne se soit pas rendu compte à quel point il était fort.

Il avait aussi des mains énormes, immenses et douces, avec des ongles carrés, d'une propreté impeccable. Tout cela lui sauta aux yeux quand il lui tendit la main et, en sentant la pression de sa peau contre la sienne, elle pensa que pour un homme aussi costaud – et un tortionnaire reconnu – il avait un grand contrôle de lui-même.

«Mademoiselle Barcant», dit Hendricks.

Elle dissimula sa surprise en entendant le *mademoiselle* et dit: «Monsieur Hendricks – en lui indiquant la chaise devant elle. Merci d'avoir accepté de me rencontrer.

– Aucun problème. » Il attendit que Sarah soit assise avant de tirer sa chaise et de s'y laisser tomber. L'entassement dans sa prison à Pretoria était connu et l'aisance des mouvements d'Hendricks l'étonna. Ce devait être aussi un homme très déterminé.

« Je ferai tout ce qui sera en mon pouvoir pour vous aider », dit-il, en penchant la tête, en baissant les yeux et en s'affaissant comme pendant l'audience. Alors l'homme énorme et confiant devint le demandeur d'amnistie replié sur lui-même, une métamorphose si complète que Sarah se demanda si l'effondrement de ses épaules était délibéré.

« Tout va bien, mademoiselle ? » demanda le garde et quand Sarah fit oui de la tête, il sortit.

Elle sortit un paquet de Camel, l'ouvrit et en offrit une à Hendricks.

« Vous ne fumez pas, n'est-ce pas ? demanda-t-il.

– Non. Je ne fume pas. Mais ça ne me dérange pas si vous voulez fumer.

– C'est gentil de votre part, mais si vous ne fumez pas, je ne fumerai pas non plus. »

Une gêne l'envahit comme si son subtil jeu de pouvoir avait été mis au jour (une accusatrice novice qui vient voir un taulard pour obtenir des informations, et qui lui offre une cigarette). Sarah reposa le paquet, s'éclaircit la voix, et ouvrit son carnet.

« Nous nous sommes déjà rencontrés, vous savez », dit Hendricks.

Quoi ? Elle leva les yeux. « Nous nous sommes rencontrés ? Quand ?

– Votre père était opticien ?

– Oui. C'est exact. »

Impossible d'oublier une telle rencontre.

« C'était en 1984. Sur la route, en dehors de Smitsrivier. Vous étiez pieds nus. »

Bien sûr. Sarah venait d'avoir vingt-deux ans et, comme l'avait dit Dirk Hendricks, elle marchait pieds nus. Le soleil se couchait et elle rentrait en ville en boitant. Elle avait jeté ses escarpins après avoir cassé un talon et avait continué en clopinant et en laissant des traces de sang parce qu'elle s'était coupée sur un caillou. La juste indignation, qui l'avait fait sortir de la voiture d'un petit ami, s'était évanouie depuis longtemps mais la ville ne lui semblait pas plus proche. Les ombres s'allongeaient avec le soleil qui descendait. Il ferait bientôt sombre. En général, son intrépidité n'avait pas de bornes, mais les avertissements de sa mère, qui lui prédisait des catastrophes, ne la quittaient pas.

« Je vous ai prise en stop », dit Dirk Hendricks.

Juste au moment où elle allait s'abandonner au désespoir, une camionnette s'était arrêtée près d'elle, et un homme – Dirk Hendricks ? – s'était penché à la portière et lui avait proposé en souriant de la raccompagner. « Vous n'étiez pas deux ?

– C'est exact. C'est Pieter qui conduisait. »

Le deuxième homme était Pieter Muller ! Son estomac se contracta.

« Nous n'avons jamais compris ce que vous faisiez toute seule dans le Karoo, dit Dirk Hendricks. Vous n'avez rien voulu nous dire. »

En effet, comment aurait-elle pu leur dire qu'elle avait claqué la portière de la voiture de son petit ami parce qu'il l'avait importunée ?

« Vous étiez très jolie, dit Dirk Hendricks. Et vous aviez tellement de cran – là, toute seule, au milieu de nulle part. »

Et il était tellement dragueur. Tous les deux l'étaient, en fait. Ils l'avaient taquinée pendant tout le trajet, pas de façon menaçante mais gentille, en la faisant rire.

Leur compagnie m'avait plu, se dit Sarah, en se souvenant comment elle s'était assise entre eux, flattée par leurs attentions. Ils portaient tous deux des jeans et des chemises aux manches relevées, deux hommes costauds et bronzés qui l'avaient prise en stop et qui avaient plaisanté jusqu'en ville. Ils ne s'étaient pas offensés devant son refus de leur dire ce qu'elle faisait toute seule pieds nus sur cette route. Quand elle avait repensé à eux par la suite c'était avec affection, pour l'avoir acceptée sans problèmes. Elle ne s'était jamais doutée qu'il s'agissait de deux policiers. Et pas n'importe lesquels : des membres de la police de sécurité qui, en 1984, se lançait dans un baroud d'honneur des plus brutaux.

Et Sarah se demanda : d'où venaient-ils quand ils l'avaient rencontrée ? Qu'avaient-ils fait ?

« Nous avons supposé que vous vous étiez disputée avec votre petit ami, dit Dirk Hendricks.

– Venons-en à ce qui nous intéresse, d'accord ?

– Je suis désolé – il sourit. J'ai passé trop de temps en prison, je parle trop quand j'en ai l'occasion. Je vous en prie, demandez-moi ce que vous voulez savoir. » Son sourire s'élargit.

« Commençons par l'arrestation de Steve Sizela. Que pouvez-vous m'en dire ?

– Rien – il fit une grimace comme pour s'excuser. Ce n'est pas moi qui l'ai arrêté. A l'époque, je ne m'occupais que d'un détenu – M. Mpondo. Je ne pense même pas que j'étais présent ce jour-là. Je travaillais entre Port Elizabeth et Smitsrivier. J'étais souvent absent.

– Mais vous avez appris qu'on avait arrêté M. Sizela ?

– J'ai surtout su qu'on allait le faire. M. Mpondo était en garde à vue mais il ne se montrait pas très coopératif, alors quand un de nos informateurs nous a dit qu'on les avait souvent vus tous les deux ensemble, nous avons décidé d'arrêter M. Sizela sous le coup de la loi numéro 10 d'état d'urgence – sur l'interdiction, la publication ou la diffusion de déclarations subversives – afin de voir si nous pourrions lui faire cracher quelque chose.

– Lui faire *cracher*? »

Il la regarda. « C'était ainsi qu'on disait – il la fixa. C'était ainsi qu'on faisait. Je ne vais pas prétendre le contraire. »

Sarah ne put s'empêcher d'apprécier son honnêteté. « La mère de Steve dit que Pieter Muller est un des policiers qui ont arrêté son fils, qu'il est venu chez eux, expliqua-t-elle.

– Si Mme Sizela le dit, je suis sûr que c'est ainsi que ça s'est passé.

– Est-ce que pour autant cela fait de Muller l'interrogateur de Steve?

– Pas nécessairement. Vous devez vous rappeler que c'était une époque chaotique. Quand on était policier, on devait savoir tout faire. Un jour, on patrouillait devant une école primaire, et le lendemain on arrêtait un militant très recherché. Pieter a fort bien pu participer à l'arrestation de Sizela et ne plus jamais avoir de rapports avec lui.

– Mais vous n'en savez rien? »

Il secoua la tête. « Avez-vous essayé de consulter le dossier de l'arrestation? On devrait y trouver le nom de celui qui l'a interrogé.

– Non. Tous les dossiers ont disparu, sauf la main courante du jour où l'on a amené Steve.

– *Ja* – il le savait déjà. Je m'en souviens maintenant, j'ai appris que les dossiers avaient disparu. » Il poussa un soupir.

« Si ce n'est pas vous ni Muller... qui d'autre a pu interroger Steve?

– Je suis désolé, m'dame. Je n'en sais absolument rien. Je venais d'arriver à Smitsrivier et, comme je l'ai dit, je n'étais pas là tout le temps. »

L'attention de Sarah fut soudain éveillée. A cause du *m'dame*, qui lui rappela que c'était un policier qui jouait le rôle qu'on avait appris à tous les policiers. « Monsieur Hendricks, nouveau venu ou pas, Pieter Muller et vous, vous étiez tous les deux membres de la police de sécurité.

– Oui, m'dame, c'est vrai.

– Et vous étiez connus pour être des amis.

– On passait du temps ensemble en dehors du travail... oui.

– Et les renseignements constituaient vos principaux outils. Je n'arrive pas à croire que vous ne saviez pas ce que l'autre faisait. »

Il leva les yeux vers elle. « Je ne suis pas responsable de ce que vous n'arrivez pas à croire – il fit une pause, l'air désapprobateur. Je ne peux vous dire que ce que je sais.

– Mais vous aviez établi un lien entre Steve et Alex Mpondo. Ce n'est pas vrai ?

– Si, m'dame, c'est exact.

– Alors, étant donné que c'est vous qui interrogiez Alex Mpondo, vous deviez sans aucun doute être intéressé par ce que Steve Sizela avait à dire ?

– C'est vrai. Et on me l'aurait sûrement transmis si Sizela avait dit quelque chose qui me concernait.

– Mais on ne vous a rien transmis ?

– Je ne m'en souviens pas.

– Vous ne vous en souvenez pas ? » Sarah n'essaya pas de dissimuler son incrédulité profonde ; peut-être même la renforça-t-elle.

Il fit comme s'il n'avait rien remarqué. « Je suis

désolé – il avait presque l'air innocent. Je ne me souviens pas d'un certain nombre de choses.»

Je ne me souviens pas: c'était la réponse la plus frustrante. Si au moins ils avaient été au tribunal, elle aurait pu dire à quel point elle méprisait l'idée qu'un policier puisse ne pas se souvenir du renseignement qui expliquait une mort dans un endroit aussi petit que Smitsrivier. Mais ils n'étaient pas au tribunal et n'iraient peut-être jamais. Sarah n'était que tolérée ici: par le consentement de Dirk Hendricks. «Alex Mpondo dit que, lorsqu'il était sous votre garde, deux auxiliaires de police ont amené Steve Sizela dans sa cellule.

– C'est possible, dit Dirk Hendricks d'une voix neutre. Je ne m'en souviens pas. Dit-il que j'étais présent quand cela a eu lieu?»

Elle secoua la tête. «Non... il ne le dit pas.»

Il haussa les épaules et répéta: «C'est possible.

– Il dit aussi qu'il a encore vu Steve une fois par la suite. On emmenait Steve hors du commissariat.

– Non. C'est impossible. Ce n'était pas... – Dirk Hendricks secoua la tête et fronça les sourcils comme désorienté –... Ce n'était pas...» Il s'arrêta à nouveau, effrayé, puis il reprit: «Ce n'est pas possible. Nous n'aurions jamais sorti Alex Mpondo dans le couloir en même temps qu'un prisonnier qu'il connaissait. Nous n'aurions jamais fait ça de peur qu'ils communiquent.

– Je comprends.

– Je suis désolé, mademoiselle Barcant. C'est absolument impossible. Je ne dis pas que M. Mpondo est un menteur: je suis persuadé qu'il croit que c'est ce qu'il a vu, mais ce n'est pas possible. Cela n'a pas pu se passer comme ça. Pas ici.»

Au cours de sa carrière de procureur, Sarah avait connu quantité de menteurs très habiles. Certains l'avaient roulée dans la farine et lui avaient appris à ne jamais rien prendre pour argent comptant, même ses propres réactions les plus instinctives. Et cependant, envers et contre tout, et en connaissant tout le mal qu'il avait fait, Dirk Hendricks semblait parfaitement sincère. Le fait que, dans son récit, Alex ait perdu tout sens de l'orientation ne faisait que donner du poids à ce que disait Hendricks. Elle ajouta: «Vous savez que je représente les parents de Steve Sizela?»

Il fit oui de la tête.

«Et vous comprenez pourquoi ils veulent savoir ce qui est arrivé à leur fils?»

Il hocha à nouveau la tête. Avec fermeté: «Je comprends, évidemment – il la regarda bien en face et ses yeux gris se durcirent. Merde, si mon fils disparaissait, si je pensais que quelqu'un l'a tué, je réagirais exactement comme eux. Pire encore. Je voudrais étrangler de mes propres mains celui qui a fait ça.

– Alors, monsieur Hendricks, dit-elle en élevant la voix, si vous comprenez vraiment l'épreuve que subissent les Sizela, vous me pardonnerez si je suis d'une honnêteté brutale avec vous.

– Je vous en prie, mademoiselle Barcant. Soyez...»

Elle l'interrompit. «Je suis allée dans ce commissariat de police. Je sais que vous le connaissez aussi. J'ai vu à quel point il est petit. Quand le gardien qui nous accompagnait nous a quittés, nous avons entendu distinctement ses pas qui s'éloignaient. Cependant, vous essayez de me persuader que pendant que vous interrogiez Alex Mpondo, une autre personne, dont on ne connaît pas le nom, interrogeait Steve Sizela, et vous n'avez jamais su qui était cette personne – et vous n'avez jamais entendu non plus, je présume, qu'un autre interrogatoire avait lieu. Comprenez-vous que j'aie du mal à vous croire?

– Oui. Je comprends. Bien sûr, je comprends. Mais... mais... comment dire... » Il semblait faire un effort pour trouver les mots et aussi pour reprendre son souffle. Il avait l'air désarmé : comment était-il devenu tortionnaire ?

« Cela vous dérangerait si je me levais ? demanda-t-il.

– Non. Allez-y. »

Hendricks se leva, brusquement, comme si quelque chose l'avait poussé. Debout, Sarah le trouva énorme.

Il dut sentir à quel point sa corpulence paraissait immense et menaçante, en la dominant ainsi, car il recula de lui-même jusqu'au mur en prenant une grande respiration. « Pour faire un bon interrogatoire – il avait les yeux fixés sur ses pieds – on doit se concentrer sur son prisonnier. On doit apprendre à le connaître. A comprendre non seulement ses forces et ses faiblesses, mais aussi les choses qu'il aime, la musique qui l'émeut, les odeurs qui ont pour lui une signification particulière, les gens qui comptent pour lui, quels sont ses ennemis. Si l'on fait son travail correctement, un prisonnier doit devenir comme son enfant. » Leurs regards se croisèrent. « Ou son amant. » Et ses yeux gris semblèrent se remplir de larmes, mais elle ne put en être sûre car ses paupières battirent rapidement. « On ne doit penser qu'à lui. On doit pénétrer dans sa tête. Et quand cela arrive, je veux dire quand cela arrive vraiment, on est tellement concentré que même si le massacre de My Laï se déroulait à côté, on n'entendrait rien. »

23 .

«Pourquoi My Laï?» Ben était au lit, appuyé contre un tas d'oreillers.

Elle ne s'était pas posé la question et haussa les épaules. «Parce que je vis aux États-Unis?»

Ben secoua la tête – non. «De sa part, je me serais attendu à un exemple sud-africain – le Raid Jameson, par exemple, ou le massacre de Sharpeville* ou, mieux, les attentats de l'ANC contre les églises – pas un massacre au Vietnam. Et pourtant, il a choisi My Laï. Pourquoi?»

Il avait raison; maintenant qu'elle y pensait, il y avait quelque chose de particulier dans l'exemple choisi par Hendricks. «My Laï évoque des GI ordinaires devenus fous, dit Sarah, et des témoins directs qui ont affirmé qu'il ne s'était rien passé. Tu crois qu'Hendricks fait la même association?

---

* Raid Jameson: Stuart Jameson commandait un corps expéditionnaire qui envahit le Transvaal en 1895. Il était envoyé depuis la Rhodésie par Cecil Rhodes pour soutenir les colons britanniques contre les Boers. En réalité, pour s'emparer des mines d'or. L'opération fut un échec mais elle est considérée comme une étape importante vers la guerre des Boers (1899-1902).
Massacre de Sharpeville: le 21 mars 1960, la police tire sur une foule de personnes qui manifestent contre le «pass» (passeport intérieur pour les Noirs): 69 morts, 180 blessés.

– C'est possible.

– Tu penses qu'Hendricks a essayé de me dire qu'il connaissait le nom de celui qui a tué Steve Sizela ?

– Tu crois vraiment qu'il ne le connaît pas ?

– Il a dû le connaître. »

Bien que malade, Ben faisait toujours preuve de la même intelligence aiguë. « Et pourtant ? » dit-il pour la pousser à continuer.

Ben avait raison. « Et pourtant, dit Sarah. Oui, je suppose que je l'ai cru à moitié. Ou, au moins, j'ai cru qu'il avait choisi de ne pas savoir. » L'expression de douleur sur le visage de Dirk Hendricks, quand il se tenait debout contre le mur, lui revint. « Je l'ai certainement cru quand il a parlé de sa relation avec Alex. Je regardais Alex à l'audience. J'ai senti que quelque chose existait entre ces deux hommes, quelque chose d'intime.

– Et cela t'a étonnée ?

– Je ne sais pas – elle soupira. Oui, je crois que cela m'a étonnée. Ils ont l'air si différents.

– Ils le sont, dit Ben. Néanmoins quelque chose lie Alex à Dirk Hendricks. »

Le reproche qu'elle décela dans la voix de Ben l'étonna. Elle lui lança un regard interrogateur.

Ses yeux fixaient le mur devant lui. « C'est le même lien qui relie ce pays à son passé. Aucun de nous n'y échappe. Pas moi. Pas Anna », dit-il, en s'arrêtant un instant avant d'ajouter : « Même pas toi, Sarah. »

A nouveau, ce reproche dans la façon de prononcer son prénom, *Sarah*, comme une désapprobation. « Ben... », dit-elle.

Mais maintenant il regardait le plafond. C'était un de ses vieux trucs dont il se servait lorsque Sarah le décevait ou l'offensait. En voyant sa bouche pincée, elle se demanda ce qu'elle avait bien pu faire cette fois. Il valait mieux se taire. Elle resta assise sans bouger et attendit qu'il parle.

Quand Ben se décida enfin à le faire, ce fut sur ce ton de pédagogue qui lui était habituel lorsqu'il était très en colère. « Il y a deux jours, tu m'as accusé de choisir les vérités qui me convenaient. »

C'était donc ça : malgré ses dénégations, elle l'avait blessé.

« Mais tu dois comprendre, reprit-il, que rien n'est aussi simple que tu le penses. Si tu prenais la peine de comprendre, de comprendre vraiment, ces tueurs à gage du genre d'Hendricks, alors tu comprendrais aussi pourquoi ce pays est si violent. Nous sommes tous liés les uns aux autres. Tu ne peux pas seulement prendre en compte un des camps comme s'il était séparé de l'autre. Si tu regardes le système du "pass", le supplice du collier* dans les townships devient compréhensible : regarde la peur dans les yeux des Blancs ordinaires et tu comprendras la haine des Noirs – son regard revint soudain vers Sarah. Alex et Dirk Hendricks ont en commun quelque chose de fondamental. Tous deux, à leur manière, sont des patriotes. » Il s'arrêta un instant, puis ajouta : « Comme Pieter Muller. »

Muller aussi ? L'affirmation l'étonna. Ça ne ressemblait pas à Ben de se montrer indulgent envers ses adversaires.

« Ce qu'Hendricks et Muller ont fait, ils l'ont fait pour leur communauté, dit Ben.

– Tu défends Muller maintenant ?

– Non – il secoua la tête d'un air las. Je ne le défends pas. » Il se tut et l'ignora.

* Un pneu rempli d'essence et enflammé que des extrémistes noirs jetaient autour du cou d'autres Noirs considérés comme des traîtres, dans les années 1980. (*N.d.T.*)

C'est sans espoir, se dit Sarah. Elle détourna les yeux et regarda par la fenêtre la brume qui s'étalait sur les versants de la montagne.

« La personne que j'aimerais défendre, dit Ben, c'est toi.

– Pardon ? »

Il se tourna vers elle, croisa son regard, calmement mais sans expression.

Elle essaya de plaisanter. « Quelle est l'accusation ? »

Il ne lui rendit pas son sourire. Son regard resta fixe, comme si son esprit recherchait quelque chose. Dans sa mémoire ? se demanda Sarah. Dans son cœur ? Dans son âme ?

Ses lèvres serrées lui rappelèrent qu'il utilisait aussi cette expression au tribunal, en gardant le silence pour intimider un témoin obstiné. N'était-elle plus que cela pour lui ?

« Je regrette que tu n'aies jamais pris la décision de revenir », dit Ben.

Oh. C'était donc aussi simple que ça. « Je sais, répondit Sarah en hochant la tête. J'aurais dû revenir ne serait-ce que pour une visite. Mais au début j'ai dû m'installer, et ensuite...

– Je ne parle pas de visite. Tu aurais dû revenir définitivement. »

Aurait-elle dû ? Avait-il raison ? Comment savoir ? Qu'elle ait dû partir, elle qui n'avait jamais pu trouver sa place ici ni chez les Noirs ni chez les Blancs, ne pouvait se discuter, même pas avec Ben.

« Sans Smitsrivier, dit Ben, sans l'Afrique du Sud, tu seras toujours moins que tu aurais pu être. »

Quelle assurance et quelle arrogance ! Ses yeux la piquaient. « Tu sais, Ben, nous ne sommes pas tous des héros comme toi. »

Il ne sembla pas avoir entendu et dit simplement: «Je suis fatigué», en fermant les paupières.

Tout simplement, en la rejetant. «Ben!»

Pas de réponse.

Elle sentit sa colère monter et elle eut envie de tendre la main, de le prendre et de le secouer pour obtenir une explication.

Ce n'était pas une bonne idée. Il n'ajouterait rien et où trouver le courage de l'obliger à parler? On distinguait ses os sous son pyjama rayé; il avait l'air si fragile. Sarah se pencha sur lui et lui toucha l'épaule. Pas de réaction. Elle s'assit mais Ben ne montra même pas par un signe qu'il savait qu'elle se trouvait toujours là. Sarah se releva et s'avança vers la porte sur la pointe des pieds.

Elle l'avait presque atteinte quand il marmonna quelque chose. «Tu as parlé?»

Ses paupières étaient toujours baissées.

Sarah resta dans l'embrasure de la porte et le regarda. Il était allongé sur le dos, la bouche ouverte, le visage immobile. Comme un masque de mort, se dit-elle, en entendant sa respiration difficile. Elle attendit un long moment en espérant qu'il dirait quelque chose, mais en vain. Le sommeil s'était abattu sur lui. Sarah franchit la porte-fenêtre qu'elle referma doucement.

Au-dehors, la brume se rapprochait et baignait l'étincelant jardin d'Anna dans une lumière étrange et atténuée. Les couleurs des fleurs s'éteignaient et Sarah se dit: c'est le pire exploit de la mort, qu'en même temps elle mette fin à tout et laisse aussi tout inachevé. Elle s'éloigna lentement dans le jardin en respirant les parfums.

«Sarah!»

Elle se retourna et vit Anna qui traversait la pelouse en courant. «Tu veux rester pour souper?

– Merci. Pas ce soir.

– Une autre fois alors, dit Anna. Laisse-moi te raccompagner jusqu'au portail. »

Les deux femmes traversèrent la pelouse et contournèrent le devant de la maison sans parler. Comme autrefois – Anna et Sarah n'avaient jamais eu grand-chose à se dire – mais en s'approchant d'un des plus somptueux parterres de roses, Anna sortit un petit sécateur de la poche de son tablier, coupa plusieurs boutons, en fit un petit bouquet, l'enveloppa dans une feuille de papier d'aluminium qu'elle avait apportée spécialement dans ce but, avant de l'offrir à Sarah. « Pour que ta chambre d'hôtel soit un peu comme chez toi.

– Merci. » Touchée, Sarah sourit à Anna.

Mais Anna ne lui rendit pas son sourire. Cela s'est toujours passé ainsi entre nous : nous nous sommes toujours ratées aussi dans le passé. Un brusque sentiment de lassitude l'envahit. Étrange Smitsrivier, se dit-elle, le seul endroit du monde où je peux plus facilement m'identifier avec un tortionnaire comme Dirk Hendricks qu'avec l'adorable épouse de mon mentor en train de mourir. « Tu es fâchée contre moi, Anna ? » demanda-t-elle, et en même temps elle eut envie de se frapper pour être aussi infantile.

Mais Anna ne sembla pas se froisser. « Fâchée ? » Un froncement de sourcils comme si elle réfléchissait. « Non. Je ne suis pas fâchée. »

Autant aller jusqu'au bout, se dit Sarah. « C'est Ben ? »

Anna répéta « fâché ? » d'un air vague cette fois, perdue dans ses pensées, avant d'ajouter, apparemment autant pour elle que pour Sarah : « Non, Ben n'est vraiment en colère que contre lui-même. »

24.

Alors que Sarah rentrait à l'hôtel, le brouillard envahit la ville. Tout d'abord, elle ne remarqua rien : ce qui lui restait à faire l'occupait trop. Sans Alex pour la mettre au courant, la plus grande partie de sa nuit serait consacrée à éplucher ses notes et les dossiers des audiences précédentes de la Commission pour mettre au point une méthode afin d'interroger Dirk Hendricks. Ce n'était pas l'idéal mais cela lui permettrait de prolonger suffisamment l'audience pour amener Alex à se ressaisir.

Elle prit brusquement conscience de ce qui l'entourait. Le brouillard devait être arrivé en même temps que le crépuscule, ou alors il était la cause de l'obscurité ; quoi qu'il en soit, la nuit était maintenant si profonde qu'elle voyait à peine à un mètre. Les lampes de la rue ne l'aidaient pas, car leur lumière ne pénétrait pas les ténèbres. Elle marcha lentement, et retrouva son chemin de mémoire, sans rien voir. Des bruits irréguliers – un cri, une musique discordante, du verre qui se brise – retentissaient avant d'être aussitôt étouffés. Il se passait quelque chose, quelque part, dans l'obscurité. Sarah se dépêcha. Elle entendit un autre bruit : des pas derrière.

Elle s'arrêta. Les pas aussi. Elle se remit à marcher plus rapidement. Le bruit reprit : le souple claquement des chaussures d'un inconnu sur les pavés qui avançait à la même vitesse. L'angoisse voletait dans l'obscurité comme des papillons de nuit, il ne fallait pas courir. Elle s'arrêta une nouvelle fois et se retourna : « Qui est là ? »

Pas de réponse.

« Qui est là ? »

Rien. Elle ne broncha pas, prit une grande respiration et retint son souffle. Toujours rien. Cela devait sortir de son imagination : personne ne la suivait. Ce n'est que ce brouillard écœurant, se dit Sarah qui se retourna et recommença à marcher, ni plus vite ni plus lentement, en ignorant le bruit des pas qui reprit aussitôt.

Le trottoir descendit. Attention – ça ne semblait pas être la bonne direction. Elle s'efforça de voir quelque chose dans l'obscurité, mais ne put que distinguer la silhouette claire d'un arbre à lait de l'autre côté de la rue. Cet arbre lui était connu, il se dressait au coin de la rue après l'hôtel. Ce qui signifiait que sans s'en rendre compte elle avait dépassé le Relais de Smitsrivier.

Elle se retourna. Une ombre, un homme mince, apparut brièvement avant de se fondre à nouveau dans l'obscurité. Quelqu'un était là et l'avait suivie. Son cœur battait la chamade et elle revint sur ses pas.

Le Relais était plongé dans les ténèbres : c'est pour cela qu'on pouvait le rater. Peut-être y avait-il une panne d'électricité ou quelqu'un avait-il fermé tous les rideaux et les stores, car aucun rai de lumière ne s'en échappait. Sarah trouva son chemin en tâtonnant, passa devant les colonnes de pierre, monta l'escalier, chercha la porte et tourna la poignée. La porte ne céda pas. L'avait-on fermée à clef ? Curieux : on ne le faisait jamais. Sarah frappa mais la brume étouffa le bruit. Elle frappa à nouveau, plus fort.

Une voix répondit : « Oui ? » Une voix agressive : « Qui est là ?

– C'est Sarah Barcant. »

Un instant d'hésitation puis une clef tourna dans la serrure – mais la porte n'était pas seulement fermée à clef, on avait aussi tiré les verrous. André, le barman, apparut enfin. Il ne la laissa pas entrer – pas tout de suite. Il bouchait la porte avec sa carrure imposante et vérifia si elle était bien celle dont il avait entendu le nom, et ce n'est que lorsqu'il fut satisfait qu'il s'écarta, mais en continuant à tenir la porte si bien que pour entrer Sarah dut se glisser contre lui. Il referma aussitôt.

Il n'y avait pas de coupure de courant mais le hall d'entrée était plus sombre que d'habitude, toutes les lampes sauf une étaient éteintes. Déconcertée, Sarah se retourna vers André. Il poussait le dernier verrou. Elle le regarda à deux fois : il tenait un fusil.

Le gros André avec une arme. « Qui as-tu l'intention de tuer ?

– Personne – il lui fit un clin d'œil. S'ils ont de la chance. »

Son ventre se gonfla sous son T-shirt blanc cassé et sa respiration sifflante se fit entendre.

« Une bande de tsotsis* est en train de saccager la ville », dit André.

Sarah fronça les sourcils. Ça ne ressemblait pas à Smitsrivier. Et pourtant, quelqu'un l'avait suivie.

« Ils ont jeté une pierre dans la vitrine du bar. C'est pour ça que j'ai fermé.

– Mais pourquoi ?

– Ce n'est pas à moi qu'il faut le demander, répondit André en haussant les épaules. Je ne sais absolument pas pourquoi ces gens font la moitié de ce qu'ils font. »

---

* Voyous. (*N.d.T.*)

Cette phrase, avec le « ces gens » pour désigner toute une population, lui rappela le passé.

« C'est cette affaire de Commission Vérité et Réconciliation – André cracha le nom comme une malédiction. Ça met tout le monde dans tous ses états.

– Mais pourquoi le fusil ? »

André haussa les épaules et changea de sujet. « On a reçu quelque chose pour toi. » Il s'éloigna et passa derrière le comptoir de la réception avant d'en ressortir avec une enveloppe. « Voici. »

Sarah la prit, l'ouvrit et y trouva une feuille tapée à la machine. Elle la sortit et lut le titre : *Déposition de Monsieur Jackson M. Thulo, ancien sous-officier.* Stupéfiant. Alex avait réussi. Elle leva les yeux paresseusement.

André la regardait et quand leurs regards se croisèrent, il dit simplement : « Tu veux que je t'apporte quelque chose ? »

La faim la tenaillait. Une faim de loup. Elle ne se souvenait plus de son dernier repas. « La cuisine est toujours ouverte ?

– Non – il secoua la tête. Le personnel est parti. »

Ce n'est vraiment pas ma journée, se dit-elle, en bâillant et en s'étirant. « Je ferais mieux de me trouver un restaurant. Tu veux bien m'ouvrir la porte ?

– Tu ne peux pas faire ça », dit André.

Cela ressemblait à une mise en garde. Elle lui lança un regard interrogateur.

« Ce n'est pas prudent de sortir toute seule cette nuit. Écoute, je vais te dire. Je me préparais quelque chose à manger. On peut partager. »

C'était comme autrefois : tous les deux assis devant une table éraflée et bancale qui rappelait celle qui se trouvait dans la cuisine quand André était enfant. Et cependant, tout était différent : André et Sarah ne se connaissaient plus comme avant ; l'ancienne cuisine était très simple, pleine de pots et de casseroles en cuivre que la mère d'André aimait collectionner, alors que celle-ci était peu accueillante – immense, difficile à utiliser, conçue pour une armée d'employés mal payés.

Mais la nourriture était la même : un énorme plat de boerewors*, accompagnées de pommes de terre à l'eau et de carottes sucrées. De la viande rouge que Sarah n'avait pas mangée depuis longtemps. Quand André apporta les saucisses de la cour où il les avait fait griller sur le barbecue, elle sentit son estomac se soulever. Pour ne pas l'offenser, elle prit une saucisse dans laquelle elle mordit avec précaution. Et quand le mélange de jus de viande et de graisse en jaillit, le goût piquant, épais, épicé, qui lui était autrefois familier, la ramena à son enfance passée dans la plus grande liberté. Elle prit un autre morceau. Cela lui plaisait vraiment. Que Smitsrivier la fasse redevenir carnivore l'étonna. Elle dévora rapidement ce qu'André lui avait donné.

« Tu en veux encore ? » Il lui présenta le plat.

« Merci. Je n'en peux plus. Mais c'était délicieux – elle reposa son couteau et sa fourchette. Je n'aurais pas imaginé que tu savais faire la cuisine. »

Il haussa les épaules. « Cheryl m'a appris.

– Cheryl ? » Le prénom lui évoqua une grosse fille simple et forte, avec deux nattes brunes et un tablier qu'elle portait toujours par-dessus sa robe de calicot. « Vous vous êtes mariés ? »

André approuva d'un signe de tête.

---

* Saucisses paysannes traditionnelles. (*N.d.T.*)

« Qui aurait pu le deviner ? dit Sarah en se rappelant qu'ils n'arrêtaient pas de se battre. Est-ce que tu ne lui tirais pas toujours les nattes pour la faire pleurer ?

– Eh bien, elle a pris sa revanche. Elle est partie avec le représentant en couverts.

– Oh, mon Dieu. Je suis désolée.

– *Ag*, c'est inutile – André étira les jambes. Nous n'étions pas faits l'un pour l'autre, c'était mieux comme ça. Elle s'est remariée et a eu la belle maison et le joli jardin qui avaient toujours été son rêve, et moi j'ai le Relais et tout un service de couverts en argent que je n'ai jamais payés. » Il prit une boîte de bière Castle sur la table, l'ouvrit et but une longue gorgée. « Et toi ? Tu n'as pas rencontré l'homme de ta vie ? »

Sarah secoua la tête : non.

« De toute façon, tu n'as jamais été du genre à te marier », et il ajouta de cette manière propre à Smitsrivier qui laissait entendre que c'était l'un ou l'autre : « Tu étais plus du genre à faire carrière. »

Il a peut-être raison, se dit-elle.

« Tu sais de quoi je me souviens le plus ? demanda André. De ton mauvais caractère. Une fois, tu m'as donné un coup de pied dans les tibias – tu ne devais pas avoir plus de six ans – et tu m'as dit de façon très claire que tu aurais un travail et que tu quitterais Smitsrivier. *Jirra*, tu avais un sacré coup de pied à l'époque.

– Si c'est l'incident dont je me souviens, André, dit Sarah en souriant, je t'ai donné un coup de pied parce que tu regardais sous ma jupe. »

Il sourit lui aussi. « Jamais, je n'aurais jamais... »

Il s'arrêta net. Inutile de dire pourquoi : Sarah aussi entendit – quelqu'un frappait. Pas un bruit irrégulier mais quelque chose de rythmé, comme un code, venant de l'extérieur. On tapait un message sur le portail de la cour. Une fois. Deux fois. Trois fois. André ne répondit pas au début. Il resta assis, les sourcils froncés, très concentré, et ne se leva qu'à la troisième fois. «Excuse-moi.» Il prit son énorme trousseau de clefs sur la table et son fusil à l'endroit où il l'avait posé contre le mur, et sortit dans la cour en disant doucement: «J'arrive.»

Sarah se déplaça pour mieux voir le portail. André qui arrivait. Il ouvrit l'énorme cadenas et entrouvrit la porte. Sarah ne put rien voir d'autre. Elle entendit seulement le murmure d'une voix d'homme.

André n'ajoutait pas grand-chose au bavardage de son visiteur. Un simple *ja* occasionnel et la conversation se termina aussi brusquement qu'elle avait commencé. André referma le portail à clef et revint vers l'hôtel.

C'était un homme chargé d'une mission. Il passa près de Sarah en disant: «Je suis désolé. Je dois m'en aller», et quitta rapidement la cuisine.

Intriguée, Sarah le suivit et le rattrapa au moment où il relevait la tablette du comptoir pour se diriger vers son bureau. «Ne t'inquiète pas, dit-il en la voyant. Tu seras en sécurité. Cet hôtel est une vraie forteresse. De toute façon, je vais demander aux autres de venir vérifier de temps en temps.» Puis il passa la porte marquée *Privé*, derrière la réception.

Sarah le suivit encore, elle souleva la tablette du comptoir et entra dans le bureau. Il sortait quelque chose d'un coffre-fort mural ouvert et le fourrait dans la poche de son pantalon. De petits objets qui tintaient – des balles. «Que se passe-t-il, André?» demanda Sarah.

André se retourna brusquement en pointant son fusil.

Sarah recula vivement. «C'est moi, dit-elle en levant les mains. Ne tire pas.

– Merde... Sarah – il baissa son arme. Tu ne sais pas qu'on ne doit jamais surprendre un homme armé?»

Sarah fit oui de la tête en sentant les battements précipités de son cœur.

« Tu n'as aucune raison de t'inquiéter. » Il se retourna vers le coffre-fort et fourra d'autres balles dans sa poche.

« Tu fais ça pour Pieter Muller ?

– Pour Muller ? ronchonna André. *Ag*, non : Muller c'est rien. Il est tout seul maintenant – il referma le coffre et fit tourner la combinaison. Ils sont en train de devenir fous dehors, alors on est quelques-uns à essayer de voir ce qu'on peut faire. »

Elle se souvint de sa peur dans la rue. Et pourtant, il ne lui était rien arrivé. « Que peux-tu faire ?

– Les arrêter. » André se retourna.

« Comme une bande de lyncheurs ? »

Il s'avança vers elle. « Non. Pas comme une bande de lyncheurs. Comme les bons voisins que nous sommes. Si tu vivais ici, une femme seule, tu nous en serais reconnaissante.

– Non. J'appellerais la police. »

André éclata de rire. « La police ! C'est une plaisanterie. Ils sont comme les doigts de la main.

– André. Tu ne peux pas aller dans la rue avec un fusil comme si rien n'avait changé. »

Il s'arrêta. Ses yeux n'étaient plus que des fentes de colère. « Tu es en train de me dire ce que je peux faire et ce que je ne peux pas faire dans ma propre ville ? »

Z'yeux-de-cochon, se souvint Sarah, c'est ainsi qu'on l'appelait.

« Tu n'as pas changé, n'est-ce pas, Sarah ? Toi, avec tes études universitaires et tes idées chimériques, dit-il en crachant ses mots. Tu es tellement sûre de toi, hein ? Eh bien, laisse-moi te dire une bonne chose, poursuivit-il en la prenant par l'épaule et en la faisant tourner. Smitsrivier n'est plus ta ville. » Sa voix résonnait dans son oreille alors qu'il l'entraînait. « Tu es partie. Tu t'en souviens ? – il ouvrit la porte. Tu n'étais pas là à la sale époque et si tu crois que maintenant tu peux revenir tranquillement pour nous dire ce qu'on doit faire, toi et tes assignations, tu ferais mieux de penser à autre chose. Et maintenant, si ça ne te dérange pas – il la repoussa vers le hall de l'hôtel – ici, c'est privé. C'est interdit aux clients. »

25 .

Pieter était à mi-chemin entre le poulailler et la porte de la cuisine quand le téléphone sonna. Il n'y fit pas très attention : Marie était là pour répondre. Il se dirigea lentement vers la maison en écoutant le craquement du gravier sous ses bottes et les gloussements satisfaits de ses poules Bantam.

C'était une nuit agréable, pas trop chaude ; la brume qui était descendue des montagnes et qui avait enveloppé la ferme avait aussi rafraîchi. C'était un brouillard étrange, qui avait d'abord recouvert la campagne et qui, de façon tout aussi inattendue, avait fini par se diriger vers la ville. Maintenant il s'était tout à fait dissipé et le ciel obscur était piqué d'innombrables points lumineux. Une nuit pour rester assis sur le porche à regarder les étoiles filantes, se dit Pieter.

Le téléphone sonnait toujours. Marie devait se trouver dans la salle à manger quand cela avait commencé. Il l'imagina se soulevant de son fauteuil et marchant lentement, péniblement, dans le couloir. Il résista à l'envie d'accélérer le pas : Marie n'aimait pas le voir arriver quelque part le premier.

Si seulement Bessy avait pu répondre, mais bien sûr il n'en était pas question: cela aurait été une nouvelle capitulation devant les progrès de sa maladie. On pouvait le comprendre, se dit-il, en poussant la porte-moustiquaire: elle faisait de moins en moins de choses.

Bessy se trouvait devant l'évier quand Pieter entra dans la cuisine et la voix douce de Marie qui dit «allô» remplaça la sonnerie du téléphone.

«Si ça ne te dérange pas, Bessy.»

Bessy savait ce qu'il voulait et elle s'écarta. Pieter prit sa place devant l'eau chaude et savonneuse. La température était parfaite. Il plongea les deux mains dans l'eau et les laissa tremper avant de prendre la brosse et de les nettoyer à fond, en portant un soin particulier aux ongles. Quand ce fut fait, il leva les deux mains pour les inspecter, en les faisant tourner comme deux jambons sur une broche. Elles étaient propres comme il aimait mais il ne put s'empêcher de remarquer que les poils roux sur le dos de ses mains semblaient presque blonds dans la lumière violente de la cuisine. Je vieillis, constata-t-il: les poils n'étaient pas vraiment blonds, mais gris.

Il saisit un torchon et s'essuya les mains. Bessy débarrassait ce qui restait du souper sur la table de la cuisine. Une des assiettes qu'elle prit sur le grand plateau métallique contenait encore le repas de Marie à moitié figé.

«Madame n'a rien mangé?

– Un peu de salade, dit Bessy. C'est tout.»

A la table du dîner, Marie avait joué avec le contenu de son assiette tout en l'encourageant à partir. «Tu as toujours mangé plus vite que moi, Pieter. Profite de la dernière lumière du jour.» Maintenant, il comprenait pourquoi: elle avait essayé de lui cacher son manque d'appétit.

Il jeta le torchon sur la table et dit: «Ferme la porte de la cuisine à clef quand tu partiras, si tu veux bien.»

Bessy lui répondit «Oui, baas», en lui lançant un regard interrogateur: d'habitude, on ne fermait jamais à clef.

Pieter partit dans le couloir au moment où Marie terminait sa conversation. Il la vit qui lui tournait le dos, debout près de la table du téléphone, disant au revoir, puis elle reposa l'appareil et prit sa canne.

«C'était qui au téléphone?»

Elle eut si peur qu'elle lâcha sa canne qui tomba en claquant sur le sol.

Elle entreprit le long effort de se pencher pour la ramasser. Pieter s'avança et la ramassa à sa place. C'était une canne de marche, lourde, sculptée et noueuse, qui lui avait appartenu autrefois: il s'en servait lors de ses longues promenades. Maintenant, c'était la canne qui aidait Marie à clopiner dans la maison. Pieter la lui tendit.

«Merci, Pieter.» Ses mains étaient tellement déformées qu'elle avait du mal à la tenir. Il la regarda droit dans les yeux et vit à quel point la douleur l'épuisait.

«Tiens», lui dit-il, en lui offrant son bras pour la conduire lentement vers le bureau où elle aimait passer la soirée.

Elle ne parla pas avant qu'elle soit installée dans le rocking-chair et qu'il soit devant le bureau. Alors, sur le ton de la conversation banale, elle dit: «C'était Dora.»

Pieter fit oui de la tête.

«Il y a eu des problèmes en ville. Beaucoup de fenêtres brisées. Elle voulait savoir si tout allait bien ici.

– C'est gentil de sa part.

– Oui – Marie hocha la tête. Dora est une femme bien.» Elle fronça les sourcils. Il détestait voir les rides profondes de son front. « Mais s'il y a des problèmes en ville, pourquoi est-ce que Dora nous appelait ? »

Cela ne ressemblait pas à Marie qui ne posait jamais de questions, mais attendait qu'il lui dise ce qu'elle avait besoin de savoir. Le visage de Pieter resta détendu : « Tu sais que Dora se fait du souci pour rien.

– Je comprends », dit Marie, du ton de celle qui ne comprend pas, avant d'ajouter : « Je crois que je vais aller au lit. »

Déjà – elle devait se sentir mal. « Je vais t'aider, dit Pieter.

– Non. Tu as les comptes à faire. Aide-moi seulement à me lever de ce fauteuil et envoie-moi Bessy. »

Deux heures plus tard, il la trouva allongée sur le dos, les yeux fixés au plafond. Son livre était posé sur la table de chevet, apparemment sans avoir été ouvert. Elle restait immobile sans montrer qu'elle l'avait entendu entrer.

Il s'approcha du lit. « Je peux faire quelque chose pour toi, Marie ? »

Elle secoua la tête en souriant. « Merci, Pieter. Je vais m'endormir.

– Tu veux que j'éteigne ?

– Merci », dit-elle à nouveau.

Il éteignit et se pencha pour poser ses lèvres sur ses lèvres froides. « Bonne nuit, Marie.

– Bonne nuit, Pieter. »

Il s'éloigna vers la porte. Mais au lieu de sortir, il s'arrêta, se retourna et dit son prénom dans l'obscurité : « Marie.

– Oui, Pieter ? répondit-elle aussitôt.

– S'il m'arrivait quelque chose...

– Mais pourquoi t'arriverait-il quelque chose ?

– Il n'y a pas de raison. Mais au cas où cela arriverait, je veux que tu saches que ma police d'assurance et d'autres documents sont dans le coffre.

– Merci, Pieter. Je le sais maintenant. » Il l'entendit pousser un soupir, sans tristesse, comme par résignation, comme si elle allait s'endormir.

« Bonne nuit alors », dit Pieter. Il sortit dans le couloir, referma la porte et se dirigea lentement vers la cuisine, pour vérifier que Bessy n'avait pas oublié de fermer à clef.

26 .

Alex roulait sur la route qui allait jusqu'à l'océan pétrifié des montagnes, l'aube se répandait sur la campagne comme un mur de feu, des ombres rouge vif et rouge cramoisi qui s'enflammaient avant de s'éteindre lentement. Mais Alex ne regardait pas : il était trop occupé à compter le nombre de poteaux électriques plantés sur le bord de la route. Cinquante... cinquante et un – voilà : c'était le suivant. Il arrêta la voiture sur les graviers du bas-côté.

Il descendit de voiture et resta immobile un instant, pour respirer dans la solitude de la lumière du matin. Cette partie de la vallée était très abritée et le vent qui soufflait sur Smitsrivier n'y était plus sensible. Puis graduellement, alors que le soleil montait dans le ciel, le paysage redevint normal, une étendue monotone de bruns, de jaunes tirant sur le fauve, et de beiges tachetés. Tout est comme d'habitude, se dit Alex, en escaladant la clôture.

Sauf que ce n'était pas comme d'habitude. Il n'était pas venu ici depuis plus de quatorze ans et jamais pendant la journée. Il connaissait le chemin par instinct et en suivant les instructions de Steve toujours gravées dans sa mémoire qui lui revenaient après toutes ces années. Il marcha en comptant ses pas comme autrefois, traversa un espace aride et dévala une petite pente en direction du lit de la rivière à sec. En atteignant l'arbre tordu, une cinquantaine de mètres plus loin, il recommença à compter, traversa le lit de la rivière et descendit vers l'aval en comptant toujours. Cent quatre-vingt-trois, quatre-vingt-quatre, quatre-vingt-cinq. Le soleil tapait. Il s'arrêta pour s'essuyer le front et reprendre son souffle. Tout était si calme ici, et si aride. L'endroit où une rivière avait coulé n'était plus maintenant qu'une suite de méandres étroits, couverts de poussière et de pierres, avec des berges effondrées, qui s'étendaient au loin. De place en place, un petit rongeur, peut-être un daman, sautait sur la surface désolée avant de disparaître dans les buissons épineux de l'autre rive.

Alex recommença à compter. Deux cent trente-cinq. Trente-six. Trente-sept. Deux cent trente-huit : le chiffre magique.

L'endroit semblait différent du reste du lit de la rivière. Deux buissons vert olive et mités s'accrochaient toujours à la berge qui s'éboulait et, à côté d'eux, on voyait l'éparpillement habituel de pierres que les inondations brutales et les glissements de terrain avaient déposées sur les berges. Il fallait savoir ce qu'on cherchait et regarder avec attention (autrefois, quand il venait la nuit, Alex avait déjà allumé sa lampe-torche) avant de voir que certaines pierres avaient été disposées de façon à former un cercle grossier avec une ligne qui en partait. C'était l'endroit. A trois largeurs de main de la dernière pierre – la boîte à lettres dans laquelle Alex et Steve se laissaient des messages en cas d'urgence. Pas en surface, bien sûr – cela aurait été une proie trop facile pour n'importe quel promeneur – mais enfouie sous terre.

La boîte sera vide, se dit Alex en se répétant qu'il en était convaincu. Mais il s'agenouilla quand même d'un côté de la ligne de pierres, puis se retourna pour mesurer avec sa main, une, deux, trois fois. C'était là. Autrefois, c'était là.

Il n'avait pas pensé à emporter une pelle ou un outil. En fait, il n'avait pensé à rien. Après s'être simplement réveillé sur le sol d'une maison inconnue où il avait dû s'endormir ivre mort, Alex était remonté en voiture et avait roulé, apparemment sans but, jusqu'à ce qu'il se retrouve sur la route en train de compter les pylônes. Il s'allongea sur le sol, ramassa une pierre aiguë et creusa.

Personne n'était venu ici depuis des années et, en leur absence, le soleil avait durci la terre. Ce que faisait Alex était difficile : gratter la surface plus que la creuser, enlever la couche de poussière avant de la pousser sur le côté, pour gratter à nouveau. C'était inutile : pourquoi faisait-il ça ? La boîte en fer ne serait plus là. Cette boîte et sa cachette devaient avoir été les premières choses que Steve leur avait indiquées.

Alex continua cependant à creuser tout en pensant à Steve. Cela ne lui était pas arrivé depuis très longtemps, pas vraiment, pas depuis lors : cela avait été une façon de se sauver. Il s'était retiré Steve de l'esprit, l'enterrant aussi sûrement que Steve lui-même avait été enterré. Et maintenant, à l'endroit même que Steve avait découvert, Alex se retrouvait presque dans l'incapacité d'évoquer l'image de son ami. Steve sur une estrade – oui – le poing levé. Et pourtant, était-ce un véritable souvenir ou était-ce parce qu'Alex avait vu cette photo accrochée au mur chez ses parents ?

Steve avait été un ami, pas seulement un camarade militant. Mais en essayant de retrouver une image différente de lui, Alex ne réussit qu'à faire défiler des portraits figés d'autres morts. Ils étaient si nombreux. Comment les pleurer tous ?

Parfois, au Parlement, en regardant les autres survivants de ces années terribles, Alex pensait qu'ils ne partageaient pas seulement une souffrance, mais aussi la façon dont ils avaient été obligés de conserver leur humanité en la généralisant. Pour chacun, et de manière différente, le collectif était devenu plus important que l'individuel – pas seulement parce que cela avait un sens politique mais parce que c'était une façon de survivre à la douleur. Quel était le slogan qu'ils criaient aux enterrements ? Ne pleurez pas, mobilisez-vous. Un slogan nécessaire alors, mais maintenant une façon de vivre. Seules les familles, comme les parents de Steve, réussissaient à s'accrocher à une douleur humaine et normale. On les remarquait à chaque audience de la Commission Vérité et Réconciliation, assises au premier rang, regardant d'un air hébété les assassins de leurs enfants, comme si, de cette façon, elles pouvaient comprendre ce qui s'était passé et accepter que le résultat ne soit pas la justice mais la vérité.

La vérité : un seul d'entre eux l'avait-il découverte ? Et si oui, cela l'avait-il rendu meilleur ? Parfois, Alex en doutait. Prenez le cas de James Sizela qui disait accepter la mort de son fils, et vouloir seulement retrouver son corps. Alex n'en était pas convaincu. Il connaissait suffisamment James pour savoir quelles réserves de colère se cachaient sous la surface. Si la vérité, toute la vérité, était révélée, James l'accepterait-il ?

Alex se reprit et regarda la terre. Son esprit avait peut-être vagabondé mais ses mains avaient poursuivi leur tâche en creusant un trou. Un petit trou mais suffisant.

Alex y plongea la main et sentit la poussière durcie. Ce n'était pas ce qu'il attendait : seulement de la terre. La cache était bien vide : ils avaient pris la boîte. Il poussa un soupir et se libéra de la tension qu'il avait ignorée. Pour en avoir le cœur net il enfonça sa pierre une dernière fois.

Et il entendit. Un claquement qui n'était pas seulement le bruit de la pierre sur la terre. Non. Ce n'était pas possible. Steve avait dû leur parler de la cache et ils avaient dû déterrer la boîte.

Brusquement, Alex fut envahi par le besoin irrépressible de se relever, de fuir cet endroit. Sa montre indiquait sept heures et demie. Il ne devait pas être en retard à l'audience. Il fallait rentrer, prendre une douche et se changer.

Mais Alex ne s'en alla pas. Peu importe son envie de fuir, il savait que cela lui était impossible. On ne pouvait s'y tromper. Il reposa la pierre et balaya la poussière d'un geste de la main.

La boîte en fer était là, dans sa petite tombe, et attendait qu'Alex vienne la déterrer. Alex et pas eux. Il se sentit étrangement détaché en regardant ses mains agir. Elles lui semblaient bizarres comme si elles avaient appartenu à un inconnu, ces longs doigts qui grattaient la terre, ces ongles qui se cassaient en dégageant la boîte. Il pouvait en voir la surface métallique.

Alex se releva en la sortant du trou. C'était toujours la même : une ancienne boîte en fer qui avait contenu du tabac et dont la marque avait disparu depuis longtemps. Il la tenait sur la paume de la main, pour en évaluer le poids. Elle n'avait jamais été lourde : elle était seulement destinée à contenir des messages. Il la fit passer de la main droite à la main gauche et serra les doigts autour du couvercle pour l'ouvrir. Elle sera vide, il le fallait.

Le couvercle céda brusquement, sauta et tomba. Alex ne le ramassa pas. Il regarda le fond attaqué par la rouille. Au cours des quatorze dernières années, de l'eau s'était infiltrée dans la terre et avait rongé le métal et une tache orange s'étalait sur son contenu. Car elle contenait quelque chose. Comme toujours. Une feuille de papier, soigneusement pliée, presque en bouillie. Une page déchirée d'un manuel scolaire du père de Steve : Alex distingua un vague contour bleu clair. Mais il vit plus. Des mots avaient survécu au passage des années et au mauvais temps. Pas seulement des mots mais aussi un nom que Steve avait écrit. Le nom de l'un de leurs camarades. Un homme que la police n'avait jamais arrêté.

Le principal souvenir qu'Alex avait de Steve – Steve montrant Alex du doigt – lui revint en mémoire. La veille, quand Sarah le harcelait, Alex avait insisté en disant que Steve ne savait pas ce qu'il faisait en tendant le doigt vers la cellule d'Alex. Mais au moment même où Alex s'était entendu dire cela, il n'y avait pas cru. A l'époque, quand Steve avait été conduit dans sa cellule, et pendant tout le temps qui s'était écoulé depuis, Alex avait été convaincu que son vieil ami Steve avait craqué, qu'il l'avait non seulement trahi mais qu'il avait révélé aussi toutes leurs caches.

Maintenant, il s'interrogeait. Steve devait avoir fourni des informations pour leur montrer qu'il leur disait tout. Ce qui signifiait qu'il leur avait parlé de la boîte à lettres.

Mais si les flics avaient su, ils auraient arrêté le camarade dont le nom se trouvait ici. Alex fut pris d'un doute. Les choses s'étaient-elles passées comme il les avait racontées à Sarah ? Avaient-ils amené Steve dans sa cellule pour lui tendre un piège afin que lui, Alex, se retourne contre Steve ? A l'inverse, Steve n'avait peut-être pas parlé...

Alex refusa d'y penser. Il déplia la feuille qui était trop abîmée. Le papier se désintégra. Alex baissa les yeux et vit qu'il avait les mains tachées de jaune. Il grommela.

Une seule idée en lui : Steve, que t'ai-je fait ?

27 .

Au cours de la nuit, le vent se leva et chassa le brouillard de la ville, et en sortant du Relais de Smitsrivier, Sarah découvrit un vent violent et un soleil aveuglant. Au-delà de la ville, vers l'horizon lointain, de fins nuages blancs flottaient dans les hauteurs du ciel avant de s'effilocher dans l'immensité bleue. Elle se protégea les yeux contre la tempête de poussière que soulevait le vent et traversa la rue en direction de sa voiture.

A mi-chemin, une rafale qui balaya violemment la Grand-rue faillit la renverser. Alors qu'elle cherchait à retrouver son équilibre, un sac en plastique orange fluo se plaqua contre ses chevilles, comme de nouvelles touffes de chardon. Elle le rejeta d'un coup de pied et il s'envola en tournoyant, dans un tourbillon de poussière, assez vite pour sembler filer jusqu'au bout de la Grand-rue, après la mairie et jusqu'à la crête déchiquetée des montagnes. Une autre rafale. Sarah ferma les yeux et resta immobile en attendant que le vent s'apaise.

Quand elle rouvrit les paupières, l'agitation s'était temporairement calmée et – avant qu'une nouvelle rafale de vent n'arrive – elle vit Alex. Alex, debout au milieu de la rue, ne faisant rien, simplement debout. Grâce à Dieu, se dit Sarah, il est venu me mettre au courant.

Cela n'avait été qu'un bref répit. Le vent se leva à nouveau, soulevant un rideau de poussière qui l'enveloppa, l'aveugla et l'obligea à fermer les yeux. Quand elle les rouvrit, Alex avait disparu. Elle regarda en bas et en haut de la rue. Il semblait s'être volatilisé.

Peut-être s'était-il enfui dans une rue latérale, pour se précipiter vers sa voiture, peut-être n'avait-il jamais été là. Sarah se sentait très fatiguée: elle s'était à peine couchée. Elle monta dans sa voiture et tourna la clef de contact. Quand le moteur se mit à ronfler, une nouvelle rafale balaya la rue. Elle l'ignora et suivit le chemin qu'avait pris le sac en plastique en direction de la mairie.

La rue et les trottoirs étaient anormalement déserts – la ville se remettait encore d'une nuit ponctuée par le bruit des vitres brisées, des cris et le ronflement des moteurs. Il n'en restait qu'une opération de nettoyage. Partout on voyait des Africains qui balayaient des débris de verre dans les caniveaux et qui faisaient tomber les derniers morceaux de vitre des fenêtres, et au bout de la Grand-rue quatre hommes descendaient une immense vitre prédécoupée du côté d'un camion.

Sarah tourna à droite après la mairie et sortit de la ville. Dans la périphérie, elle passa devant un groupe d'immeubles bas, un peu en retrait de la route – le quartier général de la police du district. Elle regarda dans le rétroviseur l'ensemble qui s'éloignait, les horribles cellules de brique sombre à l'avant, le drapeau fouetté par le vent, et un quadrilatère de bâtiments, eux aussi en briques sombres, au milieu d'un terrain clos. L'espace autour ressemblait à une publicité pour les nombreux barbelés de sécurité – fil de fer barbelé, rasoir, gothique, et avec morceaux de verre – couramment en vente dans tout le pays. André avait tort, se dit-elle : l'inaction de la police était beaucoup plus le résultat de leur peur que d'un refus de faire cause commune avec les Blancs.

Cela lui rappela les salutations matinales d'un André honteux. Il s'était montré d'une politesse exemplaire, comme si sa tirade de la nuit n'avait jamais été prononcée, mais quand Sarah lui demanda comment sa patrouille s'était passée, il fit celui qui n'avait pas entendu.

Elle n'y pensa plus. D'autres choses l'occupaient : que faire si Alex ne se présentait pas à l'audience, et comment interroger Dirk Hendricks sans savoir ce que voulait Alex ? Son plan, un demi-plan au moins, pouvait facilement tomber à l'eau. Elle bâilla, décida de cesser de s'inquiéter et chassa ces idées de son esprit.

Elle arriva assez vite dans le township qui ne se trouvait pas très loin de la ville – au moins en kilomètres. En termes de décor, c'était comme si l'on franchissait la frontière d'un pays étranger. Même l'air semblait différent. Après la route goudronnée la voiture s'engagea dans un chemin de terre, sur lequel le vent soulevait des tourbillons de poussière dont les nuages bruns masquaient la clarté du ciel bleu. La très grande variété d'arbres et les magnifiques parterres de fleurs, l'orgueil de Smitsrivier, avaient cédé la place à des fossés remplis de boîtes de conserve, de vieux journaux, de sacs en plastique gonflés et de morceaux de fil de fer.

Sarah quitta le chemin de terre et dirigea sa voiture vers un sentier creusé d'ornières et en pente mais qui se terminait brusquement. Elle freina. Elle regarda à travers une haute clôture en fer et aperçut un autre ensemble de petits bâtiments en brique – qui rappelait le quartier général de la police. Un exemple typique de la logique d'apartheid, se dit-elle, construire une école en prenant comme modèle un commissariat.

Elle coupa le moteur, sortit dans la chaleur étouffante et le vent, puis franchit plusieurs portes grillagées qui pendaient toutes sur un gond, avant de descendre un petit sentier jusqu'à une cour centrale où des bâtiments étaient disposés en un rectangle horrible. Le sol de la cour était de terre battue et de pavés disjoints, et les bâtiments avaient des doubles portes. Malgré le vent, les fenêtres étaient grandes ouvertes et on entendait des enfants qui récitaient des tables de multiplication, le claquement d'une règle sur un tableau noir et, dominant l'ensemble, la voix hésitante d'un garçon qui disait: «Moi... Moi... Moooii...» interrompue brusquement par une voix d'homme impatiente: «Non. Assieds-toi.»

Sarah regarda d'où venait la voix, de l'autre côté de la cour où James Sizela se tenait debout devant la classe la plus éloignée. Malgré le vent, Sarah entendait sa voix sévère qui disait: «Comme ceci», et elle vit sa haute silhouette maigre et stricte, un livre au bout de son bras tendu, qui lisait: «Il m'a semblé voir les âmes de tous ceux que j'avais tués...»

Richard III, se dit-elle, en se rappelant qu'Alex avait lui aussi cité Shakespeare.

«… venir à ma tente, et chacun menaçant appelait la vengeance de demain sur la tête de Richard.»

Une voix qui n'était pas la sienne mais celle du tyran, le soir de Bosworth Field, les mots s'élevaient dans cet espace désolé, un cri inhabituel de honte pour ce qu'a fait cet homme sur le point d'affronter son destin.

«Et chaque histoire me condamne comme scélérat. Le parjure, le parjure…»

« … au plus haut degré», continua Sarah, emportée par la puissance de cet instant, en disant le texte pour accompagner Sizela. Mais elle se rendit compte qu'elle ne l'accompagnait plus. La voix de Sizela s'était brusquement interrompue, il s'était tourné vers elle. Il soutint son regard pendant un moment avant de dire à sa classe: «Lisez la scène calmement tout seuls.» Il s'éloigna et disparut.

Sarah le revit bientôt, le vent agitait sa veste alors qu'il s'avançait, droit et sévère dans son costume démodé à fines rayures, et il s'arrêta à quelques mètres d'elle. «Je ne savais pas que nous avions rendez-vous.

– Je suis désolée, monsieur Sizela. J'ai essayé de vous joindre chez vous mais votre femme m'a dit que vous étiez déjà parti. Puis-je prendre quelques minutes de votre temps?»

James Sizela secoua la tête comme s'il allait refuser, mais avant de parler, son regard revint vers les fenêtres de la classe derrière lesquelles ses élèves s'étaient rassemblés et cela sembla le faire changer d'idée car il cria un brusque «suivez-moi». Il repartit dans la même direction mais quand il fut à l'intérieur, il tourna et conduisit Sarah dans un couloir lugubre vers une porte sur laquelle était fixée une plaque: «Directeur». Il sortit un trousseau de clefs de la poche de son pantalon, et en utilisa deux pour ouvrir successivement une porte métallique puis une porte en bois. Il les poussa contre le mur de brique, avant d'allumer une lampe au néon. « Vous pouvez entrer. » Puis il se retourna et s'éloigna dans le couloir.

Sarah découvrit un réduit lugubre et sans fenêtre, pas beaucoup plus grand qu'une réserve à fournitures et guère mieux équipé. La pièce ne contenait que deux meubles – un grand bureau métallique et, derrière, une chaise basse en plastique. Sur le bureau, une pile de cahiers d'exercices à papier réglé était posée près de deux feutres rouges, d'un piédestal de la taille d'une pièce de monnaie avec un petit mât auquel était attaché un drapeau sud-africain, et d'un vieux téléphone.

« Me voici. » James Sizela rapportait une chaise qu'il posa devant le bureau, avant de passer de l'autre côté : « Un de mes élèves n'a plus de chaise maintenant », et il s'assit en la regardant d'un air impatient.

Sarah s'assit à son tour et se retrouva beaucoup plus bas que lui, ce qui la transforma immédiatement en suppliante. C'est ce que devaient ressentir les élèves de James Sizela, se dit-elle, alors qu'il hurlait : « Qu'y a-t-il de tellement important pour qu'il vous soit nécessaire de venir me chercher en classe ?

– Je vous prie de m'en excuser, dit-elle. Je ne savais pas que vous faisiez classe.

– Nous n'avons pas assez d'enseignants – James Sizela élevait la voix à cause d'une rafale qui secouait le toit de tôle. Je suis à la fois directeur et professeur d'anglais. Je vous en prie, mademoiselle Barcant, venons-en au fait. »

Sarah se pencha en avant. « Je pense que vous avez appris ce qui s'est passé en ville cette nuit ? »

James Sizela hocha la tête.

« Pour résumer – un groupe de jeunes a brisé les vitrines d'un grand nombre de boutiques tenues par des Blancs. En réponse, une patrouille formée de commerçants a recherché ceux qui avaient brisé les vitrines. Heureusement, les deux groupes ne se sont pas rencontrés.

– C'est ce qu'on m'a rapporté. Mais en quoi cela me concerne-t-il ?

– D'après les responsables de la Commission Vérité et Réconciliation qui m'ont contactée ce matin, dit-elle, ces bris de vitrines étaient une façon d'avertir la communauté blanche de ne pas protéger Pieter Muller. »

James Sizela se tenait très droit. « C'est possible – il croisa les mains et les posa devant lui sur le bureau. Mais je vous pose à nouveau la question : en quoi cela me concerne-t-il ?

– Ces mêmes responsables m'ont demandé de vous parler. Ils voulaient que vous sachiez que si les gens commencent à faire la loi eux-mêmes, tout peut nous exploser au visage.

– Je vois. » James Sizela regarda ses mains.

Dans le silence, on entendit le vent qui secouait le toit de tôle, des voix chantaient, d'autres criaient.

James Sizela releva la tête. « Vous voulez que je rappelle mes chiens ?

– C'est une façon de dire les choses.

– Je ne peux pas, mademoiselle Barcant. En aucune manière. Et pour une raison simple : ce ne sont pas mes chiens – il écarta les mains, s'appuya sur son dossier et la fixa de ses yeux bruns. J'enseigne dans cet endroit depuis bientôt quarante ans et je me suis consacré à former des adultes respectueux de la loi et productifs. Je n'ai jamais encouragé personne à violer la loi, quelles que soient les circonstances. Ce qui s'est passé cette nuit ne l'a pas été sur mes instructions. Je ne vois donc pas la raison pour laquelle vous êtes venue me trouver. » Il était furieux.

Sarah soutint son regard et dit calmement : « Ils veulent vous demander si vous accepteriez de prendre la parole dans un meeting. L'idée c'est que si vous, le père de Steve, vous lanciez un appel au calme, cela aurait un grand impact. Ils vont aussi demander à Alex Mpondo de prendre la parole. »

En entendant le nom d'Alex, l'ombre d'un sourire, qui ne contenait aucune trace d'humour, se dessina sur le visage maigre de James Sizela.

« Tous les deux, Alex et vous, vous pourriez calmer la communauté.

– Non », dit froidement James Sizela sans bouger.

Ce refus, si rapide et si déterminé, la prit au dépourvu. Elle se pencha. « Monsieur Sizela. Je comprends...

– Non, mademoiselle Barcant, vous ne comprenez pas, répondit James Sizela. Vous ne pouvez pas comprendre. Vous ne pouvez savoir ce que cela représente de perdre, perdre littéralement, un fils. » Il se leva brusquement, fit demi-tour et se retrouva face au mur, comme s'il regardait par une fenêtre qui n'existait pas, et sa voix sembla venir de très loin au point que Sarah dut tendre l'oreille pour l'entendre. « Vous ne savez pas ce que c'est que d'attendre le retour d'un fils, de l'apercevoir dans la rue, de l'appeler et de voir se retourner un inconnu. » Il leva le bras et redressa une photo noir et blanc de lui-même serrant la main d'un Blanc, accrochée au mur. « Vous ne pouvez savoir ce qu'on ressent de voir comment la douleur a diminué sa femme, ou ce que signifie refuser d'affronter le fait que votre fils est mort parce que cela ressemblerait à une trahison, de penser à lui, à chaque minute de chaque jour et de chaque nuit, pour finalement savoir qu'il est mort et pourtant ne pas pouvoir le pleurer. »

Il se retourna si brusquement que la photo se balança avant de s'immobiliser de travers. Il n'y fit pas attention. « Vous ne pouvez pas comprendre. Non, vous ne pouvez pas comprendre. Je ne suis pas un furieux. Je ne fais pas non plus partie d'un groupe de défense : je n'ai aucune envie d'"avoir" Pieter Muller. En ce qui me concerne, ce qu'il choisit de faire se passe entre lui et sa conscience. Tout ce que je veux, c'est retrouver les restes de mon fils pour qu'il puisse enfin reposer en paix. Et maintenant, si vous voulez bien m'excuser – il souleva sa chaise – mes élèves m'attendent. » Puis, alors qu'il était déjà dans le couloir, il se retourna et dit : « S'il vous plaît, mademoiselle Barcant. Retrouvez mon fils. »

28 .

Le juge brancha son micro. « J'ai peur que nous ne puissions attendre plus longtemps, mademoiselle Barcant. Vous feriez mieux de poursuivre sans votre client. »

Alors, plan B, se dit Sarah, et elle se penchait à contrecœur pour brancher son micro quand la porte à l'autre bout de la salle s'ouvrit, et Alex entra. Il était temps. Elle le regarda depuis sa place. Il portait les mêmes vêtements que la veille, un pantalon de coton beige et une chemise blanche, un peu froissés maintenant, et il avait l'air mécontent. Il descendit l'allée en ignorant les murmures et le ronronnement des caméras qui l'accompagnèrent. Près de la scène, il fixa Sarah mais apparemment sans la reconnaître. Elle remarqua ses efforts pour respirer et le frémissement de sa poitrine, et en le voyant hésiter en haut de l'escalier, la façon dont son visage se durcit lui fit craindre qu'il fasse demi-tour pour s'en aller comme il était venu. Cet instant passa et Alex s'avança sans se presser mais de façon déterminée pour venir s'asseoir à sa place. Elle fut surprise de se rendre compte que le contact de sa main agissait sur elle comme une décharge électrique.

«Je suis heureux que vous ayez pu nous rejoindre, monsieur Mpondo», dit le juge et d'une voix plus brusque: «Allez-y, mademoiselle Barcant.»

Un seul moment de grâce. Sarah tendit à nouveau le bras pour allumer le micro mais en vain parce qu'Alex arriva avant elle. Il appuya sur l'interrupteur et approcha la bouche du micro pour dire d'une voix claire et assurée: «J'aimerais poser les questions moi-même.»

Sarah fut tellement stupéfaite qu'elle resta la main en l'air.

«Vous êtes d'accord, mademoiselle Barcant?»

D'accord? «Je suis d'accord, monsieur le président. Je suis d'accord.

– Très bien – le juge se recula dans son fauteuil. Allez-y, monsieur Mpondo.»

Le moment était arrivé. Alex redressa la tête afin de regarder son tortionnaire bien en face. «Dites-moi pourquoi vous avez déposé cette demande d'amnistie», demanda-t-il.

La tête de Dirk Hendricks, déjà baissée, s'effondra un peu plus.

«Monsieur Hendricks?»

Dirk Hendricks releva la tête, l'air découragé, et dit:

« Ma demande ? » avant de baisser à nouveau les yeux et de se replier sur lui-même.

Il gagne du temps, se dit Alex qui demanda aussitôt :

« Oui, la demande qui vous a conduit ici. Dites-nous pourquoi vous l'avez déposée. »

Dirk Hendricks contemplait stupidement ses ongles. « Vous savez bien pourquoi.

– Oui, je crois le savoir. Mais je vous demande de le dire à la Commission. »

Pas de réponse.

« Trop compliqué pour vous ? demanda Alex. Alors, laissez-moi vous poser la question de façon plus directe : avez-vous déposé cette demande parce que vous vous êtes dit que si vous ne le faisiez pas cette fois, je pouvais me présenter lors de votre prochaine audience pour une amnistie et vous empêcher d'être libéré ? »

Dirk Hendricks hocha la tête.

En considérant l'espace qui les séparait, Alex crut voir un inconnu. Cet homme assis devant lui n'était pas le tortionnaire qui avait hanté sa vie : ce n'était qu'un homme ordinaire amené par l'histoire et la force des choses à saisir la seconde chance proposée par l'histoire et à franchir la ligne qui séparait l'instigateur du demandeur, le coupable de l'homme réconcilié.

Un être pathétique. Un menteur.

Peu importe : Alex dirait la réalité. « Vous avez hoché la tête, monsieur Hendricks. Est-ce parce que j'ai raison ?

– Oui, répondit Dirk Hendricks. Vous le savez bien.

– Je vois. Votre demande n'inclut-elle que le minimum pour être quitte ? »

Dirk Hendricks hocha la tête. « Je ne dirais pas ça. »

L'homme qu'Alex avait connu, le vrai Dirk Hendricks, n'avait jamais parlé sur un ton aussi monotone et aussi insensible. « Que diriez-vous alors ? » demanda Alex en élevant la voix pour le provoquer.

Sans résultat. « J'étais en prison lorsque j'ai rempli la demande, insista le Dirk Hendricks inconnu et soumis. Personne ne m'a dit comment il fallait faire. En tant que policier, j'ai été formé à ne mentionner que les points essentiels, et c'est ce que j'ai fait. J'ai écrit ce que je pensais nécessaire. Si ce n'est pas suffisant, j'en suis désolé. » Il répéta son excuse absurde : « J'en suis désolé », en l'accompagnant cette fois d'un très bref sourire avant de baisser à nouveau la tête, la continuation d'un stratagème de tribunal, afin d'obtenir l'amnistie, ce que souligna son avocat en coupant le micro.

Il fait son numéro, se dit Alex.

Et cependant, si ce n'était qu'un numéro, il était très au point. Le Dirk Hendricks qu'Alex avait connu semblait avoir disparu. Les yeux gris de Dirk Hendricks, par exemple : ils n'étaient certainement pas gris comme ça auparavant. Ses cheveux blonds coupés très court – étaient-ils aussi courts alors, et aussi blonds ? Ses épaules épaisses de culturiste n'étaient-elles pas plutôt nerveuses et osseuses ?

C'était ce qu'il y avait de pire – Alex avait très bien connu son ennemi, pas seulement de façon extérieure mais intimement. Il s'en souvenait même en cet instant, la douceur corrosive de la sueur d'un autre, l'odeur mêlée du tabac et du menthol dans son haleine, la pression de la pointe de ses doigts carrés, étrangement mous, sa voix grinçante qui exigeait des réponses.

Alex avala sa salive. Il savait ce qui lui restait à faire : provoquer cette version mensongère pour faire apparaître l'autre.

Dans le silence qui s'éternisait entre Alex et Hendricks et qui gagnait la salle, Sarah eut une certitude. Quelque chose se passait entre ces deux hommes qui n'avait pas encore été exprimé avec des mots – une différente sorte de questions et de réponses qui apparaissait dans chaque geste. Quand Alex avala sa salive, elle regarda de l'autre côté de la scène: juste à temps pour saisir un signe de satisfaction qui passait sur le visage de Dirk Hendricks. Ces deux-là s'étaient tenus de chaque côté de la ligne de division raciale qui avait déchiré l'Afrique du Sud et ils se rejoignaient aujourd'hui. Ils se connaissaient non pas comme des ennemis ou des étrangers, mais comme des intimes. Presque des frères. Ils se traquent mutuellement, se dit Sarah, comme si personne d'autre ne comptait – ni la Commission, ni les interprètes, ni les avocats, ni même le public.

Ben avait raison: ces deux ennemis, Alex Mpondo et Dirk Hendricks, étaient liés l'un à l'autre. Assise sur le bord de sa chaise, Sarah sentait la peur qui gagnait le public.

Malgré sa brièveté, Alex avait aperçu le sourire triomphant de Dirk Hendricks, et il avait vu aussi comment ce sourire s'était intentionnellement interrompu avant qu'on eût pu le remarquer. Très bien: qu'Hendricks ait confiance en lui. Il se croyait tellement intelligent depuis toujours; tant qu'il le penserait, il ne remarquerait pas que les circonstances avaient changé, qu'Alex n'était plus son prisonnier.

«Dites-moi, reprit Alex en regardant Dirk Hendricks droit dans ses yeux gris. Avez-vous jamais utilisé la couverture humide?»

Hendricks ne s'attendait pas à cette question et ouvrit la bouche: aucune réponse ne sortit.

«L'avez-vous utilisée?» répéta Alex. Patiemment, comme on parle à un enfant.

L'inconnu devant lui secoua la tête, se pencha en avant, bégaya quelque chose qui se perdit parce que le micro n'était pas rebranché. Il avait l'air trop abattu pour se demander pourquoi on ne pouvait entendre sa voix. Il répéta les mêmes mots, plus fort, au moment même où son avocat appuyait sur l'interrupteur, et la voix du demandeur d'amnistie mugit: «Je suis désolé.»

Cette voix. C'était celle qu'Alex avait connue autrefois. Involontairement, il se recula. Respire, se dit-il, respire. C'était l'homme qu'il voulait mettre au jour: ce Dirk Hendricks-là. Le vrai. «Inutile d'être désolé, dit Alex. Ce que je veux savoir c'est si vous avez utilisé la couverture humide.»

Trop tard. L'ancien Dirk Hendricks avait disparu. Le nouveau, l'inconnu, avait le front ridé par la concentration, sa tête abasourdie se déplaça d'un côté et de l'autre, et Hendricks – celui qu'Alex ne connaissait pas – dit: «C'était un sac.» Et d'une voix lente, comme si Alex avait été stupide, il ajouta: «Un sac, pas une couverture. Je me servais de la méthode du sac humide.

– Non, monsieur Hendricks, dit Alex. Je ne vous demande pas quels étaient vos moyens préférés de torture. Ma question concerne précisément la couverture que vous avez vous-même présentée comme pièce à conviction. Vous nous en avez parlé hier. Vous vous souvenez? Vous nous avez dit que vous gardiez une couverture dans votre baignoire et que vous aviez appris à vos enfants à s'en servir si cela était nécessaire. Ma question est: cela a-t-il été nécessaire?»

La pomme d'Adam de Dirk Hendricks tressauta. «Non. Cela n'a pas été nécessaire.» Et il ajouta sans conviction: «Monsieur le président.

– Pourquoi ?

– On n'a pas eu besoin de s'en servir », répondit Dirk Hendricks, le vaincu, celui qui s'excusait, les yeux baissés.

« Quoi ? Pas d'attentat à la grenade ? dit Alex, en soulignant le ridicule de sa question par le ton de sa voix, en cajolant son tortionnaire. Pas de bombes incendiaires ? »

Mais le nouveau Dirk Hendricks était toujours trop bien installé pour que l'autre se libère. Le nouveau secoua la tête.

« Ainsi toutes ces histoires d'épreuves que vous nous avez racontées à propos de votre famille, dit Alex, la tension que votre travail imposait sur votre couple, ce n'était que des mots ? »

Dirk Hendricks tourna son regard vers les juges. « Je ne dirais pas cela, monsieur le président.

– Peut-être ne le diriez-vous pas, répliqua Alex. Mais c'est vrai, n'est-ce pas ? Aucun membre de votre famille n'a jamais été menacé, n'est-ce pas ? Ni vous ni votre femme qui vous a quitté... »

Voilà, ça y était – le fait de mentionner sa femme : dans l'éclat des yeux gris de l'inconnu, il y eut une lueur de l'autre.

« ... ni vos enfants que vous ne voyez plus... », dit Alex.

Là. Un nouvel éclat.

Pas étonnant qu'Alex n'ait pas reconnu ce Dirk Hendricks. Dans cet instant de colère, ses yeux changèrent, à tel point que lorsqu'ils reflétèrent la lumière, ils n'étaient plus gris mais sans couleur. Comme de la glace. Comme dans le passé. Des yeux impitoyables, autrefois familiers. Alex poursuivit son avantage. « Votre famille n'a jamais été réellement menacée, n'est-ce pas ? »

Une nouvelle fois, Alex avait mis trop de temps à réagir et l'ancien Dirk Hendricks s'était esquivé. Le gris revenait déjà dans ses yeux. «Le fait que nous n'ayons pas, fort heureusement, été attaqués, monsieur le président, dit Dirk Hendricks le prisonnier, tourné vers le centre de la scène en évitant le regard d'Alex, ne signifie pas que nous n'étions pas menacés.»

L'ancien Dirk Hendricks s'était à nouveau dissimulé.

Une partie de cache-cache, se dit Sarah, et sans vraiment le vouloir, elle se rappela un placard obscur et un souvenir dans lequel elle était nichée sous de vieux manteaux que sa mère ne portait plus. On pouvait presque sentir encore le mélange aigre des odeurs de naphtaline et de fourrure effrangée, et entendre le rire assourdi à travers la porte, alors qu'elle était allongée là, sans s'inquiéter de savoir que la partie était presque certainement terminée et qu'on avait trouvé tout le monde sauf elle, presque évanouie dans la chaleur de l'enfermement mais trop paresseuse, trop bien installée, pour bouger. Puis elle se souvint que tout avait brusquement changé. On avait ouvert violemment la porte et, en clignant des yeux, aveuglée par la lumière artificielle, elle avait vu une ombre. L'ombre d'une silhouette silencieuse qui l'avait terrorisée, et elle avait poussé un cri en se rendant compte en même temps que ce n'était qu'un voisin venu chercher sa veste, et la menace avait aussitôt disparu.

Une partie de cache-cache, se dit-elle: c'est à cela que joue Alex. Un jeu dangereux.

Le regard fixé sur Dirk Hendricks, Alex changea de tactique. «Hier, vous avez dit à la Commission que les trois premiers jours d'un interrogatoire étaient les plus importants.

– C'est exact, monsieur le président. Nous avions besoin d'obtenir toutes les informations avant que le réseau terroriste ait eu le temps de se réorganiser.

– Je vois. Et pendant combien de jours m'avez-vous gardé en prison ? »

Dirk Hendricks secoua la tête : « Je ne me rappelle plus le nombre exact de jours.

– Alors je vais vous le rappeler, dit Alex. Trente et un jours. »

Pas de réponse.

« Un mois, dit Alex. J'en suis absolument certain parce que vous me l'avez dit quelques heures avant de me libérer. Vous avez fait une plaisanterie sur un mois de calendrier sans calendrier. Vous ne vous en souvenez pas ?

– Non. » A nouveau la tête du garçon de ferme qui se secoue. « Je ne m'en souviens pas.

– Ça ne fait rien, monsieur Hendricks. La plaisanterie n'était pas très bonne. Mais vous souvenez-vous comment vous avez continué à me torturer bien après les premiers jours ? »

A nouveau : « Je ne m'en souviens pas. » Les yeux fixés sur les ongles rongés.

« Vous ne vous en souvenez pas ? » – d'un ton moqueur pour faire revenir l'autre.

L'autre ne répondit pas. A la place, ce nouvel homme, le prisonnier, leva des yeux aux pupilles grises noyées dans un liquide épais. « Il y a beaucoup de choses dont je ne me souviens pas.

– Alors refuserez-vous d'être d'accord si je vous dis qu'après la première semaine, vous avez continué à me torturer tous les quatre jours pendant vingt et un jours ? »

Le visage de Dirk Hendricks restait sans expression. « Je n'ai pas fait de rapport.

– Mais vous croyez ce que je dis ? » demanda Alex. Il

attendit une minute et ajouta: «Je vois que vous hochez la tête. Prenons cela pour un assentiment alors. Vos trois jours étaient passés... Avez-vous continué à me torturer parce que vous aimiez ça?»

Un éclair de résistance dans l'autre visage, qui disparut dès que le nouvel Hendricks dit: «Non, monsieur le président. Je n'ai jamais aimé ça.

– Et pourtant vous l'avez fait?

– Oui, monsieur le président.» A nouveau la voix terne.

Je dois continuer, se dit Alex. «Parlez-moi du sac, dit-il. Le sac humide que vous avez utilisé sur moi. Où vous l'êtes-vous procuré?

– C'était du matériel officiel, disponible dans tous les commissariats. C'était un sac dans lequel on mettait les affaires des prisonniers.»

Un sac pour effets personnels.

Cette puanteur humide et fétide – le déploiement de sa peur.

«Je le trempais dans l'eau avant de m'en servir», dit Dirk Hendricks.

Maintenant qu'Alex avait évoqué le sac il n'y avait plus moyen d'y échapper. Il sentit qu'on le tirait sur sa tête, il sentit le lourd tissu qui se refermait, sur sa bouche, ses narines, qui l'étouffait. Il frissonna. L'obscurité. L'obscurité absolue. Il baissa la tête. Le silence s'épaississait autour de lui et faisait renaître son effroi. Il jeta un regard autour de lui.

«Alex?» On murmurait son prénom. Quelqu'un: Sarah.

Non. Il se détourna.

Mais Sarah ne l'abandonnerait pas comme ça. Elle se déplaça avec lui, murmura à nouveau à son oreille, avec urgence: «Alex!» alors que le juge se penchait et...

Sarah avait raison. Il avait commencé. Il devait achever. « M'avez-vous bandé les yeux avant de me mettre le sac sur la tête ? » demanda-t-il, en trouvant maladroitement son chemin vers la question qu'il s'était promis de poser.

Dirk Hendricks était très calme. « C'est exact. Et je vous ai allongé sur le sol, les mains attachées dans le dos.

– Et ensuite ? » Alex entendit le tremblement de sa voix. « Que s'est-il passé ensuite ?

– Que s'est-il passé ensuite ? » L'autre Hendricks avait retrouvé des forces. « J'ai serré le sac, et je vous ai tiré la tête en arrière – toujours cette voix sûre d'elle, rassurante, qui calma le gémissement d'Alex – pour vous empêcher de respirer. »

A nouveau : la peur putride remplissant le vide. Il s'obligea à parler : « Et ensuite ? »

Il n'en fallut pas plus. Quand Alex dit ces deux mots : *Et ensuite ?* tout changea.

La langue de Dirk Hendricks pointa hors de sa bouche, comme celle d'un serpent, avant de disparaître rapidement, un mouvement chargé de désir, d'avidité, d'impatience. Sarah qui le regardait vit un autre homme se libérer en faisant craquer la chrysalide du prisonnier. Elle vit ses yeux se rétrécir et perdre leur couleur et ses lèvres se serrer : plus de moue boudeuse. Il releva la tête, redressa le dos. Il redevint un homme important mais aussi beaucoup plus dangereux. La transformation était spectaculaire. Ce n'était plus l'être docile, assis sur la scène depuis l'ouverture de l'audience, ni celui qui l'avait charmée hier avec son histoire de rencontre sur la route. Celui-là avait disparu – pour être remplacé par un autre homme qu'Alex avait fait apparaître – un homme dangereux. La transformation fascinait et repoussait Sarah de façon presque égale.

Et ensuite? entendit Sarah en souhaitant qu'Alex s'arrête.

Mais bien sûr, Alex ne pouvait lire dans ses pensées. Et s'il avait pu le faire, il n'en aurait pas tenu compte.

Dirk Hendricks avait retrouvé son calme, assis bien droit comme depuis le début de l'audience. C'était Alex qui était maintenant diminué. Alex, se dit Sarah qui aurait voulu le remplacer tout en sachant qu'elle ne le pouvait pas: Alex, j'espère que tu sais ce que tu fais.

« Et ensuite? dit Alex. Qu'est-ce que j'ai fait? »

Dirk Hendricks, pas l'homme aimable qu'avait rencontré Sarah mais l'autre, ferma à demi ses yeux de glace: « Vous savez très bien ce que vous avez fait. » Il s'arrêta pour bien marquer son effet et ajouta d'une voix forte: « Vous m'avez dit où se trouvaient les armes. Exactement comme je savais que vous alliez le faire. »

Là. Enfin. Au vu et au su de tous.

Sa trahison.

Alex ne s'y attendait pas. Pas maintenant; pas déjà. Il s'attendait à ce qu'Hendricks réponde à la question en décrivant ses hurlements et ses nombreux évanouissements. Mais il aurait dû savoir que ce qu'il venait de faire avait entraîné son propre déshonneur. Il sentit que Sarah se raidissait et que le public ne pensait qu'à cette révélation. La communauté était unie: comme un animal blessé, elle émit un bourdonnement sourd qui resta suspendu au-dessus de la salle avant de s'éteindre lentement. Rien maintenant – rien que le silence – alors que la foule était submergée par ce qu'Alex, son héros, avait fait.

Les gens n'en savaient même pas la moitié. Personne ne savait qu'il n'avait pas seulement dit à Dirk Hendricks où se trouvaient les armes, mais qu'il lui avait offert l'information comme un cadeau, en l'accompagnant d'autres mots... *s'il vous plaît... je vous dirai tout ce que vous voudrez...* qui remontaient à la surface en cet instant, une purgation verbale et, en même temps, il sentait l'odeur rance de sa propre terreur et ses manifestations physiques – son pantalon sali, l'urine qui lui dégoulinait le long des jambes, son haleine infecte quand on lui avait retiré le sac de la tête.

Il s'en souvenait comme si c'était hier. Il se souvenait du visage souriant et triomphant de Dirk Hendricks. Victorieux, non seulement parce qu'Alex lui avait dit ce qu'il voulait savoir – bien sûr, Steve les avait déjà conduits à la cache d'armes – mais parce qu'Alex avait voulu le lui dire. Le prisonnier avait voulu faire plaisir à son tortionnaire. Cet instant, cette sensation, restaient marqués au fer rouge dans son cœur. La façon dont l'expression du visage de Dirk Hendricks avait changé – de l'exultation à un soulagement visible – Alex avait su qu'elle se reflétait sur son propre visage. A cette minute, Alex aurait fait n'importe quoi pour Dirk Hendricks.

N'importe quoi. Pendant toutes ces années, il pensait avoir oublié. Quelle stupidité! Il n'avait pas oublié, il avait seulement fait semblant. Maintenant, tout lui revenait, la façon dont il avait pris la main qu'Hendricks lui tendait, avec empressement, l'élève qui veut plaire, laissant Dirk Hendricks l'aider à se relever, à remettre ses cheveux en place, et dire doucement: *Va te laver maintenant*, en lui caressant l'épaule. Comme un père – et Alex était comme son fils docile.

« Après, ça s'est mieux passé entre nous, dit l'autre Dirk Hendricks qui avait remplacé celui qu'Alex avait connu. Vous aviez besoin de respirer, alors je vous ai emmené faire un tour en voiture.»

Comment Alex avait-il pu faire ça? se demanda Sarah. C'était un exercice de masochisme. Alex faisant appel à son tortionnaire!

Qui maintenant souriait, presque aimablement, à Alex, et qui dit, avec douceur: «Vous aviez faim, vous vous souvenez? Je me suis arrêté et je vous ai acheté du poulet dans un KFC. Vous avez dit que vous n'aviez jamais mangé quelque chose d'aussi bon.» Et à nouveau: «Vous vous souvenez?» Il se servait de cette répétition comme d'un fouet, il la lançait à travers la scène, il en frappait Alex, il l'obligeait à céder, à se pencher un peu plus à chaque assaut.

«Nous avons parlé de notre amour de la campagne, ajouta Dirk Hendricks. Nous étions d'accord pour dire que nous nous sentions chez nous dans les grands espaces. Vous vous souvenez?»

Sarah voyait Alex approuver d'un signe de tête. Il n'était plus qu'un jouet dans les mains de son ennemi. L'agitation d'Alex se répandait en écho dans le public.

Dirk Hendricks le sentait lui aussi. Il fit monter d'un cran l'intensité de la fascination.

«Vous vous souvenez? Nous nous sommes arrêtés au pied des montagnes. Vous êtes descendu de voiture et vous avez couru, *jirra*; vous étiez comme un enfant, vous vous amusiez tellement.

«Vous vous souvenez?» demanda Dirk Hendricks alors que l'homme qu'il avait créé était assis hébété sur sa chaise, n'ayant plus conscience que de ces yeux injectés de sang, ces yeux tendres, sympathiques, sadiques, le ramenant dans cette intensité qui n'avait jamais été révélée.

Il n'avait pas le choix. Il ferma les yeux et se souvint. Alors que Dirk Hendricks continuait à raconter la promenade en voiture, Alex la revit se dérouler comme une suite de portes qui se ferment. La porte de sa cellule, qui claquait. Cette porte vers l'extérieur, suivie d'une autre – la porte de la voiture, qui s'ouvrait pour l'accueillir, qui se refermait, qui le coinçait. Pendant tout ce temps, la distance qu'il avait mise entre Dirk Hendricks et lui n'existait plus. Il n'existait plus rien que cet homme; aucun mot, aucun acte, rien. Il s'assit.

Dirk Hendricks savourait l'instant. «Vous vous souvenez?» Avec un grand sourire: «Un homme et sa femme, le spectacle leur a plu, ils ont arrêté leur voiture et ont pris une photo de vous.»

Clic. Un autre bruit. L'obturateur d'un appareil photo.

«Vous étiez si heureux. Vous vous souvenez?»

Et brusquement Alex se souvint. Mais ce souvenir n'avait aucun sens...

«Nous avons parlé avec eux», dit Dirk Hendricks.

Parce que le bruit qu'Alex avait entendu était un unique clic domestique. Cette première porte, qui s'était refermée derrière lui, ne résonnait pas comme une porte de cellule. Il ferma à nouveau les yeux pour essayer de voir ce qui s'était passé après.

«Nous leur avons demandé de nous envoyer un double de la photo.»

La porte qui s'était ouverte. La lumière si violente qui l'avait aveuglé. La main de Dirk – à ce moment-là, il avait pensé que l'homme était Dirk –, sa main sur l'épaule d'Alex, qui le soutenait doucement. L'ombre prit forme – un arbre mort, ses branches tordues, étalées. Un arbre épineux – mais ce n'était pas à Smitsrivier.

«Je vous ai payé un Coca, disait la voix joyeuse de Dirk Hendricks. Nous avons plaisanté en nous demandant comment vous alliez faire pour me rembourser.»

Bien sûr. Le souvenir qu'avait Alex du corps de Steve qu'on transportait au-dehors – pas étonnant que ce soit faux. Il n'avait pas pu accorder ce souvenir au plan que lui avait montré Sarah, non pas parce que le plan était mauvais, mais parce qu'il s'agissait d'un autre endroit.

«Vous vous souvenez?» demanda Dirk Hendricks.

Alex hocha la tête, se redressa et dit «oui», suivi d'un nouveau hochement de tête. «Maintenant, je me souviens. Dites-moi, monsieur Hendricks, où étions-nous pendant que vous me torturiez?»

«... où étions-nous pendant que vous me torturiez?» La question vint jusqu'à lui et Hendricks, qui s'y attendait si peu, baissa sa garde et fit ce qu'il s'était juré de ne jamais faire: il tourna la tête et chercha Pieter au fond de la salle. Mais Pieter qui avait toujours eu de meilleurs réflexes n'était plus assis à sa place. Dirk eut juste le temps de l'apercevoir passer entre les rangées de chaises vides et filer vers la sortie.

Comme toujours Pieter avait raison. Dirk aurait dû savoir qu'on en arriverait là. Peu importait ce que Pieter et lui avaient partagé, peu importait la force de leur amitié, cela appartenait à une autre époque. Le passé était révolu – définitivement révolu. Maintenant c'était chacun pour soi.

Alex Mpondo était déterminé: il avait flairé le sang. «Où étions-nous?»

Dirk tourna la tête, regarda à gauche vers son avocat qui détourna les yeux, et le juge brancha son micro.

«Monsieur Hendricks – il s'adressait à Dirk comme à un jeune garçon agaçant. Peut-être ne vous a-t-on pas informé que, pendant un interrogatoire par la partie adverse, vous ne pouvez communiquer avec votre avocat que par notre intermédiaire ? »

Comme s'il fallait le lui dire à lui, Dirk Hendricks, qui avait été policier, nom de Dieu, qui avait témoigné si souvent devant un tribunal !

Le juge, qui regardait par-dessus ses lunettes demi-lunes, poursuivit : « Avez-vous vraiment besoin d'un conseil juridique ? »

Dirk secoua la tête. Non, il n'en avait pas besoin.

« Alors, répondez à la question, s'il vous plaît. »

Dirk regarda Alex.

« Où étions-nous quand vous me torturiez ? » répéta Alex.

C'était fini, vraiment fini, pensa Dirk en répondant à la question. « A la ferme », dit-il sans quitter Mpondo des yeux. Il le vit frissonner et entendit ses propres mots répétés en afrikaans dans les écouteurs d'Hannie Bester. Combien de nuits avait-il passées à se demander quoi faire si ce moment arrivait ? Combien de longues nuits blanches à se demander quoi répondre si Mpondo arrivait à comprendre qu'ils l'avaient emmené loin du commissariat ?

Plus de nuits qu'il pouvait s'en souvenir. Et pourtant, maintenant que ce moment était arrivé, ce qui étonnait Dirk c'était son soulagement. Un soulagement libérateur, qui le traversait comme une vague de lumière, qui enlevait la pression de ses épaules, de sa langue.

« La ferme ? demanda le juge.

– C'est exact, monsieur le président. » Sa voix elle-même semblait plus sûre.

« Pourquoi ne nous avez-vous pas dit cela plus tôt ? »

Dirk haussa les épaules. Comment répondre à cette question ? En mentant et en disant qu'il avait oublié ? Non. Impossible de s'en tirer comme ça.

Alors, en disant la vérité: il n'avait pas mentionné la ferme parce qu'il avait peur que cela complique les choses.

Non, ça non plus. Le juge n'accepterait pas, parce que, comme tous les juges, il était sûr d'obtenir et de comprendre tout ce qu'il voulait connaître. Dirk savait qu'il en allait autrement. Les tribunaux étaient un système clos où il fallait choisir ses mots avec attention pour ne pas en rajouter, et un bon témoin devait savoir trier la vérité. Cela faisait partie des règles du jeu, du système. Parfois c'était le ministère public qui en bénéficiait, parfois le prisonnier. Ça marchait de cette façon-là.

Et cependant, se dit Dirk, en se rappelant la sensation de son soulagement, c'était mieux ainsi. Mieux valait dire la vérité, en tout cas tout ce qui pouvait être toléré.

Enfin, cela valait mieux pour Dirk. De l'autre côté de la scène, il vit Alex Mpondo qui déglutissait une fois, deux fois, de façon machinale, comme s'il avait du mal à avaler la réponse de Dirk. Dirk, le prisonnier, regarda longuement l'homme qui avait été autrefois son prisonnier. Le regard de Mpondo s'abaissa, comme s'était abaissé celui de Dirk. Le souvenir des longs cils magnifiques qui voilaient le regard de Mpondo lui revint. Et son irritation devant ces cils – un jour, il avait même pensé les lui couper.

On entendit la voix du juge: «Continuez, monsieur Mpondo.»

Un long moment avant que Mpondo dise, d'une voix lasse: «Quelle ferme?»

C'était drôle de voir que les choses avaient tourné si vite et si complètement. Alors que Mpondo semblait vidé par la révélation de la vérité, Dirk était ragaillardi.

« Ce n'était pas vraiment une ferme... elle était abandonnée depuis longtemps. On n'utilisait que la maison... la vieille ferme.

– Une ferme de Smitsrivier ? » Mpondo semblait étonné.

Comme s'il pouvait y avoir une ferme en pleine ville ! « Non, pas en ville, dit Dirk. A une dizaine de kilomètres à l'est, au bout d'un chemin de terre.

– Mais vous ne me l'avez jamais dit », l'interrompit Mpondo.

Dirk se mordit la langue, pour retenir la réponse qui lui vint naturellement, bien sûr que Dirk ne le lui avait pas dit : ce n'était pas son travail de lui dire quoi que ce soit. Assurément, même quelqu'un d'aussi lent que Mpondo pouvait comprendre tout seul que cela n'avait eu pour but que de désorienter le prisonnier afin qu'il ne puisse plus se rendre compte qu'on l'avait changé d'endroit.

« Vous ne me l'avez jamais dit », répéta Mpondo.

Ça ressemblait tout à fait à Alex Mpondo – toujours en train de refuser la réalité, incapable de comprendre que son foutu caractère avait des conséquences. C'était un rêveur qui voulait que les choses soient faites selon sa fantaisie et en même temps que la logique soit appliquée à chaque situation. Même à la guerre.

« Et vous avez aussi omis de mentionner une ferme dans votre demande d'amnistie », dit le juge.

Merde, ce juge avait des manies de vieille bonne femme – toujours en train de rabâcher la même chose. Est-ce qu'il ne se rendait pas compte qu'il y avait beaucoup d'autres détails que Dirk avait « omis de mentionner » – comme le jour où il avait assisté au supplice du collier dans un township, incapable d'intervenir parce qu'il était seul, un pneu jeté autour du cou d'un inconnu qu'une populace incontrôlée avait désigné comme indic?

«Monsieur Hendricks?

– Je suis désolé, monsieur le président», dit Dirk, le prisonnier coopératif.

Le juge reconnut d'un signe de tête cette obéissance formelle, alors que Dirk restait en rade sur la scène, loin de tous ceux qui s'étaient occupés de lui, alors qu'il pensait aux nombreux, très nombreux événements semblables au supplice du collier, tous aussi vrais et en rapport avec son dossier, mais qu'il avait écartés de sa demande d'amnistie parce qu'il savait qu'on ne l'aurait pas cru. Mais Dirk ne les avait pas soumis à l'attention du juge. Une chose était certaine: la nouvelle histoire de leur pays ne pouvait plus intégrer les anciennes vérités. Personne ne voudrait l'écouter s'il essayait de décrire ce qu'il avait ressenti en ayant ce spectacle sous les yeux, incapable de regarder ailleurs et incapable de faire quelque chose, le pneu qu'on enflammait et le pauvre type qui brûlait vif, et ses cris qui suivirent longtemps Dirk, bien après que la foule se fut dispersée, ses cris qui l'accompagnèrent chez lui et dans son sommeil. Personne ne s'était intéressé à lui après cette nuit d'horreur quand il s'était réveillé, les doigts serrés autour de la gorge de sa femme parce que, dans son sommeil, il avait imaginé qu'il serrait le cou de ces visages noirs avec leur rire et leur lèvre inférieure rouge quand ils restaient bouche bée d'étonnement devant la peau noire et le caoutchouc noir qui fondaient et se mêlaient en dégageant une puanteur qu'il ne pourrait jamais s'enlever des narines malgré tous ses efforts, jusqu'à ce que le sang coule...

«Vous étiez en poste dans le petit commissariat de police de la Grand-rue?» lui demanda le juge.

Dirk cligna des yeux. « C'est exact, monsieur le président.

– Il y a aussi un établissement plus grand à l'extérieur de la ville ?

– C'est exact.

– Alors, pourquoi aviez-vous besoin d'emmener des suspects dans une ferme ? »

Pourquoi avaient-ils besoin de la ferme ? Dirk haussa les épaules. Que répondre ? Que tout ce qu'ils avaient fait à l'époque était le résultat de l'attaque et de la contre-attaque, et de décisions qui, bien qu'imparfaites (Dirk ne le nierait jamais), étaient prises dans le feu de l'action ? S'il essayait d'expliquer ça, c'est-à-dire la vérité, telle qu'elle avait été, avec toutes ses complexités, ceux qui se trouvaient ici penseraient qu'il mentait, tout comme Mpondo avait fait croire qu'il mentait avec l'histoire de la couverture humide que sa famille gardait dans la baignoire.

Dirk n'avait pas menti. Le supplice du collier, la couverture, la douleur : tout ça était vrai.

Tous pensaient valoir mieux que lui. Les gens se retournaient sur le passé et le jugeaient. Voir les choses avec du recul c'était bien beau : cela transformait les sociologues et les journalistes en juges. Et cependant Dirk savait que les théories pouvaient bien être complexes et intelligentes, les prétendus experts ne sauraient jamais ce que cela voulait dire d'être pris au centre de ce tourbillon, pris par l'histoire en gestation, et en même temps de faire l'histoire et de la regarder se défaire, et pendant tout ce temps de devoir prendre des décisions, découvrir un endroit pour mettre le trop-plein de prisonniers par exemple, obtenir des informations avant que d'autres vies soient menacées, ou trouver le moyen d'expliquer à vos gosses pourquoi vous reveniez du travail incapable de les regarder dans les yeux.

«Monsieur Hendricks? – le juge lui lança un regard furieux. Pourquoi avez-vous utilisé cette ferme?»

Ça n'était jamais bon de faire attendre un juge. Dirk réussit à extraire une raison parmi toutes celles qui flottaient dans le marécage de son esprit. «Nous devions isoler les prisonniers les uns des autres. Les maintenir au calme, loin des allées et venues des familles...» Sa voix mourut quand ses yeux se posèrent sur deux vieilles personnes assises au premier rang, qui attendaient patiemment, comme tous les parents...

Merde. Cette Afrique du Sud qu'ils avaient tous créée. Dirk Hendricks en était malade.

Alors il entendit une voix qui l'appelait.

«Monsieur Mpondo.»

Non, on ne l'appelait pas, on appelait Alex. Alex, assis de l'autre côté, visiblement touché. Sa magnifique peau brune, qui ressemblait presque à de la mélasse quand le soleil l'illuminait, avait pris une teinte terreuse dans la lumière artificielle, et elle brillait de sueur.

Le juge répéta son nom: «Monsieur Mpondo», en se penchant: «Vous vous sentez mal?»

Dirk compatissait. Il ne serait jamais assez bête pour le dire à haute voix, mais c'était vrai. Il éprouvait un sentiment de camaraderie pour cet homme. Cela ne lui faisait pas peur de le reconnaître. Alex Mpondo pouvait bien nier tout lien avec Dirk, Dirk n'en pensait pas moins. Dans les circonstances les plus terribles, Alex et lui avaient forgé un lien puissant. Quoi qu'Alex pût penser de Dirk (et Dirk comprenait le ressentiment de Mpondo), au plus profond de son cœur, de sa mémoire, Alex devait savoir qu'ils étaient liés. On ne peut trancher aisément certains liens. Même aujourd'hui, alors qu'Alex était l'homme qui pouvait s'opposer à sa liberté, Dirk n'en ressentait pas moins l'envie de s'avancer vers Alex, pour le calmer avec tendresse comme il l'avait fait autrefois.

Parmi tous ces gens, lui seul avait entendu et compris la question d'Alex: « Comment m'avez-vous emmené dans cette ferme ? »

Dirk répondit rapidement : « Dans le coffre de ma Peugeot », afin qu'on ne demande pas à Alex de répéter sa question ; afin qu'il puisse s'asseoir, calmement, alors que son avocate se levait, coupait le micro et posait la main sur celle d'Alex, tout en parlant à l'oreille de son client.

Même le plus borné pouvait voir l'agitation d'Alex. Le juge se leva. «Je crois qu'une suspension de séance de vingt minutes serait opportune», dit le juge, puis il fit signe à ses collègues et les conduisit vers les coulisses, tandis que les gardes de Dirk le secouaient pour qu'il se lève. Dirk se mit sur ses pieds, se retourna et vit que, pendant tout ce temps, Sarah Barcant avait tenu la main tremblante d'Alex.

. 29

A un moment, Alex était assis sur la scène d'une salle dont chaque siège était occupé; l'instant d'après, il ne restait que Sarah et lui. Il regarda la table. Elle lui tenait la main. Leurs deux mains réunies, qui composaient une forme étrange, sa peau brune contre sa peau blanche, son tremblement contre sa solidité.

« Il faut que je parte », dit Alex en se levant. Il fut reconnaissant à Sarah de ne pas tenter de le retenir, et reconnaissant aussi, alors qu'il traversait la scène, de ne pas chercher à le suivre.

Il écarta les rideaux et passa dans les coulisses. C'était un endroit lugubre et encombré de gens. Il se fraya un chemin à tâtons entre des accessoires et des meubles, franchit la porte et se retrouva dans une sorte d'endroit obscur. Devant lui, il y avait une porte coupe-feu; et sur le côté un escalier étroit. On entendait le murmure des voix de l'autre côté de la porte. L'escalier arrière, se dit-il: personne ne l'utilise.

Il monta les marches, deux à la fois. Au début, il fut tout à fait seul, mais au premier étage, alors qu'il allait s'engager vers le deuxième, un jeune du township, qui descendait quatre à quatre, s'arrêta devant lui.

« Alex, *bra.* »

D'un geste machinal, Alex claqua la paume de sa main contre celle du jeune homme, d'un côté puis de l'autre : une, deux, trois fois.

« N'écoute pas les mensonges de ces *Boere*, dit le jeune homme, nous, nous ne les croyons pas. » C'était dit avec une telle conviction que pendant un instant Alex pensa que cet inconnu avait peut-être raison, que Dirk Hendricks avait vraiment menti, alors que lui, le député Alex Mpondo, n'avait jamais craqué sous la torture. Et Alex sentit son fardeau s'alléger. Il avait faim, il devait aller chercher quelque chose à manger. Mais alors, le jeune homme redescendit l'escalier quatre à quatre et quand le moment fut passé, Alex se retrouva seul, écrasé par la vérité.

La vérité, ou la moitié de la vérité. La moitié la moins accablante. Dirk Hendricks avait parlé des armes mais, toujours aussi sadique, il gardait l'accusation la plus grave pour plus tard. Alex n'avait plus qu'à attendre que cela s'abatte sur lui – que Dirk Hendricks révèle comment Alex avait trahi Steve.

Non. Il ne voulait pas y penser. Il monta l'escalier en courant, arriva devant une porte vert sombre et la poussa violemment.

La longue chaîne de la chasse d'eau lui caressait l'épaule. Il ne la remarqua pas. Il se déplaça jusqu'à ce que son dos soit solidement calé contre le siège des toilettes, et il resta parfaitement immobile. Tout était très calme. On entendait un robinet qui gouttait en contrepoint avec le bouillonnement des urinoirs à l'extérieur. De son regard absent, Alex fixait la peinture blanche et sale de la porte qui s'écaillait.

Ses pensées s'enchaînaient très lentement. Quelle ironie de finir caché dans cet endroit, avec un sol crasseux, une puanteur d'urine et des robinets qui gouttaient éternellement, cet endroit qui autrefois avait été exclusivement réservé aux employés municipaux noirs. Les vieilles habitudes meurent difficilement, se dit-il: malgré l'abolition de la ségrégation des lieux, il était venu à coup sûr vers ce vestige du passé, vers ces toilettes pour *kaffir*, et le nom le fit sourire.

Son sourire s'épanouit sur son visage avant de se figer. C'est Dirk Hendricks qui m'a fait ça, se dit Alex. Dirk Hendricks qui, même à terre, avait encore le pouvoir de réveiller le *kaffir* qui sommeillait en lui et de l'envoyer courir dans la partie réservée aux domestiques. Hendricks qui avait ce pouvoir, même si c'était lui le prisonnier, lui que deux gardes amèneraient quand la suspension prendrait fin.

C'était Hendricks le pénitent, pas Alex. Alex avait d'autres possibilités. Une libre volonté. Un libre choix.

Et pourtant? Depuis qu'il avait retrouvé la boîte de Steve dans le lit à sec de la rivière, Alex n'était plus sûr de rien. Ce cauchemar qu'il fuyait depuis sa libération l'avait rattrapé. La terreur de la réponse à cette unique question: avait-il été, par sa lâcheté, responsable de la mort de Steve?

Il ne voulait pas y penser. Pas maintenant, jamais. Il concentrait son regard sur la mosaïque craquelée du sol et en suivait le motif qui courait de façon anarchique jusque sous la porte. Il suivait la ligne de joints, jaunie avec le temps et le mauvais entretien. Une crasse incrustée, comme le passé.

Il repensa à ce temps-là. Des siècles plus tôt. Tous étaient si jeunes et si pleins d'espoir. Ce qu'ils se disaient, des phrases prononcées si facilement comme: *Le silence à tout prix, A luta continua, Plutôt mourir que trahir*. La mort, exactement comme celle de cette jeune camarade dont les enquêteurs de la Commission Vérité et Réconciliation avaient exhumé le cadavre l'autre jour. Quand ils l'avaient sortie avec précaution de sa tombe de fortune, elle était entièrement nue dans le sac en plastique qui l'enveloppait. Elle était repliée sur elle-même, comme un fœtus, un bras au-dessus de la tête comme pour se protéger encore des coups qui s'étaient abattus sur elle jusqu'à ce qu'elle meure. Et là, assistant à l'exhumation, l'homme qui l'avait mise dans ce trou et qui avait conduit la Commission jusqu'à son lieu de repos improvisé, l'homme qui avait tout regardé, avait déclaré en hochant la tête pour bien marquer son admiration : « Elle était courageuse celle-là : elle ne nous a rien dit. »

Alex aurait dû suivre l'exemple de cette jeune camarade. Il aurait voulu la suivre. Cette phrase aurait dû être son épitaphe. Cette phrase-là et non la phrase malveillante de Dirk Hendricks : *« Tu m'as dit où étaient cachées les armes. »*

Quand Dirk Hendricks avait prononcé ces mots, Alex avait ressenti qu'une vague d'incrédulité secouait le public. Il savait que les jeunes, comme celui qu'il avait rencontré dans l'escalier, ne voulaient pas croire Hendricks, mais il savait aussi qu'ils ne pouvaient pas tenir le coup éternellement. Cela leur prendrait du temps mais, inévitablement, ils finiraient par accepter, chacun à son tour, le fait que leur héros, Alex, avait craqué.

Vous vous souvenez ? avait demandé Dirk Hendricks, et Alex s'était souvenu. Non pas avec son esprit mais avec ses sens. Ce que son esprit avait rejeté autrefois, son corps l'avait retenu : une mâchoire démise, la peau flagellée, la peur qui paralyse. Et Alex se rappelait aussi quelque chose d'autre, plus terrible encore que cette douleur atroce. Oui, quelque chose d'autre. Cette immobilité et cette lucidité que la rage avait remplacées quand il avait vu Steve près de la porte, qui le montrait du doigt. A cet instant précis, tous les idéaux qui avaient déterminé son engagement – le fait d'être prêt à donner sa vie, la foi dans l'action collective et non individuelle, la certitude que pour chaque homme qui tomberait dix se dresseraient – tous ces idéaux s'étaient effondrés. A cet instant précis, Alex avait été prêt à faire à Steve ce que Steve lui avait fait : il avait été prêt à le trahir.

Il secoua la tête. Il ne voulait pas y penser. Il n'y penserait pas. A la place, il se dit : si seulement je m'étais contrôlé davantage.

Si seulement il s'était contrôlé davantage, il aurait pu se défaire de son devoir de héros et choisir la mort. Il l'avait toujours pensé : tous le pensaient. Mais quand, finalement, il en était arrivé là, la mort ne lui était pas apparue comme une chose simple. Ce n'était pas une possibilité qu'on n'avait qu'à désigner parmi une multitude de choix quand cela devenait nécessaire.

Alex s'était montré trop faible pour choisir la mort. Ils étaient tout-puissants : eux seuls pouvaient lui garantir la mort. Et ils la lui avaient refusée. Ils ne l'avaient plus considéré comme un homme, simplement un récipient qu'ils avaient rempli, et ils l'avaient laissé partir, tout d'un coup, sans prévenir, dans un pays ébranlé par l'état d'urgence, une armée d'occupation, des arrestations, des disparitions et des enterrements sans fin qui se transformaient en manifestations de masse. Ils auraient pu le tuer mais, à la place, ils avaient choisi de tuer Steve.

Pourquoi Steve ? Pourquoi Steve et pas Alex ?

Était-ce parce que Steve était plus courageux qu'Alex ? Était-ce cela la vérité ? Alex n'était pas assez courageux pour mourir ? Et pas assez courageux non plus, quand finalement on l'avait libéré, pour dire la vérité : pour dire à ses camarades qu'il avait parlé.

Et maintenant, alors que le temps avait passé, alors que cette époque était loin, que ça n'avait plus d'importance, ses camarades connaissaient la vérité. Ils ne l'avaient pas apprise de sa bouche, mais de celle de ses ennemis. Maintenant, la prochaine fois qu'ils penseraient à lui, ce qu'ils entendraient ce ne serait pas sa version des faits mais celle de ses tortionnaires. Il pourrait essayer de leur dire ce qui s'était réellement passé, mais comment leur donner une version différente ? Il y avait trop de choses dont il ne pouvait se souvenir et qu'il ne savait pas. Les questions cruciales comme : le fait qu'il ait donné le nom de Steve, qu'il ait parlé de l'implication de Steve, avait-il entraîné la mort de Steve ?

Tant de choses dont il ne voulait pas se souvenir.

Assis sur le siège des toilettes, il entendit quelqu'un qui gémissait.

Steve ?

Non. Steve était mort. C'était ses propres gémissements. Il avait survécu à son épreuve en trouvant des raisons de vivre dans l'avenir de son pays. Et maintenant ? Comment oublier cette dernière épreuve ? Il gémit à nouveau. Il aurait dû rester fidèle à sa décision et ne pas revenir à Smitsrivier. Plus rien ne l'attendait ici.

Un bruit. Une porte qui s'ouvre. Le silence puis le claquement de hauts talons qui se rapprochent. Une voix : « Alex ? » La voix de Sarah Barcant. Alex se tut. Pas question de lui parler. Ni à elle ni à personne.

« Alex ? Les juges vont bientôt revenir. »

. 30

En descendant à grands pas la ruelle qui conduisait à son bureau, Pieter vit Sizwe à quatre pattes devant l'immeuble. Il tournait le dos à Pieter et son bras allait d'avant en arrière sur les dalles.

« Sizwe, dit Pieter en colère, à quoi est-ce que tu joues ? »

Sizwe n'eut pas besoin de répondre. Quand, toujours à quatre pattes, il se retourna, Pieter put voir exactement ce qu'il faisait. Il avait près de lui un seau d'eau chaude et savonneuse, il tenait une brosse à la main et s'en servait pour essayer d'effacer des mots écrits à la peinture. Quand Pieter dit, d'une voix redevenue calme : « Va-t'en s'il te plaît », Sizwe se releva et saisit le seau si brutalement que de l'eau se renversa.

Un slogan. En rouge. Naturellement : la peinture rouge attirait toujours ce genre de vandales. C'était moins un slogan qu'une question, une question rhétorique, en tout cas une question sans point d'interrogation. Huit mots mal écrits en lettres capitales irrégulières : POURQUOI PAYER UN ASSASSIN POUR ASSURER VOTRE SÉCURITÉ.

Pieter lut lentement : une fois, deux fois, puis dit : « Essaie de les décolorer à l'eau de Javel si tu n'arrives pas à les laver. Tu n'auras qu'à en passer sur chaque lettre. » Puis il entra dans l'immeuble. Il composa le code de sécurité et, quand la porte s'ouvrit, il entra et lança un «*Môre*» à l'attention de Kristal tout en se dirigeant vers la machine à café. Il prit une tasse propre et tendit la main vers la cafetière.

Elle était vide. Étonné – ça n'arrivait jamais – Pieter se retourna vers Kristal. Elle avait déjà quitté son siège et disait toute troublée: «*Ag*, je suis désolée, Pieter. Je ne pensais pas... Je... Je vais faire du café tout de suite.

– Tu ne pensais pas quoi?

– Que vous alliez revenir.» Une plaque rose était apparue sur chacune des joues de Kristal. «J'ai téléphoné à votre femme pour vous parler de... de... vous savez, au-dehors, et elle m'a dit que vous étiez sans aucun doute à la salle des fêtes. Je ne pensais pas que vous alliez venir aujourd'hui.» Elle se frottait les mains l'une sur l'autre, nerveusement, et Pieter vit en un éclair qu'un de ses ongles rouges était cassé. La honte: Kristal essayait continuellement de prolonger la perfection de sa séance hebdomadaire de manucure en limant, en polissant et en aplanissant ses ongles, et elle luttait toujours contre la tentation de les manger, mais elle avait succombé. «Quelque chose ne va pas?» demanda-t-il.

Kristal déglutit. «Trois des hommes ne se sont pas présentés pour la première équipe.»

Il s'agissait d'un sujet d'agacement trop habituel pour avoir provoqué cet accès de nervosité: même si Pieter n'avait jamais engagé que des hommes en qui il avait confiance, il avait été incapable de faire perdre à la plupart d'entre eux leur sens africain du temps. «Tu as utilisé la liste d'urgence pour les remplacer?

– J'ai réussi à en remplacer deux – les lèvres pleines de Kristal s'affaissèrent. Les autres ont insisté pour garder leurs jours de liberté.»

Ce qui était beaucoup plus étonnant – l'argent était si rare aujourd'hui à Smitsrivier que la plupart des hommes étaient trop contents de faire autant d'heures que Pieter pouvait leur en donner. « Ne t'inquiète pas, dit-il. Nous pouvons opérer en toute sécurité avec un homme en moins. » Puis il regarda Kristal plus attentivement et ajouta : « Rien d'autre ? »

Elle fit oui de la tête en se mordant la lèvre : son rouge à lèvres rose s'étalait sur le trait rouge clair qu'elle dessinait toujours pour le limiter, et une peau pendait sur sa lèvre inférieure. « Ce sera bientôt le premier du mois, dit Kristal, et j'ai préparé les lettres de renouvellement de contrat. »

Il devinait maintenant ce qui l'avait tant perturbée.

« Il y en a trois qui m'ont dit qu'ils ne voulaient pas renouveler leur contrat, dit-elle rapidement. Dont Gert. Je lui ai demandé ce qui n'allait pas, mais il était tellement en colère qu'il m'a raccroché au nez. » Sa lèvre inférieure tremblait.

Les choses allaient donc se passer ainsi ! Pieter hocha la tête et dit d'un ton bourru : « Ne t'inquiète pas. Je vais régler ça plus tard. » Puis il tourna les talons et quitta le bureau.

Ça commence, se dit Pieter, alors qu'il rentrait chez lui en voiture. Le graffiti n'était que le premier coup de feu d'une guerre qui allait s'intensifier. Des rumeurs de boycott imminent avaient dû se répandre dans Smitsrivier comme un incendie dans le veld et la communauté blanche effrayée avait décidé de le laisser tomber plutôt que d'être mise dans le même sac que lui. Il était devenu la cible. Sans alliés. Ça ne l'étonnait pas vraiment. Il avait vu ça venir : des gens qui autrefois traversaient la rue pour le saluer pressaient le pas aujourd'hui quand ils l'apercevaient. Ceux qui avaient compté sur lui pour assurer leur sécurité lui tournaient le dos.

Ça ne s'arrêterait pas avec un slogan peint devant sa porte : il connaissait trop bien les campagnes de boycott d'autrefois pour en être sûr. Tout se passait comme on pouvait s'y attendre. Maintenant, il était seul.

Seul avec Marie, se dit-il, en franchissant les portes de la ferme. Mais en montant lentement l'allée, il vit, entre la rangée de pins qui servaient de coupe-vent, que trois voitures étaient garées sur le rond-point. Marie avait de la visite.

Les Muller n'avaient jamais ressemblé à ces couples bizarres qui séparaient les amis de monsieur de ceux de madame. Les amis de Marie étaient aussi ceux de Pieter – des gens de leur communauté et de leur église – et tous deux connaissaient ceux qui venaient les voir. Mais même ainsi, Pieter hésita.

Aujourd'hui, il ne savait pas comment les gens allaient réagir en le voyant et il ne voulait surtout pas mettre Marie dans l'embarras. Depuis le soir où il l'avait trouvée en train de recoudre son costume, tout s'était passé comme d'habitude. Ils n'avaient pas parlé de l'audience ni de la façon dont la ville s'était retournée contre lui. Et cependant quelqu'un la tenait au courant du cours des événements. Elle ne l'avait jamais dit, mais de temps en temps, il levait la tête et découvrait ses yeux anxieux fixés sur lui.

Il ralentit et pensa à Dirk. Dirk avait parlé de la ferme : bien, d'accord, ça ne changeait rien. Dirk devait faire ce qu'il trouvait juste, ce dont il avait besoin pour être libéré. Que Dirk achète sa liberté avec cette information inutile : Pieter s'en moquait. Pieter connaissait Dirk et savait que son ami n'irait pas plus loin que mentionner la ferme. Dirk obtiendrait son amnistie et le cirque reprendrait la route, et il y aurait un autre monstre vers lequel se tendraient les doigts des citoyens moralisateurs. En attendant, tout ce que voulait Pieter c'était maintenir Marie loin de tout souci.

Aussi, il arrêta sa voiture près des arbres, en descendit et monta à pied jusqu'à la maison. On n'était pas loin de midi, le soleil était haut dans le ciel et le brûlait à travers son épaisse chemise kaki. Il respira profondément et inhala cette forte odeur aromatique du veld qui n'était aussi âpre que par grande chaleur. Il entendait ses bottes faire craquer le gravier, il continua à marcher et fit taire les chiens d'un geste rapide de la main quand ils arrivèrent en sautant autour de lui.

C'étaient de bons chiens. Seule la plus jeune poussa un bref aboiement de joie mais même elle se calma rapidement. Il caressa sa tête soyeuse et s'éloigna vers le jardin, avec l'intention de contourner l'arrière de la maison pour entrer dans son bureau afin d'y prendre des papiers qui ne faisaient qu'encombrer, pour les brûler.

Il ne voulait pas espionner Marie. Ce n'était pas son intention, même si cet itinéraire le faisait passer devant le salon où Marie recevait ses visiteurs. A ce moment-là, il ne pensait pas à Marie mais à la façon dont Dirk avait tourné la tête vers lui quand Mpondo avait posé la question qui l'obligeait soit à mentir, soit à mentionner la ferme. Dans ce geste de Dirk, Pieter avait vu une demande de compréhension et de pardon.

Dirk n'aurait pas dû s'inquiéter, pensa Pieter. On comprenait tout et il n'y avait rien à pardonner. Pieter savait que Dirk ne pouvait pas mentir : il devait répondre. Les choses avaient changé. Dirk devait faire ce qu'il y avait de mieux pour lui. Comme tout le monde.

Le calme murmure des voix vint jusqu'à lui. Il se rendit compte que, par inadvertance, il s'était avancé dans l'alignement de la porte-fenêtre. Il s'arrêta brusquement pour revenir sur ses pas.

Mais pourquoi devrait-il le faire? C'était sa maison. Le mieux était de continuer. Même s'ils le remarquaient avant qu'il s'éloigne, il n'aurait qu'à les saluer et décider s'il devait faire comme il l'avait prévu ou changer d'avis, et aller s'asseoir un moment avec eux.

Pieter ne repartit pas. Contrairement à ce qu'il avait jugé utile, son regard fut attiré à l'intérieur. Il avait déjà reconnu la voiture du dominee* ainsi que celle de Dora mais pas la troisième. Dans la pièce, il distingua la silhouette de Mme de Vries. Étrange qu'elle ait rendu visite à Marie – Marie en parlait rarement – mais pas plus étrange que le sentiment qu'éprouvait Pieter à rester là et à observer l'intimité de ce petit groupe.

Un tableau très sombre, telle fut sa première pensée. En contraste avec la lumière extérieure, la pièce semblait plongée dans l'obscurité et, pour ajouter encore à cette impression, ses occupants étaient vêtus de couleurs sombres ou de noir. Mais ce n'était pas seulement la couleur de leurs vêtements qui troublait Pieter. C'était quelque chose d'autre. Quelque chose dans la façon dont ils étaient assis, si proches les uns des autres, et si proches de Marie, dans la façon dont ils prononçaient à voix basse des mots prévenants, et dans les gestes du dominee qui, alors que Pieter l'observait, se pencha pour caresser le genou de Marie comme s'il voulait lui offrir une consolation. Une consolation ou des condoléances? Pieter comprit pourquoi cette scène lui semblait familière. Elle lui rappelait un enterrement. L'enterrement de son père pour être exact. La pièce était aussi dans l'obscurité et beaucoup de femmes présentes

*. Pasteur. (*N.d.T.*)

portaient le haut bonnet de leurs ancêtres, les Voortrekkers*, exactement comme Mme de Vries, et toutes étaient assises près de sa mère et se penchaient pour la caresser et lui dire qu'elle n'était pas seule.

Mais Marie n'était pas sa mère: c'était sa femme, il était son mari, et se portait à merveille. A ce moment, la porte d'entrée s'ouvrit et Bessy apparut portant un plateau avec le thé. Son entrée transforma la scène. Elle introduisit de la couleur dans la pièce – elle portait sa tenue rose habituelle, et sa tignasse indisciplinée était retenue par un foulard également rose. Debout dans l'encadrement de la porte, Bessy promena son regard dans la pièce et, bien qu'elle ne manifestât rien, il sut qu'elle l'avait vu.

Il n'en fallut pas plus. Pieter n'eut plus l'impression d'être un fantôme. Tout en sachant que son imagination avait produit l'obscurité de la pièce et la signification du geste de pitié du dominee, il regarda ce dernier se renverser sur son dossier et éclater de rire, il vit que Marie riait elle aussi et que les autres s'étaient éloignés, Dora se léchait les babines dans l'attente du thé et Mme de Vries disait quelque chose à Bessy. Une réunion normale autour d'un thé lors d'un après-midi normal. Pieter continua son chemin, passa devant le salon et contourna la maison.

---

* Les Afrikaners qui, en 1838, lors du Grand Trek, ont quitté la Colonie du Cap pour fuir la colonisation anglaise. (*N.d.T.*)

31.

Quand le greffier revint sur la scène pour dire : « Veuillez vous lever », Sarah se leva. A côté, elle sentit qu'Alex en faisait autant, et tous deux s'assirent en même temps quand les juges furent bien installés. Mais quand le juge aux cheveux gris dit : « Vous pouvez continuer, monsieur Mpondo », Alex resta parfaitement immobile, comme il l'avait dit à Sarah.

C'était à elle de parler. Tout d'abord, elle n'en fit rien mais resta assise, fascinée par la façon dont l'immobilité d'Alex avait soudain figé la Commission. Puis Alex leva la tête et regarda de l'autre côté de la scène jusqu'à ce que ses yeux fixent ceux de son adversaire, et tous deux restèrent dans une immobilité mortelle, jusqu'à ce qu'Alex brise ce lien en lançant à Sarah : « Allez-y. Faites ce qui est nécessaire pour qu'on sache où est Steve. »

Galvanisée par Alex, elle se pencha comme elle aurait dû le faire auparavant, et brancha son micro avant de dire : « Je pense qu'il n'y a pas d'objections à ce que je poursuive l'interrogatoire de ce témoin ? »

Sa voix transforma le calme en mouvements fébriles, les juges agitèrent les mains et sortirent des papiers, les interprètes s'attelèrent à leur tâche, s'empressant de traduire ce qu'avait dit l'avocate, et du public monta un soupir de soulagement.

Et Dirk Hendricks ? Était-ce un sourire ou une grimace sur son visage ? La victoire ou la déception ?

Difficile à dire parce que Sarah avait cru saisir un léger mouvement dans l'expression de Dirk Hendricks. Elle pensa le voir tendre le bras comme pour toucher Alex afin de le rassurer. Mais ce devait être son imagination parce que les gros poings de Dirk Hendricks étaient serrés l'un contre l'autre sur la table, et quand le juge dit : « Non, mademoiselle Barcant, nous n'avons pas d'objections à ce que vous preniez la suite », Dirk Hendricks garda un air impassible comme si, pour lui, cela ne faisait aucune différence que ce soit l'un ou l'autre qui lui pose les questions.

« Mademoiselle Barcant. Je vous en prie, commencez. »

Sarah s'éclaircit la gorge et commença comme prévu avec Alex : « Est-il exact, monsieur Hendricks, qu'avant de porter la main sur M. Mpondo, avant de lui mettre un sac humide sur la tête, vous l'avez obligé à enlever ses vêtements ? »

Dirk Hendricks battit des paupières. Il eut l'air ahuri comme s'il revenait de très loin. « Je..., dit-il, en bégayant. Je... Je ne m'en souviens pas.

– Vous ne vous souvenez pas d'avoir ordonné à M. Mpondo de baisser son pantalon ? »

Un mouvement de la tête. « Non, monsieur le président – il se détourna difficilement pour adresser sa réponse au président. Pas précisément. Je ne m'en souviens pas, monsieur le président.

– Dans des auditions précédentes de membres de la police de sécurité, les policiers ont déposé en disant que lorsqu'ils utilisaient la méthode de torture du sac humide, leurs victimes étaient nues. Était-ce la procédure normale ? »

Les yeux toujours fixés sur le centre de la scène, Dirk Hendricks dit, le visage sans expression: «C'est possible, monsieur le président. Je ne peux commenter ce qu'ont fait d'autres officiers – il retrouvait sa confiance. Nous ne parlions jamais de ces choses, vous savez.

– Monsieur Hendricks, c'est moi qui pose les questions, dit Sarah vivement. Si vous n'y voyez pas d'inconvénient, je préférerais que vous m'adressiez directement vos réponses.»

Il se retourna. Lentement, délibérément. Dédaigneusement? «Non, mademoiselle Barcant, je n'y vois pas d'inconvénient.» Dirk avait retrouvé tout son sang-froid et donna à Sarah une idée du contrôle de soi que ce policier avait dû avoir autrefois.

Elle éleva la voix: «J'imagine que vos trous de mémoire signifient que vous n'êtes pas en position de réfuter les allégations de M. Mpondo, qui affirme que vous lui demandiez de se mettre nu avant de commencer à l'étouffer?»

Dirk Hendricks eut l'air de déglutir. «Je ne...» Mais il fut sauvé par son avocat et n'eut pas à terminer sa phrase. Hannie Bester, qui s'était déjà penché, se servit maintenant de ses larges épaules pour dissimuler son client. «Monsieur le président, j'ai écouté très attentivement et je n'ai pas entendu M. Mpondo faire une telle allégation.

– Puis-je rappeler à mon collègue que M. Mpondo n'a pas encore déposé», dit Sarah, en se demandant en même temps si Alex déposerait jamais.

Hannie Bester souleva un sourcil. «Alors puis-je en conclure que mon éminente consœur a l'intention de demander à M. Mpondo s'il était déshabillé pendant les interrogatoires?»

Quelle arrogance, pensa Sarah, et quel mépris: prisonnier comme avocat – maîtres de l'univers. Mais elle dit seulement: «Si c'est nécessaire», en croisant mentalement les doigts parce que Bester avait raison: Alex l'avait mise au courant dans les toilettes et pourtant elle ne savait toujours pas jusqu'où il était prêt à aller. Elle mit autant de conviction qu'elle put dans sa voix et dit: «Oui, M. Mpondo déposera sur ce sujet», en prenant soin de ne pas croiser son regard, et en ajoutant, comme si elle avait été distraite: «... monsieur le président.

– Je vous remercie pour cet éclaircissement», dit Hannie Bester en faisant claquer ses bretelles avec outrance et en indiquant d'un geste dédaigneux qu'il lui abandonnait son client.

«Monsieur Hendricks? Avez-vous ôté les vêtements de M. Mpondo?»

L'interruption de son avocat avait donné à Dirk Hendricks le temps dont il avait besoin. «Je suis désolé, monsieur le président – il secoua la tête. Très honnêtement, je ne peux me souvenir si M. Mpondo était déshabillé ou non.

– Je vois – Sarah baissa les yeux vers la déposition posée sur la table devant elle. Alors, dites-moi, monsieur Hendricks, connaissez-vous un certain M. Jackson Thulo?»

Dirk Hendricks hésita un bref instant, avant de répondre: «Je ne suis pas sûr. Le nom me dit quelque chose.

– Très bien – elle leva les yeux. Voyons si je peux vous aider. M. Thulo était un jeune policier en poste à Smitsrivier en 1985. Un auxiliaire sous vos ordres. Cela vous aide-t-il à vous souvenir de lui?

– Comme je l'ai déclaré, dit Hendricks avec une moue, le nom me dit quelque chose.

– M. Thulo semble avoir une meilleure mémoire que vous. Il témoignera qu'il a travaillé sous votre direction en 1985, et qu'au cours de cette même année vous lui avez donné des ordres précis. Le contestez-vous ?

– Non, monsieur le président – il secoua sa grosse tête. Je ne le conteste pas. Si ce monsieur était en service à cette époque, il est fort possible que je lui aie demandé de m'aider.

– Et vous ne contesterez pas le témoignage de M. Thulo qui déclare vous avoir aidé pour M. Mpondo ? Sarah jeta un coup d'œil au juge. Et pour prévenir une autre interruption de maître Bester : « Oui, monsieur le président, j'appellerai M. Thulo pour qu'il vienne témoigner » – elle se retourna vers Dirk Hendricks. Monsieur Hendricks, M. Thulo dira que vous lui avez donné l'ordre plusieurs fois d'enlever son pantalon à M. Mpondo. Est-ce que vous le niez ?

– Je ne m'en souviens pas. » Dirk Hendricks ferma à demi les yeux comme s'il faisait vraiment un effort pour se souvenir.

« Le niez-vous ? »

Entre ses paupières à demi closes, les yeux de Dirk Hendricks avaient à nouveau changé, ils étaient devenus gris, et sa voix, tout aussi froide, sonna comme un avertissement quand il dit : « C'est possible », avant d'ouvrir les paupières.

« Et vous souvenez-vous d'avoir uriné sur M. Mpondo et d'avoir ri en lui disant que s'il ne collaborait pas, la prochaine fois ce serait de la merde ?

– Est-ce que M. Thulo dit que j'ai fait ça ?

– Pouvez-vous répondre à la question, s'il vous plaît ?

– Parce que... – Dirk Hendricks se pencha en avant, soudain impatient de se libérer d'une pensée qui venait seulement de lui traverser l'esprit –, parce que, même si j'ai effectivement donné certains ordres à M. Thulo, il ne se serait pas trouvé avec moi quand j'interrogeais le prisonnier. Nous avions des problèmes d'infiltration à ce moment-là : nous ne pouvions faire confiance à nos policiers noirs. S'il dit qu'il était dans la salle...

– Contentez-vous de répondre à la question, monsieur Hendricks. »

Sa voix retomba. « Non. » Dirk Hendricks se laissa aller sur sa chaise, démonté. « Je ne me souviens pas d'avoir fait ce que vous dites...

– Vous ne vous en souvenez pas. Le niez-vous alors ? »

Un instant d'hésitation avant que le visage de Dirk Hendricks s'éclaire. Il avait pris une décision. « Oui, monsieur le président. Je le nie. Je ne crois pas que cela puisse être exact. M. Mpondo était mon prisonnier. Mon travail consistait à obtenir des informations de lui mais à la vérité je n'ai jamais éprouvé de haine à son égard. J'étais même désolé pour lui. Quand il coopérait, je le traitais aussi correctement que les circonstances le permettaient. Je l'ai emmené à l'extérieur, je lui ai payé à manger, je lui ai acheté des cigarettes. Il préférait les menthol et j'ai eu un mal de chien à trouver sa marque, ici, à Smitsrivier, en pleine cambrousse, mais j'ai réussi. » Le souvenir le fit sourire, son visage s'éclaira, le bleu de ses yeux devint plus profond. Sarah vit revenir l'homme qu'elle avait interrogé, cet homme puissant, poli, engageant, dont le charme n'était atténué que par sa stupéfaction devant la façon dont son travail l'avait mis au ban de la société.

Et pourtant : est-ce qu'Alex avait raison ? Est-ce que tout ce que disait cet homme n'était qu'un tissu de mensonges ?

« Ne trouvez-vous pas étrange, monsieur Hendricks, que vous vous souveniez de détails sans importance comme la marque des cigarettes que vous avez achetées et que votre esprit reste vide quand il s'agit de répondre à des questions qui concernent votre demande d'amnistie ? »

Dirk Hendricks écarta les mains, il les retourna, les paumes en l'air, un geste à la fois d'élégance et d'impuissance. «Je suis désolé, monsieur le président. Je sais que cela peut paraître étrange. Mais il y a beaucoup de choses dont je ne me souviens pas.

– Ainsi vous maintenez votre position.

– Le médecin qui m'a ausculté en prison m'a dit que je devais m'y attendre.

– Ah oui – la voix de Sarah se durcit. Vous faites référence bien sûr au diagnostic qui fait de vous une victime de l'état de stress post-traumatique. Mais savez-vous que, statistiquement, on rencontre plus souvent des ESPT chez les victimes de la torture que chez les tortionnaires ?

– Non, monsieur le président. Je suis policier. Pas psychologue. Je ne le savais pas.

– Sauf, bien sûr, si vous vous considérez comme une victime ? »

Une pause interminable. Dirk Hendricks fronça les sourcils comme s'il pensait à quelque chose de très compliqué. Il ouvrit et referma la bouche. En observant cette lutte intérieure muette, Sarah se dit qu'Alex avait raison : quand on en arrivait là, la très haute opinion que Dirk Hendricks avait de lui-même lui rendrait difficile d'accepter de laisser son nom dans l'histoire comme celui d'un scélérat.

Elle enfonça le coin. « Êtes-vous une victime, monsieur Hendricks ? »

Il prit une décision. « Oui, monsieur le président. A ma façon, je pense que je suis une victime.

– Oh, je vois – Sarah eut un rire de dérision. Vous voulez dire que M. Mpondo aurait dû présenter une demande d'amnistie pour lui-même, parce qu'il vous a contraint à le torturer ?» Elle pivota sur elle-même et s'adressa à la foule, qui répondit avec un rire gras, plus sans doute à cause d'un désir collectif de rompre la tension qu'à cause de l'humour de Sarah, parce que le rire dura plus longtemps que ne le méritait sa plaisanterie, il se répandit dans toute la salle, le rire d'une personne déclenchant celui de ses voisins, tandis que le juge contemplait la scène avec bienveillance, sans rien faire pour contenir le bruit, comme si lui aussi avait besoin d'un moment de détente, et il laissa la vague du rire s'apaiser lentement, et pendant tout ce temps, Sarah garda les yeux baissés vers le premier rang.

Le couple Sizela ne riait pas. La mère de Steve était assise sagement, comme toujours pendant les audiences, le regard fixé sur ses genoux. A côté d'elle, son mari se tenait beaucoup plus droit et la force de son attention rayonnait jusque sur la scène. Son visage maigre semblait empreint de colère, tendu dans un froncement de rage dirigé, Sarah s'en rendit compte, non pas vers Dirk Hendricks, mais vers Alex. Elle ne comprit pas.

«Je ne parle pas aussi bien que vous», entendit-elle.

Elle leva les yeux juste à temps pour voir Dirk Hendricks se pencher vers son micro. Il avait le visage rouge et repoussa d'un haussement d'épaules la main de son avocat qui voulait l'arrêter. «Je n'ai pas un anglais aussi facile, cria-t-il d'une voix forte, et sa colère renforçait son accent. Il parlait sans se contrôler. Je m'exprime en anglais parce que j'ai pensé que cela mettrait M. Mpondo plus à l'aise. Mais je suis la victime, si vous préférez, de ma propre ignorance et des choses que j'ai crues vraies... »

Hendricks s'arrêta pour reprendre son souffle et, en le regardant, Sarah se sentit elle-même entraînée par ce qu'il avait à dire, elle voulait qu'il sorte les mots manifestement si douloureux, et elle l'écouta attentivement.

«Je suis un patriote. Toute ma vie, on m'a dit que si nous n'étions pas vigilants, nous serions dominés par la menace communiste. Je protégeais mon pays de la prise de pouvoir par des organisations à idéologie communiste. Je ne faisais que ce que je croyais être le mieux.»

Il se redressa, épuisé par la passion mise dans sa déclaration, et le sang reflua lentement de son visage. Mais quand son avocat lui tapota l'épaule – pour le consoler? pour le féliciter? –, il repoussa à nouveau sa main.

«Je vois, dit Sarah en ajoutant négligemment: comment avez-vous fait pour mettre M. Mpondo dans le coffre?

– Je vous demande pardon?» dit Dirk Hendricks, et revint sur son visage cette même expression lointaine qui y était dès le début des audiences, comme s'il avait revisité le même lieu intérieur et qu'il luttait pour revenir dans le présent.

Elle avait besoin de le voir revenir. Elle dit lentement, en soulignant chaque mot séparément: «Vous avez dit que vous aviez emmené M. Mpondo à la ferme dans le coffre de votre Peugeot. Comment a-t-il fait pour entrer dans le coffre?

– J'ai dû l'y mettre», dit Dirk Hendricks d'une voix molle.

«Tout seul?

– On m'a peut-être aidé – il avait l'air très fatigué. Je ne m'en souviens pas.

– M. Mpondo n'a pas résisté?

– Non – Hendricks pencha la tête sur le côté. Je n'en ai aucun souvenir.

– Et pourquoi n'a-t-il pas résisté ? »

Un haussement d'épaules incertain. « Il était peut-être drogué.

– Il l'était peut-être, ou il l'était ?

– Il était drogué. Nous avions écrasé des comprimés dans sa nourriture et nous l'avons transporté inconscient.

– Nous ?

– Moi, et un auxiliaire. Je ne me souviens plus de son nom. C'était peut-être votre Thulo.

– Et est-ce que ce "nous" – vous et cet auxiliaire inconnu – a fait la même chose à Steve Sizela ? »

Pendant toute cette partie de l'interrogatoire, l'avocat de Dirk Hendricks était resté assis sur le bord de sa chaise. Mais, à la mention du nom de Steve, il réagit d'une voix tonitruante : « Objection, monsieur le président. Mlle Barcant sait fort bien que vous rejetez les questions concernant M. Sizela.

– C'est exact, mademoiselle Barcant. » Le juge dirigea sa mauvaise humeur vers les premiers rangs.

« Monsieur le président, dit Sarah, vos directives concernent tout interrogatoire que je peux être amenée à faire au nom de la famille Sizela. En ce moment, je n'agis pas pour cette famille, mais pour M. Mpondo. Et d'après ce que j'ai compris, votre décision avait pour but d'arrêter les relations croisées entre différentes audiences. Cependant, mes questions ne concernent pas une autre affaire : elles sont directement en rapport avec la demande d'amnistie en cours. Mon client témoignera pour dire qu'il a vu M. Sizela dans les bâtiments qu'il croyait être ceux du commissariat de police de Smitsrivier mais qui apparaissent maintenant avoir été ceux d'une ferme. Mes questions vont au cœur du sujet si le demandeur fait des révélations complètes. »

Un temps, le juge pencha la tête pour entendre ce que lui disait un membre de la Commission, puis se redressa et brancha son micro. «Je vous permets une certaine latitude, mademoiselle Barcant, mais ne vous égarez pas.

– Merci, monsieur le président.» Elle regarda Dirk Hendricks: «Avez-vous aussi drogué Steve Sizela afin de le transporter à la ferme?»

Dirk Hendricks secoua la tête. «M. Sizela n'était pas mon prisonnier.

– Ce qui signifie que vous ne l'avez pas drogué?

– *Ja* – un hochement de tête. C'est exact, monsieur le président. Je ne l'ai pas drogué.

– Très bien. M. Sizela était le prisonnier de qui?

– Je ne m'en souviens pas.

– M. Sizela était-il le prisonnier de Pieter Muller?»

A nouveau, la même réponse. Avec lassitude. «Je ne m'en souviens pas.

– M. Muller a-t-il emmené M. Sizela en voiture à la ferme?

– Je suis désolé, monsieur le président, je ne sais pas.

– M. Mpondo témoignera qu'il a vu M. Sizela à la ferme. Pouvez-vous le nier?

– Je ne peux pas dire ce que M. Mpondo a vu ou n'a pas vu.

– Ce qui signifie que vous ne pouvez nier que M. Sizela était à la ferme.

– Non, monsieur le président, je ne peux le nier.

– Considérons donc cela comme acquis – elle le tenait. Alors devons-nous croire qu'il y avait deux voitures, la vôtre et celle de M. Muller ou d'un autre policier anonyme, qui transportaient des prisonniers inconscients de Smitsrivier jusqu'à la ferme? Ou peut-être y avait-il aussi d'autres prisonniers qu'on emmenait là-bas – tout un convoi de policiers qui ne se connaissaient pas entre eux... »

Elle ne finit pas sa phrase. Hannie Bester était déjà debout et hurlait: « Monsieur le président, Mlle Barcant cherche à en savoir plus en essayant de faire passer mon client pour un imbécile. Je dois...

– Non, monsieur Bester, l'interrompit le juge de mauvaise humeur. Vous ne devez rien faire. Je vous prie de vous asseoir. » Il tourna la tête: « Je me suis montré généreux envers vous, mademoiselle Barcant, mais si le témoin explique clairement qu'il ne peut se souvenir, vous ne gagnerez rien en le harcelant. »

Sarah approuva d'un signe de tête. « Oui, monsieur le président. » Puis s'adressant à Dirk Hendricks: « Vous étiez dans une ferme, monsieur Hendricks, pas dans un commissariat aux murs épais. Comment avez-vous pu ne pas remarquer la présence de Steve Sizela?

– Objection.

– Comment avez-vous pu ne pas entendre ses cris alors qu'on le torturait?

– Objection.

– Quand il demandait pitié.

– Objection.

– Quand on le tuait.

– Objection. » Hannie Bester s'avança violemment et heurta son micro dans lequel il parla: « Si vous me permettez, monsieur le président, je dois m'opposer avec force. Nous sommes ici pour découvrir la vérité, non pas pour martyriser nos clients respectifs. Les questions que pose Mlle Barcant sont fondées sur de simples conjectures. D'après ce que je comprends, nous n'avons aucune preuve que M. Sizela soit mort, et encore moins qu'il ait été tué par la police. »

Le juge fit un signe de tête. « Oui, mademoiselle Barcant, je pense que vous êtes allée trop loin avec ces questions.

– Mais, monsieur le président...

– Je suis désolé, mademoiselle Barcant, dit le juge. Sauf si vous avez une ligne différente pour poursuivre sur ce qui concerne M. Sizela, vous devez passer à autre chose. Avez-vous des questions d'une autre nature ?

– Non, monsieur le président, mais je ne peux argumenter avec assez de force que la question des révélations complètes de M. Hendricks est...

– Mademoiselle Barcant, la coupa le juge. J'ai décidé. Et comme votre interrogatoire n'ira pas dans une autre direction et qu'il est déjà treize heures, l'audience est suspendue jusqu'à quatorze heures. » Là-dessus, le juge coupa son micro et se leva.

32.

Sarah et Alex allèrent déjeuner dans un endroit tellement éloigné que personne n'aurait imaginé les trouver là. Et comme ils étaient les seuls clients du restaurant à la décoration surchargée, la serveuse ne les quitta pas d'une semelle. En faisant de son mieux pour ignorer cette présence affairée, Sarah ne tint pas compte de la nappe blanche, des napperons brodés et des jonquilles en plastique. « Je ne peux aller plus loin en ce qui concerne la disparition de Steve », dit-elle.

Alex ne réagit pas. Il déplaçait des betteraves en conserve et de la sauce de salade trop liquide d'un côté à l'autre de son assiette comme si personne n'avait parlé, et c'est en levant les yeux presque par hasard qu'il vit qu'elle le regardait. Il hocha la tête, d'un geste machinal, et Sarah pensa qu'il en aurait fait autant quoi qu'on lui ait dit parce qu'il n'écoutait pas. Mais la cacophonie de la musique d'ambiance y était peut-être pour quelque chose.

Elle parla plus fort. « Et maintenant ? »

Alex haussa les épaules sans s'émouvoir. Sarah ne sut absolument pas ce que cela signifiait. Il était tellement mystérieux. Après qu'elle l'eut trouvé dans les toilettes et qu'ils eurent parlé, elle avait cru qu'ils s'étaient enfin compris. Mais non : Alex était à nouveau loin d'elle.

Elle insista : « Je n'ai aucun moyen de contourner la décision du juge à propos de Steve, aussi je pense que nous devrions nous concentrer sur la véritable demande d'amnistie d'Hendricks. Je crois savoir comment avancer : j'ai passé la nuit dernière à lire des audiences et des jugements précédents de la Commission et j'ai été frappée par l'aversion de la plupart des juges envers la torture. Ils ont amnistié toutes sortes d'assassins douteux – en particulier dans des affaires sans témoins – mais ils se sont montrés plus sévères pour les tortionnaires. Je pense que nous devrions attaquer de front la question du sadisme d'Hendricks. »

Alex posa soigneusement sa fourchette à côté de son assiette intacte.

« Si nous pouvons prouver qu'Hendricks a continué à vous torturer sans tenir compte... »

Il ne la laissa pas achever. « Je veux que ça se termine.

– Ça ? » Dans le brusque éclat de son irritation, Sarah prononça le mot plus fort qu'elle ne l'avait souhaité.

« L'interrogatoire d'Hendricks. »

Pourquoi ? Pourquoi la stopper au moment où elle allait quelque part ? « Je ne peux pas m'arrêter maintenant. Vous ne voyez pas ce qui s'est passé? Hendricks ne fait plus ce qu'il veut. Il a perdu de sa superbe.»

Ce qu'elle pouvait dire semblait ne pas compter parce qu'Alex répéta la même phrase avec la même obstination: «Je veux que ça se termine.»

Elle reposa violemment sa fourchette dans un geste de frustration. «C'est un ordre?

– Oui – souligné par un hochement de tête énergique. C'est un ordre.

– Puis-je savoir pourquoi?»

Quand Alex la regarda, elle se rendit compte que sa colère disparaissait. Son visage était si triste, pensa-t-elle, si fatigué, si vulnérable.

«Vous savez que je n'ai jamais voulu assister à cette audience, dit-il.

– Oui, je l'ai appris.

– Si James n'avait pas eu besoin, au moins autant que moi, de donner une sépulture à Steve, je ne serais pas venu.» Il se pencha sur la table, brusquement, et lui prit la main.

Sarah la lui laissa en sentant le contact de sa peau contre la sienne, consciente en même temps d'un mouvement soudain près d'eux. La serveuse eut l'air de reculer d'un bond. A cet instant, Sarah se vit par les yeux de cette inconnue. En revanche, elle vit son propre pantalon ample dont le bleu était assorti à son chemisier, ses hautes sandales poussiéreuses, et dans la main calleuse de cet homme aux vêtements fripés et au regard abattu, elle vit ses ongles manucurés. Noir sur blanc. A Smitsrivier.

Alex remarqua la réaction de la serveuse, mais n'en laissa rien paraître. Pourtant, il lâcha la main de Sarah. «Je n'en peux plus. Je ne peux plus rester assis et écouter Dirk Hendricks. Je le connais trop bien. Je sais que plus on exerce de pression sur lui, plus il m'écrase.

– Vous voulez dire qu'il va essayer. Mais ne le laissez pas faire – quand j'en aurai fini, personne ne croira ce que dit Dirk Hendricks.

– Comment le savez-vous ?

– Parce que je le sais. Parce que je suis spécialiste de ce genre d'exercice. »

Il secoua la tête. « Non. C'est différent. Nous ne sommes pas à New York où tout le monde suit les mêmes règles. Je ne peux prendre le risque que le récit de Dirk Hendricks, sa propre version de l'histoire, devienne la mienne. Et pour lui c'est obligatoire s'il veut obtenir son amnistie, alors pourquoi est-ce que je devrais me forcer à vivre ça ? Je ne peux plus dormir. Je ne peux plus manger. Je ne peux plus continuer. Je suis désolé. » Il cligna des yeux.

« Vous voulez que je me retire complètement ? demanda Sarah d'une voix calme.

– Non. Appelez Thulo si vous voulez – ce sera aussi bien. Mais je vous en prie, n'exercez pas de pression sur Hendricks. » Alex se leva brusquement et jeta de l'argent sur la table. « On se retrouve à la salle des fêtes », dit-il en s'éloignant. Il passa devant la serveuse qui s'écarta vivement, devant l'océan de napperons, de fleurs séchées et de coquillages transformés en cendriers qui étaient à vendre, et se dirigea tout droit vers la sortie.

Sarah n'essaya pas de le rappeler. C'était inutile : il pensait vraiment ce qu'il avait dit. Quand la porte avec son rideau de dentelle se referma derrière lui, elle regarda sa montre. Deux heures moins dix : l'heure de partir. Elle se leva. Il avait laissé cinquante rands – plus qu'il n'en fallait pour régler les salades aux feuilles molles. Elle sortit derrière lui.

Quand le juge dit: «Mademoiselle Barcant?» Sarah brancha son micro et déclara: «Pas d'autres questions», puis elle croisa les bras, une façon symbolique de se retirer, alors qu'Alex restait sans bouger. Impossible à faire bouger.

Le juge cligna des yeux d'étonnement et se tourna vers l'autre côté de la scène: «Maître Bester?»

Pris lui aussi au dépourvu par le brusque retrait de Sarah, l'avocat de Dirk Hendricks se lança dans un certain nombre d'activités de remplacement. Il fit claquer ses bretelles, resserra son nœud de cravate, ouvrit et referma un dossier, et ce n'est qu'à ce moment, après avoir encore croisé les mains, les avoir portées à ses lèvres et toussé, qu'il brancha son micro. «Quelques questions pour nous éclairer, monsieur Hendricks?» dit-il d'une voix cadencée, tout en vérifiant l'état de préparation de son client.

Maître Bester n'avait pas à s'inquiéter. Alex s'étant retiré, Hendricks retrouvait son rôle de parfait témoin, bien élevé et obéissant, plus calme que tous ceux qui se trouvaient sur la scène. «Oui, monsieur le président», dit-il.

Son avocat sourit: «Vous avez entendu M. Mpondo dire dans son témoignage qu'après la période initiale d'interrogatoire intensif, vous l'avez interrogé une fois tous les quatre jours pendant une longue période?»

En entendant la voix calme du prisonnier qui répondait: «Oui, monsieur le président», Sarah se dit: Bester a compris que le sadisme d'Hendricks est son talon d'Achille.

«Ce qu'a dit M. Mpondo est-il exact? demanda l'avocat. L'avez-vous effectivement interrogé tous les quatre jours?»

Alex s'étant retiré, Dirk Hendricks pouvait sans crainte répondre non. En fait, sans Alex pour le défier, Dirk

Hendricks était libre de faire tout ce qui lui plaisait et de prendre son temps. Sa réponse, accompagnée d'un mouvement de tête, vint après un long silence. «Je suis désolé, monsieur le président.» Sa voix trembla légèrement comme s'il était vraiment désolé, puis elle s'affermit. «Je ne me souviens pas du nombre de fois où j'ai vu M. Mpondo, mais s'il veut dire que je l'ai interrogé exactement tous les quatre jours, c'est assurément une exagération.

– Comment pouvez-vous en être sûr?

– Parce que c'était l'époque de l'assaut général. L'ANC avait demandé à ses membres de rendre le pays ingouvernable et nous, dans la police de sécurité, nous travaillions à la limite de nos possibilités. J'avais beaucoup d'autres choses à faire et j'étais parfois obligé d'aller loin de Smitsrivier. Je n'aurais pas pu interroger M. Mpondo aussi régulièrement qu'il le dit.

– Mais vous avez continué à l'interroger irrégulièrement pendant tout le temps de son emprisonnement.

– C'est exact.

– Vous nous avez dit qu'au cours des trois premiers jours de tout interrogatoire, vous deviez obtenir le maximum d'informations avant que l'ennemi ait eu le temps de se regrouper. Quelles étaient vos raisons pour continuer à interroger votre prisonnier après cette période initiale?

– Obtenir des informations, monsieur le président.

– Assurément, vous les aviez déjà.

– Pas tout à fait, monsieur le président. J'avais appris où se trouvaient certaines armes mais M. Mpondo m'avait caché d'autres choses – les itinéraires de passage des armes, les noms d'autres terroristes, les futurs plans – que nous avions besoin de connaître. C'est pour cette raison que j'ai continué à l'interroger.

– En d'autres termes, toute suggestion laissant entendre que vous portiez la main sur M. Mpondo par haine ou désir de vengeance, ou même parce que vous y preniez plaisir, serait fausse?

– Monsieur le président, dit Dirk Hendricks, rien ne pourrait être plus loin de la vérité. Ce que j'ai fait subir à M. Mpondo, je l'ai fait de bonne foi»; et il répéta «de bonne foi», d'un air absent, comme s'il avait l'esprit ailleurs ou pensait à quelque chose qu'il devait résoudre, parce que lorsqu'il reprit la parole, sa voix était plus forte.

«Je croyais en ce qu'on m'avait appris. On m'avait appris que si nous ne faisions pas preuve de fermeté nous serions dominés par les forces communistes.» Il reprenait l'excuse que tant d'autres policiers et anciens policiers avaient utilisée devant la Commission. Leurs préjugés avaient été renforcés par les spectacles auxquels ils avaient assisté comme ce que Dirk Hendricks était en train de raconter: «Les choses terribles qui se passaient dans notre pays. Des gens brûlés vifs dans le supplice du collier, des policiers abattus, des maisons incendiées, des townships transformés en zones interdites à la police.»

Sarah qui l'écoutait ressentait la frustration de ne pouvoir l'interroger. Elle aurait voulu lui poser certaines questions: par exemple, à combien de supplices du collier avait-il vraiment assisté? Combien, par rapport aux morts en prison et aux fusillades dans la rue? Et cependant, sans l'accord d'Alex, elle ne pourrait les poser.

«... Toutes ces choses, disait Dirk Hendricks, m'ont amené à penser que c'était toute notre façon de vivre qui était menacée.»

Il s'arrêta. Cet homme avait tant de facettes, se dit Sarah, comme Alex. Au début des audiences, Hendricks s'était présenté comme un prisonnier effrayé et avait laissé apercevoir le tortionnaire qui était en lui, mais maintenant il n'était plus rien de tout cela. Il se penchait en avant, et disait ce qu'il avait sur le cœur avec une sincérité presque messianique.

« C'est facile aujourd'hui de regarder en arrière et de dire que j'ai eu tort – il se pencha encore. Nous avons un nouveau gouvernement et la loi et l'ordre règnent dans notre pays. Je le vois de mes propres yeux. Mais à cette époque, honnêtement, j'avais très peur de ce qui pouvait arriver. »

Il avait effectivement l'intention de se lever. Il posa les mains sur la table pour s'appuyer, apparemment sans se rendre compte que ses gardes s'étaient mis debout.

« Honnêtement, je... »

Mais il n'eut pas le temps de terminer sa phrase. Son avocat tendit le bras et l'obligea à se rasseoir.

Dirk Hendricks se laissa retomber lourdement et se retourna en colère vers son avocat. On aurait dit qu'il allait l'insulter. Sa poitrine se soulevait, sa gorge palpitait et il respirait assez bruyamment pour qu'on l'entende de l'autre côté de la scène. On dirait un animal sauvage, pensa Sarah, un homme lié par un passé qui l'avait conduit ici ; et elle se sentit désolée pour Dirk, en se rendant compte, en même temps, que c'était aussi la première fois qu'elle l'appelait Dirk. Son avocat lui dit pour le calmer : « Merci, monsieur Hendricks. Je pense qu'on vous a bien compris », et Sarah s'aperçut que cette répétition des actes de torture n'était peut-être pas le résultat d'une absence de passion comme elle l'avait cru auparavant, mais bien au contraire d'un excès de passion, une passion trop violente pour être dominée, et d'une détermination trop longtemps refoulée et qui le consumait. Dirk tourna la tête et regarda les juges.

« Monsieur le président. Je dois dire quelque chose. Est-ce que je peux me lever ? »

Le juge sembla hésiter, puis: «Oui, monsieur Hendricks, vous pouvez vous lever. Mais tout d'abord...» Il regarda au-dessus de la tête du prisonnier les gardes qui le surveillaient. «Gardes, vous pouvez vous rasseoir.» Il resta la main levée jusqu'à ce que les gardes soient assis. «Nous vous écoutons, monsieur Hendricks.»

Dirk Hendricks se leva. Il resta debout, silencieux, dominant son avocat. Puis, après avoir pris une grande respiration et avant d'expirer, il releva la tête et parut encore plus grand.

«Je dois dire quelque chose, monsieur le président.» Il ne s'adressait pas aux juges mais à Alex Mpondo immobile. «Ce n'est pas facile de parler de ce qui s'est passé. On peut même avoir un peu honte. Mais à vous, monsieur Mpondo, je veux vous dire en toute honnêteté que je ne savais pas qui vous étiez alors. Je ne vous ai jamais vu comme je vous vois assis ici aujourd'hui – un député, un homme cultivé, un être humain. Je peux comprendre que vous me haïssiez – je suis allé trop loin – mais si vous pouvez en trouver la force dans votre cœur, j'aimerais vous parler. Pas ici, comme des singes au zoo, mais en privé, d'homme à homme. Si vous en êtes d'accord, j'aimerais tenter de vous expliquer pourquoi j'ai fait ce que j'ai fait, vous montrer que je suis aussi un être humain.»

. 33

Alex termina dans un bar pour Blancs. Il y entra par hasard, sans l'avoir recherché particulièrement, et y resta. C'était un bar pour Blancs mais pas trop « Afrique-du-Sud-blanche-et-branchée ». On n'y voyait pas les éléments nécessaires pour ça – pas de serveurs trop polis ni de gros hommes d'affaires ; pas de plantes vertes, de présentoirs de bouteilles ni d'air conditionné. C'était un endroit beaucoup plus rudimentaire, un bar pour Blancs ruraux, pauvres, à petits moyens, des Blancs à l'esprit de clan.

J'aurai tout fait, depuis les toilettes pour *kaffir* jusqu'au bar pour racaille blanche, se dit Alex, en regardant autour de lui. Alors que les bars chics de la métropole se faisaient concurrence pour attirer les Africains, ici on n'avait sans aucun doute jamais servi de Noir. Pourquoi aurait-on dû le faire ? Aucun Africain qui se respectait n'aurait jamais fréquenté un tel établissement.

Et pourtant, quand Alex avait poussé la porte et franchi le seuil (était-ce de la sciure par terre ou avait-on oublié de balayer ?), personne n'avait protesté. Les autres clients, trois hommes seuls, d'âge indéterminé, la tête penchée selon leur degré d'ivresse, étaient sans aucun doute trop saouls pour s'en rendre compte, mais la *tannie** derrière le bar l'accueillit d'un signe de tête et lui fit un geste vague comme pour lui dire que quand on voulait vraiment entrer, on devait fermer la porte pour qu'ils retrouvent leur obscurité humide.

Elle ne lui demanda pas ce qu'il voulait. Elle attendit simplement qu'il soit assis à une table bancale, et ce n'est qu'à ce moment-là qu'elle sortit de derrière le bar, une chope en fer-blanc à la main, en traînant les pieds et en faisant glisser ses pantoufles éculées sur le pavé grossier. Arrivée près de lui, elle enleva le bouquet de magnolias bleus en plastique poussiéreux pour le mettre sur une autre table branlante, avant de déposer la chope.

Une odeur aigre s'en éleva. Alex pensa pouvoir deviner ce qu'il y avait dedans, mais il n'en regarda pas moins par-dessus le bord de métal cabossé, pour vérifier. Il avait deviné juste : c'était ce liquide fermenté bien connu, jaune et épais, de la bière de maïs. De la bière *kaffir* parce que je suis noir ? Mais non... il regarda autour de lui et vit que les autres clients buvaient la même chose, dans les mêmes chopes cabossées en fer-blanc. Peut-être n'avaient-ils pas les moyens de se payer de la vraie bière ou peut-être n'aimaient-ils pas ça. Il sourit à la femme. « *Dankie.* »

La *tannie* hocha la tête et s'éloigna en traînant les pieds.

Alex n'avait pas envie de bière, n'importe quelle sorte de bière, mais maintenant qu'on lui en avait servi une, il pouvait bien la boire. Il leva sa chope et la tint un instant en l'air comme pour porter un toast. Un toast silencieux à Dirk Hendricks.

---

* Tannie : tante, terme affectueux donné à une femme âgée. (*N.d.T.*)

Ce salaud méritait qu'on l'admire : il était tellement mielleux. Et son minutage était parfait. La façon dont il avait choisi le moment pour venir frapper à la porte de l'humanité ! Dirk le malin qui avait dû se rendre compte – Alex l'avait compris – comment le public avait été entraîné contre sa volonté à prêter une oreille sympathique à son ancien ennemi. Il devait aussi avoir remarqué le hochement de tête compréhensif des juges. Non pas comme le bon archevêque Tutu ne cessait de répéter, en disant que demander pardon était une condition préalable à l'amnistie. Pourtant, on devait regarder les choses en face, cela aidait, en particulier si la demande semblait aussi spontanée et aussi sincère que celle de Dirk Hendricks. Et le public avait tout gobé. Alex l'avait bien vu aux sourires – pas seulement ceux des juges mais aussi ceux d'une grande partie des spectateurs. En fait, Alex se dit qu'il était peut-être le seul à ne pas s'être laissé avoir. Lui seul avait remarqué que le terrain avait été préparé pour cette manœuvre bien avant.

C'était ça le pire. Alex connaissait vraiment ce salaud par cœur. Non pas au sens où l'on connaît un proche, son enfant par exemple, ou son frère ou la personne qu'on aime. C'était plus intime encore. Plus profond. La vérité c'était qu'Alex connaissait Dirk Hendricks de l'intérieur. Pas seulement sur le plan physique, l'odeur de son after-shave, par exemple, de l'essence de pin mêlée à une graine qui tournait et devenait acide sur sa peau luisante quand Hendricks commençait à suer, ou son grognement quand il faisait un effort, ou la peau rugueuse de ses paumes – pas seulement cela. C'était plus et pire. La façon dont fonctionnait l'esprit de Dirk Hendricks. C'était cela que connaissait Alex. C'était ce qui rendait toute l'expérience doublement insupportable, rester assis face à son tortionnaire en sachant ce qu'il pensait et s'apprêtait à dire.

Dans n'importe quelle autre situation, on aurait pu considérer cela comme utile. Alex savait que la prudence politique conventionnelle, les consultants d'entreprise, les tacticiens de la guerre moderne, auraient tous été d'accord pour dire que cette anticipation pouvait être essentielle : ils souscrivaient tous à la même théorie selon laquelle connaître son ennemi est la première étape pour le vaincre. Mais pas Alex. Pas dans ce cas-là. Dans cette affaire, connaître Dirk Hendricks, savoir quel poison il pouvait produire, ne faisait que l'effrayer encore plus.

La peur. Alex était un expert. La peur ne trônait pas seulement dans son esprit, elle s'était aussi installée dans son corps. Il en connaissait les secrets. Il avait assisté à l'audience et avait senti cette peur monter en lui. Il savait comment elle commençait à se manifester, un tremblement dans la poitrine, avant de monter dans sa gorge, puis un fourmillement dans les terminaisons nerveuses qui faisait frémir ses paupières. La peur et l'anticipation de la peur. Dirk Hendricks lui avait appris tout cela. C'était sa spécialité. Il avait compris la puissance d'imagination d'Alex. Cela expliquait ces séances de torture qui se répétaient régulièrement tous les quatre jours, et c'était pour cela que Dirk Hendricks avait senti qu'il devait les nier publiquement. Dirk Hendricks avait choisi de se présenter comme un honnête policier trompé par la propagande du gouvernement et non comme le sadique qu'il était en réalité. En effet, ce que Dirk Hendricks avait fait à Alex n'avait pas seulement consisté à lui infliger une douleur sur-le-champ, cela avait aussi consisté à ce qu'Alex imagine la douleur dans l'avenir. Il avait obligé Alex à l'attendre.

Si Sarah Barcant en avait eu un aperçu, elle ne l'aurait lu qu'avec sa compétence d'avocate. C'était pour cela qu'Alex avait dû la retenir. En dernière analyse, tout cela n'était pour elle que de la stratégie de tribunal: son unique préoccupation n'était pas ce qu'Hendricks pouvait dire à propos d'Alex, mais bien la meilleure façon de l'interroger, et ainsi préparer le terrain pour que l'amnistie lui soit refusée. Quelle que fût son intelligence, Sarah Barcant ne comprendrait jamais, contrairement à Alex, que Dirk Hendricks n'avait absolument pas changé, qu'il voulait toujours la même chose: supprimer Alex.

Une main apparut dans son champ de vision. Celle de la patronne du bar qui posait une autre chope sur la table. Avait-il dit quelque chose qu'elle avait interprété comme une commande, ou décidait-elle seulement de la vitesse à laquelle ses clients finissaient leur bière? Cela ne semblait pas avoir d'importance. Elle s'éloigna en traînant les pieds.

Il baissa les yeux vers la table. Deux chopes. Pleines toutes les deux. Une pour Alex. Une pour Dirk. Quel gâchis, se dit Alex. Ils n'en avaient pas besoin de deux. Ils étaient deux hommes en un.

Dirk Hendricks ne savait rien de tout cela. La seule consolation d'Alex, c'était qu'Hendricks ne devinerait jamais la profondeur des dégâts qu'il avait infligés à son prisonnier. Dirk Hendricks avait toujours gardé dans la tête les anciennes façons de penser. Il pensait être en prison parce que son gouvernement avait perdu, parce qu'il était blanc et Alex, son accusateur, noir. Dirk Hendricks était très malin et, en même temps, tout à fait stupide: il ne comprenait pas que la couleur ne les séparait plus, qu'ils étaient semblables à cause de ce qu'il avait fait à Alex.

Ce que Dirk Hendricks ne savait pas – et qu'il ne saurait jamais – c'était qu'il avait transformé Alex en Blanc. D'un blanc décoloré, d'un blanc de lys. Blanc de peur. Pas étonnant que les pieds d'Alex l'aient conduit dans un bar pour Blancs. Alex n'était plus noir.

La *tannie* qui tenait l'établissement avait du génie. Alex avait encore besoin d'un verre. Et pas seulement d'un. Il attrapa la chope la plus proche, renversa la tête et laissa la bouillie acide lui couler dans la gorge, jusqu'à ce qu'il n'y en ait plus, jusqu'à ce qu'il ait vidé la chope. Comme ça, c'était beaucoup mieux. Merveilleux de la part de la patronne d'avoir prévu qu'Alex aurait vite besoin d'un second verre. Sa main saisit la deuxième chope.

Il allait la porter à sa bouche quand la porte s'ouvrit. Un flot de lumière poussiéreuse traversa l'obscurité. Alex se tourna et distingua une silhouette qui se détachait dans le soleil. Pas seulement une silhouette, mais une silhouette de femme. Tout d'abord un Noir, et maintenant une femme, se dit-il : si les *dronkies** du lieu n'avaient pas été déjà aussi saouls, ces deux événements auraient pu alimenter leur conversation jusqu'à ce que leur foie rende l'âme.

La femme entra et referma la porte. Cet accoutrement à la mode et ces hautes chaussures ridicules ne pouvaient appartenir qu'à une seule personne : Sarah Barcant. Que diable faisait-elle ici, pas seulement dans ce bar, mais dans cette ville ? Elle ne ressemblait pas aux gens de Smitsrivier et n'agissait pas comme eux. Alex connaissait son histoire : c'était la fille de l'opticien partie depuis longtemps. Et pourtant elle chassait à nouveau les fantômes.

---

* Ivrognes. (*N.d.T.*)

En voyant son visage sombre, Alex se dit que ça ne lui réussissait pas. Enfin, c'était prévisible: elle avait fait la même erreur que lui. Elle aurait dû savoir, tous deux auraient dû savoir, que Smitsrivier était le genre de *dorpie** que le monde avait négligé, un trou noir pour fantômes, un endroit où l'on envoyait les âmes au purgatoire.

Sarah n'eut pas l'air étonné de le trouver là. Elle s'avança vers lui en prenant son temps. Il fallait le reconnaître: elle s'était changée après l'audience et Alex la trouva magnifique dans son élégante robe rouge, avec des mèches de cheveux noirs dans le visage, ce qui adoucissait ses traits. Si seulement elle n'avait pas froncé les sourcils.

Sarah s'arrêta à côté de sa table. «J'ai pensé que vous étiez ici.

– Ici?

– Dans un bar. Pour vous saouler.»

Oh, très bien. Elle l'avait vu saoul l'autre soir. «Miss Smitsrivier blanche 1985. Vous avez déjà bu de la bière *kaffir*?» demanda Alex.

Elle lui sourit sans prendre la peine de répondre. C'était quelque chose qui lui plaisait en elle. En fait, malgré sa susceptibilité et sa raideur, elle lui plaisait beaucoup. Il lui dit: «Asseyez-vous, et dites-moi ce que vous pensez des pansements sud-africains.»

Elle prit un air étonné.

«La Commission Vérité et Réconciliation est un antiseptique social. C'est ce qu'a dit un de ses membres l'autre jour. Un peu comme vendre la peau de l'ours avec le coup de pied de l'âne, si vous voulez mon avis... ou une métaphore aussi compliquée. Vous ne vous asseyez pas?»

---

* Ville, village. (*N.d.T.*)

Sarah secoua la tête. « Non. Je suis venue vous chercher.

– Quoi ? Pour aller voir Hendricks ? Pour qu'il nous joue en privé son numéro d'innocent ? Pas question.

– Non, répondit-elle, pas pour aller voir Hendricks. Pour aller à la ferme. Je lui ai demandé où elle se trouvait. Je suis venue vous chercher pour y aller. »

Cela aussi lui plaisait en elle. Pas question de lui raconter des craques. Alex lui sourit.

Pas question non plus de la faire changer d'idée. « Venez. Allons-y. »

Alex pencha la tête vers la table. « Je n'ai pas fini mon verre. »

Sarah le prit par surprise. Sa main s'abattit sur la table et avant qu'Alex ait compris ce qu'elle voulait faire, elle avait saisi la chope de fer-blanc, et debout, avec ses chaussures élégantes plantées dans la sciure, elle fit cul sec. Puis, en reposant la chope sur la table avec un billet de dix rands, elle dit : « Voilà. Votre verre est fini. Venez. Allons-y pendant qu'il fait encore jour. »

. 34

Depuis combien de temps Alex avait-il roulé sur cette route ? Trois jours ? Quatre jours ? Impossible de s'en souvenir.

Il jeta un coup d'œil en direction de Sarah qui se concentrait sur la route et conduisait vite, avec le même sérieux inflexible qu'elle apportait à toute chose. Cela lui convenait. Il s'appuya au dossier. C'était apaisant de regarder défiler l'asphalte sans fin, un ruban gris ardoise qui s'enfonçait entre les ocres et les différentes nuances de vert du paysage. Un moment suspendu. Un moment de calme. Alex sentit ses paupières se baisser.

Un soupir de Sarah le fit sursauter. Un coup d'œil à droite. Avait-il imaginé le bruit ? Elle regardait toujours droit devant elle, apparemment indifférente au fait qu'elle avait soupiré ou qu'il la regardait. Alex contempla la farouche détermination de son profil et vit la force qui l'habitait. La force d'une évadée, d'une rebelle bien décidée à vivre comme elle l'entendait.

Sarah tourna les yeux vers lui, croisa son regard comme si elle avait su pendant tout ce temps qu'il la regardait lui aussi, et dit : « L'embranchement ne doit plus être très loin. »

Le chemin qui conduisait à la ferme. Alex se sentit brusquement tout à fait dessaoulé. Il avait soif. Il passa sa langue sur ses lèvres sèches et craquelées: il mourait de soif. Pourquoi n'avait-il pas pensé à emporter de l'eau.

« C'est ici. » Sarah levait déjà le pied de l'accélérateur.

« Ici », c'était un chemin de terre sans indication, perpendiculaire à la route. Cela le révolta. Quand Sarah tourna le volant, Alex eut du mal à s'empêcher de le lui prendre des mains pour tourner la voiture dans l'autre direction, dans n'importe quelle autre direction, pourvu qu'ils ne prennent pas ce chemin de terre.

« Hendricks m'a dit que la ferme était à deux kilomètres environ de la route goudronnée. » Elle accéléra et fonça tout droit.

La lumière était trop violente. L'éclat lui brûlait les yeux. Il les ferma pour chasser le soleil. Une grave erreur. Dans l'obscurité, sa peur devint plus grande.

Il rouvrit les paupières, en espérant pouvoir ainsi chasser les images qui l'assaillaient. En vain. Elles avaient déjà creusé un sillon brûlant jusqu'à sa conscience: l'image du chemin de terre, pas celui d'aujourd'hui mais celui du passé, une image qui apparaissait et disparaissait en tremblant, claire et sombre, alors qu'il était allongé ligoté, dans un coffre métallique secoué de toutes parts, des images fugitives auxquelles se mêlaient une odeur infecte, celle des fumées d'échappement de gasoil, et un bruit de halètement qu'il n'arrivait pas à déterminer.

Il se dit: la drogue qu'on m'avait donnée n'a pas marché. Je n'étais pas endormi. A moitié seulement.

La peur revint en lui, brûlante comme la surface carbonisée de la terre.

Alex s'arrêta sur cette idée et, en fronçant les sourcils, il se demanda: pourquoi carbonisée?

Le feu. Bien sûr. Le feu. La semaine qui avait précédé

son arrestation, un incendie s'était déclaré dans les environs, ses franges de flammes rousses s'étaient répandues dans le veld, avalant les arbres en s'avançant inexorablement vers la ville. Alex se souvenait des bruits qui accompagnaient le feu, le craquement du bois sec, et le rythme des coups donnés par la ligne des hommes, Noirs et Blancs ensemble, qui essayaient d'éteindre les flammes, jusqu'à ce qu'elles se montrent aisément les plus fortes et qu'ils n'aient pas d'autre choix que de fuir leur férocité, en les contournant, en changeant de tactique. Ils poussèrent le feu vers la route dans l'espoir que lorsque l'incendie atteindrait le goudron, il s'épuiserait. Alex se souvenait de tout ça. Et de Steve aussi.

Le feu était resté dans la mémoire d'Alex à cause de Steve, parce que Steve et lui l'avaient combattu côte à côte. Cette pensée fit naître une image oubliée – Steve avec un sourire triomphant quand les flammes les plus violentes avaient brillé de l'autre côté de la route avant de commencer à s'éteindre. Alex se rappelait comment Steve avait posé la main sur son crâne presque rasé en étalant sur son front couleur acajou des cendres noires, avant de renverser la tête et de se mettre à rire.

Steve qui riait. La dernière image qu'Alex gardait de son ami – de son ami vivant – avant la dernière fois, quand on avait traîné son corps tabassé dans la cellule d'Alex.

Une pensée lui traversa l'esprit. Dirk Hendricks l'avait nié, mais Steve était-il quand même dans le coffre avec lui ? Était-ce sa respiration irrégulière qu'Alex avait entendue malgré le bruit des pneus qui dérapaient sur les pierres ? Ou était-ce, plus tard, le bruit de Steve en train de mourir ?

Il entendit son nom. « Alex ? »

La voix de Sarah : depuis combien de temps l'appelait-elle ? Il n'en avait aucune idée. Depuis longtemps, à voir son expression.

Il dit : « Excusez-moi, j'étais à des kilomètres d'ici. »

Elle sourit : « Je vous demandais ce que James Sizela avait contre vous.

– James ? – Alex haussa les épaules. C'est simple. Il me tient pour responsable de la mort de son fils. »

Sarah battit des paupières et, dans ce mouvement involontaire, Alex lut une interrogation. Il devait s'y préparer : sans poser la question, les gens voudraient savoir si ma trahison a abouti à la mort de Steve. Une question, la seule question à laquelle il ne pouvait répondre parce qu'il n'en savait absolument rien.

Seul Dirk Hendricks le savait. Quelle ironie ! Dirk Hendricks dépositaire de son passé.

La voix de Sarah – merci, mon Dieu, pour son obstination de procureur – l'interrompit : « Pourquoi James vous en accuse-t-il ? »

Encore une question à laquelle Alex ne pouvait répondre. Il dit : « Vous n'êtes jamais allée dans son bureau à l'école ? »

Elle hocha la tête : « Si. L'autre jour.

– Vous avez remarqué la photo sur le mur – James avec un autre homme.

– Oui, je l'ai vue. Ils se serrent la main.

– L'autre homme, c'est Barend du Plessis – l'ancien ministre de l'Éducation de l'apartheid. Le fait que James laisse toujours cette photo bien en vue est très révélateur sur lui. »

Sarah leva les sourcils. « Êtes-vous en train de me dire que James était partisan de l'apartheid ?

– Pas partisan, non. Mais il le tolérait. James prend la Bible au pied de la lettre et croit qu'il faut rendre à

César ce qui appartient à César. Respecter la loi et obéir à l'autorité est son principe *sine qua non*. Il a essayé de l'inculquer à tous ses élèves, moi compris, et quand Steve a rejoint les "camarades*", James a été incapable de comprendre, incapable d'accepter l'idée que son fils ait prit sa décision seul; alors il a cherché quelqu'un pour l'en accuser. C'est moi qu'il a choisi. James a décidé que c'était moi qui avais entraîné Steve hors du droit chemin. Et, dans un sens, il n'avait pas tout à fait tort: Steve et moi, nous parlions toujours de politique.

– Mais quand même... vous rendre responsable de sa mort!»

Sarah ne semblait absolument pas le croire. Bien sûr. Elle n'avait jamais affronté la colère qui couvait sous l'apparence stricte et inflexible de James. La colère d'un homme fier, d'un brillant professeur, que l'ancien gouvernement obligeait à aller jusqu'à Johannesburg pour mendier de l'argent, et, même alors, quand il avait fait tout ce qu'ils lui demandaient, il revenait en général les mains vides, mis à part une photo noir et blanc d'un ministre blanc serrant la main d'un homme noir.

En outre, se dit Alex, James a peut-être raison: je suis peut-être responsable de la mort de Steve.

Il leva les yeux. Sarah le regardait toujours. D'un air narquois, qui n'avait rien à voir avec James. La voiture était arrêtée.

Elle passa au point mort et coupa le moteur. «C'est ici.»

Pas étonnant qu'elle l'ait regardé d'un œil si curieux. Ils étaient arrivés. Alex regarda devant eux. Il

* Les «camarades», c'est-à-dire les combattants de l'ANC. (*N.d.T.*)

y avait une bâtisse. Tout près. Une ferme au dernier stade du délabrement. Il n'avait jamais vu cet endroit.

En regardant plus attentivement, il observa la maison. Deux structures carrées identiques, avec des toits à pignon, recouverts de tôles ondulées vertes, reliées par une bâtisse à toit plat, avec au milieu une porte d'entrée. L'endroit était laissé à l'abandon : la nature était en train de le reconquérir. Les feuilles mortes d'un saule poussiéreux s'entassaient contre un des pignons, et des taches couleur de rouille, qui couraient du toit effondré jusqu'au sol, renforçaient le côté délabré. Une maison horrible. Un refuge qu'on avait transformé en chambre de torture. Il détourna les yeux. Sur un côté, il vit une grange effondrée en brique, et une clôture de grillage qui, autrefois, entourait toute la propriété, mais qui aujourd'hui était pleine de trous et pendait aux poteaux. Au-delà, on voyait un immense terrain en friche.

Quand Alex tourna les yeux, la maison ne lui sembla plus étrangère. Il la connaissait, bien sûr. Il l'avait toujours connue et avait simplement placé cette connaissance dans un endroit lointain de sa mémoire. Un endroit anonyme. Il ouvrit la portière, descendit de voiture et resta debout à respirer cette légère odeur de bouse qui l'avait poursuivi autrefois dans son sommeil. Il fit un pas.

La portière de Sarah se referma. « Si ça ne vous dérange pas, j'aimerais y aller seul », dit Alex en s'avançant vers la maison.

Deux grandes fenêtres métalliques carrées étaient disposées symétriquement de chaque côté de la maison. Elles étaient divisées en une trentaine de petites vitres. Alex s'approcha et vit que les vitres étaient cassées et que le sol était jonché de morceaux de verre. On aurait dit que quelqu'un avait jeté des pierres ou tiré des coups de feu sur la maison. Cela ressemblait exactement à ce qu'aurait pu faire Dirk Hendricks pour s'amuser.

Sans hésiter, il monta les trois marches qui conduisaient à la porte d'entrée et tourna la poignée. A sa grande surprise, elle s'ouvrit facilement. Il entra.

L'obscurité. Ce fut sa première impression. L'entrée était plongée dans le noir. Alex ne bougea pas et attendit que ses yeux s'habituent. Alors, il vit que la maison était divisée en deux parties séparées que reliait l'entrée dans laquelle il se trouvait. A droite, l'habitation. A gauche, la prison où quelqu'un avait installé une énorme porte en fer. La police.

Alex reconnut la porte.

Il la poussa. Le battant s'ouvrit, en raclant les dalles du sol – ce bruit aussi lui était familier –, et révéla une seconde porte à barreaux. Il la poussa elle aussi. Il entra. Des murs couleur vert de vase et des dalles de pierre, les mêmes qu'au commissariat. Des pièces comme cellules, donnant sur un couloir, chacune avec une porte impossible à ouvrir.

Son calme le stupéfia. Toute cette peur pour rien. Il connaissait cet endroit. Il le connaissait intimement. Il en connaissait la sensation et le bruit, et la pièce dans laquelle ils l'avaient enfermé – la deuxième à gauche. Inutile de chercher à y entrer pour vérifier. Il s'en souvenait précisément. Ce n'était pas comme si sa tête s'éclairait brusquement mais plutôt comme si cette scène, comme si cet endroit était resté tout ce temps au fond de son esprit – attendant simplement qu'on le retrouve. Maintenant qu'Alex le revoyait, c'était comme s'il ne l'avait jamais oublié.

Il entendit des pas, se retourna et vit que Sarah était dans l'entrée.

« C'est bien ici, dit Alex. Ils m'ont enfermé ici. Moi. Et Steve. Et là-bas, ajouta-t-il en montrant au bout du couloir une autre porte en fer, c'est là qu'ils l'ont transporté à l'extérieur. »

35.

Le soir, à cinq heures, quand on venait de l'enfermer, c'était toujours le moment le plus difficile pour Dirk Hendricks. La nuit s'étendait devant lui et on ne pouvait rien faire pour la faire passer plus vite. Dirk essayait de rester éveillé le plus longtemps possible, mais son problème c'était de remplir les heures. Il aurait pu lire mais n'avait jamais beaucoup aimé ça. Il aurait pu aussi faire de l'exercice, mais il y avait une limite au nombre d'abdominaux et de tractions ou au temps passé à courir sur place, qu'un homme pouvait faire dans un espace confiné. Et Dirk restait seul avec ses pensées.

C'était le pire. Il avait beau essayer de s'en empêcher, il finissait toujours par penser aux enfants. A Jannie à l'étranger, qui commençait l'école sans père pour le guider, ou qui plongeait pour marquer son premier essai au rugby sans Dirk pour lui donner une claque dans le dos à la fin du match. Sinon, il pensait à la mignonne Elsie. Qui allait la lancer en l'air pour la faire hurler de plaisir ? Et qui allait lui proposer son tour de magie préféré, lui tirer des fils de réglisse des cheveux ?

Quand Dirk pensait à eux, leurs visages lui apparaissaient – mais ils restaient lointains. Cela lui convenait. Il ne voulait pas se souvenir trop précisément de leur image d'autrefois : bien sûr, ils avaient déjà changé. Pendant son incarcération, alors qu'il comptait les heures, le monde avait continué à avancer confusément autour de lui.

Dirk se demandait: que ressentait-on quand on sortait de prison et qu'on ne reconnaissait pas ses enfants?

Mais pour autant, Dirk n'aurait pas accepté qu'ils viennent le voir en prison, même si cela avait été autorisé. Il avait assisté à trop de visites de parloir pour cela: il savait à quel point ceux qui se retrouvaient de chaque côté du grillage étaient maladroits et comment, avec le temps qui passait, ils avaient de moins en moins de choses à se dire. Aucun de ses enfants ne devait endurer ce vide ni le tourment de vouloir être n'importe où sauf devant leur père. Ses enfants ne le prendraient pas en pitié de cette façon.

Si seulement ils n'étaient pas aussi loin, se disait Dirk. Si seulement ils étaient plus près de lui. Il pourrait demander à quelqu'un, à sa mère, à sa tante, d'aller voir s'ils avaient besoin de quelque chose. Cela aurait été beaucoup mieux que de se retrouver à la merci de Katie, de dépendre de son bon vouloir pour lui envoyer des photos ou pour convaincre Jannie de lui adresser quelques mots à l'écriture hésitante.

Pourtant, Dirk n'en voulait pas à Katie. En vérité, il n'éprouvait aucune colère envers sa femme – bientôt son ex-femme. Cela avait dû être vraiment très difficile pour elle quand les choses avaient mal tourné. D'abord ses accès de fureur, ensuite le procès.

Si, avant, Dirk avait été un meilleur mari, peut-être serait-elle restée à ses côtés.

Peut-être pas. Katie l'avait toujours tellement respecté. Quel choc pour elle de le voir accusé et condamné pour meurtre. Si l'on ajoute à cela la façon dont leurs voisins s'étaient retournés contre eux deux (et avaient parlé d'elle assez fort pour qu'elle entende), n'importe quelle femme aurait craqué. Non: Dirk ne pouvait pas penser de mal de Katie. Il comprenait qu'elle ait pris la décision de le quitter.

Mais il se sentait moins tolérant envers leurs anciens voisins. Quel culot! Ils en avaient fait voir de dures à Katie. Ne voyaient-ils pas qu'elle n'était pas différente d'eux? Si on l'accusait d'avoir été fière de son statut, alors ils étaient tous aussi coupables qu'elle. Il avait vu leurs visages s'illuminer quand le commissaire de police était arrivé à son braai sans qu'on s'y attende. Ils en parlaient encore plusieurs mois plus tard. Il les avait entendus se vanter devant des inconnus, là, c'est chez Dirk Hendricks, mon voisin, mon mari, mon ami: il est dans la police de sécurité, vous savez, un homme qui ira loin.

Un homme qui ira loin! Et il a fini dans les quartiers de haute sécurité, condamné à vingt ans de prison!

Si Dirk avait pensé qu'il allait devoir accomplir entièrement sa peine, s'il avait imaginé qu'il allait devoir rester assis sur son cul jusqu'à ce que ses forces l'aient quitté, il aurait fait quelque chose d'irréparable. Mais Dirk n'y croyait pas. Plus maintenant. L'audience de la Commission n'était pas devenue le semblant de justice voulu par l'ANC, comme il l'avait redouté à l'origine. Les juges étaient de vrais juges, honnêtes, disposés à lui offrir une véritable audience de justice. Et son affaire ne se présentait pas trop mal: contrairement à beaucoup de ses anciens collègues, il ne lui restait plus qu'une audience après celle-ci. Aujourd'hui, Dirk avait pu expliquer la raison de ses actes, pourquoi ce pauvre homme était mort et il allait obtenir l'amnistie. Il devait l'obtenir.

Une fois amnistié, il pourrait peut-être même sortir de prison fortifié par l'expérience. Quelque chose d'étrange à imaginer pour lui, peut-être, mais la liberté était une autre affaire quand on était allé en prison. Il ne s'agissait pas seulement d'apprécier ces choses que Dirk avait toujours considérées comme garanties, mais aussi d'avoir la possibilité de redémarrer. En prison, on apprend des choses sur soi, et Dirk avait appris qu'il n'avait été qu'un jeunot aveugle. Il n'avait rien imaginé d'autre et avait seulement pensé à entrer dans la police après le bac, exactement comme son père avant lui.

Maintenant c'était différent. Sans son père – que Dieu ait son âme – pour le calmer, Dirk pouvait peut-être faire quelque chose tout seul. Passer un diplôme ou ouvrir une salle de sport même, comme il avait toujours rêvé de le faire.

Dirk regarda sa montre. Six heures. Encore des heures et des heures à attendre. Peu importe. Ça n'allait pas trop mal cette nuit. Le soulagement qu'il avait éprouvé au cours de l'audience n'avait pas disparu. A ce moment-là, Dirk avait compris, vraiment compris, ce que l'archevêque Desmond Tutu avait voulu dire en expliquant à la télévision que la vérité pouvait libérer. Dirk avait ressenti cette force, dont parlait l'archevêque, l'envahir quand il s'était assis sur la scène. C'était beaucoup mieux de dire la vérité : beaucoup mieux pour tous. Dirk s'allongea sur sa couchette et posa la tête sur ses bras étendus.

Pas longtemps cependant. Il entendit des pas dans le couloir au-dehors. Ce n'était pas normal. Il se redressa. Il connaissait très bien les lieux et pouvait imaginer l'avancée du sergent de garde sur les dalles, qui allait sans aucun doute voir un nouveau détenu. C'était vraiment mieux de se trouver à Smitsrivier, plutôt que dans les quartiers de haute sécurité où chaque bruit était soit amplifié au-delà du supportable, soit étouffé de façon frustrante. Mais d'une certaine façon, c'était aussi étrange de se retrouver assis ici, en train d'écouter ces bruits de pas, en sachant que c'étaient les mêmes que les siens autrefois.

Attention ! Les pas s'étaient arrêtés, au-dehors, devant sa cellule. Dirk se leva de sa couchette en entendant le grincement du judas, il leva les yeux et vit une paire d'yeux bruns qui le regardaient. Puis le judas retomba et la porte s'ouvrit.

«*Kom.*» C'est tout ce que dit l'officier en uniforme.

«Pour aller où ?»

Le même mot : «*Kom.*»

L'officier n'eut pas besoin de répéter sa question. Une seule raison pouvait expliquer qu'on vienne le chercher – quelqu'un devait vouloir le voir. En descendant le couloir, Dirk sentit sur son cou l'haleine aigre de son geôlier et il se demanda qui pouvait être là. Pas son avocat : Hannie était parti de toute urgence afin d'attraper l'avion Port Elizabeth-Pretoria pour passer le week-end sur sa ferme.

Alex Mpondo ?

Non. C'était impossible. Dirk avait regardé Alex quand il avait proposé qu'ils se rencontrent tous les deux, et avait vu son visage se fermer et l'exclure. Avec quelqu'un d'autre, Dirk aurait pu penser qu'il avait mal interprété son expression, mais pas avec Alex. Il le connaissait trop bien – il n'avait pu se tromper.

Qui alors ? En attendant que le garde qui se trouvait de l'autre côté ouvre la porte, Dirk se dit : sûrement pas Pieter.

«*Regs*», dit le garde.

Dirk tourna à droite comme on le lui disait et s'avança jusqu'à la porte de la salle d'interrogatoire.

« *Maak gou** », dit le garde en faisant un geste.

Dirk entra dans la pièce pauvrement meublée dans laquelle il avait autrefois interrogé des suspects ou des victimes de crimes. Au moment où la porte se refermait derrière lui, il vit la personne qui lui rendait visite. Sarah Barcant était assise devant la table et lisait. Elle portait une robe rouge *lekker***, éclatante dans la lumière du soleil levant qui passait par une haute fenêtre fermée de barreaux. Sarah l'entendit entrer, leva les yeux vers lui et sourit. Le choc qu'il ressentit en la voyant lui rappela toutes ces choses dont il avait tant regretté l'absence – ce soupçon de rouge à lèvres, un échange spontané, le sourire accueillant d'une jolie fille.

« Mademoiselle Barcant. C'est une surprise et un plaisir. »

Une voix – pas la sienne – grinça. « Vous me connaissez aussi ? »

Il se retourna dans la direction de cette voix et vit un homme frêle, debout près de la porte. Il le connaissait, bien sûr. Ben Hoffman. « Tout le monde vous connaît à Smitsrivier, monsieur Hoffman », dit Dirk, en remarquant au même moment qu'il semblait âgé et maigre, mais il dissimula sa surprise et dit : « Vous êtes célèbre. »

Ben Hoffman ne lui rendit pas son sourire. « Vous voulez dire trop célèbre ?

– Non, monsieur – Dirk secoua la tête pour bien souligner son désaccord. Je sais que nous n'étions pas dans le même camp, mais je vous ai toujours respecté en tant que professionnel. Quand je n'avais pas trop de travail, j'allais souvent vous voir exercer. Vous m'avez plus appris sur les contre-interrogatoires que n'importe qui.

---

* *Maak gou* : fais vite, dépêche-toi. (*N.d.T.*)

** *Lekker* : jolie. (*N.d.T.*)

– Étant donné ce que nous savons aujourd'hui de vos techniques d'interrogation, répliqua sèchement Ben, je ne suis pas sûr que je doive prendre ça comme un compliment. »

Le vieil homme avait gardé son esprit de repartie, se dit Dirk. Un esprit qui pouvait faire mal. Qui avait fait mal. « Vous m'avez eu autrefois à la barre des témoins, dit Dirk. C'était une petite affaire – vous ne vous en souvenez sans doute pas. Un officier qui avait arrêté une femme accusée de vol. Mon Dieu, vous m'avez tellement tourneboulé que, lorsque vous en avez eu fini avec moi, j'étais prêt à approuver n'importe quoi, même un enlèvement par des extraterrestres. »

Dirk avait parlé pour plaisanter aimablement, mais quand Ben Hoffman répondit : « Je me souviens très bien de cette affaire », il devint pâle comme un mort.

Personne n'avait jamais pu connaître Ben Hoffman – au moins les gens comme Dirk. La plupart des avocats contrôlaient leurs émotions, mais Hoffman le faisait plus que tous les autres. Dirk n'en revenait pas en fait de la façon dont Hoffman, qui avait une certaine réputation d'acteur en dehors et à l'intérieur du tribunal (Dirk l'avait souvent vu tenir un auditoire sous le charme), ne souriait jamais, ne riait jamais, et il n'avait jamais fait le moindre geste amical en direction de Dirk. Bien au contraire. Hoffman s'était toujours montré rigoureusement poli. Mais extrêmement lointain, comme si Dirk ne valait pas la peine qu'on le connaisse. Et regardez-le maintenant : c'était un vieil homme.

« Il n'y avait pas de preuve lourde contre ma cliente, dit Ben Hoffman, mais le magistrat a décidé de croire un policier blanc malgré les dénégations d'une pauvre Noire. Elle a été condamnée à cinq ans. »

Qu'est-ce que Dirk pouvait répondre ? Qu'il était désolé ? Des mots faciles à prononcer, mais qui seraient des mensonges. La simple vérité, c'était qu'en dehors de la prestation de Ben Hoffman, Dirk se souvenait à peine de l'affaire. Ce n'était pas politique, un simple procès parmi d'autres dans lequel Dirk avait été cité à comparaître pour faire son devoir en tant que policier. Si la justice avait été rendue de travers – et il ne niait pas que c'était peut-être le cas – on ne pouvait le tenir pour responsable. Les choses se passaient ainsi à l'époque. Injuste peut-être, mais pas question pour Dirk de porter la responsabilité de tout ce qu'il y avait eu d'injuste dans le passé.

« Pourquoi ne vous asseyez-vous pas ? »

Dirk était resté debout près de la porte. Sarah Barcant s'était levée et le regardait. Il suivit la direction de son regard et se rendit compte qu'il serrait les poings. « Excusez-moi. On perd très facilement ses manières en prison », dit-il rapidement, en ouvrant les poings et en s'avançant vers la table, mais il attendit qu'elle se rasseye avant de s'asseoir à son tour.

A ce moment-là, Ben Hoffman marcha en boitillant vers la table et s'assit à côté de Sarah. Dirk, qui l'observait, se souvint à nouveau comment cet homme malade avait été autrefois au tribunal – attentif dans ses préparatifs et flamboyant dans ses interventions. C'était un vrai personnage, tout un univers que ne connaissait pas la nouvelle génération des avocats avec leurs costumes Gucci et leurs téléphones Nokia. Silence. Dirk se demanda ce qu'ils voulaient.

Sarah Barcant parla la première. « Nous sommes allés à la ferme. »

Alors c'était ça. « Vous n'avez pas eu de problèmes pour la trouver ?

– Non. Vos indications étaient parfaites.

– Très bien.

– J'ai emmené Alex Mpondo avec moi. »

Dirk hocha la tête mais ne répondit pas. Qu'aurait-il pu dire ?

« Alex a reconnu les lieux.

– Alors il sait que j'ai dit la vérité.

– Il s'est souvenu de la pièce dans laquelle il a été détenu », dit Sarah.

Dirk hocha la tête. « Bien sûr. Il y a passé un certain temps.

– Il se souvient aussi d'y avoir vu Steve.

– Il s'en souvient ?

– Monsieur Hendricks. Vous m'avez dit quelque chose et je vous ai cru. Vous m'avez dit que vous étiez tellement pris par l'interrogatoire d'Alex Mpondo que vous ne saviez absolument rien à propos de Steve Sizela. »

Il hocha la tête.

« Mais maintenant j'ai vu la ferme. L'endroit est si petit que je ne trouve plus cela crédible.

– On ne peut me tenir responsable de ce que vous croyez ou de ce que vous pensez », dit Dirk en l'observant. Elle se renfrogna et il ne la trouva plus si jolie. C'était une avocate. Tout simplement. Formée, il s'en souvint, par Ben Hoffman.

Sarah reprit : « Alex affirme que Steve a été emmené à la ferme avec lui – dans le coffre de votre voiture. »

Il secoua la tête. « Alors Alex se trompe. »

Elle était très forte, se dit Dirk, elle ne perdait pas son temps en discours inutiles. Ou faux. Elle continua : « Monsieur Hendricks, je suis persuadée que vous savez que nous avons entamé une procédure en pénal pour dommages contre Pieter Muller. Nous allons citer à comparaître chaque policier et ancien policier qui a travaillé un jour à Smitsrivier. L'un d'eux finira bien par craquer. Vous le savez parfaitement. Et quand ils craqueront, on peut penser qu'ils nous parleront de votre comportement et de celui de Pieter Muller.

– Êtes-vous en train de me menacer?

– Non, répondit-elle. Je ne vous menace pas, monsieur Hendricks. Je vous signale seulement que tout ce que vous avez fait en tant que policier et que vous ne nous avez pas dit pourra être révélé devant le tribunal. Et si cela a lieu, cela peut, au bout du compte, compromettre vos chances d'obtenir une amnistie – dans cette affaire ou dans la suivante.»

Dirk ferma à demi les yeux.

«Ce serait vraiment dommage de passer vingt ans en prison pour ce qu'a fait quelqu'un d'autre.»

Il haussa les épaules. «Je suis désolé. Je ne peux pas vous aider.»

Sarah dut comprendre que, finalement, il ne se laisserait pas contraindre par la menace. Sa voix s'adoucit. «S'il vous plaît, monsieur Hendricks. Tout ce que veulent M. et Mme Sizela, c'est que leur fils repose en paix.» Elle le prenait vraiment pour un gogo. Elle ajouta: «Je vous en prie, monsieur Hendricks, aidez-les.»

Dirk répéta la même chose: «Je suis désolé. Parce qu'ils ont perdu leur fils, je suis de tout cœur avec eux. Mais je ne peux rien faire pour les aider.

– Vous ne pouvez rien faire– sa voix s'était durcie à nouveau – ou vous ne voulez rien faire?»

Dirk sentit ses muscles se raidir. Qu'elle aille se faire foutre. Au moins, avec Ben Hoffman on savait sur quel pied danser. Mais pas avec celle-là: elle ne différait pas des gens de son espèce, gentille comme un cœur quand elle voulait quelque chose, dure comme une pierre quand elle ne l'obtenait pas. Dirk déclara: «Mademoiselle Barcant, je vais passer vingt ans en prison. Il ne faut pas avoir beaucoup de génie pour comprendre que j'aimerais y échapper. Mais je ne peux acheter ma liberté simplement parce que je le veux. Si je le faisais, je ne serais plus un homme.»

Il vit qu'elle le regardait droit dans les yeux et comprit à ses sourcils froncés qu'elle ne savait absolument pas quoi dire. Qu'elle aille se faire foutre. Il ne lui devait rien. Son châtiment l'attendait: inutile de rester plus longtemps. Il se leva. «Je ne peux pas vous aider», dit Dirk, en sachant que, s'il restait, des voix s'élèveraient et que c'était inutile.

Il quitta la table, s'avança vers la sortie et tapa contre la porte de la paume de la main. Quand le garde ouvrit, Dirk fit un pas à l'extérieur.

Quelqu'un disait son nom.

Ce n'était pas Sarah Barcant, sinon il aurait continué. La voix qui l'appelait était celle de Ben Hoffman. Dirk fit demi-tour.

Les yeux d'Hoffman étaient fixés sur lui. «Monsieur Hendricks», dit Hoffman, et sur le ton le plus quotidien, comme s'il disait à Dirk qu'il allait déménager ou changer de voiture, il ajouta: «Je suis en train de mourir.»

Nom de Dieu! Dirk ne savait plus où se mettre.

«Pas tout de suite, pas immédiatement, continua Ben Hoffman, mais bientôt. Je vous le dis non pour gagner votre sympathie ou votre pitié, mais plutôt pour partager quelque chose avec vous: le fait de savoir que la vie se terminera bientôt nous aide à concentrer notre esprit. Et si j'ai compris quelque chose, monsieur Hendricks, c'est que la loyauté est une valeur surfaite.»

Mais il ne me reste que la loyauté, se dit Dirk; et mes souvenirs.

« Vous voulez protéger votre ami, dit le vieil homme, et c'est tout à fait louable. Mais en vous taisant vous allez, au mieux, condamner ce couple âgé à rester assis au tribunal, jour après jour, à écouter les avocats et les juges se demander ce qu'il est advenu de leur fils ; au pire, vous allez les condamner à une vie de tourment plus épouvantable que la prison. »

Mais si je ne protège pas mon ami, pensa Dirk, tout ce que nous avons fait n'a plus aucun sens.

Ben Hoffman lut-il dans ses pensées ? C'était impossible. Et pourtant, il dit : « Cela ne concerne pas un camp ou un autre, monsieur Hendricks. »

Comment cela se pourrait-il ? En Afrique du Sud, tout a toujours été une question de camps opposés, même avant l'*Engelse oorlog**.

« Cela concerne notre humanité », dit Ben Hoffman.

Dirk regarda de l'autre côté de la table et vit la poitrine maigre du vieil homme qui se soulevait lentement, comme si le simple effort de respirer était encore trop pour lui. Il va vraiment mourir, pensa Dirk, et il aurait aimé pouvoir l'aider. Mais, en conscience, comment le pouvait-il ?

Alors, tandis qu'il continuait à regarder Ben, il vit derrière la fragilité du vieil homme son expression sévère, ce qui le mit sur le qui-vive. Il retrouva l'ordre de ses pensées. Pas question de se faire avoir par les radotages d'Hoffman sur sa loyauté et son humanité. Quel droit avait ce vieil homme ? Est-ce qu'il s'imaginait qu'on devrait avoir une loi pour son camp et une autre pour celui de Dirk ? Non, bien sûr, il ne le croyait pas – en tout cas si Dirk le lui demandait, il dirait qu'il ne le

* *Engelse oorlog* : « Guerre anglaise », nom que les Afrikaners donnent à la guerre des Boers. (*N.d.T.*)

croyait pas. Mais ce ne serait qu'un mensonge. Ben Hoffman et ses semblables n'étaient que des hypocrites. Toute cette sympathie qu'ils gaspillaient pour des gens comme Mpondo parce qu'il était déchiré d'avoir trahi son ami, et pourtant, ils étaient là, assis tous les deux devant lui, et ils lui donnaient pratiquement l'ordre de trahir Pieter. Eh bien, Dirk n'en ferait rien. Ce n'est pas parce qu'ils avaient gagné, parce que la loi était de leur côté, qu'ils avaient raison pour autant.

Il dit: «Je suis désolé, monsieur Hoffman, je ne peux rien vous dire», et il quitta la pièce.

Savaient-ils qu'il allait revenir? C'était impossible – Dirk ne le savait pas lui-même. Il descendit le couloir, le gardien sur les talons, en se disant que sa décision était la bonne. Hoffman allait mourir – c'était bien triste pour lui – mais Dirk devait penser aux vivants. Le présent et l'avenir, voilà ce qui comptait, pas le passé. En outre, pourquoi faire quelque chose pour Ben Hoffman? Un homme qui, jusqu'à cet instant précis, n'avait jamais daigné lui parler.

Tout cela, Dirk se le dit en avançant vers la porte en fer. Tout cela, Dirk le croyait. Et pourtant, alors qu'il attendait qu'on lui ouvre cette dernière porte, il se rendit compte que ses certitudes n'avaient pas d'importance. La demande de Ben Hoffman n'avait pas d'importance, seules les menaces de Sarah Barcant en avaient.

Dirk les connaissait, il savait que s'il ne leur disait rien à propos de Sizela, ils ne le laisseraient jamais tranquille. Ils ne cesseraient jamais de creuser, et à la fin ce qu'ils auraient creusé serait sa tombe, pas celle de Pieter ni celle de quelqu'un d'autre.

Ça ne sentait pas bon. Dirk n'avait pas le choix. Il devait faire demi-tour. Le gardien essaya de l'arrêter mais l'urgence de Dirk finit par le gagner lui aussi et les deux hommes revinrent sur leurs pas. Ne tardons plus, se dit-il en poussant la porte.

Sarah Barcant et Ben Hoffman étaient assis exactement comme tout à l'heure, comme s'ils l'attendaient. Dirk faillit faire demi-tour. Comment pourrait-il? Comment?

Mais il ne fit pas demi-tour. A la place, il dit: «Je n'ai rien à voir avec la mort de Steve Sizela. Vous entendez?»

Ben hocha la tête. Cela plut à Dirk. Il ne parlait qu'à Ben.

«Mais s'il est mort en détention, reprit Dirk, quelqu'un a dû l'enterrer.

– Ils n'auraient pas brûlé le corps? demanda Sarah.

– Quelqu'un a dû l'enterrer, répéta Dirk, en ne regardant que Ben. Vérifiez dans le champ près de la ferme: juste derrière la grange.» Et après avoir dit ça, il s'en alla.

36 .

« C'est comme une faveur que je leur ai faite », dit le fermier.

Il n'avait pas quitté Sarah d'une semelle depuis son arrivée sur le champ derrière la grange, et il continua à se justifier.

« C'est comme une faveur que je leur ai faite. »

Et :

« J'ai simplement essayé d'aider. »

Et :

« Je ne me servais pas de cette vieille ferme. »

Et finalement :

« Je n'ai pas pensé à demander ce qui se passait là-dedans. »

Cette dernière phrase la laissa déconcertée. Pourquoi aurait-il dû demander ? A coup sûr, un homme profondément enraciné dans sa communauté, qui connaissait l'existence non pas d'un seul mais de deux commissariats de police, devait avoir compris pourquoi des hommes de la police de sécurité voulaient utiliser cette ferme abandonnée.

« Je n'ai même pas pensé qu'ils y tuaient des gens », dit-il.

Sarah le regarda. Il se tenait près d'elle, trop près, comme si cette proximité pouvait lui donner une protection, un homme dont le corps énorme et les bras solides démentaient les yeux écarquillés et le visage suppliant. Il n'avait pas l'air malhonnête. Sarah connaissait bien l'Afrique du Sud blanche et elle pensa qu'il disait peut-être la vérité : il n'avait sans doute rien su.

Le regard de Sarah en demandait plus.

« Les Noirs tiennent énormément aux restes de leur famille... ils les réclament toujours.

– Excusez-moi », dit-elle en s'éloignant pour ne plus l'avoir près d'elle.

C'était un dimanche et ils se trouvaient dans le champ couvert d'herbes sèches qui s'étendait derrière la grange délabrée. Une foule s'était rassemblée. Un autre fermier, un voisin, était près de la clôture, et la colère qu'il retenait et qu'on voyait sur son visage disait clairement que s'il avait trouvé le moyen de se débarrasser d'eux et de ceux qui creusaient, il l'aurait fait depuis longtemps. Dans la foule, on voyait essentiellement des Africains venus du township – les hommes en costume noir, les femmes dans les robes rouge sombre avec rabat blanc de leur église ; des ouvriers portant l'uniforme orange clair des cantonniers, armés de pioches et de pelles ; des policiers en uniforme bleu (l'un d'eux tenait un chien qui tirait impatiemment sur sa laisse) ; de jeunes fonctionnaires très élégants de la Commission Vérité et Réconciliation ; des hommes politiques locaux, ventripotents et bienveillants ; un médecin légiste blanc qui portait une serviette, et un prêtre en soutane noire ; tous étaient là pour assister à l'exhumation des restes de Steve Sizela.

Ce rassemblement avait un étrange air de fête. Étrange. Un nuage découvrit le soleil et Sarah regarda de l'autre côté du champ. La foule lui apparut comme des silhouettes découpées, plantées dans la platitude du paysage qui s'étendait au loin en direction des montagnes, et ces corps se détachaient dans la lumière aveuglante.

Elle détourna les yeux et regarda un groupe séparé des autres. Ici, l'atmosphère n'était pas à la fête. Ces quatre-là, les parents de Steve et les Hoffman, se serraient les uns contre les autres en silence. M. et Mme Sizela étaient debout, aussi immobiles que lorsqu'ils étaient arrivés, Ben était assis et, derrière lui, Anna tenait un parapluie à rayures jaunes et rouges pour protéger son mari de la violence du soleil.

Sarah entendit le fermier marmonner: «*Ja*, ça doit être par là.»

Elle se retourna et vit que deux ouvriers et quelques membres de la Commission en costume s'étaient éloignés de la foule et se tenaient sur une surface dégagée. Sur un signe d'un des fonctionnaires, un ouvrier leva sa pioche.

Un instant de silence et la pioche s'enfonça dans le sol détrempé par un récent orage. A ce moment-là, alors que le second ouvrier enlevait la terre avec sa pelle, la foule se mit à chanter. La pioche s'élevait et retombait et les voix mélodieuses s'enflaient, des mots chantés à pleine voix, cette question incessante: *senzeni*, «pourquoi ceci arrive-t-il?», avec des louanges à leur Dieu. Le chant s'élevait comme un rassemblement d'oiseaux duveteux et conduisait le travail des ouvriers, la pioche s'enfonçait et le bruit était suivi immédiatement par le choc de la pelle, pioche et pelle, pioche et pelle... et...

Un silence. Le chant s'arrêta brusquement. Les ouvriers s'éloignèrent du trou qu'ils avaient creusé. Le chien s'avança. Un chien de chasse couleur fauve, maigre, qui tirait le maître-chien en reniflant le sol, il s'arrêta au bord de la fosse et...

Même par la suite, Sarah n'arriva pas à comprendre ce qu'avait fait le chien. Avait-il aboyé, un aboiement bref et soudain, un message pour dire ce qu'il avait trouvé ? Non : elle était presque sûre que le chien n'avait fait aucun bruit. Avait-il planté les pattes sur le sol en résistant au maître-chien qui voulait l'entraîner ? Non, elle ne s'en souvenait pas non plus. Tout ce qu'elle savait, c'était que, sans qu'on sache comment, ce qu'avait fait le chien s'était communiqué à son maître et était passé dans la foule, sans un mot. La foule répondit d'un bloc en s'avançant vers les Sizela, elle se regroupa autour du couple immobile, le doux murmure de la lamentation mélodieuse les enveloppa, et les ouvriers se remirent à creuser, plus lentement et en faisant attention, ils dégagèrent un trou assez grand pour y loger un corps, en levant les yeux de temps en temps vers le médecin légiste, qui portait des bottes et des gants de caoutchouc, et qui les encourageait d'un signe de tête, jusqu'au moment où il les arrêta d'un geste. Un seul geste.

Les ouvriers sortirent du trou.

Il y avait tant de choses que Sarah n'avait pas remarquées auparavant. Le bleu du ciel, sans aucun nuage maintenant, l'oiseau de proie s'envolant au loin, le corbillard garé de l'autre côté du champ, le cercueil simple et blanc qu'on avait déjà apporté, ou Alex, debout, tout seul. Était-ce des larmes que Sarah voyait sur son visage ou l'apercevait-elle à travers celles qui lui remplissaient les yeux ?

Aucun moyen de le savoir : le temps des questions était passé depuis longtemps. L'homme avec les gants était déjà descendu dans le trou et donnait des poignées de terre aux deux ouvriers, qui les déposaient sur le tas qu'ils avaient fait, doucement, comme s'il s'agissait de quelque chose de précieux, avant d'en reprendre, une chaîne lente et pleine de grâce, jusqu'à ce qu'ils s'arrêtent et attendent. Et ce ne fut plus de la terre qu'on sortit de la tombe de fortune, mais un corps.

Il fallait que ce soit un corps, et pourtant, ce fut une forme longue et fine, presque décomposée et difficile à manier, enveloppée dans un sac de plastique épais et recouvert de terre, qu'on souleva et porta, sans un mot, pour la déposer dans le cercueil. Le chant qui s'était élevé quand était apparu le sac de plastique s'éteignit, pour être remplacé par le murmure de l'incantation du prêtre qui vint se placer près du cercueil.

Ce n'était pas fini. Pas encore. Le médecin légiste ne ressortit pas du trou. Il dit quelque chose d'une voix calme aux ouvriers au-dessus de lui, puis il leva les bras et prit les deux sacs en plastique qu'on lui tendait avant de se pencher à nouveau. Pendant quelques instants, Sarah ne vit que le sommet de son crâne chauve, puis il ressortit du trou en tenant les sacs, qui n'étaient plus vides.

Il ne tenait pas deux sacs dans les mains, mais trois. Elle était sûre qu'on ne lui en avait donné que deux. Ce qui voulait dire que le médecin légiste devait en avoir trouvé un troisième enterré avec le corps. Comme pour le confirmer il appela un policier pour lui tendre un sac, puis, en tenant les deux autres, il se dirigea lentement vers le centre de la foule où se trouvait le couple Sizela.

La foule s'écarta pour le laisser passer.

Il resta immobile un instant, en regardant Mme Sizela, puis, avant de leur donner les deux sacs, il leur dit quelque chose, si doucement que seuls son mari et elle purent l'entendre.

Mme Sizela ne bougea pas. Elle ne tendit pas la main. Les sacs restèrent dans celle du médecin légiste –

suffisamment longtemps pour que Sarah voie que l'un d'eux contenait une montre et l'autre une paire de baskets. Puis elle ne vit plus rien parce que Mme Sizela s'effondra et elle se serait écroulée sur le sol si une des femmes qui se trouvaient derrière elle ne l'avait retenue, et elles restèrent ainsi toutes les deux un moment, en équilibre, chacune chancelant sous le poids de l'autre, tandis que Mme Sizela ouvrait la bouche et commençait à gémir.

. 37

Quand Anna arrêta sa voiture devant la maison des Sizela, elle comprit pourquoi James était resté si calme pendant la seconde moitié du trajet. Ben s'était endormi. Il avait renversé la tête en arrière et ouvrait la bouche et dans son cou décharné sa pomme d'Adam tressautait au rythme irrégulier de sa respiration. Il est tellement maigre, se dit Anna, en regardant ses propres avant-bras potelés et son ventre arrondi, et elle pensa que tous les deux devaient ressembler aux personnages de la comptine. Comment c'était? Ah, oui...

C'est Jacques qui mange tout
Qu'est maigre comme un clou
C'est Marie qui mange pas
Qu'est grosse comme...

Elle ne se rappelait pas la suite mais savait qu'à la fin de la chanson Marie léchait les plats.

Son sourire s'éteignit. Ils n'avaient pas souvent léché

les plats récemment. Même elle avait perdu l'appétit. Cela ne voulait pas dire qu'elle ne faisait plus la cuisine. Bien au contraire. Hier, par exemple, elle avait passé des heures à préparer une recette compliquée de ragoût de bœuf et un strudel aux pommes, et pour finir elle avait presque tout jeté. Elle savait que c'était stupide de simplement imaginer recréer les plats que Ben mangeait quand il était enfant dans son pays aux étés étouffants mais, d'une certaine façon, l'état de Ben l'obligeait à le faire.

Pourtant ça n'avait pas d'importance. En fait, se dit-elle, c'était sans doute une bonne idée. Réinventer ces plats élaborés lui avait créé une occupation et avait allongé le temps. Et elle avait besoin de temps : autant qu'on pouvait en récupérer. Du temps aujourd'hui et pas dans l'avenir, quand Ben ne serait plus là.

Mais peut-être n'était-ce que des histoires : peut-être que cette activité acharnée n'était qu'un moyen d'ignorer la réalité, d'ignorer que de bien des façons, elle l'avait déjà perdu. Le peu d'énergie qui lui restait, Ben la consacrait à Sarah et aux Sizela. Pour eux, il avait accompli des miracles, quitté son lit de malade pour aller interroger Dirk Hendricks, assisté à l'exhumation du corps de Steve, et maintenant il tenait à venir chez eux – et tout cela contre les meilleurs diagnostics de la science médicale.

Aujourd'hui encore, quand le médecin était venu, il s'était dit stupéfié par l'énergie de Ben. Mais, bien sûr, tous deux avaient reconnu qu'on ne devait pas s'en étonner. Les probabilités médicales s'appliquaient à la moyenne des patients et Ben n'était pas dans la moyenne. C'était Ben. Un homme déterminé, obstiné, solide.

Anna déglutit. Ce qu'elle avait pensé était faux : elle ne l'avait pas perdu. Pas encore. C'était le même homme qu'elle avait toujours aimé et épousé, avec lequel elle avait vécu, l'homme qu'elle allait voir mourir. Ce Ben dont le refus de se laisser vaincre avait été la caractéristique principale.

Étrange, de voir comment Ben avait toujours eu les yeux fixés vers l'avenir. Il n'avait jamais regardé en arrière et n'était jamais revenu sur ses pas. Pas une seule fois: même pas pour une visite. En réalité, quand elle avait suggéré, quelques années plus tôt, qu'ils fassent un pèlerinage dans l'Allemagne de son enfance, cela avait provoqué une des rares occasions où il avait élevé la voix contre Anna: «Mon pays, c'est l'Afrique du Sud, avait-il hurlé. Je vivrai et je mourrai ici!»

Pour ça aussi il avait raison, se dit-elle.

Cet après-midi, pendant un instant, Anna avait pensé que l'heure de Ben était arrivée. Quand on avait emmené le corps de Steve, Ben était si fatigué qu'il avait accepté d'aller au lit à condition qu'elle le réveille deux heures plus tard. Elle avait essayé de tenir parole – et tenté de le réveiller. Mais cela avait été impossible. Ben, qui avait toujours eu le sommeil léger, n'avait pas bougé quand elle l'avait appelé. Même en criant «Ben» beaucoup plus fort. Elle avait renoncé et s'était assise lourdement sur une chaise à son chevet pour écouter sa respiration, tellement ténue, avec de longues pauses entre chaque respiration. Était-ce la fin que le médecin avait prédite? Ben sombrait-il dans le coma? Anna avait posé la main sur son épaule maigre et l'avait secoué. En vain.

Elle n'essaya plus. Soudain, son désir de le réveiller l'abandonna. Que désirer d'autre: rester assise, seule, à côté de son mari, en silence, en s'imprégnant de son image pendant qu'il avait encore un souffle de vie. Oui, c'était ce qu'elle voulait, mais c'était un présent amer. Ce n'était plus vraiment Ben, cette enveloppe diminuée à ses côtés. La mort ne devrait pas seulement le lui prendre, mais aussi le chasser de ses souvenirs.

Cependant, en écoutant sa respiration sifflante et si difficile, elle se demanda si c'était vraiment injuste. Elle avait au moins pu lui dire au revoir. Pas comme les Sizela qui gardaient comme dernière image leur fils tabassé qu'on chargeait dans le fourgon de police. A côté d'eux, Anna avait de la chance – la chance d'assister aux derniers instants de Ben.

J'ai de la chance, s'était-elle dit, en se demandant pourquoi cette pensée ne la rendait pas heureuse, alors qu'elle tendait la main pour caresser la joue de Ben.

Il cligna des paupières. Il avait les yeux voilés, blancs, perdus dans le vague, comme si une très fine pellicule avait recouvert ses pupilles, puis il cligna encore des paupières et ce fut à nouveau Ben, revenu à lui, qui lui souriait et qui tendit la main pour qu'elle l'aide à se redresser.

Elle entendit sa voix: «Anna?» et tressaillit.

Elle se secoua. Bien sûr. Ils n'étaient plus dans leur chambre mais dans la voiture, et Ben lui demandait d'une voix dure: «Pourquoi est-ce que tu ne m'as pas réveillé?»

Que pouvait-elle répondre? Parce qu'elle n'avait pas voulu, parce qu'elle tenait à le garder pour elle toute seule? Non. Il lui sembla impossible de lui dire ça. «Tu étais fatigué. Tu avais besoin de dormir.

– J'aurai plus de temps qu'il m'en faudra pour dormir», répliqua-t-il en ouvrant la portière.

Quand Anna et Ben entrèrent dans la maison, des paroles de bienvenue accompagnèrent leur marche hésitante. Ben était très faible et ne fit que quelques pas avant de s'effondrer sur sa femme, si brusquement qu'elle serait tombée si d'autres mains ne s'étaient tendues pour l'aider, pour soutenir non seulement Ben mais aussi Anna, et quand ils arrivèrent dans le salon, une Africaine assez forte se leva du canapé dans une attitude royale pour guider Ben, qui respirait difficilement, à la place qu'elle venait de libérer.

La pièce était remplie de gens assis sur tout ce qui pouvait servir de siège, ou debout, ou offrant des gâteaux, des boissons fraîches ou des tasses de thé. Mais, au milieu de toute cette activité, dans un coin de la pièce, là-bas près du mur, il y avait un endroit parfaitement calme. Mme Sizela s'y trouvait, au milieu de toute une rangée de femmes, assises à même le sol, une couverture sur les épaules, silencieuses, regardant droit devant elles, sans rien voir. Quand Anna alla s'agenouiller devant Mme Sizela et qu'elle lui prit les mains, Mme Sizela ne la vit pas. Anna resta là un moment, cramponnée à l'autre femme, s'imprégnant par ce contact d'une douleur qui n'aurait pas de fin.

Anna ne pleurait pas facilement: pourtant, il y avait des larmes dans ses yeux quand elle se releva pour retourner s'asseoir sur le canapé, près de son mari.

James Sizela était à côté de Ben.

«Le document que le médecin légiste a trouvé avec le corps de Steve est une page du registre de détention qu'on a déchirée à l'époque et qu'on a mise dans un plastique pour la protéger, disait Ben à James. Sarah en surveille l'authentification. C'est une procédure nécessaire pour les tribunaux même si le document est à coup sûr véritable.

– Mais pourquoi? – c'était James qui posait la question. Pourquoi Muller aurait-il enterré une preuve avec mon fils?

Ben haussa les épaules. «Ce n'est peut-être pas lui. Il a peut-être demandé à d'autres d'enterrer Steve, et eux, pour des raisons qui leur sont propres, ont ajouté la feuille de papier. On ne comprendra sans doute jamais. »

James regarda vers l'endroit où sa femme était assise.

« Ce n'est pas important, dit Ben. Ce qui compte c'est que Muller soit menacé. Vraiment menacé. Si vous voulez toujours que nous entamions la procédure, n'est-ce pas ? »

James fit oui de la tête. « Bien sûr. Vous devez entamer la procédure. » Il jeta à nouveau un coup d'œil rapide vers sa femme, toujours assise, immobile, et détourna les yeux aussi rapidement. « Nous le voulons tous les deux.

– Muller a choisi le même avocat qu'Hendricks, dit Ben, ce qui peut retarder les choses, alors j'ai demandé à Sarah de parler aux gens de la Commission. Ils sont d'accord, étant donné la découverte d'aujourd'hui, pour que l'audience de demain matin soit suspendue afin que nous puissions aller au tribunal.

– Le matin seulement ?

– Ce sera vraisemblablement tout à fait suffisant, dit Ben. Les juges pensent, comme moi, que l'avocat de Muller plaidera pour demander du temps afin de préparer son dossier. Nous devons nous attendre à un ajournement. »

Un nouveau signe de tête. « Nous sommes patients. Nous pouvons attendre. Nous avons déjà tant attendu. Tout ce que nous avons toujours voulu, c'est de pouvoir enterrer notre fils. Et de découvrir comment il était mort. »

. 38

Ils sont venus le chercher au petit matin.

Il en aurait fait autant, aussi il les attendait.

Il était dans le couvoir quand leur voiture pétarada juste avant qu'ils ne coupent le moteur. Il entendit les portières s'ouvrir et, aux craquements synchronisés de leurs grosses chaussures sur le gravier, il sut qu'il s'agissait de policiers. Il reposa le poussin dans l'incubateur, chassa une poule qui se trouvait dans le passage et sortit.

Ils n'étaient que deux, en uniforme – un sous-officier et un capitaine. Ils avaient quitté l'allée de gravier et s'apprêtaient à contourner la maison pour gagner la porte d'entrée. Deux Africains. Bien sûr. Il aurait dû savoir que, pour lui, ils enverraient des Africains.

« Je peux vous aider ? » demanda-t-il.

Ils s'arrêtèrent – brusquement – et se retournèrent vers lui. « Monsieur Muller ? dit le capitaine. Monsieur Pieter Muller ?

– Lui-même.

– Nous aimerions vous poser quelques questions. »

Pieter hocha la tête et dit : « Par ici », avant de faire demi-tour.

Même en leur tournant le dos, il sentit leur hésitation. Il n'y prit pas garde et continua à mettre de la distance entre eux et lui. S'ils décidaient de ne pas le suivre, eh bien ça les regardait.

Il était presque arrivé à la porte de la cuisine quand ils se mirent en marche derrière lui. Il poussa la porte et la tint ouverte tandis qu'ils tournaient le coin de la maison et il leur indiqua d'entrer d'un mouvement de tête. Il sut, à leur visage antipathique, qu'ils pensaient que, s'ils entraient par ici, c'était à cause de la couleur de leur peau. Ça ne le dérangeait pas : s'ils étaient trop novices pour savoir que tous les visiteurs qui venaient chez Muller (y compris le vieux P.W. lui-même* s'il était venu) entraient par la cuisine, c'était leur problème.

« Par ici », répéta-t-il en traversant la cuisine.

A la porte de son bureau, quelque chose, un léger bruit, le fit regarder au bout du couloir. Marie sortait de la chambre. Il la voyait parfaitement, et sut qu'elle aussi devait le voir, mais elle ne répondit pas à son signe de tête et resta là sans bouger, apparemment peu étonnée de voir deux policiers en uniforme dans la maison.

Il se dit : les attendait-elle, elle aussi ?

C'était sans doute quelque chose comme ça. Il se demanda, et ce n'était pas la première fois, quels étaient ceux qui pouvaient bien l'informer et quels étaient leurs motifs pour lui rendre compte au fur et à mesure de tout ce qui se passait. Il refusa d'y réfléchir. Ce serait pour plus tard.

Et pour maintenant ?

« Entrez. » Il les suivit quand ils s'exécutèrent et referma la porte derrière lui en disant : « Asseyez-vous, je vous en prie. »

Comme des policiers bien formés, ils attendirent qu'il soit assis avant d'en faire autant. Le capitaine tira

---

* P.W. Botha, président dans les années 1980. (*N.d.T.*)

une chaise en face de lui et le sous-officier s'installa dans un angle et sortit un carnet de sa poche.

« Que puis-je pour vous ? demanda Pieter.

– Vous devez avoir appris qu'hier on a retrouvé le corps de M. Sizela sur la ferme de Ryder ? dit le capitaine.

– J'ai appris qu'on avait exhumé un corps. Je ne savais pas que c'était celui de Sizela.

– Ses parents ont identifié ses affaires, répondit le capitaine. Nous attendons la confirmation de son dossier dentaire, mais il n'y a guère de doutes.

– Je vois.

– Nous avons donc ouvert une instruction pour meurtre. Nous attendons, bien sûr, les résultats de l'autopsie avant d'aller plus loin, mais cet interrogatoire fait partie de notre enquête préliminaire.

– Je vois », répéta Pieter en regardant sa montre. Ils avaient bien choisi le moment de leur visite. Une heure seulement avant qu'il doive se rendre au tribunal.

« Que savez-vous de la mort de M. Sizela, monsieur Muller ? demanda le capitaine.

– Rien. » Pieter entendit le stylo du sous-officier gratter la feuille de papier, alors qu'il écrivait laborieusement le mot : *rien.*

– Vous n'étiez pas l'officier chargé de son interrogatoire ?

– Vous m'interrogez sur sa mort », dit Pieter.

Le capitaine leva les yeux brusquement. Si brusquement que Pieter se demanda s'il ignorait quelque chose. Mais non – le capitaine dit d'une voix calme : « Saviez-vous que les dossiers du commissariat de police pour cette période ont disparu ? »

Pieter approuva d'un signe de tête. « Oui. Je le savais.

– Je vois, dit le capitaine qui changea rapidement de tactique. Dites-moi, monsieur Muller. La famille de

M. Sizela l'a recherché après sa disparition. Alors comment est-il possible qu'on l'ait enterré comme si personne ne réclamait son corps?

– Je ne suis ni le procureur ni l'officier chargé de l'enquête, dit Pieter. C'est à eux de décider de ce qui s'est passé.»

Ils notaient tout ce qu'il disait, mot pour mot, et le capitaine s'assurait que Pieter le sache en attendant que le sous-officier ait fini sa transcription pour continuer. «Nous vous sommes reconnaissants de votre collaboration, monsieur Muller, dit-il, mais j'ai encore une question à vous poser. En mai 1985, quand les parents de M. Sizela ont demandé ce que leur fils était devenu, on leur a dit qu'il avait été libéré et qu'il avait quitté le pays. Pourquoi?

– Je n'en sais rien. Je n'ai jamais parlé aux Sizela. Je ne leur ai jamais dit quelque chose de semblable.

– Mais vous êtes l'officier qui a arrêté M. Sizela?

– J'étais présent lors de son arrestation.

– Et vous êtes aussi celui qui l'a interrogé», dit le capitaine, sur un tel ton que Pieter comprit aussitôt que ce n'était plus une question mais une affirmation.

Danger. Il fut immédiatement sur ses gardes. «Excusez-moi. Qu'avez-vous dit?»

Le capitaine répéta: «Vous êtes celui qui l'a interrogé. Nous en avons la certitude, monsieur Muller, parce qu'une page était enterrée avec le corps de M. Sizela, nous l'avons authentifiée, on l'a arrachée du registre de la police de l'époque. Elle dit très clairement qu'on vous avait chargé de l'interrogatoire de Steve Sizela.»

Une page. Du registre de la police.

C'était donc ça. On l'avait trahi.

Il ne paniqua pas mais resta assis très calme. Une page. Celui qui l'avait trahi l'avait enterrée avec Sizela, en l'enveloppant pour que les années n'effacent pas ce qui avait été fait. Le traître : il savait exactement qui c'était. Il n'y avait jamais pensé et pourtant cela ne l'étonnait pas. Avait-il toujours su, d'une certaine façon, qu'on en arriverait là ?

« Je vous repose la question, monsieur Muller, disait le capitaine. Étiez-vous chargé de son interrogatoire ?

– Oui – regarde comme c'est facile à dire finalement – j'ai participé à son interrogatoire.

– Mais vous ne savez rien à propos de sa mort ? »

Pieter secoua la tête et poussa un soupir.

« Nous y reviendrons, dit le capitaine. En attendant, monsieur Muller, est-ce que vous voulez nous dire que vous ignoriez qu'on avait enterré M. Sizela ?

– Ça n'a pas de sens, vieux. Si je l'avais enterré, je n'aurais pas ajouté un document qui m'impliquait, non ?

– Je ne peux dire ce que vous auriez fait ou ce que vous n'auriez pas fait, dit le capitaine, mais je vais vous répéter la question que je vous ai posée au début de l'interrogatoire. Dites-moi si ce n'est pas clair, monsieur Muller. » Il s'arrêta quelques instants, en attendant que le sous-officier ait terminé, avant de reprendre d'une voix forte : « Monsieur Muller, savez-vous quelque chose au sujet de la mort de M. Steve Sizela ?

– Je suis désolé, capitaine. Je ne peux vous aider.

– Je vois – le capitaine se tourna vers le sous-officier qui, comprenant son regard, referma son carnet. Merci pour votre coopération, monsieur Muller, dit le capitaine et, en même temps, il se leva et se dirigea vers la porte. Nous vous laissons poursuivre votre matinée. »

Debout dans l'allée, Pieter regarda leur voiture faire demi-tour. Quand elle ralentit près du portail, il sourit en se rappelant la dernière phrase du capitaine: «Nous vous laissons poursuivre votre matinée.» Étant donné que le capitaine savait parfaitement ce que tout le monde, même Marie, savait, que Pieter devait se rendre au tribunal ce matin, le message était clair. On leur avait donné des instructions et ils venaient de l'avertir: ils ne le lâcheraient pas. Pieter n'avait rien contre le capitaine: il faisait son travail – et avec compétence. Un vrai professionnel, calme, sans maladresses – tout à fait comme Pieter aurait été fier d'interroger un suspect.

Il resta là à regarder la voiture tourner, franchir le portail, descendre le chemin puis disparaître. Pendant un instant, il eut l'impression de voir disparaître une part de lui-même. Il se dit: il n'y a jamais eu qu'un seul métier pour moi – leur métier.

Il en avait toujours été ainsi d'aussi loin qu'il pouvait se souvenir. D'autres entraient dans la police pour de multiples raisons – Dirk, par exemple, parce que c'était ce qu'on attendait de lui – mais pas Pieter. Pour lui, servir dans la police avait de tout temps été sa passion. Quand il était jeune, à chaque fois qu'on lui demandait ce qu'il voudrait faire plus tard, sa réponse était invariablement la même: policier. Dès que cela avait été possible, tout de suite après le bac, il avait réalisé son rêve.

Ses espoirs auraient pu facilement être déçus, mais cela n'avait pas été le cas. Son travail lui avait plu presque jusqu'à la fin. Tout lui plaisait – les horaires, la variété des tâches, le mystère, le sentiment de ne faire qu'un avec les collègues policiers, de transformer le chaos en ordre. En fait, le seul endroit où il se sentait autant chez lui qu'au commissariat de police, c'était quand il se retrouvait seul avec ses poules d'élevage, mais même elles ne pouvaient rivaliser avec la satisfaction qu'on éprouvait devant un travail bien fait.

Si seulement... Cette idée fit renaître un souvenir.

Quel âge avait-il? Cinq ans? Six ans? Pas beaucoup plus. Il était trop petit pour escalader la dernière partie de la falaise. Son père avait dû le porter sur le rocher branlant avant de le déposer sur le surplomb.

Quand son père l'avait lâché, Pieter avait regardé en bas et avait découvert qu'il se tenait en équilibre sur une falaise de rocher qui tombait à pic tout en bas d'une gorge. Au début, il avait eu peur. Mais son père l'avait repris et Pieter avait cessé de s'inquiéter pour se concentrer sur la direction que lui montrait son père, sur ces arbres aux feuilles clairsemées qui avaient poussé à un angle impossible de quarante-cinq degrés, sur un aigle qui traversait brusquement le ciel avant de s'élever sur un courant d'air chaud, ou là-bas, plus loin dans le ravin, sur la densité du feuillage arrosé même dans les mois les plus secs par l'eau d'une source que personne n'avait jamais pu trouver. Tout était si calme qu'il entendait clairement la voix de son père évoquer l'image de ce qu'avait dû être leur pays quand il était inhabité: un paysage aux proportions immenses avant d'être blessé par l'homme, comme leurs ancêtres avaient dû le voir autrefois. Puis il y avait eu un silence et ils étaient restés assis tous les deux, s'imprégnant de ce paysage, jusqu'à ce que son père soupire et dise: «Si seulement...»

Quelque chose dans l'intonation de son père lui avait fait poser une question que d'ordinaire il aurait gardée pour lui. Pieter l'entendait encore, venue du passé, sa voix claire d'enfant, faisant écho aux paroles de son père, répétée par la paroi rocheuse avant de lui revenir: «Si seulement quoi?» avait-il demandé.

Mais le moment d'intimité était déjà passé. Le visage de son père s'était refermé. «Viens.» Son père l'avait reposé sur le rocher. « Il faut partir avant qu'il fasse sombre. »

Et maintenant, se dit Pieter, il commençait aussi à faire sombre. Une obscurité métaphorique. Debout dans l'allée, Pieter adulte comprit pourquoi il se souvenait si précisément de cet incident. Parce que cela avait été le dernier moment d'insouciance de son enfance. Ensuite, les dettes accumulées par son père les avaient obligés à quitter la campagne, et le silence de son père s'était approfondi. Aujourd'hui, en équilibre au bord d'un autre précipice et se penchant sur le passé, l'adulte Pieter se disait que son père avait eu raison : la vie n'offrait ni temps ni lieu pour les « si seulement ».

Il n'y avait de temps pour rien, se dit Pieter, sauf pour la fin de partie.

Non, ce n'était pas tout à fait vrai. Pas encore.

39.

Maintenant, Smitsrivier connaissait parfaitement bien les usages du tribunal. Quand le greffier dit : « Silence, la cour », le silence se fit aussitôt ; quand il ajouta : « Veuillez vous lever », cela revint à gaspiller sa salive, parce que le public de la salle comble se leva au moment même où s'ouvrait la porte des juges.

Le petit tribunal, situé dans un des angles du commissariat de police, était rendu solennel par un élément central en acajou sculpté qui en séparait les trois parties officielles – le banc des accusés, le pupitre des juges et la barre des témoins. Comparé à tant de grandeur, tout le reste ressemblait à de la camelote – les tables très simples à gauche et à droite derrière lesquelles s'asseyaient la défense et l'accusation, le cordon vert effrangé qui séparait le tribunal du public et les bancs étroits au fond, sur lesquels s'étaient entassées autant de personnes qu'ils pouvaient en contenir. Sarah était à gauche près des Sizela. A leur droite, l'avocat de Dirk Hendricks, Hannie Bester, s'était placé en biais afin de masquer son nouveau client, Pieter Muller. Bien sûr, personne n'avait pu manquer l'entrée de Pieter Muller. Il avait attendu la dernière minute et avait choisi de faire son apparition par l'entrée du public, une silhouette imposante et confiante, qui avait descendu à grandes enjambées l'allée centrale, avant de décrocher le cordon de séparation et de le remettre d'un geste paresseux de ses grosses mains, pour enfin aller s'asseoir à côté de son avocat. A en juger par le silence qui accueillit son arrivée, Sarah devina que ses amis n'étaient pas nombreux dans la salle.

La pensée de Muller l'avait tellement absorbée qu'elle en avait perdu sa concentration. Quand le maillet s'abattit sur le bloc de caoutchouc et que le juge s'éclaircit la gorge, elle se leva rapidement. « Excusez-moi, monsieur le président, dit-elle. Je n'avais pas vu que vous attendiez. Je m'appelle Sarah Barcant. Je suis la collaboratrice de maître Ben Hoffman qui est malade actuellement. Nos clients, M. et Mme Sizela, poursuivent M. Pieter Muller suite à la disparition et à la mort de leur fils, Steve Sizela, en 1985. »

Le juge hocha la tête. Sarah s'assit, en synchronisation parfaite avec Hannie Bester qui se leva lentement en redressant son nœud papillon et dit : « Monsieur le président, je m'appelle Hannie Bester, je représente M. Pieter Muller qui est assis à ma droite. » Il se tourna et montra son client d'un geste élégant ; c'était un homme solide et déterminé, au visage rougeaud encadré par des cheveux roux.

« Merci, maître Bester », dit le juge qui s'attendait à ce que Bester imite Sarah et s'asseye à son tour.

Mais Hannie Bester ne respecta pas la règle. Il reprit la parole : « Puis-je vous rappeler, monsieur le président, que cette affaire a été ouverte en nous laissant un délai très bref. En fait, mon client en a reçu notification il y a moins d'une semaine. Pour cette raison, nous avons été dans l'incapacité de mettre par écrit notre demande pour que l'affaire soit... »

Ajournée, pensa Sarah, qui termina la phrase de Bester. Ben avait deviné juste. Elle commença à rassembler ses papiers.

Mais Hannie Bester ne dit pas « ajournée ». Il dit : « Pour que l'affaire soit suspendue. »

Suspendue. Qu'est-ce que cela voulait dire ?

« Cette demande de suspension immédiate des poursuites, dit Hannie Bester, est présentée en accord avec la loi 34 de 1995, loi sur la promotion de l'unité et de la réconciliation nationales... – la loi qui avait créé la Commission Vérité et Réconciliation –, ... section 19, sous-section 6... »

Le texte de cette loi était bref, et Sarah le retrouva sans difficulté. Elle le lut tout en prêtant une oreille à ce que disait Hannie Bester.

« Si je peux résumer cette clause, expliquait-il, on l'a rédigée pour traiter une affaire semblable à la nôtre, quand un acte ou une omission, qui est l'objet d'une demande d'amnistie, devient la base d'une plainte. La clause stipule que, dans une affaire comme celle-ci, la cour peut décider de suspendre les procédures, en considération de la demande d'amnistie. »

Sarah repoussa ses papiers et commença à se lever.

Mais Bester n'en avait pas fini. «Je suis persuadé, monsieur le président, que je n'ai pas à vous rappeler que la constitutionnalité de cette clause a déjà été examinée dans le procès numéro 17, en 1996, par la cour constitutionnelle dans l'affaire de l'Azanian People's Organization* et autres contre le président de la République d'Afrique du Sud. Dans ses conclusions, la cour a affirmé la constitutionnalité de ce paragraphe sur la base que la nouvelle Constitution sanctionnait la limitation d'accès aux tribunaux.»

Cette fois, Sarah attendit que Bester se soit assis pour demander: «Monsieur le président, si je peux?

– Allez-y, mademoiselle Barcant.»

Elle se leva. «Je suis persuadée que M. Bester sait que ce paragraphe n'est applicable que si l'accusé a présenté une demande d'amnistie sous le paragraphe 18. Étant donné que M. Muller a refusé de présenter une telle demande, je ne vois pas la raison pour laquelle maître Bester fait une demande de suspension.»

Elle avait à peine eu le temps de se rasseoir qu'Hannie Bester était debout. «Je dois m'excuser auprès de mon éminente consœur de ne pas l'avoir tenue pleinement informée, mais la pression du calendrier..., dit-il en laissant sa phrase en suspens avant de terminer, mais je voudrais l'informer maintenant que M. Muller a effectivement déposé une demande d'amnistie...»

Les mots traversèrent la conscience de Sarah comme un éclair. Pieter Muller, qui avait tenu le coup pendant si longtemps, déposerait maintenant une demande d'amnistie! Elle parcourut le tribunal des yeux et vit sa

* AZAPO, Organisation du peuple d'Azanie, une des organisations qui luttaient contre l'apartheid. Azanie est le nom que certains groupes révolutionnaires donnaient à l'Afrique du Sud. (*N.d.T.*)

propre incrédulité se refléter sur le visage du public. Très peu de gens réussissaient à dissimuler leur réaction – le juge était professionnellement habitué à le faire; Pieter Muller restait assis très raide et regardait droit devant lui, avec une expression aussi neutre que s'il avait été sur un terrain de manœuvres. James Sizela qui, au contraire de sa femme, montrait un mélange de douleur et de soulagement, était assis aussi raide que Muller, et toute son attitude était comme le reflet de l'expression impassible de l'autre homme.

Sarah entendit Hannie Bester qui disait: «J'ai déposé la demande d'amnistie de M. Muller très tôt ce matin. A nouveau, je m'excuse auprès de mon éminente consœur de ne pas l'avoir informée, mais étant donné la précipitation avec laquelle ce procès a suivi la sommation qu'a reçue mon client, je n'avais pas d'autre choix.»

Brusquement, James Sizela se pencha en avant: «Il ne peut pas faire ça, dit-il, d'une voix forte et claire. Il ne peut pas.

– J'ai pris la précaution de faire des copies de la demande de mon client», poursuivit Hannie Bester, comme si l'interruption de James Sizela n'avait pas eu lieu, «et avec l'autorisation de mon client, je les dépose maintenant comme preuve.» Il tendit une liasse de papiers, le greffier la présenta d'abord au président, qui la regarda rapidement, avant de la transmettre à Sarah.

Elle lut: *Demande d'amnistie selon les termes de l'article 18 de la loi sur la promotion de l'unité et de la réconciliation nationales*. Elle jeta un coup d'œil en bas de la page. Tous les détails y étaient:

Nom: Muller

Prénom en toutes lettres: Pieter

suivis d'autres informations qu'on utilise pour décrire une vie – adresse, numéro d'identité, date et lieu de naissance, carrière professionnelle, puis sur la page intitulée *Caractéristiques de l'acte :*

Acte : mort de Steve Sizela
Date : mai 1985
Lieu : ferme Ryder.

. 40

Alors que l'atmosphère formelle de la cour se détendait, James Sizela resta assis, les yeux fixés sur le document que Sarah avait posé sur la table. *Acte*, lut-il, *mort de Steve Sizela.*

Acte ? Est-ce tout ce que signifiait la mort de son fils ? Un simple acte dans le jeu permanent de la vie de Muller ? Est-ce cela que la mort de Steve signifiait pour Muller ?

Muller, cet homme assis de l'autre côté de l'allée, fier de lui et de la façon dont il leur avait coupé l'herbe sous le pied. Muller – que James n'était pas encore prêt à affronter. Il baissa les yeux à nouveau, et regarda la ligne suivante :

Date : mai 1985. Aussi simple que ça. Un mois, *mai*, une année, *1985*. Pas d'heure, de jour, comme si l'acte et le lieu suffisaient, comme si cela ne faisait aucune différence, le jour, l'heure, la seconde, l'instant où ils avaient tué Steve après l'avoir arrêté.

James cligna des paupières. Les mots continuaient à danser sur le papier alors qu'il essayait de lire la dernière ligne de ce rapport de détective amateur. *Lieu : ferme Ryder.* Plus tellement une ferme, un bâtiment abandonné choisi délibérément pour son isolement afin qu'il n'y ait pas de témoin de la mort de Steve.

Le texte se brouilla complètement. James releva la tête et regarda sur sa gauche. Il y avait beaucoup de monde. Dès que le juge avait quitté la salle, le cordon qui séparait les protagonistes des spectateurs avait disparu. L'allée était maintenant remplie de femmes venues apporter leur soutien, les avocats confrontaient leurs emplois du temps, des membres de la communauté se réjouissaient que Muller ait été obligé de déposer une demande devant la Commission; et là-bas, de l'autre côté de l'allée, loin de tout ce brouhaha, comme si cela ne le concernait pas, Muller, seul à sa table, comme l'était James, mais beaucoup, beaucoup plus calme, comme si tout cela – sa venue devant le tribunal pour faire ce qu'il avait juré qu'il ne ferait jamais et le fait qu'il ait déposé une demande d'amnistie pour l'assassinat du fils de James – n'était qu'une suite d'événements quotidiens.

Sauf, bien sûr, qu'en ce qui concernait Muller, il n'avait pas commis d'assassinat. James regarda à nouveau la demande d'amnistie, la première page. *Article 1: Nature et particularités.* Il regarda fixement les mots dont il était sûr qu'on les avait tapés à cet endroit. Ils n'avaient aucun sens pour lui. Il avait beau continuer à les fixer, ils dansaient et se brouillaient, l'histoire selon laquelle Steve s'était jeté contre le mur devant Muller, en se cognant si fort la tête qu'il n'avait jamais repris connaissance. C'était une nouvelle version de ces mensonges sur des jeunes gens qui, dans tout le pays, s'étaient jetés par des fenêtres du cinquième étage ou contre des murs de pierre, des jeunes gens qui avaient combattu si durement pour connaître une nouvelle vie et qui cependant, au moment d'y arriver, avaient choisi la mort.

« L'audience va commencer. »

Quoi ? James leva les yeux de la demande d'amnistie de Muller et vit Sarah Barcant près de la table, qui lui dit doucement quand leurs regards se croisèrent : « Comme nous sommes tous à Smitsrivier, la Commission a décidé de poursuivre l'audience. Il faut que j'y aille. »

James resta silencieux.

« Votre femme veut venir, dit Sarah. Vous aussi ?

– Non. » James secoua la tête.

« Vous en êtes sûr ?

– Oui, mademoiselle Barcant, j'en suis sûr, dit James. J'ai du travail. »

Elle resta là un moment, les sourcils froncés, comme si elle n'arrivait pas à croire qu'il ait du travail, mais sans chercher à le contredire. Elle répondit seulement : « Je viendrai vous voir plus tard pour discuter de ce que nous allons faire ensuite », et s'éloigna.

James concentra son regard sur Pieter Muller qui se leva pour ranger ses papiers dans le classeur en plastique noir qu'il glissa ensuite sous son bras, puis il s'en alla en traversant la salle du tribunal, lentement, d'un pas assuré, sans faire de pause, parce que les quelques spectateurs qui restaient s'écartèrent en silence pour laisser passer cet homme trapu, costaud, brutal, et derrière lui, ils laissèrent aussi passer James, et les deux hommes franchirent la porte l'un après l'autre et se retrouvèrent dans la lumière.

Dans la Grand-rue, un homme cria à son chien griffon d'arrêter d'aboyer contre un balayeur effrayé, une camionnette souleva un nuage de poussière et un ivrogne descendit du trottoir en chancelant, indifférent au concert de klaxons. James ne vit rien, il suivait Pieter Muller à une vingtaine de mètres, tous deux marchaient dans la poussière et la saleté, d'un pas assuré comme pour se rendre à l'audience.

Mais l'audience n'était pas pour eux.

Alors que James l'observait, Muller s'arrêta devant la mairie pour regarder Dirk Hendricks descendre d'un fourgon de police, puis il poursuivit sa route, tourna le coin, monta dans sa Mercedes et s'en alla. James resta planté là, au milieu de la rue, regardant l'arrière de la voiture qui s'éloignait lentement sur la longue route droite, elle accéléra en atteignant les limites de la ville puis ne fut plus qu'une tache, qu'un point, et plus rien.

C'est fini, se dit James, mais il savait que ce n'était pas fini. Il revint sur ses pas jusqu'au commissariat de police, devant lequel était garée la camionnette délabrée de l'école. Elle était bondée quand ils étaient arrivés. James y monta seul, il sortit de la ville et prit la direction de l'école.

Le téléphone sonnait quand il arriva. Il entendit la sonnerie lointaine et traversa la cour. Tous les professeurs faisaient classe et personne ne répondrait mais il ne se pressa pas. Celui qui appelait pouvait attendre.

James poussa la porte métallique et descendit lentement le couloir. La sonnerie du téléphone était beaucoup plus forte quand James s'arrêta devant la porte et sortit les clefs de sa veste avec soin afin de ne pas en abîmer le tissu. Il choisit la bonne clef dans le trousseau, la glissa dans la serrure, la tourna, ouvrit la porte et entra, et pendant tout ce temps le téléphone n'avait pas cessé de sonner.

Il ne se pressait toujours pas. Il passa derrière son bureau, tira sa chaise, s'assit, posa les clefs devant lui, et ce n'est qu'à ce moment-là qu'il décrocha le téléphone. « Sizela », dit-il, selon son habitude.

Une voix prononça son nom. « Monsieur Sizela. » Il connaissait cette voix, et savait que ce serait elle. La voix de Pieter Muller – la voix de l'assassin de son fils – qui dit calmement, avec son timbre guttural: «Je crois que vous devriez venir me voir à la ferme, monsieur Sizela.»

. 41

Sarah était passée apparemment sans effort du tribunal à la salle des fêtes pour l'audience de la Commission. Elle brancha son micro. «Votre nom, s'il vous plaît?»

L'homme empâté qui se trouvait devant elle serra ses mains épaisses l'une contre l'autre pour tenter vainement de les empêcher de trembler et dit: «Jackson Mbulelo Thulo, monsieur le président.

– Vous étiez policier, en poste à Smitsrivier en 1985?

– C'est exact, monsieur, madame.» Thulo était si nerveux qu'en le regardant Alex se dit qu'il pouvait même entendre ses dents claquer.

«Quel était votre grade?

– Sous-officier, madame. Jusqu'en 1990.» Thulo jeta un coup d'œil anxieux vers Alex.

Alex croisa son regard sans rien ressentir – aucun retour inattendu du passé, aucun souvenir refoulé, aucune colère. Il lui était même difficile de se concentrer sur ce que disait l'ancien policier. Il restait assis là, en essayant d'imaginer la signification de la rencontre à laquelle il avait assisté devant la mairie, entre Pieter Muller et Dirk Hendricks.

«Et votre profession actuelle?» dit Sarah.

Alex se demanda si Muller avait réussi à organiser ce rendez-vous?

Il entendit la voix lointaine de Jackson Thulo déclarer: « Actuellement, je suis au chômage, monsieur le président. »

Non, Alex secoua la tête: Muller n'avait pas pu arranger ça. Dirk Hendricks était un détenu et Muller un homme sans amis ni influence dans cette ville: aucun des deux n'avait pu persuader quelqu'un de sortir Dirk Hendricks du fourgon de police au moment même où Muller passait.

« Je n'ai pas pu retravailler depuis que j'ai quitté la police », dit Jackson Thulo en se passant anxieusement la langue sur les lèvres.

Alex regardait et écoutait vaguement ce que Thulo avait à dire, mais en même temps il essayait de revoir en esprit cette rencontre entre les deux anciens amis.

« Je souffre de stress », dit Thulo.

Un détail continuait à tarauder Alex – la raison pour laquelle Pieter Muller avait choisi de garer sa voiture à proximité de la mairie. C'était absurde. Muller savait que le tribunal était situé à plusieurs rues de là, dans la Grand-rue, et il aurait dû savoir aussi ce qu'Alex n'aurait jamais pu prévoir – que le procès au tribunal serait aussi rapidement suspendu. Il aurait donc été beaucoup mieux pour lui de s'être ménagé un départ rapide en garant sa voiture derrière le commissariat de police par exemple, ou dans une des rues latérales proches et toujours vides.

« J'ai la lettre d'un médecin qui dit que c'est vrai. »

Mais Muller avait fait le contraire, se dit Alex, en garant sa Mercedes très loin, et pour la rejoindre il avait dû passer près de la mairie. Il n'avait pas pris la peine de quitter rapidement le tribunal. Quand le juge avait suspendu le procès, c'est l'avocat de Muller qui était parti précipitamment. Muller était resté pour examiner certains documents qu'Alex ne pouvait pas considérer comme significatifs, et alors seulement, après dix bonnes minutes, il avait rejoint d'un pas nonchalant la foule qui descendait la rue pour passer d'une audience à l'autre. On le repérait facilement – avec ses cheveux roux parmi tous ces Noirs – alors qu'il marchait dans une rue bondée, entièrement seul comme si une force invisible émanait de lui et tenait les gens à l'écart.

« Monsieur Thulo, disait Sarah, au cours de l'année 1985, avez-vous, à un moment quelconque, eu affaire à mon client, M. Mpondo ? »

Alex se dit : bien sûr. L'avocat – Bester – qui défendait les deux hommes avait dû organiser la rencontre dans la rue. Le mystère est résolu. Alex revint dans le présent et s'efforça de se concentrer sur ce qui se passait sur scène.

« Oui, monsieur le président, dit Thulo qui maintenant contrôlait ses mains, mais une de ses jambes s'agitait malgré lui. Oui. Je m'occupais du prisonnier, M. Hendricks. » Il regarda autour de lui, complètement perdu, alors qu'un rire général accueillait sa déclaration ; il fronça les sourcils et essaya de reprendre le fil de sa déposition : « Le prisonnier. » Et alors il se rendit compte de son erreur, et corrigea aussitôt ce qu'il avait dit : « Je m'excuse, monsieur le président, je veux dire le prisonnier, M. Mpondo.

– Vous vous occupiez de M. Mpondo ? demanda Sarah. Qu'est-ce que cela veut dire exactement ?

– Je lui enlevais son pantalon. » Sa voix tremblait en synchronisation avec ses jambes et, quand son regard croisa celui d'Alex, il détourna les yeux.

Mais Alex n'avait aucun souvenir de cet homme, il ne gardait aucune image de ses lèvres craquelées et de ses mains tremblantes. Rien.

« Qui vous donnait l'ordre de lui enlever ses vêtements ?

– Dirk Hendricks, monsieur le président. »

Alex devait rendre cette justice à Hannie Bester : la rencontre avait été orchestrée avec élégance. Car au moment même où Muller atteignait l'escalier de l'hôtel de ville, les portes du fourgon s'étaient ouvertes et Dirk Hendricks était sorti.

« Et pourquoi avez-vous obéi à cet ordre ?

– J'étais obligé, monsieur le président. J'étais policier ; c'était mon supérieur. »

Supérieur, entendit Alex, en se rendant compte brusquement que ce n'était pas seulement la coïncidence qui l'avait troublé mais la nature de l'échange. Mais pourquoi ? Impossible de mettre le doigt dessus.

Il repensa au regard. C'était tout ce qu'il y avait eu : un regard. Aucune parole, rien que ce seul regard prolongé. Alex se tenait sur le côté et avait observé, fasciné, le spectacle de Dirk Hendricks dominant de toute sa hauteur Pieter Muller courtaud et trapu, un regard pour eux seuls, alors que quelque chose, une émotion qu'on ne pouvait entièrement déchiffrer, passait entre eux. Était-ce de la colère ? Non. Il secoua la tête. Ce n'était pas de la colère. De la pitié ? De Pieter pour Dirk ou l'inverse ? Non : ce n'était pas non plus de la pitié. Un regard de compréhension alors ?

« Si je n'avais pas exécuté l'ordre, monsieur le président, j'aurais eu de graves problèmes », dit Jackson Thulo.

Oui, sans doute, de la compréhension. Mais de quoi ?

« Savez-vous pourquoi M. Hendricks vous donnait cet ordre ? »

Alex leva les yeux vers Hendricks, assis immobile : lui non plus n'avait pas l'air d'écouter. Il regardait droit devant lui, aussi distrait qu'Alex, les yeux fixés au loin, sans savoir qu'Alex l'observait, les traits marqués par… la douleur ? La tristesse ?

La tristesse. C'était ça.

Le regard que les deux hommes avaient échangé était lourd de tristesse. Alex se retourna brusquement vers le premier rang, et vit la mère de Steve à sa place habituelle et, à côté d'elle...

James n'était pas là.

James. Merde. Il attrapa un stylo et écrivit quelques mots sur un bout de papier: «Excusez-moi. Il faut que je parte.» Puis il posa le mot devant Sarah, il se leva rapidement sans lui laisser le temps de réagir, et s'en alla.

. 42

James s'engagea dans l'allée et vit que Pieter Muller l'attendait à l'autre bout. Au début, Muller n'était qu'une silhouette lointaine mais quand la camionnette s'approcha, il devint plus grand, les détails se précisèrent, ses lourdes bottes écartées sur le gravier, ses bras musclés croisés sur son torse puissant, son cou épais et son visage dur, sans expression.

«Je suis content que vous soyez venu», dit Muller quand James s'arrêta.

Étrange, se dit James, en descendant avec raideur de la camionnette, de voir comment les conventions de la vie ordinaire persistent quelles que soient les circonstances: que Muller, dont le visage ne manifestait ni plaisir ni émotion, ait décidé, parmi tous les mots disponibles, de choisir «content».

«Entrez dans la maison.» Muller s'éloigna vers une porte latérale.

Une cuisine. C'est le décor qui accueillit James. Une cuisine de ferme normale, quotidienne. Muller ne s'y arrêta pas et s'engagea dans un couloir. James le suivit, les yeux fixés sur ces cheveux roux qui poussaient comme de la mousse sur la peau ridée de Muller.

La pièce dans laquelle Muller le fit entrer était un bureau. Un endroit protégé du soleil, fait pour un homme, confortable, avec des photos encadrées au mur et un petit coffre-fort Milner. Chaque chose à sa place, comme James l'aimait.

« Puisque nous devons parler affaires, dit Muller, installons-nous au bureau. »

Tandis qu'il en faisait le tour, James pensa qu'ils avaient beaucoup de choses en commun. Deux hommes de la vieille école, liés par l'acte que l'un avait commis contre l'autre ; deux hommes que la vie avait entraînés sur une trajectoire impossible à modifier maintenant, et qui les amenait dans cette pièce, pour s'asseoir face à face et se regarder au-dessus du bureau ciré de Muller, avec le revolver de Muller posé entre eux.

Le revolver. James l'avait aperçu dès qu'il avait franchi la porte. On ne pouvait pas ne pas le voir posé au beau milieu du bureau pour que James le remarque. Posé là comme si on allait l'utiliser.

L'utiliser à quoi ?

« C'est un 22, dit Muller en s'asseyant et en en caressant le canon. « Le meilleur. Les autres fabricants d'armes ont copié la coque en plastique de la crosse, mais je reste fidèle au Glock. Essayez-le. » Il le poussa légèrement vers James : Voyez comme on l'a en main. »

Non, se dit James : Muller et moi, nous ne sommes pas pareils. Absolument pas. Il leva les yeux et regarda Muller bien en face, de l'autre côté du bureau, avant de dire : « Qu'attendez-vous de moi ? »

« Qu'attendez-vous de moi ? » entendit Marie.

Elle se trouvait dans le jardin, devant le bureau de son mari, contre le mur, un peu à gauche de la fenêtre de telle façon que si, pour une raison ou une autre, un des deux hommes se levait pour regarder au-dehors, on ne la verrait pas.

Qu'attendez-vous de moi? entendit-elle en se disant: mais qu'est-ce que je fais ici?

Marie n'avait jamais espionné Pieter, elle n'y avait même jamais songé. Pieter était un homme discret qui savait garder ses secrets. Marie avait toujours respecté cela en lui et n'avait jamais fourré son nez dans ses affaires au cours des longues années qu'ils avaient passées ensemble. Elle avait tenu sa maison tout comme sa mère, en laissant son mari libre de se débrouiller avec le monde extérieur. Cela lui avait plu; cela leur avait plu à tous les deux.

«Pourquoi m'avez-vous demandé de venir ici?» C'était James Sizela qui avait parlé.

En attendant la réponse de Pieter, Marie pensa à toutes les fois où il avait eu besoin qu'elle lui donne quelque chose de différent. Elle voyait ça à ses sourcils froncés quand il rentrait à la maison, à sa distraction devant la table du dîner, aux heures de plus en plus longues qu'il passait au poulailler. Marie n'était pas du genre à se vanter, et pourtant elle tirait une tranquille satisfaction dans le fait de savoir que Pieter avait toujours trouvé auprès d'elle le réconfort qu'il demandait. Pas avec des mots, ce qui n'avait jamais été son fort, mais par d'autres moyens – en le mettant à l'aise peut-être, ou en lui préparant un plat particulier, ou simplement en restant assise près de lui, elle dans le rocking-chair, lui à son bureau, pour lui tenir compagnie pendant ce moment difficile.

Son mari répondit: «Moi? Pourquoi est-ce que j'attendrais quelque chose de vous?»

Marie s'appuya lourdement sur sa canne, en se disant qu'elle avait été stupide.

« Pourquoi est-ce que j'attendrais quelque chose de vous ? » demanda Pieter Muller avec un sourire.

Ce n'était pas vraiment un sourire, plutôt une façon de tordre ses lèvres menaçantes. James s'étonna : Muller souriait-il comme ça avec Steve ? Est-ce la dernière chose que mon fils a vue sur terre ?

« Je n'attends rien. » Muller était d'un calme terrible, avec le revolver à portée de main. Il le contempla, délibérément, puis leva à nouveau les yeux vers James, d'un air aimable comme avec un collègue ou un ami. « Je n'attends rien, répéta-t-il. Mais je vais vous donner ce que vous voulez. Je vais vous parler de Steve. »

C'était aussi simple que ça – cette façon de dire le prénom du fils de James, comme si Muller et Steve avaient été autrefois des amis intimes. James sentit monter en lui une fureur si grande qu'il eut envie de tendre le bras, d'empoigner le revolver et de faire feu en plein dans le cœur du meurtrier de son fils, envie d'observer dans les yeux de Muller la reconnaissance de ses actes et de voir le corps de Muller se tordre et s'effondrer en avant alors que la vie le quitterait.

Cette image était si puissante que James dut faire appel à toute sa concentration pour dire : « Pourquoi me le dire maintenant ? »

Muller avait-il deviné la pensée de James ? Sinon pourquoi baissa-t-il à nouveau les yeux vers le revolver, pour les relever aussitôt, et pourquoi eut-il ce sourire, pour le mettre au défi de prendre le risque de s'emparer du revolver et de tirer ?

Est-ce que Muller m'a fait venir pour que je le tue ? se demanda James. Sûrement pas. James cligna des paupières: «Je serai là quand vous demanderez l'amnistie. J'entendrai ce que vous aurez à dire à ce moment-là.»

Muller sourit. Rapidement cette fois, et presque tristement. «Mais nous savons tous les deux, n'est-ce pas, monsieur Sizela, que la dernière chose qui est dite à la Commission Vérité, c'est la vérité.»

«... la vérité», entendit Marie qui, en percevant la menace dans la voix de son mari, se dit: sûrement pas. Pieter n'aurait sûrement pas pris le téléphone pour faire venir James Sizela chez eux, dans leur maison, pour le tuer.

Marie enregistra cette pensée sans surprise. Le simple fait qu'elle lui ait traversé l'esprit montrait tout le chemin parcouru ces derniers jours. Elle se demanda: qu'est-ce que je sais maintenant que je ne savais pas avant?

Que son mari était capable de tuer peut-être? Oui, cela en faisait partie. En déposant cette demande d'amnistie, il avait reconnu avoir tué un homme, non pas pour se défendre mais de sang-froid, un homme à coup sûr enchaîné et en son pouvoir. Le fait d'avoir accepté et intégré aussi rapidement cette révélation montrait l'étendue de son ignorance passée. Elle, l'épouse de Pieter Muller, leurs amis et leurs nombreuses relations, tous avaient joué à fermer les yeux, à se raconter des histoires en pensant que tout allait bien, ou que cela n'avait rien à voir avec eux. Elle avait continué à mener sa petite vie en laissant Pieter faire le sale boulot.

Comme j'ai été bête, se dit Marie, bien que le mot «bête» ne fût pas celui qui convenait. Pas bête, mais quelque chose d'autre. Coupable? Oui. C'était mieux. Coupable et stupide au-delà de toute mesure.

Eh bien, plus maintenant. Cette époque était révolue. Marie resta adossée à la maison.

Son mari disait: « La Commission Vérité est comme un nettoyage rituel, avec toute la pompe et le cérémonial qu'exigent les rituels – et toutes les simplifications. Vous et moi, nous sommes pareils, les faux-semblants ne nous intéressent pas.

– Alors, brisez le moule, dit le directeur d'école. Allez à l'audience. Dites la vérité.

– Oh, je vais le faire, répondit Pieter. Ne vous inquiétez pas. Mais laissez-moi vous la dire d'abord, à vous. En privé. »

Marie ne voulait pas en entendre plus: elle voulait s'en aller. Et cependant son passé d'aveuglement signifiait que cette complaisance lui était interdite. Se détourner, c'était ce qu'elle avait toujours fait.

James était assis, immobile.

« Laissez-moi vous parler de votre fils », entendit-il.

Il se sentait étrangement détaché et n'écoutait pas seulement la voix de Muller, mais aussi une autre voix en contrepoint, cette voix secrète et qui pressait James en silence de se lever, de tourner le dos, de s'en aller. Il n'obéit pas à cette voix intérieure: il ne le voulait pas. Il resta assis, sans bouger.

« Votre fils était un lâche, dit Pieter Muller.

– Un lâche? – était-ce sa propre voix qui avait dit ça?

– Un faible. Qui me suppliait d'avoir pitié avant même que je l'aie touché. »

Ça recommença. La question d'un inconnu. « Alors pourquoi l'avez-vous tué? »

Là, de l'autre côté du bureau, Pieter Muller tendit la main vers son revolver. « Vous ne croyez pas que je l'ai fait exprès, n'est-ce pas? – il caressa la crosse entourée de plastique. Pourquoi est-ce que j'aurais pris cette peine? » Brusquement, il donna une chiquenaude au revolver qui se mit à tourner pour s'arrêter progressivement, le canon dirigé vers James. « Steve ne méritait pas un tel effort », dit-il, en éloignant la main du revolver.

Était-ce son imagination, mais James trouva que l'arme s'était rapprochée de lui.

« Ce n'était pas un garçon très brillant, n'est-ce pas ? dit Pieter Muller. J'ai découvert ça en l'interrogeant. Je me suis vite rendu compte qu'il ne savait pas grand-chose. »

La voix ne semblait pas appartenir à la main posée sur le bureau, dont l'index se recourbait. Le doigt de la gâchette.

« Mon travail consistait à découvrir ce qu'il ne croyait pas savoir, dit la voix, ce petit détail qui permettrait de coincer le plus gros poisson, Alex Mpondo. »

Maintenant, la main de James était posée elle aussi sur la table. Les lèvres de Muller retroussées sur un sourire sans joie – toujours le même sourire dépourvu d'humour – attirèrent l'attention de James. Retire ta main, dit la voix intérieure, Muller te provoque pour que tu tires.

James laissa sa main là où elle était... à quelques centimètres de l'arme.

« La mort de Steve a été une erreur, dit Pieter. Je l'ai tué par erreur. C'est ma main qui lui a cogné la tête contre le mur, qui lui a éclaté la cervelle. Comme on dit, il n'avait pas la tête dure. »

Ce paquet d'os, c'est tout ce que James gardait comme souvenir de son fils – Muller effaçait toutes les autres images.

« Mais regardons les choses en face, dit Pieter Muller. J'ai fait ça pour vous. »

Pour moi ? se dit James, et sa pensée résonna dans la pièce alors que sa langue prononçait sa pensée :

« Pour moi ?

– Pour vous, confirma Pieter Muller, et pour chaque père qui a engendré un tel bon à rien. Il a parlé de vous, vous savez. A la fin. Il bafouillait, encore et encore, *jirra*, assez pour m'endormir, ses plaintes incessantes sur son père impitoyable. Il n'arrêtait pas de me parler de ce jour, comme si ça pouvait m'intéresser, où vous lui avez tourné le dos parce qu'il avait choisi d'aller à un meeting plutôt qu'à l'église. Il disait que vous aviez refusé de lui parler pendant les quinze jours qui avaient suivi. Il ne s'en remettait pas. Il disait que vous étiez un père qui prêchait et qui n'écoutait pas. *Jirra*, il n'arrêtait pas de pleurnicher. Il disait tout le temps que si seulement vous l'aviez écouté, si seulement vous lui aviez parlé, il ne se serait pas fourré dans ce pétrin. Ses gémissements me tapaient sur les nerfs. C'est pour ça que je l'ai frappé très fort. »

La main de Muller bougea. De façon presque imperceptible, mais James vit très bien le mouvement.

« Et maintenant, dit Pieter Muller, je vais faire ce que vous me demandez, je vais rompre avec l'habitude. Je vais dire la vérité à la Commission Vérité. »

L'arme, se dit James.

« Je vais tout leur dire, exactement comme je vous l'ai dit, avec encore plus de détails. Je vais décrire votre fils et les souffrances qu'il a endurées. Je vais aussi leur raconter ce qu'il m'a dit de vous. Vous allez entendre, non seulement vous, mais aussi sa mère… »

A cet instant, James ne s'arrêta pas de penser. Quand la main de Muller se déplaça, la sienne se déplaça aussi. Il se lança en avant et tendit la main vers le revolver.

. 43

Alex entendit un coup de feu. Un unique coup de feu, qui brisa l'équilibre du jour, suivi par des aboiements affolés. En bas de l'allée, près du portail, il appuya à fond sur l'accélérateur, la voiture fonça vers la maison, il coupa le moteur et sortit presque avant que les roues se soient arrêtées sur le gravier, puis il courut vers la porte-moustiquaire, l'ouvrit violemment et entra.

Il s'arrêta. C'était une cuisine ordinaire et vide, et les chiens n'aboyaient plus. Maintenant, une sorte de mélopée étrange et aiguë déchirait le silence. Alex recommença à bouger, traversa la cuisine et descendit un couloir jusqu'à une porte.

Il s'arrêta à nouveau en voyant trois personnes: James Sizela effondré sur une chaise, Pieter Muller étalé sur un bureau, et une femme debout, près de Muller.

Alex dit, en s'assurant qu'aucun de ses muscles ne bougeait: « Posez ce revolver. »

La femme – ce devait être l'épouse de Muller – sursauta et pendant un instant ne fit que le regarder. Il garda les yeux fixés sur elle et lentement leva les mains, paumes en avant, dans un geste de reddition et en même temps de réconfort. La femme tenait l'arme du bout des doigts, mais en le voyant lever les bras, elle la pointa sur lui, avec une expression dure et déterminée. Avait-elle tué les deux hommes et s'apprêtait-elle à en faire autant avec lui ? Alex recula d'un pas à contrecœur.

Ce à quoi il s'attendait le moins se produisit. La femme baissa le bras, ses doigts s'ouvrirent et le revolver tomba sur le tapis usé. Au bruit, Alex s'anima. Il fut près d'elle en une seconde et repoussa l'arme du pied. Elle baissait la tête, immobile, et se tenait là – si muette, si désespérée qu'il sut qu'elle ne représentait plus aucune menace.

Il se tourna vers les hommes. Peut-être pouvait-on leur venir en aide. Il vit immédiatement que Muller était blessé : pas James, qui ne bougeait pas mais qui respirait. Alex posa deux doigts sur le cou de Muller pour chercher son pouls.

Il ne sentit rien. Alex souleva Muller, en retenant son poids, le poids d'un mort, pour l'appuyer au dossier et le tourna suffisamment pour voir une plaie béante au milieu de sa poitrine.

Alex tendit le bras au-dessus du bureau pour attraper le téléphone, et demanda à personne en particulier : « Que s'est-il passé ? »

Pour la première fois depuis l'arrivée d'Alex, James Sizela souleva la tête et regarda Alex, mais on n'aurait su dire s'il le reconnaissait. Il ouvrit la bouche.

« Mon mari s'est tué, dit la femme.

– Non. » James secoua la tête.

« Mon mari s'est tué, répéta la femme d'une voix plus forte. C'était un excellent tireur et un homme costaud, personne d'autre n'aurait pu lui faire ça.

– Je vous en prie, madame Muller », dit James.

Mais la voix de la femme était beaucoup plus forte et beaucoup plus déterminée que celle de James. Pour la troisième fois, elle insista : « Mon mari s'est tué », et son regard ardent était fixé sur James Sizela. « J'ai tout vu de mes propres yeux, et si quelqu'un dit le contraire je le traiterai de menteur. Je ne me tairai pas. Je dirai ce que j'ai vu. Mon mari a enfermé ses chiens pour qu'ils ne soient pas ici, il a fait venir M. Sizela pour qu'il assiste à ses derniers instants, et s'est tiré une balle dans le cœur. »

La sirène était inutile – Pieter Muller était bien mort – et cependant, en s'en allant, les ambulanciers décidèrent de la brancher.

Alex, qui se tenait en haut de l'allée et qui regardait le véhicule surélevé cahoter sur le chemin de terre, sut que bientôt on entendrait le gémissement de la sirène non seulement à Smitsrivier mais aussi dans toute la campagne environnante. C'était un geste théâtral qui convenait tout à fait, pensa-t-il, pour annoncer le dernier voyage de la dépouille mortelle de Pieter Muller dans la ville qui l'avait abandonné.

C'était peut-être pour cela que Marie avait choisi d'accompagner le corps – pour défier la ville. Ou peut-être avait-elle voulu s'en aller en attendant que la police soit partie. Alex le comprenait. D'après ce qu'il avait vu, l'enquête de la police tenait de la farce. Sinon, pourquoi auraient-ils accepté les monosyllabes de James Sizela sans faire de commentaires avant de le laisser rentrer chez lui ? Sinon, pourquoi auraient-ils rangé l'arme sans prendre les empreintes ?

Mais Alex se dit que, comparé à tous les autres actes de violence que la police devait affronter, celui-ci devait apparaître comme une mort très simple. Une mort évidente : acculé par la Commission Vérité et Réconciliation, Pieter Muller avait décidé de se supprimer et, afin d'en être absolument sûr, il avait organisé son suicide pour que sa femme et James Sizela en soient les témoins.

Pieter Muller s'était-il douté que les choses se termineraient ainsi ? Qu'en dehors de sa femme et peut-être de James Sizela, personne ne s'intéresserait à sa mort ?

« Vous pouvez partir », entendit Alex.

Il sursauta et vit près de la porte un policier qui lui disait : « Il est inutile de rester. Leur domestique est déjà en train de laver le sang. »

44.

James ne prit que ce qui lui appartenait, et l'entassa dans la caisse qu'il avait apportée à l'école spécialement pour ça. Ses affaires se résumaient à très peu de choses – quelques photos, une liasse de lettres personnelles et quelques livres précieux –, le tout remplit à peine la moitié de la caisse. A un œil étranger cela aurait paru un bien maigre témoignage pour toute une vie de dévouement. Mais pour James, la reconnaissance de son travail ne résidait pas dans les objets qui y étaient attachés mais à la façon dont ses élèves avaient choisi de mener leur existence. Rien ne comptait, sinon qu'ils puissent devenir de bons citoyens.

Et c'était pourquoi James devait s'en aller. Il ne pouvait plus promouvoir les principes de probité, de moralité et d'intégrité qui étaient essentiels au bon développement de tout individu. Pas après ce qu'il avait fait.

Le temps était venu que quelqu'un prenne la relève. Et James ne doutait pas que, si difficile que ce soit, on finirait par trouver le bon candidat. En attendant, il garderait un œil vigilant mais légèrement distant sur la transition, pour s'assurer que tout se passerait bien.

Ses tiroirs étaient vides, ne restaient que les objets habituels dans une école. Il plaça la chaise bien au milieu du bureau et la laissa pour celui qui viendrait s'y installer.

Ce bureau si petit avait été le centre de sa vie. James regarda autour de lui, en se disant que, malgré toutes les erreurs qu'il avait inévitablement commises, il avait aussi fait de bonnes choses. Une épitaphe à la fin d'une vie de travail : aucun homme ne peut demander plus. James quitta la pièce, referma la porte sans un regard derrière lui, descendit le couloir vide, en ouvrant et en refermant à clef chaque porte métallique. Il avançait d'un pas régulier et n'avait jamais eu le dos si droit.

La dernière porte claqua derrière lui. Il la ferma à clef elle aussi, puis se dirigea vers le portail, il le franchit, le ferma et laissa tomber ses clefs dans la poche de sa veste en se disant qu'il les donnerait à son adjoint en rentrant chez lui.

Chez lui. C'était l'heure. Chez lui, avec sa femme, où ensemble ils commenceraient à pleurer leur fils.

Pour la deuxième fois en deux jours, Alex quitta la route goudronnée et s'engagea dans le chemin de terre qui conduisait à la ferme de Muller. Contrairement à la veille, il roulait lentement en arrivant devant le portail et il vit de nombreuses voitures garées les unes derrière les autres dans l'allée qui contournait la maison. Marie Muller avait des visiteurs, se dit Alex ; je ne devrais pas entrer, je ne vais pas être le bienvenu.

Pourtant, après un simple moment d'hésitation, cette histoire inachevée qui l'avait amené jusqu'au portail le poussa à s'engager dans l'allée. A l'extrémité, il gara sa voiture derrière les autres et sortit.

Il s'arrêta sur les graviers en se demandant ce qu'il allait faire ensuite. On pouvait entrer dans la maison par la cuisine, c'était le chemin qu'il avait pris la veille. C'était le chemin que lui ou n'importe quel Noir aurait pris dans le passé et, d'après ce qu'on savait, c'était par là que les Muller eux-mêmes entraient dans la maison. Mais aujourd'hui, pousser la porte de la cuisine sans cérémonie et passer devant la domestique dans le tintement des plats et des assiettes lui apparut à la fois subalterne et trop intimidant.

Il s'éloigna de la cuisine, fit le tour de la maison et se dirigea vers l'entrée principale.

Il marchait lentement en traînant les pieds, et en essayant de se faire une impression générale des lieux avant d'entrer. Il passa devant ce qui ressemblait à une salle de jeux, puis devant une chambre vide et enfin, juste après, devant une pièce dans laquelle s'étaient réunis les invités de Marie Muller. C'était un petit salon qui donnait sur le jardin, une pièce ombragée, remplie de gens. Debout dans la violente lumière du désert, il regarda à l'intérieur.

Un dominee se penchait pour parler à Marie, assise calmement, vêtue de noir. Elle n'était pas la seule ainsi. On n'avait pas encore pratiqué l'autopsie et l'enterrement avait été reporté d'autant, mais ceux qui se trouvaient là étaient tous habillés avec discrétion et de façon étrangement démodée. Marie Muller se leva et disparut de la fenêtre, et Alex vit des robes noires à haut col, des bonnets noirs, des costumes noirs très stricts, presque comme un retour dans une époque passée, quelque chose venu du Grand Trek, se dit-il, en écoutant le murmure des voix, le marmonnement des échanges de condoléances, les respirations qu'on retient d'un air compréhensif – et l'intimité des lieux lui disait ce qu'il savait déjà, qu'il était un intrus et qu'il devait s'en aller avant que quelqu'un ne l'ait repéré.

Il fit demi-tour.

Et une voix, qu'il reconnut aussitôt, l'appela: « Monsieur Mpondo. »

Alex se retourna et vit que Marie Muller avait quitté la pièce pour venir jusqu'à la porte d'entrée. Elle s'appuyait sur une canne sculptée, et quand elle vit qu'il la regardait, elle fit un pas hésitant avant de s'arrêter.

« Ça m'est difficile de venir jusqu'à vous. Si cela ne vous dérange pas... »

Alex se dépêcha de la rejoindre.

« Merci. »

Maintenant qu'il se trouvait près d'elle, Alex se dit que la seule fois où il l'avait vue, il n'avait pas compris qui elle était vraiment. La veille, le jour de la mort de Pieter, c'était une personne pétrifiée par le choc et par son étrange détermination. Maintenant, en bas des marches, c'était une femme différente, une femme dont les yeux verts lui sortaient légèrement du visage d'une pâleur mortelle et mélancolique. C'est de la folie, se dit Alex, qu'est-ce que je fais ici ? Ce n'est pas le moment.

« Vous vouliez me demander quelque chose ? » C'était plus une affirmation qu'une question et elle ne le quitta pas des yeux en attendant une réponse.

« Pourquoi m'avez-vous dit que votre mari s'était suicidé ? »

Marie se redressa : « C'est ce qu'il a fait. Pieter s'est suicidé. »

Elle avait parlé d'une voix forte, impétueuse, comme un défi, mais cela ne changeait rien. Elle pouvait parler aussi fort et aussi longtemps qu'elle le voulait, Alex, qui en connaissait suffisamment en matière d'armes et de blessures, savait que c'était un mensonge. Pieter Muller n'avait pas pu se suicider.

Et pourtant, quelle importance? Pieter Muller était mort. Si sa femme tenait à falsifier sa fin, si elle avait ramassé l'arme afin que ses empreintes cachent celles de James Sizela, si elle avait empêché James de dire la vérité, c'était son affaire. Tout ce qu'Alex avait à dire, c'était: «Je m'excuse d'être venu vous importuner dans votre douleur, madame Muller», et de s'en aller.

Et c'est ce qu'il fit.

Une nouvelle fois, la voix de Marie Muller le rappela: «Pieter n'a peut-être pas tiré le coup de feu lui-même», dit-elle.

Il se retourna à contrecœur.

«Mais il s'est suicidé aussi sûrement que si son doigt avait appuyé sur la détente.»

Alex resta là, à demi tourné vers elle, à demi en train de partir. Parfaitement immobile.

«J'étais dehors, devant le bureau, dit Marie Muller. J'ai entendu tout ce qui se disait et je sais ce que mon mari cherchait à faire: mettre délibérément M. Sizela en fureur pour que ce dernier essaie de le tuer. C'est le métier de Pieter qui l'a amené à faire ça, vous savez. Son métier lui a donné une image très sombre des êtres humains: il était persuadé que n'importe quel homme, si on savait le provoquer efficacement, pouvait être en proie à une pulsion de meurtre.

– Vous voulez dire qu'il avait l'intention de saisir lui-même le revolver quand James essaierait de le prendre?»

Marie Muller secoua la tête. «Non, dit-elle, en secouant à nouveau la tête. Ce n'est pas ça.

– C'est quoi alors?

– Il y a deux choses que vous devez savoir sur mon mari, dit Marie Muller. Premièrement, il ne se serait jamais présenté devant la Commission Vérité et Réconciliation, et deuxièmement, il ne serait jamais allé en prison. »

Ça se tenait. Les gens du township disaient ce genre de choses à propos de Muller.

« Mais c'était un homme bon, poursuivit Marie. Il s'inquiétait pour moi. Il se demandait si je pourrais m'en sortir sans lui. Il voulait que je ne manque de rien. Il voulait que je puisse toucher librement son assurance vie. »

Ce que, bien sûr, elle n'aurait pu faire s'il avait mis fin à ses jours.

« Mais vous avez affirmé que c'était un suicide. Vous avez choisi de lui refuser la possibilité de vous voir à l'abri du besoin. Pourquoi ? Pour un Noir ? Pour James Sizela ?

– Je ne lui ai rien refusé, dit Marie Muller. Pas vraiment. Ce que j'ai fait, je l'ai fait pour lui.

– Pour James ?

– Non – Marie Muller sourit, mais tristement. Sizela ne signifie rien pour moi. Ce que j'ai fait, je l'ai fait pour Pieter. Pour sa mémoire. » Elle ne voyait plus Alex : son regard le traversait. « Quand Pieter a provoqué M. Sizela pour qu'il tire sur lui, cela m'a mise en colère. Je sais ce qu'il pensait. Il se disait que, s'il mourait comme il le devait, il prendrait aussi sa revanche. Il voulait entraîner James Sizela avec lui dans sa chute et en même temps me mettre à l'abri du besoin. Je ne pouvais pas laisser ce Pieter-là l'emporter.

– Ce Pieter-là ? »

Marie Muller cligna des paupières, et fixa à nouveau son regard sur Alex. « Je vous connais, vous et les vôtres. »

Les vôtres, entendit Alex.

« Vous pensez que nous sommes tous semblables. Je ne vous en blâme pas. Mais ce n'est pas vrai. Pour nous. Ou pour Pieter. Nous ne sommes pas pareils » – elle cligna à nouveau des paupières. Vous ne comprenez sans doute pas ce que je dis. Comment le pourriez-vous ? Vous ne l'avez pas connu comme moi. Vous n'avez jamais su comme il était bon. »

Un homme bon, se dit Alex, qui a tué Steve et qui a menti en disant le contraire, qui a essayé de faire endosser sa propre mort au père de Steve.

« J'ai menti en souvenir de cet homme bon, dit Marie. L'homme qu'a été Pieter. L'homme qu'il aurait pu être. »

Alex redescendit le chemin de terre et engagea sa voiture sur la route goudronnée. Il roulait très vite, mais il leva le pied de l'accélérateur. La voiture ralentit et l'image qui lui vint à l'esprit fut celle du visage blême et fatigué de Marie, et celle de son sourire forcé. Quelque chose dans sa façon de le regarder continuait à l'irriter. Qu'avait-il vu dans l'expression de Marie ? Était-ce de la malveillance ? Un désir de vengeance ? Un sentiment de triomphe ?

Un sentiment de triomphe – c'était ça. Mais pourquoi ?

Était-il possible que Marie ne lui ait dit que la moitié de la vérité ? Plus Alex y pensait, plus l'idée s'imposait. C'était ça : ce qui plaisait à Marie dans ce qu'elle avait fait, ce n'était pas d'avoir sauvé la réputation de son mari en tranchant dans le vif et en empêchant que James Sizela soit accusé de meurtre ; c'était d'avoir renversé la situation. Tout d'abord, Pieter Muller, en impliquant James dans sa dernière action, avait ôté toute possibilité de choix à James, mais sa femme était allée plus loin. Elle avait écouté sans intervenir, tandis que James était au supplice à cause de ce que Pieter disait, puis elle avait pris le revolver et avait empêché James d'être lui-même, elle l'avait empêché de dire la vérité. Elle avait maintenu James là où ses semblables avaient toujours essayé de le maintenir : à sa place.

Était-ce à cela que tout se résumait en dernière analyse ? se demanda Alex : image et contrôle ? Une guerre de races, une guerre pour la suprématie qui les avait tous conduits ici. Mais maintenant la guerre était finie et la Commission Vérité et Réconciliation était là pour arbitrer la paix. Mais Pieter Muller et sa femme avaient-ils refusé d'accepter les termes de l'accord ?

. 45

Ben était allongé sur un fauteuil relax mauve et blanc, dans l'ombre éparse de son jardin. Il était si bien enveloppé dans un plaid qu'on ne voyait que son visage et ses yeux fixés sur Alex assis près de lui, et tous deux étaient si concentrés que Sarah aurait pu ne pas être là du tout. « Croyez-vous Mme Muller ? demanda Ben.

– Est-ce que je crois que Pieter Muller a manipulé James pour qu'il le tue afin qu'elle puisse bénéficier de l'assurance vie ? – Alex haussa les épaules. Bien sûr. Mais je pourrais aussi bien croire qu'il essayait d'entraîner James avec lui, ou au moins de montrer à James que, si les circonstances l'y poussent, n'importe qui peut se transformer en tueur. Une chose dont je suis sûr : la version de sa femme selon laquelle Pieter Muller aurait été un homme bon égaré par accident du mauvais côté de la morale n'appartient qu'à elle. Demandez à n'importe qui dans le township et on vous dira que Muller était un monstre. Aussi, au bout du compte, conclut Alex en haussant à nouveau les épaules, je ne pense pas que la raison pour laquelle Muller a fait ça ait de l'importance.

– Même si la version de Marie Muller met James hors de cause ?

– Oui. Ils ont classé le dossier. » Alex se tut et son silence répondit à celui de Ben.

Jusqu'à maintenant, une branche avait caché le soleil, mais quand il descendit, sa lumière les aveugla. Alors, Ben prit une paire de lunettes noires posées sur la table de rotin et il les mit aussitôt. Les lunettes devaient sans doute avoir appartenu à Anna. Elles étaient vert émeraude, avec des branches en ailes de papillon incrustées de faux diamants – Anna les avait certainement achetées au père de Sarah à la fin des années cinquante –, les montures retroussaient les sourcils épais de Ben et cela le rendait parfaitement ridicule. Sarah détourna le regard pour ne pas rire.

L'après-midi calme et chaud pesait lourdement autour d'eux. Les deux hommes restaient silencieux et le sourire de Sarah mourut sur ses lèvres. Elle était assise calmement et écoutait le cri rauque d'un hadeda, quelque part au loin, tout en contemplant des gouttes de condensation qui se formaient sur les verres remplis de citronnade préparée par Anna, quand la voix d'Alex la ramena à la réalité.

« Si James avait été jugé pour meurtre, on ne l'aurait jamais condamné.

– Sans aucun doute, dit Ben en hochant la tête. Mais James n'aurait pas supporté de se retrouver dans le box des accusés.

– Et le pire en ce qui concerne James, dit Alex en

souriant, c'est qu'il aurait terminé en héros du township – l'homme qui les avait débarrassés de Pieter Muller. »

Un nouveau silence. Cette fois, le regard de Sarah erra dans le jardin, sur les roses qui se fanaient dans la chaleur et sur les fleurs blanches, éclatantes et délicates du jasmin grimpant au parfum pénétrant – chargé de douceur et en même temps d'un soupçon de corruption et de pourriture –, puis ses yeux revinrent juste à temps vers Ben qui disait à Alex : « Qu'allez-vous faire ? »

C'est mieux, pensa Sarah. C'était pour cela qu'elle avait demandé à Alex de venir, pour que Ben lui mette un peu de plomb dans la cervelle.

« Je ne vais pas rester jusqu'à la fin de l'audience », dit Alex, en répétant ce qu'il avait déjà confié à Sarah.

Mais si quelqu'un pouvait le faire changer d'idée, c'était Ben.

« J'ai dû tellement lutter pour m'arracher des griffes de cet homme, reprit Alex, je n'en serai plus jamais la victime. »

Un des sourcils de Ben passa au-dessus de la monture à diamants des lunettes. « Croyez-vous que la condition de victime soit une affaire de choix ?

– Dans le cas présent, oui.

– Mais pas toujours ?

– Toujours, je n'en sais rien, dit Alex, mais nous sommes maintenant. Quand je vais à l'audience, je m'assois dans le siège de la victime. Mon avocate – il fit un geste vers Sarah – est connue comme l'avocate des victimes. Pendant l'audience, si je veux aller dans un coin tranquille afin de fuir la foule, je dois aller dans un endroit réservé aux membres de la Commission et aux victimes. » Il élevait la voix à chaque fois qu'il prononçait ce mot – victime. « Et quand la Commission publiera son rapport, mon nom figurera parmi ceux d'autres victimes. » Alex sursauta brusquement au son de sa voix, comme s'il venait seulement de se rendre compte qu'il parlait très fort, et quand il reprit la parole, ce fut beaucoup plus doucement. « Je ne suis pas et je ne serai pas leur victime. Steve est leur victime. Je ne peux pas le remplacer – il regarda Ben. Vous comprenez ? »

Dans cet instant suspendu, avant la réponse de Ben, Sarah se dit qu'Alex, même s'il l'ignorait, demandait que Ben l'approuve et pas seulement qu'il le comprenne. Très bien, se dit-elle, Ben ne lui accorderait pas cela.

« Oui, dit Ben. Je comprends. »

Sarah sursauta et se pencha. A quoi jouait-il ? Il ne prenait jamais le chemin le plus facile. Jamais.

Alex se leva et tendit la main à Ben. « Merci. »

Ben sortit une main blanche de sous la couverture. Alex la prit et la garda dans la sienne pendant ce qui sembla une éternité avant de dire : « Au revoir, chef. » Et dans cet instant d'immobilité, en voyant la main blanche de Ben dans la main noire d'Alex, Sarah pensa qu'elle n'avait pas amené Alex ici. Il était venu tout seul. Il était venu chercher la bénédiction qu'il savait que le vieil homme lui donnerait.

Alex lâcha la main de Ben. Sans ajouter un mot, avec seulement un petit signe de tête en direction de Sarah, il fit demi-tour et s'en alla.

Elle ne le suivit pas. Elle resta assise en écoutant s'éloigner le bruit de ses pas.

« Tu n'approuves pas ? »

Surprise, elle vit que Ben la regardait derrière l'écran de ses lunettes ridicules. Il sembla froncer les sourcils en répétant sa question : « Tu n'approuves pas ?

– Non – elle rapprocha sa chaise. Je n'approuve pas. Nous sommes allés si loin : c'est de la folie de tout gâcher.

– Et que sommes-nous exactement en train de gâcher ? demanda Ben.

– Tous les points que nous avons marqués. Regarde ce que nous avons dû faire pour obtenir que Dirk Hendricks nous dise où se trouvait le corps de Steve. Tu ne penses quand même pas que c'est parce que tu as fait appel à son sens de l'humanité, n'est-ce pas ? – elle secoua la tête d'un air définitif. Je suis persuadée que ce que tu lui as dit a eu un certain impact, mais en dernière analyse Hendricks voulait avant tout sortir de prison. Il nous a dit ce que nous voulions savoir parce qu'il savait que nous l'avions à notre merci.

– A notre merci ? répéta Ben en souriant. Pour aller jusqu'où ? »

Pourquoi avait-il un sourire si triste ? « Jusqu'à une sorte de justice, dit-elle.

– Mais l'objet de la Commission Vérité et Réconciliation n'est pas la justice, dit Ben. Et ça ne l'a jamais été.

– Très bien, alors, qu'est-ce que c'est ? » Toute la frustration qui s'était accumulée en Sarah sembla brusquement remonter à la surface et, au lieu d'attendre la réponse de Ben, elle donna sa propre réponse : « C'est la vérité ? – elle rit bruyamment. Même pas. Si les nouveaux dirigeants d'Afrique du Sud pensent que la justice est une chose compliquée, eh bien ils devraient savoir que la vérité est une chose encore plus insaisissable. Alors que reste-t-il d'autre ? La réconciliation ? C'est ce que prêchent les hommes d'Église. Grand bien leur fasse, quelqu'un doit le faire. Mais je te mets au défi de trouver de la réconciliation entre les individus, que ce soit dans ce procès ou dans des quantités d'autres. Oh, bien sûr, il y a eu les sentiments réconfortants habituels sortis de la bouche des vieilles mammas, celles qui font toujours les frais dans ce pays. Elles sont la spécialité de l'Afrique du Sud – grâce à elles le monde se sent bien à propos de son humanité.

– Tu n'as absolument rien compris, dit Ben. La réconciliation dont parle la Commission, ce n'est pas entre individus.

– Alors tu parles d'une réconciliation de la société tout entière? Oui, d'accord, peut-être que l'impact des audiences permettra de modifier les perceptions, mais tu n'as qu'à regarder les statistiques de la criminalité, ou même ce qui s'est passé à Smitsrivier depuis que les audiences ont commencé, pour comprendre le temps qu'il va falloir.» Elle parlait très fort.

Ben attendit que le bruit de sa colère s'apaise avant de dire, calmement: «C'est ce que c'est.»

C'est ce que c'est? Elle n'en croyait pas ses oreilles. *C'est ce que c'est* dans la bouche de Ben. Il ne pouvait choisir une formule plus adaptée pour illustrer les changements fondamentaux qui avaient eu lieu en lui. Autrefois, il n'aurait jamais employé de tels mots. C'était ce qui l'avait rendu différent – le fait que, contrairement au père ou à la mère de Sarah, contrairement à des quantités de gens ordinaires de Smitsrivier, il avait toujours refusé d'accepter *ce qui était* et qu'à la place il avait toujours défendu ce qui devrait être. Et maintenant? Au moment de mourir, tel était le message que Ben Hoffman lui transmettait: *c'est ce que c'est.*

«Ce pourrait être bien plus, dit-elle. Nous avons retrouvé le corps de Steve. C'était un début. Mais, avec la mort de Muller, la seule façon de découvrir ce qui est réellement arrivé à Steve c'est de continuer à faire pression sur Dirk Hendricks.»

Ben fronça les sourcils. «Cela ne concerne plus Steve. Cela concerne Alex. Il est assez grand pour le savoir. C'est un homme.»

Un homme ! Cela la mettait en rage. Comment osait-il ? Ne comprenait-il pas qu'il lui devait plus ? Ne ressentait-il pas quelque responsabilité de l'avoir fait venir, ni quelque gratitude pour la façon dont elle avait tout laissé tomber pour obéir à ses ordres ? Et Sarah savait parfaitement bien pourquoi il avait fait appel à elle. Pas seulement parce qu'il voulait la revoir, mais parce qu'il avait besoin d'un avocat comme elle. Il savait avec quel soin elle préparait ses dossiers, avec quel sérieux elle travaillait. Et maintenant ? Au milieu du gué, alors qu'elle avait mis les choses en ordre, il lâchait tout par caprice. La partie s'était déroulée comme il l'avait souhaité : il était prêt à s'en débarrasser. Furieuse, elle lança : « Alors, ça se résume à ça ? Aux hommes et à ce qu'ils savent.

– C'est indigne de toi, Sarah.

– Peut-être, concéda-t-elle – pourtant l'esprit de rébellion se réveilla en elle à nouveau. Mais ne comprends-tu pas ? Si nous abandonnons maintenant, Dirk Hendricks va s'en tirer indemne.

– Non. Il ne s'en tirera pas indemne. Il a perdu sa femme et ses enfants. Être privé d'un tel espoir est un châtiment bien plus grand que toute condamnation à la prison. »

Un châtiment bien plus grand ? Quelque chose dans le ton de sa voix lui fit comprendre qu'il ne parlait pas seulement d'Hendricks. De quoi d'autre parlait-il alors ? D'elle ? Portait-il un jugement sur le fait qu'elle n'ait ni mari ni enfants ? « Ben », dit-elle.

Mais Ben continua comme si elle n'avait rien dit : « Alex est effrayé par le fait qu'en donnant le nom de Steve pendant sa détention, il a prononcé une condamnation à mort.

– C'est exactement pourquoi nous devrions continuer, protesta-t-elle, parce que nous n'avons pas encore établi la chronologie. Steve était peut-être mort bien avant qu'Alex n'ait parlé, c'est tout à fait plausible.

– On doit permettre à Alex d'accepter son propre sentiment de responsabilité », dit Ben.

Sa responsabilité, pensa Sarah : pour la mort de Steve ? Ou pour ce qu'il a imaginé comme étant le rôle qu'il a joué dans la mort de Steve ? « Allons, Ben, dit-elle. Ça ne te ressemble pas. Tu ne peux envisager ce procès comme eux. Quelle que soit la chronologie, Alex n'a pas tué Steve Sizela. C'est Pieter Muller qui l'a tué. Ce qui laisse Alex devant une seule vérité : il a craqué sous la torture. Quelle honte y a-t-il à cela ? Des hommes comme Hendricks étaient des spécialistes : ils étaient formés pour briser leurs victimes. »

Ben hocha la tête. « Bien sûr, ça, c'est la vérité rationnelle. » Puis il laissa le silence s'installer, allongé sur son fauteuil, et les verres de ses lunettes étaient si noirs que Sarah ne savait même pas s'il avait encore les yeux ouverts, jusqu'à ce qu'il parle à nouveau : « Les audiences vont bientôt se terminer. »

Mais son ton de voix disait clairement que c'était la conversation qui se terminait.

« Tu vas retourner à New York ? »

Elle connaissait son entêtement. Le presser ne servait à rien. Elle répondit à sa question le plus honnêtement possible : « Je ne sais pas. »

Il hocha à nouveau la tête, et son visage devint très sérieux quand il se tourna vers elle. Il ôta ses lunettes. Et attendit.

Elle ne pouvait rien lire sur son visage. « Pourquoi ai-je le sentiment de t'avoir trahi ? dit-elle.

– Tu ne m'as pas trahi, Sarah– son regard devint dur. Tu as merveilleusement réussi. Tu as réalisé toutes tes brillantes qualités et plus encore. Et tu es si sûre de toi. »

Il se tut à nouveau en lui souriant, toujours avec tristesse, mais avec tant d'amour qu'au-delà de ce vieil homme Sarah revit le Ben Hoffman qu'elle avait connu autrefois: cet homme vigoureux, déterminé, passionné qui était aussi, oh, tellement sage, cet homme qui lui avait donné le monde.

Il remit les lunettes d'Anna, brusquement, et rompit le charme. « Et maintenant, il te reste un devoir à accomplir. Tu dois aller dire à l'avocat de Dirk Hendricks que nous abandonnons les poursuites, et ensuite, si tu t'en vas, tu dois revenir me dire au revoir. »

. 46

Sarah s'assit au bout de la table dans la salle d'interrogatoire sans air du commissariat de police et regarda de l'autre côté où, devant elle, ils étaient assis tous les trois côte à côte. De gauche à droite: l'assistant de Bester, mince et fragile, dont les lunettes brillaient tandis que sa main courait sur son carnet de notes; Bester avec sa chemise blanche amidonnée, ses bretelles rouges, son nœud papillon et son parfum Old Spice; et, légèrement écarté de Bester, les yeux baissés avec une expression telle qu'il était impossible de savoir s'il écoutait, l'ombre de Dirk Hendricks.

« Si vous n'y voyez pas d'inconvénient, mademoiselle Barcant, dit Bester, afin d'éviter tout malentendu, mon assistant va prendre note de notre entretien.

– Je n'y vois pas d'inconvénient, dit Sarah. Puis-je commencer ? »

Bester fit oui de la tête.

Elle s'éclaircit la gorge. «Mon client, Alex Mpondo, ne participera plus aux audiences. Par conséquent nous n'appellerons plus de témoin à la barre.

– Je comprends.» C'était Bester.

«Je ne déposerai pas non plus de conclusions, dit Sarah. J'en ai informé le comité d'amnistie.»

Il répéta: «Je comprends.

– J'ai aussi suggéré aux membres du comité de suspendre les débats. Ils ont dit que cela dépendait de vous – voulez-vous soumettre Jackson Thulo à un contre-interrogatoire?

– Je ne vois aucune raison de le faire, dit Bester en haussant les épaules. Il n'a rien dit de très important.»

Elle ignora ce point qu'il avait marqué, et continua: «Mon sentiment, quand j'ai parlé avec les responsables de la Commission, a été qu'étant donné la tension qui règne à Smitsrivier, ils accepteront vraisemblablement nos suggestions et suspendront les audiences. Je crois aussi, étant donné que nous ne nous opposons plus à l'amnistie, qu'ils vont vous demander, à vous et à l'avocat de la Commission, de déposer vos conclusions.

– Je suis persuadé que la Commission me contactera directement», dit Bester, puis en se penchant en avant: «Mais dites-moi, mademoiselle Barcant, pourquoi êtes-vous ici?»

Elle fronça d'abord les sourcils en entendant ce qu'il y avait d'agressif dans ses paroles, mais elle atténua sa réponse et dit doucement: «Je me suis peut-être mal fait comprendre, mais je ne m'oppose plus à la demande d'amnistie de votre client.

– Vous vous êtes parfaitement fait comprendre, dit Bester, mais comme nous n'avons jamais eu besoin ni d'Alex Mpondo ni de vous-même pour faire valoir notre demande, je ne vois pas la pertinence de cette réunion.»

Que pouvait-elle dire d'autre que la vérité? «Je veux parler à Dirk», dit-elle.

A Dirk, assis là, tête baissée.

«Je suis sûre que vous savez, dit-elle, que j'ai déjà demandé cet entretien ce matin. D'après ce que j'ai compris, c'est plus M. Hendricks que la police qui l'a refusé. Je voulais lui demander à nouveau – en votre présence – d'envisager si je pouvais le persuader de changer d'avis. Je serai heureuse de parler devant vous.

– Dans ce cas, dit Bester, et puisque vous m'avez associé, j'aimerais que les implications de ce que vous proposez soient parfaitement claires. Est-il concevable que votre client décide de ne plus se retirer des débats de la Commission si mon client refusait d'avoir cette conversation avec vous?

– Non, dit-elle, en sachant que si Alex avait su qu'elle venait ici, il aurait fait tout ce qui était en son pouvoir pour l'arrêter. La question ne se pose pas.

– Je comprends – Bester soupira. Mais je n'en vois toujours pas l'intérêt.

– Tout ce que je demande, dit-elle, calmement, chaleureusement, en essayant d'utiliser la hauteur de sa voix pour attirer l'attention d'Hendricks, c'est un entretien.»

Elle avait parlé fort en vain. Hendricks garda les yeux fixés au sol pendant que son avocat parlait: «Que Dirk décide de vous rencontrer ou non, dit-il en repoussant sa chaise, ne dépend que de lui.» Il se leva, la regarda de toute sa hauteur, et sourit en tirant sur ses bretelles. «Et maintenant, si vous n'y voyez pas d'inconvénient, j'aimerais parler à mon client en privé.»

Sarah attendit deux heures dans le vestibule aux couleurs criardes du commissariat de police. Deux heures à observer un ivrogne qu'on enfermait, un cambriolage qu'on venait déclarer, ou un homme qui parlait nerveusement en payant une amende pour excès de vitesse. Un Smitsrivier quotidien qui réglait ses affaires quotidiennes. Deux heures à penser à ce que Ben lui avait dit et à ce que serait cette ville pour elle quand Ben ne serait plus là.

Enfin, on la conduisit de nouveau dans la salle d'interrogatoire où Dirk Hendricks l'attendait. Seul. Quand Sarah entra, elle se demanda si c'était lui qui l'avait fait attendre aussi longtemps. Et si c'était lui, était-ce parce que, sincèrement, il n'arrivait pas à se décider ?

Il était assis et, quand il l'entendit entrer, il leva les yeux rapidement mais sans manifester un intérêt particulier. Il avait l'air tout petit : sans arme, sans charme, ce n'était plus un homme puissant, mais simplement un détenu avec des préoccupations de détenu, et cette fois, quand elle posa un paquet de cigarettes sur la table, il en prit une et l'alluma immédiatement.

« Je vous remercie d'avoir accepté de me parler », dit Sarah.

Il haussa les épaules. Indifférent – ses remerciements ne signifiaient rien pour lui.

« J'aimerais vous demander quelque chose. »

Il haussa à nouveau les épaules, tira une grande bouffée sur sa cigarette et souffla un long filet de fumée.

« Je voudrais savoir quand est mort Steve Sizela.

– Pourquoi me demander ça à moi », dit-il, une question sans point d'interrogation, comme une obligation monotone, faite à contrecœur, suivie d'un : « Je n'ai pas tué Sizela.

– Parce que vous connaissez la réponse », dit-elle.

Il baissa la tête.

Elle parla plus fort. « Allez, Dirk, c'est très important. Ni pour vous ni pour la conclusion de votre procès, mais c'est quand même très important. Quand Steve est-il mort ? »

Il leva brusquement les yeux et croisa son regard. « C'est quoi cette question ? » Il plissa les paupières. « Vous le savez, quand. En mai. Comme Pieter l'a dit dans sa demande d'amnistie. »

Il y avait eu une époque, pas si lointaine, où Sarah s'était sentie désolée pour cet homme, une époque aussi où elle l'avait cru chaleureux. Plus maintenant. Maintenant, elle le voyait comme Alex avait dû le voir, un cœur dur et insensible, des yeux qui n'étaient plus bleus mais gris. Un gris froid. Un gris de glace. Un gris de mort.

Elle eut un frisson mais continua. « Ce n'est pas tellement le jour ni même l'heure qui m'intéressent, mais la chronologie des événements. Je veux savoir si Steve est mort avant qu'Alex Mpondo donne son nom.

– Pourquoi ? » Ce n'était plus le pénitent : c'était l'agresseur. Il répéta : « Pourquoi ? » Méfiant, maître de lui, les yeux grands ouverts.

Que pouvait-elle lui dire ? Qu'elle voulait le savoir pour Alex ? Non, elle ne pouvait pas lui dire ça. « Je veux le savoir, c'est tout. Pour être tranquille. »

Il sourit – un sourire vide, pas à elle mais à lui-même – et il détourna les yeux. Elle suivit la direction de son regard vers le mur nu, couleur crème. Il n'y avait rien de particulier à cet endroit, mais il continua à le fixer pendant un long moment et elle se dit que son visage ne manifestait plus ni l'indifférence ni l'hostilité qu'elle y avait lues auparavant, mais quelque chose d'autre, quelque chose de plus profond. De la tristesse ? se demanda-t-elle. De la douleur ?

Il se retourna brusquement et vit qu'elle le regardait. Il sourit à nouveau. « Vous voulez savoir ? D'accord. Je vais tout vous dire. Alex Mpondo a craqué en premier. Il a désigné Sizela. Il a dénoncé son ami – il continua d'une voix basse, presque séductrice. Ce que Mpondo a dit a tout changé. Cela a scellé le destin de Sizela. Parce que, vous voyez, quand Mpondo m'a parlé de Sizela et que je l'ai dit à Pieter, Pieter est devenu fou de rage. Jusqu'à ce moment-là, Sizela avait protesté de son innocence avec une telle force de conviction que Pieter avait même commencé à croire que nous n'avions peut-être pas arrêté le bon. Mais Mpondo a aidé Pieter à comprendre comment Sizela s'était payé sa tête. Sizela n'avait jamais mentionné le nom de Mpondo, vous savez – il a protégé son ami jusqu'à la fin. Mais maintenant, c'était évident qu'ils se connaissaient. Cela a mis Pieter hors de lui. Il était bien décidé à faire craquer Sizela. Et… » Dirk a haussé les épaules comme pour dire que ce qui s'était passé après était évident, puis il a raconté. « Pieter est allé trop loin et Sizela est mort. » Il souriait maintenant. « Votre ami Mpondo, dit-il, est responsable de la mort de Steve Sizela – puis il se redressa, détendu, désinvolte, et c'est la vérité vraie. »

. 47

« Continuez », dit Alex.

C'était la troisième fois qu'il disait cela et Sarah commençait à se demander s'il savait vraiment où il allait ou si ce n'était qu'une façon de rester silencieux. Elle lui jeta un coup d'œil mais il avait le regard fixé sur la route et ne remarqua rien.

Alors elle continua à rouler sur cette route sans fin. C'était une de ces journées parfaites et ensoleillées de fin d'été à Smitsrivier. Dans le rétroviseur elle voyait la route déserte, blanche dans la violente lumière du soleil : devant, elle semblait plus sombre, la même bande de goudron qui s'étendait au loin jusqu'aux montagnes miroitant dans l'air bleu. Le temps passa et elle conduisait toujours, jusqu'à ce qu'il dise : « C'est là-bas, sur la gauche. »

Il désignait une petite route goudronnée qui quittait la nationale et montait en serpentant sur le flanc de la montagne. Sarah s'y engagea, et ralentit quand l'asphalte laissa la place à un chemin de terre. D'aussi près, les montagnes n'étaient plus bleues mais offraient un mélange sépia, formé de terre brune et de rocher couleur de cendre, que venaient rompre le vert des broussailles éparses et le violet pâle des buissons en fleurs. La pente de la piste – car ce n'était pas autre chose – était tellement raide qu'elle roulait en première et, même ainsi, le moteur peinait.

« C'est par ici – Alex regardait par la fenêtre. Là-bas, dit-il, beaucoup plus fort, en désignant un endroit plat assez grand pour que la voiture s'y gare. Arrêtez-vous là-bas. »

Sarah rangea la voiture, coupa le moteur et descendit.

Alex était déjà parti, il escalada une clôture de barbelés et s'éloigna de la piste pour gravir la dernière partie du versant. Elle le suivit avec difficulté, la terre était dure et sèche, encombrée de rochers, et juchée sur ses talons hauts, elle avait du mal à garder l'équilibre.

Il l'entendit trébucher et se retourna pour lui tendre la main.

Elle ôta ses chaussures et prit cette main secourable et ferme, et, quand il l'aida à monter, le souvenir de leur premier contact lui revint en mémoire. Cela s'était passé dans la maison des Sizela quand ils s'étaient serré la main. A l'époque, Sarah avait ressenti que quelque chose passait entre eux, un mélange de soupçon et d'attirance. Ensuite, il y avait eu l'épisode de son hôtel, quand il avait voulu entrer et qu'elle l'avait éconduit avec humour. Insensiblement, ses sentiments à son égard avaient évolué. Elle éprouvait de la tendresse pour lui : une sorte de désir.

Elle rougit. Et lui, avait-il changé, lui aussi ?

Il la tira à nouveau et, faisant confiance à sa force, elle pensa aux ennemis d'Alex.

Elle pensa à Dirk Hendricks. La façon dont il l'avait regardée. Sa suffisance. *C'est la vérité vraie,* avait-il dit, trois ou quatre fois de suite, d'une voix à chaque fois plus assurée, comme si le malaise qu'éprouvait Sarah entretenait son plaisir sadique. Elle était restée à le regarder en se disant que tout – son refus initial de la voir, son avocat, l'attente qu'elle avait subie –, tout cela faisait partie d'un jeu de pouvoir bien organisé. Avec l'assurance d'obtenir l'amnistie, il était redevenu lui-même, un homme cruel, qui, bien qu'il parût avoir encaissé la mort de son ami Pieter, trouvait encore l'énergie de faire preuve de cruauté.

« On est bientôt arrivé », dit Alex.

Elle continua à marcher, en se disant qu'il était étrange qu'on pût presque mesurer la distance qu'elle avait parcourue par les changements dans son attitude envers Hendricks et Muller. Au début, Hendricks lui avait paru le plus raisonnable des deux, prêt à obéir aux lois de la nouvelle Afrique du Sud, et par conséquent prêt à en profiter. Ce n'était pas le cas de son ami Pieter Muller. Tout au contraire, Muller avait eu une attitude absolue et sans compromis. Il avait choisi l'anéantissement plutôt que la réconciliation, et la mort plutôt qu'une liberté octroyée par ses anciens ennemis. Un mauvais choix, à première vue, en particulier la façon dont il avait manipulé James Sizela, et pourtant, il y avait au moins une sorte de cohérence et d'honnêteté dans cet acte. Et qui sait, se dit Sarah, James sortira peut-être meilleur de tout cela.

« C'est ici. »

Tout en la conduisant et en la tirant à moitié, Alex l'entraîna jusqu'au sommet de la colline où, brusquement, le terrain tombait à pic. C'était stupéfiant. Un spectacle presque surnaturel – un panorama à vous couper le souffle qui s'étendait jusqu'à une crête de montagnes bordées de gris, loin, très loin, et entre les deux une vallée où se nichait la ville de Smitsrivier, réduite par la distance et les vibrations de la brume de chaleur à quelques rectangles indistincts.

« Venez. » Elle le vit s'asseoir au bord d'un énorme rocher en surplomb et alla le rejoindre. Il s'écarta pour lui faire une place. Elle s'installa et ils restèrent assis un petit moment, côte à côte, en silence. C'était une sorte de silence qui ne pénétrerait jamais le tohu-bohu de sa vie à New York, où les procès se suivaient l'un derrière l'autre, la tragédie d'une personne étalée au tribunal, vite remplacée par la suivante, et elle toujours au centre, jonglant avec leurs besoins différents, et continuant toujours et encore. Elle avait oublié ce que voulait dire rester assise pour réfléchir. Ou rester assise sans réfléchir.

« Steve m'a conduit ici, dit Alex. Il aimait cet endroit. C'était un vrai campagnard. Pas comme moi – je n'ai jamais voulu qu'une chose : m'en aller. »

Exactement comme moi, se dit Sarah.

« Je regrette que vous n'ayez pas connu Steve, dit Alex. Il était si vivant. Si plein de vie. Il adorait les moindres détails : la sensation du sable entre ses orteils, celle du corps qui plonge dans l'eau froide, cet endroit, ce paysage. Il faisait partie de moi, comme un frère ; une part de moi plus jeune, risque-tout, innocente. » Alex parlait doucement. « Quand Steve est mort, cette part de moi-même est morte elle aussi. James n'a jamais compris ça. Il ne saura jamais combien je pleure son fils. »

« Je pleure », remarqua-t-elle, pas « j'ai pleuré ».

« Mais bien sûr, continua Alex, James ne peut pas comprendre parce qu'il ne pense qu'à m'accuser d'avoir entraîné son fils hors du droit chemin. » Un rire faux. « Si seulement il connaissait la vérité. »

Elle lui jeta un coup d'œil, en pensant qu'elle savait ce qu'il allait dire maintenant, mais elle se sentit obligée de lui demander : « Quelle vérité ?

– Que j'ai été, que je suis responsable de la mort de Steve.

– Non.» Elle secoua violemment la tête. «Comment pourriez-vous en être responsable?»

Il haussa les épaules. «Il y a plus d'une façon d'être responsable. Je n'ai peut-être pas porté le coup mortel, mais ce que j'ai dit a été aussi fatal. J'ai condamné Steve à mort par mes paroles.

– Non – elle n'acceptait pas. Ce n'est pas vrai.»

Il la regarda. Calmement. Sans rancœur. «Comment pouvez-vous dire ça?»

Savait-elle que les choses en arriveraient là? Pas consciemment. Mais maintenant, tout lui semblait très clair. Sarah s'était rarement sentie aussi sûre de quelque chose. Elle regarda Alex bien en face et lui dit sans hésiter: «Je le sais parce que je suis allée voir Dirk Hendricks. Je lui ai demandé ce qui s'était passé.»

On ne pouvait rien lire sur le visage d'Alex mais sa tension était sensible.

Sarah reprit: «Hendricks m'a raconté. Il m'a dit que Steve était mort bien avant que vous ayez donné son nom.» Elle était sûre d'elle, sa vie résonnait dans ce vaste paysage et elle pensait que rassurer Alex était bien plus important que la vérité ne le serait jamais.

Alex détourna les yeux et regarda au loin, vers la ville.

Elle posa la main sur la joue d'Alex et la laissa contre sa barbe naissante et la douceur de sa peau. Quand il se tourna vers elle, elle ne s'écarta pas. Pendant un long moment, il continua à la regarder puis, finalement, il baissa la tête. Elle sourit, puis elle leva les mains, le prit dans ses bras et l'attira vers elle.

48.

« *Kom* », dit le policier. Un seul mot, rien d'autre. Aucun au revoir. Aucun regret.

Enfin, peu importe. Dirk en aurait fait autant si les rôles avaient été inversés et s'il avait été le garde faisant sortir un pécheur de plus dans le long défilé qui allait et venait chaque jour que Dieu fait, avec cette monotonie régulière capable de transformer l'homme le plus humain en sceptique.

Et le policier avait raison. Il était temps de partir. Dirk signa dans le registre à l'endroit qu'on lui indiquait et sortit dans la lumière impitoyable.

Ses gardes de Pretoria, en jean et chemise à manches courtes relevées sur leurs biceps gonflés, se tenaient près de leur fourgon, prêts à effectuer le transfert. Mais Dirk n'était pas disposé à y monter – pas encore. Il était presque certain qu'il obtiendrait l'amnistie pour sa demande concernant Mpondo ; pourtant, à cause de l'autre audience en suspens, il se passerait sans doute encore quelque temps avant sa libération. Il s'arrêta, respira l'air pur et sec, en s'imprégnant du paysage du désert et, au-delà, des montagnes sombres et éternelles.

« Venez. Nous avons un avion à prendre. »

Il détourna le regard à contrecœur vers la terre, puis vers la ville et, quand ils ouvrirent la porte du fourgon,

Dirk s'avança. Mais il s'arrêta encore pour jeter un dernier regard.

Il se passerait du temps avant qu'il revienne ici. En fait, se dit-il, en contemplant la Grand-rue, il ne reviendrait jamais. Smitsrivier ne signifiait plus rien pour lui. En vérité, sans Pieter, la ville n'avait jamais signifié grand-chose pour lui, et Pieter était mort.

Pieter Muller, un homme courageux qui avait organisé sa mort plutôt que de se présenter devant la Commission Vérité et Réconciliation. Pieter Muller : un imbécile.

Dirk savait que ça se terminerait ainsi. Pas depuis le début – il n'avait jamais dit ça, il ne l'avait jamais pensé – mais à partir du moment où, devant l'hôtel de ville, il avait regardé dans les yeux de son vieil ami et y avait vu la marque de la mort.

La mort. Cela avait commencé avec Pieter – toujours lui – Dirk venait seulement de le comprendre. A l'époque, quand, de mauvaise grâce, il avait commencé à creuser le trou, comme Pieter lui en avait donné l'ordre, et quand il y avait déposé le corps de Steve Sizela, comment aurait-il pu savoir que cela aurait des suites dans l'avenir et que cela ne s'achèverait qu'avec la mort de Pieter ? Et si Dirk avait pu le savoir, cela signifiait-il que sa trahison avait tué Pieter ?

Non. Dirk refusa cette hypothèse. Il ne pouvait pas savoir. Ne jamais dire ça. Ce n'était pas de sa faute. Cela avait été un choix impossible : soit leur dire où était enterré Steve Sizela, soit se laisser enterrer en prison. Est-ce que quelqu'un, même Pieter, pouvait s'attendre à ce qu'il fasse autre chose ?

Et, de toute façon, c'était de la faute de Pieter. Si Pieter s'était donné la peine de régler ses foutus problèmes, tout se serait passé autrement. D'abord, comment avait-il pu laisser cela se produire? Lui, d'ordinaire si méticuleux, comment avait-il été soudain si négligent? Imbécile de Pieter: tuer un suspect par erreur.

Quelle excuse Pieter avait-il donnée pour ne pas enterrer le corps lui-même? Dirk ne s'en souvenait plus. Il savait que cela avait dû être quelque chose d'ordinaire, quelque chose en rapport avec Marie ou une réunion à l'église. C'était bien de lui, le pilier de la communauté et de l'église, tant de choses l'occupaient à l'époque. Et il avait rarement fait un faux pas. Jamais, en réalité, sauf cette unique fois où il avait fait une erreur aux conséquences terribles. Pas seulement tuer Sizela mais aussi mettre Dirk dans la merde.

C'était de la faute de Pieter si Dirk avait fini par enterrer une page du registre avec le corps. A cause de sa colère contre Pieter. On pouvait le comprendre. Il devait prendre des précautions. Je veux dire, merde, Pieter était tellement inquiet que quelqu'un découvre ce qu'il avait fait qu'il n'avait même pas surveillé Dirk. Il l'avait laissé prendre tous les risques. Que serait-il arrivé si quelqu'un l'avait surpris, en pleine nuit, en train d'enterrer un cadavre? Dirk s'était tellement dépêché qu'il n'avait pas pris le temps de faire attention. Il avait de la terre partout, sur la peau, sur les vêtements; il se rappelait que Katie s'était plainte parce que la poussière rouge avait bouché la machine à laver.

Donc, Pieter n'aurait pas dû faire ça et Dirk était en colère. Mais la colère avait passé. Il n'avait jamais voulu que l'affaire se termine comme ça. Comment aurait-il pu prévoir que, quatorze ans plus tard, simplement parce qu'il avait déchiré une page du registre d'interrogatoire pour l'enterrer avec le corps, Pieter mourrait?

Il ne pouvait pas prévoir. Ce qui s'était passé après, ce n'était pas de sa faute.

La mort de Pieter. Cela avait commencé avec Alex Mpondo. Si Mpondo n'avait pas résisté si longtemps, rien de tout ça ne serait arrivé. Mais Mpondo était têtu.

Quel enchaînement terrible : l'héroïsme ridicule de Mpondo (Dirk savait qu'il finirait par le faire craquer) et la façon dont Pieter s'était moqué de Dirk, un soir de boisson, en lui disant qu'il était incapable d'arracher un renseignement utile à ce salaud. Comment Dirk aurait-il pu savoir, quand il avait proposé de parier pour savoir lequel des deux ferait craquer son prisonnier en premier, que ça se terminerait ainsi ? Ce n'était pas de la faute de Dirk. Pieter aurait dû réfléchir. Il avait une autre formation et une autre expérience que Dirk : il n'aurait jamais dû accepter ce pari.

Mais Pieter l'avait accepté, et les événements lui avaient échappé. Pieter était allé trop loin, et Steve Sizela était mort. Et au bout du compte, Pieter aussi. Dirk en était désolé. Pieter avait été son ami. Mais ce n'était pas de la faute de Dirk.

Sa seule consolation devant cette catastrophe, c'était l'expression du visage de Sarah Barcant lorsque Dirk avait instillé en elle le venin du mensonge. Quelle imbécile celle-là. Lui avoir demandé, à lui, quand exactement était mort Sizela ! Qu'espérait-elle – qu'il allait lui dire la vérité ? Que Mpondo n'avait craqué qu'après la mort de Sizela ? Que Pieter n'était qu'un maladroit ? Que c'était un accident ? Comment Dirk aurait-il pu dire ces choses-là ? Ça lui était impossible, bien sûr. Et pas pour protéger Pieter.

Mais, dans un sens, Dirk était content que *mademoiselle* Barcant, comme elle aimait qu'on l'appelle, ait eu la bêtise de le tenter avec sa question. On a rarement l'occasion de s'amuser en prison, et ça avait été extraordinaire de voir sa belle confiance mise à mal. L'avocate si sûre d'elle-même, si sûre que la réponse qu'il lui fournirait les tirerait d'affaire, elle et Alex Mpondo, son amoureux. Et quand Dirk avait ruiné tous ses espoirs, il avait vu l'expression de son visage – c'était la première fois, elle si sûre de son bon droit et de ses grandes capacités, la première fois qu'elle avait eu l'air de douter.

Qu'elle vive avec son inquiétude. Qu'elle la repasse à Mpondo dans sa nouvelle vie, avec son salaire de député, et ses amis haut placés. Qu'il vive en sachant qu'il avait tué son ami. Ce serait la croix qu'il devrait porter, pas celle de Dirk.

Parce que Dirk n'était pas responsable. Il avait fait ce qu'il devait faire, c'est tout. C'était fini maintenant. Il le fallait. S'il revenait sans cesse là-dessus, la folie l'attendrait et ça, pas question. Il ne voulait plus vivre dans ses souvenirs. C'était arrivé dans le passé, et il ne gagnerait rien à le rabâcher. Le passé n'était que le passé : on ne pouvait le changer.

Pieter était mort. C'était la réalité.

Maintenant, tout ce que Dirk avait à faire c'était de continuer à vivre, de tenir jusqu'à ce qu'on le libère.

L'immense paysage brun se déroulait alors qu'Alex mettait de la distance entre lui et Smitsrivier. C'était fini. Voilà ce qu'il ne cessait de se répéter : fini.

Mais pas tout à fait.

Il comprenait ce que Sarah avait tenté sur la montagne, avant qu'ils fassent l'amour. Elle avait essayé de le tirer d'affaire. Il appréciait l'effort et ne l'en aimait que davantage à cause de sa brusque naïveté : penser qu'avec un pauvre mensonge, elle allait le tirer d'affaire ! Il sourit en y repensant. Sarah avait pensé qu'Alex croirait ce qu'elle lui racontait, cela s'expliquait par sa longue absence. Elle avait oublié à quoi ressemblait ce pays. Elle avait oublié qu'une belle histoire avec un début, un milieu et une fin, ce qu'elle avait essayé de lui faire croire, était quelque chose que pouvait offrir New York, pas l'Afrique du Sud. L'histoire était trop importante ici, trop mauvaise, pour une fin de ce genre : tout ce à quoi pouvait aspirer l'Afrique du Sud, c'était de continuer à avancer.

Sarah était très intelligente et pourtant, la seule chose qu'elle ne semblait pas avoir comprise c'était la profondeur du sentiment qui existait entre Alex et son tortionnaire. Voilà ce que ce retour avait appris à Alex : qu'il connaissait très bien Dirk Hendricks, peut-être aussi bien et même mieux qu'il ne connaissait ni ne connaîtrait un autre être humain.

Alex savait comment fonctionnait l'esprit tordu de Dirk. Il savait ce qui lui donnait du plaisir. Et connaissant Dirk comme il le connaissait, il savait que même si les événements s'étaient succédé exactement comme Sarah les avait décrits, si Steve était mort avant qu'Alex ait donné son nom, Hendricks ne l'aurait jamais reconnu. Quelle que soit la vérité de ce qui s'était passé, Hendricks aurait menti, et à coup sûr dit n'importe quoi pourvu qu'Alex ne s'en sorte pas.

Voilà ce qui restait du slogan de la Commission Vérité et Réconciliation : *La vérité vous libérera.*

La vérité n'était jamais facile à obtenir. Muller étant mort, Alex ne saurait jamais si ses révélations, non seulement sous la douleur mais aussi sous l'effet de la colère quand il avait été convaincu que Steve l'avait trahi, avaient entraîné la mort de Steve. Puis il se dit que, même si Muller avait été encore en vie, on ne l'aurait jamais su non plus.

Et pourtant, se dit Alex, alors qu'il s'éloignait de Smitsrivier, il ne regrettait pas d'être revenu. Il avait regardé Dirk Hendricks dans les yeux. C'était peut-être un nouveau départ.

Il se réinstalla dans son siège et regarda droit devant lui. La longue route s'étendait au loin. Il appuya sur l'accélérateur et le paysage défila plus vite, les couleurs se fondirent en une tache immense, en passant de chaque côté. Il continua. Le pied sur l'accélérateur, il ne pensait à rien de particulier : il roulait.

« Sarah. » Ben ouvrit les yeux et se redressa.

Sarah lui prit la main. « Oui. »

Il se laissa aller sur ses oreillers. « Alors tu restes ? »

Elle fit oui de la tête et confirma avec des mots : « Oui. Je reste. Au moins pour quelque temps. »

Il souffla.

Alors que le vieil homme se détendait, elle sentit que sa main devenait molle. Elle la reposa, retourna s'asseoir sur sa chaise et resta sans bouger en se disant que ce qu'elle avait répondu à Ben, si ce n'était pas un mensonge, n'était qu'une demi-vérité. Elle resterait. Un certain temps. Plus longtemps qu'elle ne l'avait prévu, mais pas aussi longtemps qu'il l'aurait souhaité.

Il se trompait rarement et pourtant, c'était le cas cette fois. Elle s'était enfuie et était restée absente très longtemps, et cela lui faisait prendre conscience de ce qu'elle avait refusé de reconnaître autrefois – que, malgré tous ses efforts pour s'en échapper, ce pays la définissait. Il resterait avec elle où qu'elle aille. L'Afrique du Sud dans toute son extravagance. Sarah revit son arrivée à Smitsrivier, quand la ville lui avait semblé étrangère et irréelle. Ce n'était plus le cas. Maintenant, quand elle regardait par la fenêtre, toutes les choses familières lui revenaient, la lumière éclatante, les senteurs âpres et sèches, les mouvements lointains et harmonieux. Le sentiment d'être chez elle.

Elle avait été chez elle ici, autrefois, et pourtant maintenant, New York la réclamait. Là-bas l'attendait une autre vie, une vie ordinaire que ne troublaient pas l'héroïsme, le sacrifice ou la culpabilité, si présents partout en Afrique du Sud. Bientôt, elle repartirait. De cela, Sarah ne doutait pas.

Remerciements

Smitsrivier et ses habitants n'existent que dans ces pages de fiction, la Commission Vérité et Réconciliation est réelle. Les audiences pour l'amnistie ont débuté en 1996 et se sont poursuivies jusqu'en 2000. Mais en situant la Commission à Smitsrivier, j'ai pris des libertés avec certaines de ses règles, en particulier avec la date limite de demande d'amnistie.

Au cours de mes recherches pour écrire ce livre, j'ai été aidée par l'amabilité de certains inconnus. Je remercie Sandra Antrobus, Mike Antrobus, Brend Goldblatt, Mike Lœwe, Hilary Meyer, Ian Meyer, Brenmar Minnar, Denise Minnar, Ken Ross, Rose Ross et Alison Shultz, qui ont accepté de répondre à toutes mes questions. Merci également à Frances Bassom pour son Guide pour débutant, pour l'élevage de poules Bantam et à John Carter du bureau du District Attorney de New York.

Je me sens également redevable à Clare Alexander, Richard Beswick, Victoria Brittain, Andy Hinert et Harvey Mollotch de m'avoir fait part de leurs réactions, ainsi qu'à Gavin Williams et Erica Platter pour l'attention qu'ils ont portée à la langue du livre. Beaucoup de remerciements également à Robyn Slovo et à Sam

North pour leur perspicacité et leur patience à toute épreuve entre les différentes ébauches, et à Ronald Segal pour son aide qui est allée bien au-delà de l'amitié.

Ma gratitude éternelle à Caradoc King qui m'a aidée, un jour mémorable sur la plage, à concevoir ce livre. Pendant près de vingt ans il s'est montré un guide et un ami inestimable. Merci aussi, plus que je ne peux le dire, à mon éditeur, Lennie Goodings, pour sa persévérance, sa patience, son œil et son esprit pénétrants, et sa perpétuelle bonne humeur en face des critiques excessives.

Pour finir : merci à Cassie pour sa tolérance bon enfant quand Smitsrivier a envahi sa salle à manger, et, comme toujours, à Andy Metcalf pour sa compréhension, ses inestimables contributions et sa conviction qu'un jour cela en aura valu la peine.

Loi n° 49-956
du 16 juillet 1949
sur les publications
destinées à la jeunesse
P.A.O. : Françoise Pham
Imprimé en Italie
par G. Canale & C.S.p.A.
Borgaro T.se (Turin)
Dépôt légal : janvier 2006
N° d'édition : 123026
ISBN 2-07-055484-8